William Nicholson

Das Lied des Feuers

© John Timbers

William Nicholson ist ein international erfolgreicher Drehbuchautor für Film und Fernsehen. Er begann als Dokumentarfilmer für die BBC, schrieb Drehbücher zu weltweit beachteten Filmen wie ›Shadowlands‹, ›Nell‹ und ›Gladiator‹ und führte selbst Regie. Er lebt mit seiner Frau und seinen drei Kindern in East Sussex, England. ›Der Windsänger‹, der erste Band der vorliegenden Trilogie, wurde in England unter anderem mit der renommierten ›Smarties Gold Medal‹ ausgezeichnet. Die Bücher von William Nicholson wurden bereits in viele Sprachen übersetzt.
Weitere Informationen über William Nicholson unter:
www.williamnicholson.co.uk

William Nicholson

Das Lied des Feuers

Aus dem Englischen
von Stefanie Mierswa

Deutscher Taschenbuch Verlag

Von William Nicholson sind bei dtv junior auch die Einzelbände der Windsänger-Trilogie lieferbar:
Der Windsänger, dtv extra 70667
Gefangene des Meisters, dtv extra 70704
Das Lied des Feuers, dtv extra 70740

Sonderausgabe
In neuer Rechtschreibung
November 2004
Deutscher Taschenbuch Verlag GmbH & Co. KG, München
www.dtvjunior.de

Titel der englischen Originalausgabe:
›Firesong‹, 2002 erschienen bei
Egmont Children's Books Limited, London

Umschlagkonzept: Balk & Brumshagen
Umschlagbild und Umschlaggestaltung: Christine Skobranek
Gesetzt aus der Palatino 11/13'
Satz: Kösel, Krugzell
Druck und Bindung: Druckerei C. H. Beck, Nördlingen
Printed in Germany · ISBN 3-423-59073-4

Inhalt

Prolog

Hüpf weiter, Springer

Albard lag drei Tage und Nächte unentdeckt in den Trümmern. Während dieser gesamten Zeit blieb er im Halbschlaf, in einem Wachtraum, zu schwach, um sich zu bewegen oder zu rufen. Er sah die Sonne über sich vorbeiziehen und die Sterne. Ihm wurde kalt und kälter. Er verhungerte langsam und das Fleisch an seinem riesigen Körper schwand dahin. Er wusste, dass er starb und dass er nichts tun konnte, um sich zu retten. Und das wollte er auch gar nicht. Er wunderte sich nur, dass es so lange dauerte, und fürchtete sich ein wenig davor, was in jenem geheimnisvollen letzten Augenblick geschehen würde, wenn das Sterben, das immerhin noch zum Leben gehört, zu Ende ging. Also sammelte er schließlich seine Gedanken und bereitete sich darauf vor, das Lied zu singen, das alle Angehörigen des Sänger-Volkes vor dem Tod singen, um ihren Geist zu befreien. Im Gegensatz zu den meisten anderen Liedern des Sänger-Volkes bestand dieses aus Worten. Albards Lippen rührten sich nicht. Kein Ton drang aus ihm heraus. Doch in Gedanken sang er:

Freude meiner Tage, lass mich gehen
Tage meines Lebens, lasst mich gehen

Leben meiner Seele, lass mich gehen
Lasst mich gehen, lasst mich gehen, weit fort…

Seine eigene lautlose Stimme kam ihm sanft und friedlich vor und er dachte sich, dass er nun bald einschlafen würde. Die Schmerzen waren vergangen und in der zerstörten Stadt um ihn herum war es still. Er wusste nicht mehr, welche Tageszeit es war oder welche Jahreszeit. Für ihn war es die letzte Zeit.

Seele meines Lebens, lass mich gehen
Leben meiner Tage, lass mich gehen
Tage meiner Freude, lasst mich gehen
Lasst mich gehen, lasst mich gehen, weit fort…

Dann, als das Lied in seinem schwindenden Bewusstsein immer leiser erklang, hörte er plötzlich ein anderes Geräusch: Schritte, die sich näherten. Sie kamen in Schüben, so als hüpfte der unsichtbare Besucher immer ein kleines Stück voran und bliebe dann wieder stehen: hopp und stopp, hopp und stopp. Durch den Nebel seines eigenen Sterbens nahm Albard eine Stimme wahr, eine schrille, zwitschernde Stimme, die mit sich selbst sprach.

»Hüpf weiter, Springer!«, rief die Stimme.

Lass mich zufrieden, sagte Albard in Gedanken. *Lass mich in Ruhe sterben.*

Aber es nützte nichts. Der Unbekannte konnte ihn nicht hören, und selbst wenn er es getan hätte, hätte er ihm keine Aufmerksamkeit geschenkt. Er kam näher. Jetzt würde er jeden Moment über Albards Körper stolpern.

»Er ist hier irgendwo und ich bin hier, das heißt, wenn mein Hier auf sein Hier trifft, dann finde ich ihn. Hüpf weiter, Springer!«

Nein!, rief Albard tief in seinem schwindenden Bewusstsein. *Bloß nicht der! Nicht dieser Quietschfidele! Komm, Tod, komm! Komm schnell!*

Es war zu spät. Obwohl sein Körper kalt und seine Augen längst geschlossen waren, hielt sich hartnäckiges Leben in seinem Innern – und so fand ihn derjenige, der sich Springer nannte, und schrie vor Freude laut auf.

»Oh welch schöner Tag! Albard! Mein teurer Gefährte, ich hab dich gefunden!«

Hau ab.

»Du siehst aber gar nicht gut aus.«

Ich bin ja auch fast tot, du Trottel.

»Na, macht nichts! Wir bringen dich schon wieder auf die Beine, was?«

Geh und ertränk dich, Mondgesicht.

»So ist's recht! Du weißt, dass du es kannst! Wer hat sich denn da so kalt werden lassen? Ojemine! Taramtamtam! Wir kriegen dich schon wieder warm.«

Der kleine Kerl machte sich daran, auf den riesigen ausgehungerten, entkräfteten Körper des Sterbenden einzuhämmern und so die Wärme in seine eiskalten Glieder zurückzubringen. Albard spürte, wie ein winziger Lebensfunke in ihm aufflackerte und größer wurde.

Er öffnete die Augen.

»Na also!«, rief Springer freudestrahlend. »Schön, dass du wieder zurück bist auf dieser wunderbaren Welt!«

Albard erwiderte nichts. Er schaute ihn nur wütend und verächtlich mit seinen großen grauen Augen an.

»Du brauchst mir nicht zu danken«, fuhr Springer fort. »Die Menschen glücklich zu machen ist mir Belohnung genug.«

Was für ein mondgesichtiger Trottel, dachte Albard bei sich, während Springer ihm die Glieder warm rieb. Mit einem ersten schmerzhaften Prickeln spürte er, wie das Gefühl in seine Arme und Beine zurückkehrte. Was für ein Wesen ist das überhaupt? Ein Mann oder eine Frau? Oder etwas ganz anderes, für das wir einen neuen Namen brauchen?

Du bist ein Blobb, entschied er. *Ein dummer, grinsender Blobb.*

Das Geschöpf war zweifellos menschlich, hatte jedoch kürzere Beine und war kleiner und rundlicher als üblich. Er war mit der normalen Anzahl von Armen, Beinen, Augen und Ohren ausgestattet und auf seinem mondrunden Kopf wuchsen Haare. Aber war das Haar hell oder dunkel? Lang oder kurz? Das Merkwürdige an Springer war, dass nichts an ihm beständig und eindeutig war, außer vielleicht seine unverändert fröhliche Stimme. Manchmal sah er aus wie ein kleiner Mann mittleren Alters, dann wieder wie ein zehnjähriges Mädchen. Er hieß nicht nur Springer, weil er sich hüpfend und hopsend fortbewegte – er hatte überhaupt ein sprunghaftes Wesen. Nichts an ihm kam jemals zur Ruhe, alles veränderte sich unablässig und verwandelte sich in etwas anderes. Es hatte auch keinen Zweck, Springer selbst zu fragen, wer oder was er war, denn bei solchen Gelegenheiten antwortete er mit einem werbenden Lächeln: »Was wäre dir denn am liebsten?«

Kindern war er ein nachsichtiger Großvater, Frauen ein verspieltes Kind, Männern ein zuvorkommender Freund.

Für Albard war er jetzt Retter, Diener und Pfleger. Er suchte in den Trümmern nach Essen und Trinken für ihn und schlief in der frostigen Nacht eng an Albards Körper geschmiegt, um seine Körperwärme an ihn weiterzugeben.

Man konnte partout keinen Grund finden, sich zu beschweren. Denn vor allem war Springer gutmütig. Er war unabwendbar und unbeirrbar gutmütig. Während Albard allmählich wieder zu Kräften kam, lag er da und dachte sich Bemerkungen aus, die Springer verletzen sollten, jedoch immer ohne Erfolg.

»Glaub mir, Springer, lieber würde ich sterben als noch einen Tag länger deinen grundlosen Optimismus ertragen zu müssen.«

»Oh, möchtest du lieber, dass ich trübsinnig bin? Ich kann auch trübsinnig sein, wenn du willst.« Springer ließ den runden Kopf hängen, zog die Mundwinkel nach unten, schlurfte herum und seufzte vor sich hin: »Traurig und einsam, traurig und einsam.«

»Und klein und hässlich«, fügte Albard hinzu.

»Traurig und einsam, klein und hässlich«, echote Springer.

»Und dumm und dick.«

»Traurig und einsam, klein und hässlich, dumm und dick«, sagte Springer und schlug sich an die Brust. Doch dann verdarb er alles, indem er mit einem strahlenden Lächeln aufblickte und fragte: »War das gut so? Hab ich es richtig gemacht?«

Nur äußerst widerwillig und einzig dank Springers aufopfernder Pflege erholte sich Albard wieder.

»Danke, Springer«, sagte er bissig. »Deinetwegen wird sich mein Leben, in dem es weder einen Sinn noch eine Aussicht auf Glück gibt, nun noch ein kleines bisschen länger hinziehen.«

»Aber nein«, entgegnete Springer, »da irrst du dich. Dein Leben hat einen Sinn. Du sollst doch den Jungen vorbereiten.«

»Welchen Jungen?«

Doch Albard wusste das ganz genau. Es gab nur einen Jungen, auf den es ankam: den Jungen, der nach ihm herrschen sollte. Natürlich musste man ihn erst noch bereitmachen dafür. Der Junge, den Albard hasste und liebte, der sein Feind war, sein Rivale, der ihm all seine Macht genommen hatte, sein Nachfolger, der sein Erbe sein würde. Albard beneidete ihn um seine Jugend und seine Zukunft. Er hasste ihn, weil er von ihm besiegt worden war. Er liebte ihn wie das Kind, das er nie gehabt hatte. Er spürte in sich einen unbändigen Stolz. Mit brennendem Verlangen sehnte er sich danach, den Jungen wiederzusehen und ihn nur ein einziges Mal, vor dem Ende, in den Armen zu halten. So viele Gefühle und alle derart heftig – und das alles nur, weil dieses Mondgesicht angefangen hatte von dem Jungen zu reden.

Springer, der offenbar nichts wusste von dem, was in Albard vorging, antwortete nur: »Er heißt Bowman Hath.«

»Und worauf soll ich diesen Jungen vorbereiten?«

»Auf die Erfüllung seiner neuen Pflichten.«

»Und warum soll ich das tun?«

»Weil«, erklärte Springer freudestrahlend, »weil du der Beste von uns bist.«

»Soso, ich bin also der Beste?«

Albard wusste, was man auf Sirena über ihn sagte. Der Beste und der Schlimmste, das sagten sie. Der großartigste Angehörige des ganzen Sänger-Volkes, der jemals die Stirn des Propheten geküsst hatte; derjenige, in dem die Kräfte ihre vollkommenste Form angenommen hatten; und der Einzige, der jemals ihre Aufgabe verraten hatte.

»Nun gut, das bin ich wohl. Aber was hat das zu sagen?«

»Aus diesem Grund sollst *du* den Jungen vorbereiten. Siehst du, wie sich am Ende alles fügt?«

»Am Ende sind wir alle tot.«

»So ist es, und das wird wunderbar sein!«

Albard seufzte und gab es auf. Gegen einen solch unerschütterlichen Frohsinn kam man einfach nicht an.

»Na schön, und wo ist er, dieser Junge?«

»Auf dem Weg zu den Bergen, mit seinem Volk. Wir müssen uns beeilen. Sie sind schon viele Tage fort und der Wind kommt auf.«

»Soso, der Wind kommt auf, wie? Und wirst du am Ende dabei sein, kleiner Springer? Wirst du das Lied des Feuers singen, mit dem Wind im Rücken?«

»Oh ja! Natürlich bin ich dabei! Wie glücklich wir uns schätzen können, dass wir die Generation sind, die den brennenden Wind erleben wird!«

»Ich nicht. Ich habe meine Wahl schon vor langer Zeit getroffen. Ich hatte meine Glanzzeit und jetzt ist sie vorbei.«

Albard blickte sich um und betrachtete die verbrannten Trümmer, die von der schönsten Stadt der Welt übrig geblieben waren.

Sie haben sie nicht verdient. Ich habe ihnen Vollkommenheit gegeben und sie hatten Angst davor. Sie liebten ihr Chaos. Jetzt haben sie es zurück.

»Hat Sirena dich geschickt, Mondgesicht?«

»Ja, natürlich.«

»Sirena hasst mich. Sirena sähe mich am liebsten tot.«

»Ganz und gar nicht. Du hast nur deine Rolle gespielt, wie wir anderen auch.«

»Meine Rolle gespielt!«

Albard brach in schallendes Gelächter aus. Ein guter Witz! Albard, der Rebell, der Verräter, der Meuterer, hatte nur seine Rolle in Sirenas Plänen gespielt! Nein, er war derjenige, der gegen die Regeln verstoßen und sich der Führung widersetzt hatte, der sich von den anderen abgesondert und seine eigene Welt erschaffen hatte, in der er allein der Meister gewesen war. Die Sänger trachteten niemals nach weltlicher Macht, das war ihr Grundsatz. Nur Albard, der Beste von ihnen, hatte gegen die Regel der Regeln verstoßen.

»Ich habe in keinem von Sirenas Plänen eine Rolle gespielt, kleiner Springer. Sie nennen mich den Verlorenen. Bei mir hat Sirena versagt.«

Er sprach mit einem gewissen Stolz. Was blieb ihm sonst übrig, jetzt, da es seine Stadt nicht mehr gab und er nicht hatte sterben dürfen?

»Wir müssen los«, sagte Springer. »Fühlst du dich kräftig genug?«

»Ich werde immer kräftiger. Aber nicht mehr so wie früher. Du hättest mich in meiner Glanzzeit sehen sollen! Ich war gigantisch! Jetzt hängt meine Haut schlaff an mir herunter und ich klappere beim Gehen. Ach, die Sterblichkeit!«

»Aber du spürst, wie deine Kräfte zurückkehren?«

»Ein bisschen, ja.«

Albard blickte sich um. Dort auf der Erde, in der Nähe des Lochs, in das er sich zum Sterben verkrochen hatte, entdeckte er ein kurzes Schwert. Es war irgendeinem armen Narren aus der Hand gefallen, der sein Leben gelassen hatte, weil er Albards Willen ausgeführt hatte, und lag nun unter einer Schicht aus Staub und Steintrümmern. Albard konzentrierte sich auf den Griff des Schwerts und brachte es mit großer Anstrengung dazu, sich unter dem Schutt zu bewegen. Mehr schaffte er nicht.

Seufzend bückte er sich, wischte die Steine herunter und hob es mit einer Hand vom Boden auf. Springer strahlte ihn zufrieden an.

»Na, siehst du! Das ist doch für den Anfang gar nicht schlecht, oder?«

»Und wenn ich dir damit die Kehle durchschneiden würde, wäre es auch für das Ende nicht schlecht.«

»Ach, das wirst du nicht tun. Wenn ich tot bin, nütze ich dir doch nichts mehr.«

»Du nützt mir sowieso nichts, Springer. Ich will nichts von dem, was du mir geben kannst. Ich brauche nichts von dem, was du für mich tun kannst.«

Er steckte das Schwert in den Strick, den er als Gürtel um sein schlichtes Wollgewand trug, und reckte seine große Hakennase nach Norden.

»Aber wir werden diesen Jungen suchen und ihn auf den richtigen Weg bringen. Und dann wird das, was angefangen wurde, zu Ende gebracht werden. Nicht weil Sirena es so plant, verstehst du, sondern weil ich mich dazu entschließe. Sirena hat keine Kontrolle über mich. Ich bin der Verlorene. Ich bin derjenige, der seinen eigenen Weg geht.«

Albard stand mit dem Gesicht zum Fahrweg über den See und schaute starr auf die Hügel im Norden, deshalb bemerkte er den Blick nicht, der über Springers rundes, dümmlich dreinblickendes Gesicht huschte. Es war das nachsichtige Lächeln einer Mutter oder eines Vaters, die ihrem störrischen Kind das letzte Wort lassen und dabei genau wissen, dass es am Ende doch gehorchen muss.

»So soll es sein, wenn es dich glücklich macht«, antwortete das seltsame junge und alte Geschöpf und hopste hinter ihm her. »Hüpf weiter, Springer!«

1

Der Ausblick vom Tupelobaum

Die Kolonne der erschöpften Wanderer kam nur langsam voran. Das Gelände stieg an und der Tag war kalt. Die beiden Pferde, die den schwer beladenen Wagen zogen, hielten die Köpfe gesenkt und stapften in gleichmäßigem Tempo vorwärts, doch alle merkten, dass sie jeden Tag magerer wurden. Seldom Erth, der Kutscher, ging neben ihnen, um ihre Last zu erleichtern. Er war der Älteste des Zuges, weit über sechzig, schritt jedoch genauso entschlossen voran wie die jüngeren Männer und achtete beim Gehen auf Steine, die zu groß, oder Furchen, die zu tief für die Wagenräder waren. Die Kinder allerdings hatten Schwierigkeiten, Schritt zu halten. Miller Marishs kleine Tochter Jet war erst sechs Jahre alt. Von Zeit zu Zeit hob Seldom Erth sie in den Wagen, damit sie hinten neben dem Kater auf dem zusammengefalteten Segeltuchstoff sitzen und ihre kurzen Beine ausruhen konnte.

Zweiunddreißig Menschen jeden Alters nahmen an dem Marsch teil, dazu kamen die beiden Zugpferde, fünf Kühe und der Kater. Hanno Hath, der den Marsch anführte, hatte alle angewiesen stets in Sichtweite zu bleiben, daher bewegte sich die Kolonne nur im Tempo der langsamsten Teilnehmer vorwärts. Es waren gefährliche Zeiten. Man erzählte sich von Räuberbanden, die Reisende ausplünderten. Junge Männer mit scharfen Augen und gezogenen Schwertern liefen der auseinander gezogenen Kolonne voraus und hielten nach Gefahren Ausschau; doch Hanno wusste, dass sein Volk wenig kampferfahren war und schon seit Tagen auf gekürzten Rationen marschierte. Wenn er den Blick auf den Horizont vor sich richtete, fürchtete er nicht nur die Räuber, sondern auch den bevorstehenden Winter. Sie hatten zwar Essen und Brennholz im Wagen, doch die Vorräte schrumpften mit jedem Tag und sie durchquerten kahles, unfruchtbares Land.

»Hab Vertrauen, Hannoka«, sagte seine Frau Ira, die mit festen Schritten neben ihm ging. Sie sprach ihn mit seinem Kindheitsnamen an, um ihm Mut zu machen, als wäre sie nicht nur seine Frau, sondern auch seine Mutter. Denn sie wusste, welch schwere Last er trug. »Hab Vertrauen, Hannoka.«

»Ich mache mir Sorgen wegen der Kinder. Wie weit können sie noch laufen?«

»Wenn sie müde werden, tragen wir sie.«

»Und du?«

»Bin ich zu langsam?«

»Nein. Du marschierst sehr gut. Spürst du es noch?«

»Ich fühle noch immer die Wärme im Gesicht.«

Sie wollte es nicht zugeben, aber Hanno merkte, dass sie jeden Tag schwächer und langsamer wurde. Er passte die Marschgeschwindigkeit ihr an, damit sie nicht zurückfiel, und redete sich ein, es wäre wegen der Kinder. Es schmerzte ihn, mit ansehen zu müssen, wie sie mit jedem Tag dünner und stiller wurde. Sie war immer eine laute Frau gewesen, eine Frau mit heftigen Zornesausbrüchen und aufbrausendem Temperament. Jetzt verhielt sie sich still und sparte ihre Kräfte für den langen Marsch auf.

Hab Vertrauen, Hannoka.

Er verstand sie nur zu gut. Sie wollte ihm damit sagen, er möge daran glauben, dass sie die Heimat erreichen und eines Tages für immer in Sicherheit sein würden. Doch dies schloss nicht mit ein, dass sie mit ihm dort sein würde.

Er schüttelte den Kopf, ein schnelles, ärgerliches Zucken, mit dem er diesen trüben Gedanken verscheuchen wollte. So zu denken nützte niemandem. Seine Sorgfalt und sein Einsatz waren gefragt, hier und jetzt, da er sein Volk über das kalte Land zu den fernen Bergen führte, die noch nicht in Sicht waren.

Sein fünfzehnjähriger Sohn Bowman schritt an der Spitze der Kolonne, mit seinem Freund Mumpo an seiner Seite. Es war kurz vor Mittag und die jungen Männer wussten, dass der Zug nun bald Halt machen würde, um die müden Beine auszuruhen und einen Teil des schwindenden Proviants zu verzehren. Doch Bowman hatte seine scharfen Augen auf den nahen Horizont geheftet, auf die Hügelkuppe vor ihnen. An ihrem Rand erkannte er eine auseinander gezogene Baumgruppe.

»Bäume!«

»Nur ein paar.«

»Aber vielleicht mit Nüssen. Beeren. Brennholz.«

So wenig wuchs auf dieser felsigen Ebene, dass ihnen selbst ein paar einzelne Bäume Hoffnung gaben. Sie beschleunigten ihre Schritte und entfernten sich vom Rest des Zuges.

»Vielleicht sehen wir die Berge von dort«, sagte Mumpo.

»Vielleicht«, antwortete Bowman.

Jetzt waren sie ein gutes Stück außer Hörweite der anderen, daher nutzte Mumpo auf dem ansteigenden Hang die Gelegenheit und sagte, was er schon den ganzen Tag hatte sagen wollen.

»Ich hab wieder mit der Prinzessin gesprochen. Sie hat nach dir gefragt.«

»Sie ist keine Prinzessin.«

»Sie glaubt, du gehst ihr aus dem Weg. Und sie versteht nicht, warum.«

»Ich gehe ihr nicht aus dem Weg.«

»Doch. Alle sehen es.«

»Dann sollen sie halt woandershin gucken«, entgegnete Bowman ärgerlich. »Was geht sie das an? Und was geht dich das an?«

»Nichts«, räumte Mumpo ein. »Ich werde nicht mehr davon sprechen.«

Sie gingen schweigend weiter und erreichten schließlich die Bäume. Ihre Schritte knirschten auf dem steinigen Boden. Bowman bückte sich und hob eine der dunkelbraunen, nussähnlichen Früchte auf, die unter den Bäumen verstreut auf der Erde lagen. Er roch daran – ein scharfer, unangenehmer Geruch. Enttäuscht ließ er sie wieder fallen und folgte Mumpo auf die Hügelkuppe.

»Siehst du die Berge?«

»Nein«, antwortete Mumpo.

Bowman spürte, dass Müdigkeit sich wie ein schwerer Mantel um ihn legte. Er stellte sich neben Mumpo, blickte nach Norden und sah, wie das unfruchtbare Land nach unten abfiel und dann wieder anstieg, in einer Folge endloser Wellen, die den Horizont begrenzten. Sie durchquerten ein Meer aus rollenden Wogen, die ihnen unaufhörlich den Blick auf das andere Ufer versperrten.

Er drehte sich zu seinem Volk um. Er sah seine Eltern, die wie immer nebeneinander gingen. Hinter ihnen einzelne Zweier- und Dreiergruppen, darunter seine Zwillingsschwester Kestrel mit dem Mädchen, das Mumpo die Prinzessin nannte. Der Wagen rumpelte in gleichmäßigem Tempo hinter ihnen her. Direkt darauf folgte Creoth mit seinen fünf Kühen. Hinter den Kühen konnte er Mrs Chirishs rundliche, watschelnde Gestalt erkennen und hinter ihr hielten sich seine kleine Schwester Pinto und die anderen jüngeren Kinder an den Händen und bildeten eine Kette. Nun folgten der kleine Scooch und der schlaksige Lehrer Pillish und schließlich Bek und Rollo Shim, die das hintere Ende der Kolonne bewachten.

Bowman bemerkte Mumpos Schweigen und begriff, dass er zu grob zu ihm gewesen war.

»Tut mir Leid«, sagte er. »Es ist nur so schwer zu erklären.«

»Ist schon gut.«

»Ich glaube, ich muss euch verlassen. Euch alle. Irgendjemand wird mich abholen und dann muss ich fort.«

»Wer wird dich abholen?«

»Ich weiß nicht, wer oder wann. Ich weiß nur, warum. Es kommt eine Zeit, die der brennende Wind heißt. Mit ihrem Feuer wird sie die Grausamkeit auf der Welt zerstören. Und ich muss ein Teil davon sein, weil ich ein Kind des Propheten bin.«

Während er diese Worte aussprach, wusste er, dass sie Mumpo nicht wirklich verstehen würde. Also versuchte er es anders.

»Kennst du das Gefühl, nicht dazuzugehören?«

»Ja«, erwiderte Mumpo. Er kannte es sogar sehr gut, doch er war überrascht Bowman davon sprechen zu hören. Bowman hatte doch seine Familie. Er hatte Kestrel.

»Ich glaube, es ist von Geburt an meine Bestimmung gewesen, nicht dazuzugehören, damit ich euch irgendwann alle verlassen kann und ... nicht mehr zurückkomme.«

Mumpo ließ traurig den Kopf hängen.

»Geht Kestrel auch mit?«

»Ich glaube nicht. Ich weiß es nicht. Derjenige, der mich abholt, wird es wissen.«

»Vielleicht sagt er ja, dass ich auch mitkommen soll. So wie früher. Die drei Freunde.«

»Nein«, entgegnete Bowman. »Sie brauchen dich hier. Versprich mir, dass du sie beschützen wirst. Meine Eltern. Meine Schwestern. Alle, die ich lieb habe.«

»Ich verspreche es, Bo.«

»Du bist stark. Sie brauchen dich.«

Die Kette der jüngeren Kinder hatte sich aufgelöst und nun liefen sie um die Wette den Hang zu den Bäumen hinauf. Die älteren Mimilith-Jungen waren vor ihnen da. Bevor Bowman ihn davon abhalten konnte, hatte Mo Mimilith eine der Nüsse vom Boden aufgehoben, die harte Schale aufgebrochen und hineingebissen.

»Iiih!«, schimpfte er und spuckte sie wieder aus. »Iiih! Ist das bitter!«

»Seht ihr die Berge?«, rief Hanno zu ihnen herüber.

»Nein. Keine Berge.«

Ein enttäuschtes Seufzen ging von vorn bis hinten durch die Kolonne. Hanno kündigte an, dass sie unter den Bäumen Rast machen würden. Pinto kam angelaufen, keuchend, weil sie bis zur Kuppe gerannt war, und nahm Bowmans Hand.

»Was glaubst du, wie weit müssen wir noch gehen?«

»Keine Ahnung«, antwortete Bowman.

»Es ist nicht, weil ich müde bin. Ich hab mich das nur gefragt.«

Pinto war sieben Jahre alt und musste für jeden von Bowmans Schritten zwei machen, aber sie mochte es nicht, wenn jemand Mitleid mit ihr hatte.

Jetzt stieß Kestrel zu ihnen und nahm Bowman zur Seite zu einem kurzen Gespräch unter vier Augen. Ihre Begleiterin, die junge Frau, die früher einmal eine Prinzessin gewesen war, begegnete seinem Blick und wandte sich schnell ab. Sie war immer schon stolz gewesen. Jetzt, da sie nichts mehr besaß, da man ihr selbst ihre Schönheit genommen hatte, war sie immer noch stolz, aber auf andere Weise. Ihre großen, klaren bernsteinfarbenen Augen ließen die Welt vorüberziehen und schienen zu sagen: Ich verlange nichts, ich erwarte nichts. Aber diese Narben! Diese beiden weichen blassvioletten Wundmale, die quer über ihre Wangen verliefen, zwei schräge Furchen von den Wangenknochen bis zu den Mundwinkeln, sie faszinierten Bowman. Sie veränderten alles an dem ehemals so sanften, hübschen Gesicht. Der Mann, der ihr diese Verletzung zugefügt hatte, hatte gesagt: »Ich werde deine Schönheit töten.« Doch an deren Stelle war eine andere Schönheit getreten, die härter, älter, außergewöhnlicher war.

Kestrel lenkte seine Aufmerksamkeit auf ihre Mutter, die in diesem Moment den Rastplatz der Gruppe erreichte.

»Sieh sie dir an, Bo. Sie kann so nicht weitermachen.«

»Solange sie gehen kann, wird sie gehen«, erwiderte Bowman. »So will sie es selbst haben.«

»Du weißt doch, was sie schwächt.«

Natürlich wusste er das. Der Prophet Ira Manth hatte gesagt: *Meine Gabe ist meine Krankheit. Ich werde an der Prophezeiung sterben*. Das war das Geheimnis, das alle kannten, über das aber niemand sprach. Ira Hath, ihre eigene Prophetin, starb an der Wärme, die sie im Gesicht spürte.

»So will sie es haben«, wiederholte Bowman.

»Aber ich will es nicht so haben.« Kestrel fühlte sich ohnmächtig und wütend. Sie nahm in Bowmans Stimme den gleichen resignierten Unterton wahr, der auch ihre Mutter jetzt sanfter sprechen ließ – als hätten sich beide entschieden für das Wohl anderer zu leiden und als wollten sie daher nichts tun, um sich selbst zu helfen. »Lieber erreiche ich nie die Heimat, als dass es ihr so geht.«

»Ich glaube nicht, dass irgendeiner von uns die Wahl hat.«

»Dann soll es bald passieren, was immer es ist. Es soll schnell kommen.«

Tock! Tock! Tock! Die gleichmäßigen Schläge von Tanner Amos' Axt schallten über das kalte Land. Er und Miller Marish fällten einen der Bäume, um Brennholz zu bekommen.

Kestrel kehrte zu den Frauen am Wagen zurück, wo bereits ein Feuer brannte. Mrs Chirish, die sich die Früchte auf der Erde genauer anschaute, hob eine davon auf, untersuchte sie kurz und erklärte dann: »Tupelos. Das sind Tupelobäume. Wir können die Kerne essen.«

Auch Branco Such hatte das schon probiert.

»Die Kerne essen? Sie schmecken scheußlich! Es würde mich nicht wundern, wenn sie giftig wären!«

»Man muss sie zuerst kochen, wisst ihr. Aus den Schalen herauslösen und dann kochen. So bekommt man eine Art Gummi.«

»Man kann dieses Gummi essen?«, fragte Hanno.

»Aber sicher. Es ist sogar ein richtiger Leckerbissen.«

Also ließ Hanno die Kinder alle Nüsse aufsammeln und knacken, während der größte Kochtopf zur Hälfte mit Wasser gefüllt und zum Kochen aufs Feuer gestellt wurde. Die Mimilith-Jungen entdeckten an einigen kahlen Zweigen der Bäume weitere Früchte, die noch nicht heruntergefallen waren, und so kletterten sie um die Wette an den knorrigen Baumstämmen hinauf, um die Nüsse herunterzuholen.

»Seid vorsichtig, Jungs! Passt auf, dass die Äste euer Gewicht tragen!«

»Macht Platz! Jetzt kippt er um!«

Auf Tanner Amos' Warnruf folgte ein lang gezogenes Krachen, als der gefällte Baum schließlich umstürzte. Zusammen mit Miller Marish und Mumpo machte sich Tanner daran, die Äste mit Äxten und Hackbeilen zu Kleinholz zu zerlegen.

Mrs Chirish saß vor dem Topf und rührte die Kerne im kochenden Wasser um. Seldom Erth schirrte die Pferde ab und ließ sie mit den Kühen auf dem spärlichen, harten Gras weiden. Eine Gruppe Frauen suchte sich Plätze um das Feuer, wo sie ihre Decken und ihr Nähzeug ausbreiten und an den Schlafsäcken für das bevorstehende kalte Wetter weiterarbeiten konnten.

Bowman stand ein wenig abseits, blickte zu den nähenden Frauen hinüber und sagte sich, dass es besser war für alle, wenn er ihr gegenüber Distanz wahrte. Die Johdila Sirharasi von Gang, ehemals Prinzessin, jetzt nur noch Sisi, saß neben Lunki, der stämmigen Frau, die früher ihre Dienstbotin gewesen war und jetzt trotz aller Veränderungen darauf bestand, ihr weiterhin zu dienen. Sisi hielt den Rücken gerade und hatte den Kopf schweigend über ihre Arbeit gebeugt. Jeden Tag rechnete Bowman damit, dass sie unter den Strapazen des Marsches zusammenbrechen würde, doch sie bewies ihm das Gegenteil. Sie übernahm mehr als ihren Anteil an Pflichten, aß weniger als ihren Anteil an Speisen und beklagte sich nie. Bowman dachte darüber nach, was Mumpo gesagt hatte – dass er ihr aus dem Weg zu gehen schien. Das stimmte nicht.

Er trat zu den Frauen am Feuer. Eine Weile blieb er neben Lunki und ihrer Herrin stehen, als wollte er sich an den Flammen wärmen. Sisi nähte eine der schweren Decken mit kleinen, engen Stichen, sie arbeitete sorgfältig und konzentriert. Bowman erkannte an der Vertiefung, die die Nadel in ihrer Fingerspitze hinterließ, wie fest sie drücken musste, um die Nadel durch den widerspenstigen Stoff zu schieben. Und er sah ihren anmutig gekrümmten Hals und ihre Brust, die sich beim Atmen hob und senkte.

»Das ist gute Arbeit«, sagte er schließlich. »Das wird uns vor der Kälte schützen.«

Sie schaute mit ernstem, fragendem Blick auf.

»Der Schneider hat es mir beigebracht«, antwortete sie. »Ich tue mein Bestes.«

»Aber die Finger leiden.«

»Wirklich?« Sie betrachtete ihren Zeigefinger, als hätte sie noch gar nicht gemerkt, wie viel sie ihrer weichen Haut zumutete. »Ach, das macht nichts.«

Bowman hörte Nüsse herunterprasseln, blickte auf und entdeckte Pinto bei den Mimilith-Jungen in den Tupelobäumen. Von den unteren Ästen hatten sie bereits alle Nüsse abgepflückt und kletterten nun höher, alle drei in nebeneinander stehenden Bäumen. Bowman fiel nichts mehr ein, was er zu Sisi sagen konnte, die mit geneigtem Kopf weiternähte, daher entfernte er sich wieder. Als er am Wagen vorbeikam, erhob sich Nebel, der graue Kater, gemächlich von seinem Platz auf dem Segeltuchstoff, sprang hinunter und rieb sich an Bowmans Beinen.

»Und, Junge«, sagte er, »sind wir bald da?«

»Nein, mein Nebel. Zuerst müssen wir die Berge erreichen.«

Der Kater sprach nicht laut und Bowman antwortete ihm auch nicht laut. Trotzdem verstanden sich die beiden gut. Der Kater stellte diese Frage jeden Tag und erhielt jeden Tag die gleiche Antwort. Da niemals Berge zu sehen waren, vermutete Nebel, dass Bowman ihr wahres Ziel geheim halten wollte. Nebel wusste, dass Bowman über große Kräfte verfügte, sogar über größere als sein früherer Herr, der Einsiedler Hundegesicht, der fliegen konnte. Wenn der Junge solche Kräfte besaß, konnte er auf keinen Fall all diese Menschen über so lange Zeit und mit so viel Mühe irgendwohin führen ohne sein Ziel zu kennen. Also war ihr Ziel geheim. Zu diesem Schluss kam der Kater, raffiniert, aber nicht klug.

»Und hinter den Bergen ist dann eure Heimat.«

»Ja. Das nehmen wir an.«

»Sie muss etwas ganz Wunderbares sein, diese Heimat.«

»Das werden wir sehen.«

»Können die Katzen dort fliegen?«

»Ich weiß es nicht, Nebel. Ich weiß nicht mal, ob es dort Katzen gibt. Und wenn ja, dann bezweifle ich, dass sie fliegen können.«

»Ich bringe es ihnen bei.«

Bowman lächelte und streichelte dem Kater den Kopf. Das ärgerte Nebel. Es war immer sein Herzenswunsch gewesen, fliegen zu können, und nur ein einziges Mal hatte er einen Sprung gemacht, der so weit gewesen war, dass es Fliegen gewesen sein musste. Er hatte dem Jungen davon erzählt und der hatte gesagt, er glaube ihm, doch sein Blick hatte Nebel verraten, dass das nichts als eine höfliche Lüge gewesen war.

»Du glaubst mir nicht.«

»Wenn du sagst, dass du geflogen bist, Nebel, dann glaube ich dir.«

»Ich bin wirklich geflogen.«

In Wahrheit konnte er nicht ganz sicher sein. Bei dem einen Mal, als er geflogen war, hatte er nur eine kurze Strecke zurückgelegt. Und ein kurzer Flug ist fast so etwas wie ein weiter Sprung.

»Pass gut auf, Pinto!«

Das war Hanno, der Pinto warnend zurief. Sie hatte auf einem sehr hohen Ast eine dicke Frucht entdeckt und hielt sich für leicht genug, um sie gefahrlos erreichen zu können. Sie blickte zum Baum neben sich hinüber und stellte fest, dass Mo Mimilith ebenfalls höher kletterte, und er sah Pinto auch. Natürlich wollten sie beide die Besten sein und so kletterten sie um die Wette.

Mo Mimilith war drei Jahre älter als Pinto und daher sehr viel schwerer. Zuerst war er wegen seiner größeren Körperkraft schneller als sie. Doch dann merkte er, wie sich die Zweige unter ihm bogen, und sah ein, dass er aufgeben musste. Pinto kletterte weiter, die höheren Zweige trugen ihren dünnen kleinen Körper ohne Probleme, und so erreichte sie als Einzige den Baumwipfel.

Sie schaute hinunter und sah den Wagen und die Pferde mit den Kühen, die das wenige harte Gras erschnupperten, das sie finden konnten. Sie sah das Durcheinander von Leuten um das Feuer, wo die Kerne von den Bäumen gekocht wurden, und roch ihren bittersüßen Duft. Sie sah ihre Mutter, die neben ihrem Vater auf dem Boden saß; wie so oft hielt er ihre Hände und streichelte sie. Dann blickte sie zum Baum neben sich hinüber und sah Mo Mimilith nach unten klettern.

Ich hab gewonnen!, dachte sie triumphierend. Ich bin am höchsten von allen!

Erst jetzt, als sie sich umdrehte, wieder aufschaute und weit in die Gegend blickte, dachte sie daran, sich ihren guten Aussichtspunkt zunutze zu machen. Dort lagen die welligen Hügel und verschwanden allmählich in der Ferne. Doch dahinter, ganz weit weg, konnte sie über einer diesigen, niedrig liegenden Wolkendecke deutlich eine gezackte Kette weißer Bergspitzen erkennen.

»Berge!«, rief sie aus. »Ich sehe die Berge!«

Niemand anders würde so hoch klettern können. Sie musste für alle anderen mit schauen. Also sah sie ganz lange hin und prägte sich alles genau ein.

In einiger Entfernung lief das hügelige Gelände in eine raue, felsige Ebene aus – eine riesige Wüste voller Spalten und Splitter, eine Schuttlandschaft aus Felsen und Rissen. Hinter dieser zerklüfteten Ebene, wo die Wolken tief über dem Land lagen, verlief ein dunkler Waldstreifen von einer Seite zur anderen, so weit das Auge reichte. In diesem Wald schimmerte ein Fluss und hinter dem Fluss erhoben sich die Berge. Sie ragten durch die Wolken hindurch und ihre Spitzen erstreckten sich über den ganzen weißen Horizont.

Bowman rief zu ihr hoch: »Kannst du wirklich die Berge sehen?«

»Ja! Ganz weit weg!«

Unten versammelten sich die anderen und blickten erstaunt zu ihr hinauf.

»Sei vorsichtig!« Das war ihr Vater, der merkte, wie der Baumwipfel unter ihrem Gewicht schwankte.

Sie kletterte wieder hinunter, ein wenig zu schnell, weil sie zeigen wollte, wie gut sie es konnte, und schürfte sich den Arm. Sie tat so, als merkte sie es nicht. Die anderen versammelten sich um sie, begierig zu erfahren, was sie gesehen hatte.

»Da ist ein Fluss«, erzählte sie ihnen. »Und ein Wald. Und davor eine kahle Landschaft, viele Kilometer weit und voller Risse.«

»Risse? Was für Risse?«

»Wie Risse in hart gewordenem Schlamm. Nur viel größer.«

»Hast du irgendwo Menschen gesehen? Oder Häuser? Irgendwo muss doch jemand leben.«

»Nein. Ich hab niemanden gesehen.«

»Wie weit ist es bis zu den Bergen?«, wollte der Lehrer Silman Pillish wissen.

»Sehr weit. Viele Tage.«

»Viele Tage!«

»Und wie weit ist es noch, wenn wir die Berge erreicht haben?«

Diese Frage war an Ira Hath gerichtet. Sie war die Prophetin, diejenige von ihnen, die den Weg in die Heimat kannte. Doch wie sie ihnen immer wieder gesagt hatte, würde sie die Heimat erst dann erkennen, wenn sie schließlich vor ihr lag. Sie hatte sie im Traum gesehen. Sie würden sie hinter den Bergen finden, am Ende eines Weges, der zwischen zwei steilen Hängen anstieg. Es würde schneien. Vor ihnen würde die Sonne untergehen. Roter Himmel, fallender Schnee – und umrahmt vom V der Hügel ein Land, in dem zwei Flüsse auf ein fernes Meer zuströmten.

»Ich erkenne sie, wenn ich sie sehe«, antwortete Ira. »Zuerst müssen wir dort hinkommen.«

»Sie liegt direkt hinter den Bergen«, erzählten sich die anderen. »Die Heimat!«

Obwohl die Berge, die Pinto gesehen hatte, noch so weit weg waren, fassten alle neuen Mut. Sie hatten das Gefühl, dass das Ziel ihrer Reise gesichtet worden war. Jetzt bestand ihre Aufgabe darin, bis dorthin zu überleben.

Während Hanno Pinto eingehender befragte, was sie gesehen hatte, ging Kestrel zu Bowman hinüber.

»Das sind doch nur Berge«, sagte sie sehr leise. »Wir wissen nicht, ob dahinter die Heimat liegt. Es könnte auch eine Wüste sein oder ein Sumpf und dahinter noch mehr Berge, bevor wir das Meer erreichen.«

»Möglich.«

»Also gibt es keinen Grund, so zu jubeln.«

»Nein«, erwiderte Bowman. »Aber die Menschen brauchen Hoffnung.«

»Ich nicht. Ich will keine Hoffnung. Ich will etwas, das es wirklich gibt. Ich glaube erst dann, dass wir die Heimat erreichen, wenn ich sie sehe.«

»Eigentlich willst du gar nicht in die Heimat, stimmt's, Kess?«

»Natürlich will ich das.« Kestrel ärgerte sich, dass Bowman so etwas von ihr dachte. »Ich will nicht ewig herumwandern und immer müde und hungrig sein. Warum sollte ich das wollen?«

»Ich weiß nicht. Mein Gefühl sagt mir nur, dass du Angst vor der Heimat hast.«

»Ach, dein Gefühl. Du fühlst auch immer irgendwas. Warum sollte ich Angst vor der Heimat haben? Dort werden wir schließlich alle bis ans Ende unserer Tage glücklich und zufrieden herumsitzen, oder nicht?«

Zu aufgebracht, um seine Antwort abzuwarten, ging sie zum anderen Ende der Baumgruppe hinüber, wo Mumpo und Tanner Amos Holz hackten. Eine Weile lauschte sie dem *Tock, Tock, Tock* der Axt und dachte darüber nach, wie wütend es sie machte, wenn ihr Bruder sich einbildete sie besser zu kennen als sie sich selbst. Doch als sie sich beruhigt hatte, sah sie ein, dass er Recht hatte. Sie hatte Angst davor, die Heimat zu erreichen, und nicht nur wegen der Folgen, die es für ihre Mutter haben würde. Da war noch etwas anderes.

Sie versuchte ihre Angst genauer zu ergründen. Die weitere Reise konnte sie sich vorstellen, doch wenn sie sich das Ende der Reise ausmalen wollte, sah sie nur Leere. Wie in einem Buch, bei dem die letzten Seiten fehlen. Auf einmal war da gar nichts mehr. Und genau davor fürchtete sie sich: vor dem Nichts. Aber ebenso wenig wollte sie, dass die Reise für immer weiterging.

Was will ich bloß?, dachte sie schaudernd. Was stimmt nicht mit mir?

Tanner Amos und Mumpo packten gemeinsam das Brennholz auf die Ladefläche des Wagens. Inzwischen wurde auch Mrs Chirishs Gummi aus den gekochten Kernen langsam fest. Sie tauchte einen Löffel in den klebrigen Schaum, schöpfte eine Portion der bernsteinfarbenen Masse heraus und schwenkte sie zum Kühlen hin und her. Dann knabberte sie daran.

»Fertig«, verkündete sie. »Holt ein paar Teller.«

Alle Leute um das Feuer kosteten das Gummi. Einige mochten es, andere nicht. Es schmeckte seltsam, süß und sauer zugleich, und es klebte an den Zähnen. Aber man konnte es zweifellos essen.

Unter der Leitung von Mrs Chirish verteilten sie das Gummi auf alle Blechteller, die sie hatten, und ließen es abkühlen. In der kalten Luft wurde es schnell hart. Nun klopften sie mit Löffeln auf die Unterseiten der Teller und das Gummi brach in durchsichtigen bernsteinfarbenen Stücken ab. Die Stücke wurden in Fässer gepackt, jeweils mit einer Schicht flach gedrückter Nussschalen dazwischen, damit sie nicht aneinander klebten. Am Ende hatten sie vier Fässer gefüllt und es blieben noch genug Krümel übrig, dass alle einen Happen essen konnten.

Hanno war Mrs Chirish insgeheim dankbar. Ihre Vorräte wurden allmählich knapp. Jetzt schätzte er, dass sie von einem Fass Gummi pro Tag leben konnten, also hatten sie vier Tage Zeit, um wieder neue Nahrung zu finden. Mit dem Wasser sah es anders aus. Er prüfte den Pegel in dem großen Wasserfass und stellte eine weitere einfache Berechnung an. Die Leute mussten trinken, die Pferde und Kühe ebenfalls. Sicher würden sie bald einen Bach finden. Aber für alle Fälle war es klüger, so viel wie möglich einzusparen.

»Bis wir das nächste Mal Wasser finden«, ordnete er an, »bekommt jeder von jetzt an zwei Becher pro Tag. Und kein Waschen.«

»Kein Waschen!«, rief Lunki aus. »Wie soll sich mein Schatz denn sauber halten?«

»Es ist ja nicht für lange«, beschwichtigte sie Sisi. »Wir werden bald Wasser finden.«

Hanno machte seine Runde, sprach leise mit Creoth über die Kühe und mit Seldom Erth über die Pferde, sagte ihnen nichts Neues und verlangte auch nichts von ihnen, was sie nicht von selbst getan hätten, zeigte jedoch ein fürsorgliches Interesse an jedem einzelnen Teilnehmer des Marsches. Das war seine Art zu führen: Er brüllte keine Befehle, sondern trat als das Bindeglied zwischen ihnen allen auf, als die Person, auf die alle den Blick richten konnten, so dass sie nicht jeder für sich, sondern alle zusammen gingen.

Jetzt gab er das Signal zum Aufbruch. Die Gruppe um das Feuer löschte die Flammen, trat die Glut aus und hob die unverbrannten Stöcke für später auf. Andere bückten sich und schnürten die Stiefel wieder zu, die sie vorher geöffnet hatten, damit sich ihre müden Füße erholen konnten. Bald hatte sich die Kolonne wieder gebildet und

Bowman ging nach vorn, um seinen Platz als erster Wachmann einzunehmen und nach Gefahren Ausschau zu halten. Deshalb war er es, der die Leiche fand.

Auf ihrem langen Marsch waren sie schon an anderen Leichen vorbeigekommen. In dieser gesetzlosen Zeit ließen die Räuberbanden, die auf einsamen Straßen Reisende überfielen, ihre Opfer oft tot oder sterbend zurück. Was Messer und Knüppel begonnen hatten, wurde meist von der nächtlichen Kälte zu Ende gebracht. Die Manth konnten dann nichts anderes mehr tun als auf ihrem Weg innezuhalten und die traurigen Überreste zum Zeichen ihres Respekts mit Steinen zu bedecken.

Dies war die Leiche eines alten Mannes, der mit dem Gesicht nach unten auf der Erde lag und die Hände erhoben hatte, als wollte er sein Gesicht bedecken oder schützen. Bowman kniete sich neben ihn und drehte ihn vorsichtig um, weil er sich vergewissern wollte, dass der Mann wirklich nicht mehr gerettet werden konnte. Doch die vollkommene Reglosigkeit des Körpers verriet ihm, dass ihn das Leben längst verlassen hatte. Die Hände verharrten an das tote Gesicht gepresst und verbargen seine Züge. Bowman tastete sich mit seinen feinfühligen, suchenden Gedanken vorsichtig in den leblosen Schädel und spürte dabei einen Moment lang, wie sich etwas darin regte; dann war es wieder vorbei und nichts rührte sich. Er griff nach den Händen des Toten und zog sie von seinem Gesicht herunter.

Die Augen waren offen und leer. Die alten Wangen waren von grauen Bartstoppeln bedeckt. Die trockenen Lippen waren geöffnet, wie zu einem Ruf. Doch am erschreckendsten war, dass sein Gesicht von der Stirn bis zum Kinn völlig zerkratzt war: aufgerissen und zu einer scheußlichen Fratze entstellt, das getrocknete Blut dunkel auf der bleichen, toten Haut.

Mumpo stellte sich neben Bowman und blickte schweigend auf den Toten hinunter.

»Was kann das gewesen sein?«, fragte Bowman.

»Er war es selbst. Sieh dir seine Fingernägel an.«

Mumpo hatte bemerkt, was Bowman übersehen hatte: Die Fingernägel des Toten waren schwarz vor getrocknetem Blut. Aus irgendeinem schrecklichen Grund hatte er sich beim Sterben selbst das Gesicht aufgekratzt.

Allmählich kamen die anderen näher. Creoth trat zu ihnen und betrachtete den Toten.

»Oh, der arme Teufel!«

»Wir decken ihn am besten zu«, meinte Bowman. »Die anderen brauchen ihn nicht zu sehen.«

Er sammelte mehrere Hand voll der steinigen Erde zusammen und streute sie über die Leiche. Mumpo und Creoth machten es ihm nach. Bowman beeilte sich das aufgerissene Gesicht zu bedecken. Während er die Erde auf den toten offenen Mund rieseln ließ, hatte er erneut das Gefühl, dass sich etwas regte: ein plötzlicher Luftzug, der den fallenden Staub bewegte. Er glaubte ein leises Surren zu hören, das dicht an seinem Kopf vorbeischwirrte, wie von einem kleinen fliegenden Insekt. Doch dann rollte der Wagen näher und mit ihm kam sein Vater.

»Armer Kerl«, stellte Hanno fest und kniete sich hin, um bei der Beerdigung am Wegesrand zu helfen.

Als die Leiche vollkommen bedeckt war – ein trockener Erdhügel, der Wind und Regen nicht lange standhalten würde –, versammelten sich die Manth um den Unbekannten und Hanno Hath erhob sich, um die übliche Trauerrede zu halten.

»Wir, die wir zurückbleiben, behüten dich auf deinem weiteren Weg.«

Dann schwieg er eine Weile. Niemand sprach oder rührte sich. Schließlich fuhr er fort und sprach mit seiner ruhigen, klaren Stimme die alten Worte.

»Das Gefängnis langer Jahre öffnet seine Eisentür. Sei frei und geh, ins wunderbare Land. Vergib uns, die wir in dieser düsteren Welt leiden. Führe uns und warte auf uns, so wie wir auf dich warten. Wir werden uns wiedersehen.«

Er neigte den Kopf und alle wiederholten: »Wir werden uns wiedersehen.«

Mehr konnten sie nicht tun. Hanno lächelte Bowman kurz traurig an und wandte sich dann zu seiner Frau um. Auf einmal bemerkte Bowman wieder das leise Surren und das kurze Schimmern in der Luft. Er sah, wie sein Vater leicht zusammenzuckte und sich mit einer Hand an die Kehle fasste. Plötzlich spürte Bowman, dass Gefahr drohte.

»Was ist denn, Pa?«

»Nichts. Irgendeine Stechmücke. Nichts, um das man sich Sorgen machen müsste.«

Er wandte sich etwas zu schnell ab.

»Pa, sieh mich an.«

Hanno drehte sich wieder um und schaute ihn ungehalten an. »Ich habe doch gesagt, es ist alles in Ordnung. Wir müssen jetzt weiter. Wir haben schon genug Zeit verschwendet.«

Bowman blickte zum letzten Mal auf den länglichen Hügel am Wegrand hinunter und fragte sich angstvoll, was einen Menschen dazu bringen konnte, sich das eigene Gesicht zu zerkratzen. Doch die Kolonne formierte sich bereits und es war Zeit zu gehen.

2
Berauscht

Während des kurzen Halts hatte Seldom Erth die Pferde abgeschirrt und Mrs Chirish hatte beschlossen die tönernen Kochtöpfe in eine zusätzliche Lage Stoff einzuwickeln, weil sie fürchtete, dass sie durch das Holpern des Wagens zerbrechen könnten. Die Kühe hatten sich auf der Suche nach Gras ein Stückchen entfernt. Viele Leute hatten sich hingesetzt.

Jetzt, da sie sich wieder auf den Weg machen wollten, begann Hanno Hath sie anzubrüllen.

»He du! Kuhhirt! Wenn du deine Tiere nicht unter Kontrolle halten kannst, gibt es sie zum Abendessen!«

Creoth verschlug es die Sprache. So hatte Hanno noch nie geredet.

»He du! Alter Mann! Hab ich dir vielleicht befohlen die Pferde abzuspannen?«

Ira Hath merkte, dass irgendetwas nicht stimmte, und versuchte ihren Mann zur Seite zu nehmen.

»Hanno ...«

»Nicht jetzt, Frau. Los, vorwärts, alle miteinander! Wir haben genug Zeit vergeudet!«

Kestrel hörte ihn und wandte sich mit ihren Gedanken an Bowman.

Was ist mit Pa los?

Ich weiß nicht genau. Irgendwas Schlimmes ist mit ihm passiert. Ich muss mich in ihn hineinfühlen.

Komm. Ich helf dir.

Kestrel wusste, was ihr Bruder meinte, wenn er sagte, er wolle sich in ihren Vater »hineinfühlen«: Er wollte in Hannos Gedanken eindringen. Dazu musste er ihm körperlich ganz nah sein, am besten Stirn an Stirn. Doch Hanno bewegte sich schnell und blieb nie lange an einem Fleck. Die Zwillinge wollten nicht alle anderen erschrecken, indem sie ihren Vater direkt angriffen.

»Pa«, bat Kestrel, »lass uns doch einen Wunschkreis machen, bevor wir weitergehen.«

»Keine Zeit«, entgegnete Hanno.

»Bitte. Es dauert nicht lange.«

»Ma! Pinto!«, rief Bowman. »Wunschkreis!«

Hannos Augen blitzten zornig auf und er schrie die Zwillinge an: »Ich bin das Oberhaupt dieser Familie! Ihr habt doch gehört, dass ich gesagt habe, wir haben keine Zeit! Wie könnt ihr es wagen, euch mir zu widersetzen!«

Inzwischen war Pinto herbeigelaufen.

»Aber ich würde so gern einen Wunschkreis machen, Pa...«

Klatsch! Er schlug Pinto mit der flachen Hand ins Gesicht.

»Du tust, was ich dir sage!«

Der Schlag tat weh. Pinto biss sich auf die Lippe, um nicht in Tränen auszubrechen, und begriff nicht, wie ihr sanfter Vater sie so fest schlagen konnte.

»Es tut mir Leid, Pa.«

Halt ihn fest! Lass ihn nicht entkommen!

Bowman und Kestrel machten beide gleichzeitig einen Satz nach vorn. Bowman schlang seinem Vater die Arme um die Brust und drückte ihm so die Arme an die Seiten, während Kestrel mit ihrem ganzen Körper seine Beine festhielt. Hanno wehrte sich und fiel dabei um, doch Bowman ließ ihn nicht los. Er lehnte seinen Kopf an den seines Vaters und nahm alle Kraft zusammen, um sich in Hannos Gedanken hineinzudrängen. Dort fand er sofort, was er suchte, fühlte eine Gestalt ohne sie zu sehen: Sie glich einer eng zusammengerollten Made mit einer dicken, schleimigen Haut. Bowman versuchte sie zu fassen, doch sie erwies sich als glitschig und wand sich wieder frei. Sie war stark und wurde immer stärker, indem sie sich nährte von Hanno, ihrem Wirt.

Nun ließ Bowman seine eigenen Gedanken in die seines Vaters strömen, um ihn vollkommen damit zu erfüllen und der Made jeden Raum zum Atmen zu nehmen. Die anderen bekamen nichts von all dem mit, sie sahen nur, dass Bowman und Kestrel mit ihrem Vater in den Armen hingefallen waren und sich an ihm festhielten. Ohne genau zu wissen, was sie tun sollten, drängten sie sich um sie herum.

»Lasst sie!«, bat Ira.

Schließlich kam Bowman an die Stirn seines Vaters heran, drückte seine eigene dagegen und sandte seine Kraft in Wellen aus.

Hinaus! Hinaus! Hinaus!

Plötzlich spürte er, wie aller Widerstand schwand. Ein Zucken durchlief den Körper seines Vaters und dann erschlaffte er. Die Kreatur war fort.

Hanno Hath ließ den Kopf fallen. Bowman lockerte seinen Griff, nahm den Kopf seines Vaters in die Hände und drehte ihn zu sich herum, damit er ihm ins Gesicht schauen konnte. Es war von roten Flecken und Schweißperlen übersät. Bowman packte seinen Ärmel und wischte seinem Vater die Stirn ab. Kestrel ließ seine Beine los, rückte hinter ihren Vater und legte seinen Kopf auf ihren Schoß. Ira und Pinto setzten sich zu ihnen. Hanno schlug die Augen auf. Er machte einen benommenen Eindruck.

»Ist wieder alles gut, Pa?«, fragte Pinto.

»Ja, Liebling.«

Bowman erhob sich, um die besorgte Menge zu beruhigen.

»Alles in Ordnung. Es ist nichts Ernstes.«

Während er das sagte, betrachtete er die Gesichter um sich herum und suchte nach Anzeichen dafür, ob andere auf die gleiche Weise befallen waren. Doch alle schienen wie immer zu sein.

Hanno stand kopfschüttelnd und lächelnd vom Boden auf.

»Seltsam«, wunderte er sich. »Ich hab keine Ahnung, was das war.« Sein Blick fiel auf Pinto, auf deren Wange noch der rote Abdruck der Ohrfeige zu erkennen war. »Hab ich dich geschlagen?«

»Ja, Pa.«

»Das wollte ich nicht, mein Liebling. Ich war nicht ich selbst, als ich das getan habe. Ich würde dir niemals wehtun.«

»Ich weiß, Pa.«

Hanno lächelte die staunenden Gesichter um sich herum an.

»Ich bin wohl nicht so stark, wie ich dachte.«

»Was war es denn?«, wollten sie wissen. »Was ist mit dir passiert?«

»Anscheinend bin ich von irgendeinem bösartigen Insekt gestochen worden. Vielleicht sind noch mehr davon in der Luft um uns herum; sie könnten euch auch stechen.«

Alle begannen sich nervös umzuschauen.

»Sie sind zu klein, als dass man sie sehen könnte. Selbst der Stich ist winzig. Man spürt ihn kaum. Es juckt nur ganz leicht.« Er fasste sich an die Kehle.

»Was bewirkt so ein Stich, Hanno? Schadet er uns?«

»›Schaden‹ ist vielleicht nicht das richtige Wort. Man fühlt sich eher berauscht. Ich weiß nicht, wie ich es sonst beschreiben soll.«

»Berauscht!«

Die jüngeren Männer lachten und stießen sich gegenseitig an. Rollo Shim schwenkte einen Arm und rief: »Hier bin ich! Stecht mich!«

»Es ist kein angenehmes Gefühl«, warnte Hanno ernst. »Bitte, wenn ihr glaubt gestochen worden zu sein, dann wendet euch an meinen Sohn Bowman. Er weiß damit umzugehen.«

Eine plötzliche eisige Windbö erinnerte sie alle daran, dass man sich zu dieser Jahreszeit besser nicht lange an einem Fleck aufhielt, wenn man kein Dach über dem Kopf hatte. Also bereiteten sie sich erneut auf den Abmarsch vor. Bevor sie ihre Plätze in der Kolonne einnahmen, tauschten Hanno und Bowman ein paar Worte unter vier Augen.

»Was immer es war, es kam aus dem Toten«, vermutete Bowman.

»Du hast mich gerettet, Bo. Das weiß ich.«

»Es hat dich dazu gebracht, zu schreien und anderen Befehle zu geben. Das sieht dir gar nicht ähnlich.«

»Nein. Ich bin in meiner eigenen kleinen, ruhigen Welt am glücklichsten, stimmt's? Mit meiner Familie und meinen Büchern. Ich will nicht, dass andere Angst vor mir haben. Ich führe unser Volk doch jetzt nur an, weil ich an Iras Gabe glaube. Niemand ist verpflichtet mir zu folgen.«

Bowman hörte den verwirrten Unterton in der Stimme seines Vaters und merkte, dass er sich nicht so sicher war, wie er ihn glauben machen wollte.

»Sie folgen dir, weil sie Respekt vor dir haben.«

»Ich will ja nur sagen, Bo, dass ich mich nicht für klüger oder wichtiger als andere halte. Wer bin ich denn, dass ich ihnen sagen könnte, was sie zu tun haben?«

»Du bist unser Anführer, Pa.«

Hanno lächelte ihn seltsam an. Bowman tastete sich vorsichtig in die Gedanken seines Vaters und war überrascht von dem, was er dort fand. Zuerst hörte er ein Gewirr von verschiedenen Gedankenstimmen, die sagten: *Wie lächerlich du doch bist! Geh in deine Bücherei zurück, Bibliothekar! Dir hört sowieso niemand zu. Sprich leiser, sonst lachen alle.* Doch dahinter, tiefer, erhaschte er eine andere Stimme, die unter dem schnatternden Rauschen wie ein gleichmäßiger Rhythmus erklang und flüsterte: *Ich weiß mehr, ich bin klüger, sie würden gut daran tun, mir zu folgen.*

Was ist das für eine Fliege, die aus dem Mund eines Toten kommt?, fragte sich Bowman. Was macht sie mit uns? Wie kann sie solch tiefe und geheime Leidenschaften in uns wachrufen?

Doch dann erinnerte er sich daran, wie ihm selbst vor langer Zeit genau das Gleiche widerfahren war. In den Hallen des Morah, als er in jene Augen geschaut hatte, die eine Vielzahl von Augen gewesen waren, hatte er gespürt, wie sich unbändige Sehnsüchte in ihm regten, und war dadurch verändert worden. War diese Stechfliege ein Geschöpf des Morah?

Eine plötzliche Angst überkam ihn.

Ich bin jetzt nicht mehr zehn Jahre alt. Ich habe jetzt eigene Kräfte.

Der Morah entsteht in uns selbst, sagte er sich. Wir selbst sind der Morah. Diese Stechfliege trägt kein Gift; es sei denn, man braucht Gift, damit unsere geheimen Leidenschaften für uns selbst sichtbar werden.

Diesen letzten Gedanken fand er fast am erschreckendsten von allen. Was, wenn wir alle im Innern ganz anders sind? Was, wenn uns ein winziges Insekt durch ein unmerkliches Piksen in dieses andere Selbst verwandeln kann? Mein sanftmütiger Vater wird zu einem brüllenden Diktator. Und ich, ich werde zum Mörder...

Er schüttelte den Kopf. Es war besser, diesen Gedanken nicht weiterzuverfolgen. Ob diese Insekten nun vom Morah kamen oder nicht – er konnte sein Volk als Einziger vor ihrem Gift schützen und darin bestand seine Aufgabe. Mehr brauchte er nicht zu wissen.

Als sie sich wieder auf den Weg machten, dachten alle an Hannos seltsame Berauschtheit. Sie sahen sich nach den Fliegen um, schlugen sich selbst auf Arme und Gesichter, wenn sie den Eindruck hatten, es hätte sich etwas darauf niedergelassen, und hielten Ausschau nach Anzeichen merkwürdigen Benehmens bei anderen. Mrs Chirish beschwerte sich über das schnelle Marschtempo und klagte: »Meine Beine werden davon ganz zittrig.« War das ein Zeichen für Berauschtheit? Creoth antwortete ihr: »Wenn die Kühe Schritt halten können, Madam, dann können Sie das auch.« Aus dem Mund des liebenswürdigen Creoth, der Mrs Chirish zusammen mit Mumpo auf dem Sklavenmarsch getragen hatte, schien das unnötig grob. War er von den unsichtbaren Fliegen gestochen worden? Dann fing die junge Ashar Warmish an zu kichern und konnte nicht wieder aufhören. Doch es stellte sich heraus, dass sie und ihre Freundin Red Mimilith den Shim-Brüdern Grimassen geschnitten hatten, und das hatte sie zum Lachen gebracht.

Die kleine achtjährige Fin Marish nutzte die allgemeine Aufregung, um an die Spitze der Kolonne vorzulaufen und sich zu Mumpo zu gesellen. Wie alle kleineren Mädchen schwärmte sie für Mumpo, weil er groß und stark war, langsam redete und alles glaubte, was man ihm erzählte.

»Mumpo«, sprach sie ihn an, »wusstest du, dass du im Schlaf sprichst?«

»Nein«, antwortete er. »Was sage ich denn?«

»Du sagst: ›Pinto ist doof! Fin ist toll!‹«

»Wirklich? Das sage ich? Warum sollte ich das sagen?«

»Weil du Pinto hasst und mich liebst«, erklärte Fin.

Miller Marish suchte nach Fin, fand sie schließlich und wies sie streng zurecht, weil sie ihren Platz in der Kolonne verlassen hatte. Fin zeigte daraufhin anklagend mit dem Finger auf ihn und schrie mit schriller, hoher Stimme: »Mein Papa hat sich in ein Monster verwandelt! Ich glaube, die Fliegen haben ihn gestochen!«

Inzwischen hatte es schon so oft falschen Alarm gegeben, dass alle dieses Themas überdrüssig wurden und den jungen Leuten mit ihren Spielchen keinen Glauben mehr schenkten. Eine Stunde nach dem erneuten Aufbruch hatten sie schon vergessen darauf zu achten, ob sich jemand ungewöhnlich benahm. Außer Hanno war niemand mehr gestochen worden und alle waren guter Dinge. Das Marschieren fiel ihnen jetzt leichter, weil sie einen sanften Abhang hinuntergingen. Und da außerdem die Berge gesichtet worden waren, hatten alle das Gefühl, dass ihre lange Reise eines Tages doch noch zu Ende sein würde.

So knirschten die Wagenräder weiter über den steinigen Boden, die Pferde trotteten mit klappernden Hufen voran und jeder der Wanderer hing seinem eigenen, heimlichen Traum von dem Leben nach, das er oder sie führen würde, wenn sie schließlich die Heimat erreichten. Creoth, der nun fand, dass er unangemessen barsch zu Mrs Chirish gewesen war, beschloss ihr von dem Bauernhof zu erzählen, den er sich aufbauen wollte.

»Nicht viel Land. Ich bin nicht mehr der Jüngste. Nur ein oder zwei Weiden für das Vieh, mit dem Fluss auf einer Seite und dem Meer auf der anderen. Ich werde mein eigenes kleines Häuschen haben, nur ein Zimmer, und einen schönen dunklen Melkstall, der zum Meer hinausgeht. Dann werde ich jeden Morgen beim Melken den Sonnenaufgang anschauen. Bei den Bärten meiner Ahnen! Das nenne ich ein schönes Leben, was, Madam? Der Duft frischer Milch und das Licht der aufgehenden Sonne.«

»Sie können ja zitternd in Ihrem Stall sitzen, Sir. Ich werde in meinem Bett liegen.«

»Soso, in Ihrem Bett, ja?«

»Das wird vielleicht ein Bett sein! Hoch an den Seiten und tief in der Mitte, und dabei kuschelig wie ein Nest! Wie ein Ei werd ich in diesem Nest liegen und meine armen Beine werden nie mehr wehtun.«

»Einfach nur daliegen, Madam? Und den lieben langen Tag gar nichts tun?«

»Gegen Mittag stehe ich vielleicht auf und esse eine Kleinigkeit, stelle mich auf die Veranda, nicke meinen Nachbarn zu und wünsche ihnen einen guten Tag. Dann geh ich wieder in mein Bett.«

Silman Pillish, der neben dem Wagen herstapfte, berichtete Seldom Erth von der Schule, die er in der Heimat gründen würde. Seldom Erth gab ihm keiner Weise zu verstehen, dass er es hören wollte, aber er protestierte auch nicht, und das war für Pillish Ermutigung genug.

»In meiner Schule wird der Unterricht ein Dienst an den Kindern sein und keine Last für sie. Sie werden zu mir kommen, wissen Sie, und mir sagen, was sie gern lernen möchten – zum Beispiel ein Lied, das gemeinsam gesungen wird. Ein Lied, das man als Kind gelernt hat, vergisst man doch nie, finden Sie nicht auch?«

»Kann ich nicht sagen«, erwiderte Seldom Erth.

»Ich werde den Kleinen antworten: Ah, da hab ich was für euch! Und dann werde ich ihnen ein Lied beibringen, zum Beispiel ›Die Henne und ihre Küken‹.«

Mit einer unerwartet schönen Stimme sang er einen Vers des Liedes.

»Wo seid ihr hin, kleine Küken, kleine Küken? Oh! Oh! Und oh!«

Diese letzten Ausrufe sollten offensichtlich die verlorenen Küken darstellen, die hinter Pillish wieder auftauchten.

»Sehen Sie, deshalb werden sie gern zur Schule kommen. Ja, die Schule in unserer Heimat wird ein fröhlicher Ort sein. Und die Kinder werden ihren Lehrer sehr mögen, meinen Sie nicht auch?«

»Kann ich nicht sagen«, antwortete Seldom Erth.

Mumpo schritt ganz vorn vor allen anderen und träumte nicht von der Heimat. Die kleinen Mädchen waren wieder verschwunden, er musste wachsam sein, nach Gefahren Ausschau halten und außerdem hatte er sowieso keinen Traum mehr. Er schaute über die Kolonne hinter sich hinweg und ließ den Blick einen Moment lang auf Kestrel ruhen, die neben Sisi ging. Solange er denken konnte, hatte er Kestrel geliebt. Er kannte jeden Zug dieses lebendigen Gesichts mit den hohen Wangenknochen, jeden Ausdruck ihrer unruhigen Augen. Doch Kestrel liebte ihn nicht. Er hatte sich damit abgefunden – es schien ihm ganz passend und natürlich. Wer war er schon, dass Kestrel ihn lieben sollte? Aber was blieb ohne sie übrig? Es war, als hätte man ein Loch in seine Zukunft geschnitten. So ging er verwirrt seines Weges, ohne Trauer, aber auch ohne eine echte Hoffnung auf zukünftiges Glück.

Kestrel hatte nicht bemerkt, dass sich Mumpo umgedreht und sie beobachtet hatte. Sie machte sich Sorgen um Sisi.

»Du solltest mehr essen«, fand sie. »Wir haben noch einen weiten Weg vor uns.«

»Es ist nicht mehr viel zu essen da«, entgegnete Sisi leise. »Sollen es die Kinder haben.«

»Dann wirst du zu schwach zum Laufen und wir müssen dich in den Wagen setzen. Das bedeutet nur mehr Arbeit für die Pferde.«

»Ihr könnt mich zurücklassen.«

»Oh, Sisi. Wir würden dich nie allein lassen.«

»Ich verstehe nicht, warum. Ich bin doch keine Manth wie ihr. Ich nütze niemandem etwas. Ich bin nicht mal mehr … du weißt schon.«

»Nicht mal mehr schön?«

»Nicht mal mehr schön. Und keine Prinzessin. Überhaupt nichts.«

»Du glaubst also, dass alle, die keine schönen Prinzessinnen sind, nichts wert sind?«

»Du weißt schon, was ich meine.«

»Alle sind angetan von dir, Sisi. Sie respektieren dich.«

»Nicht alle.«

Kestrel gab nicht vor sie nicht zu verstehen.

»Auch Bowman.«

»Hat er dir das gesagt?«

»Ich weiß, was mein Bruder fühlt. Er ist doch zu dir gekommen und hat mit dir gesprochen, oder nicht?«

»Ich hab genäht. Er hat gesagt, ich leiste gute Arbeit.«

»Siehst du?«

»Oh, Kess, bitte! Fang du nicht auch noch an, mich zu bemitleiden.«

Die alte Sisi blitzte wieder hervor. Kestrel nahm liebevoll ihren Arm.

»So aufgebracht wie jetzt gefällst du mir besser.«

»Das stimmt nicht.«

Doch sie lächelte dabei.

»Komm schon, Sisi, gib's zu. Du bist nicht so gut und bescheiden, wie du tust.«

»Doch. Ich bin der schlichteste, bescheidenste Mensch auf der ganzen Welt.« Sie lächelte, während sie das sagte, so dass Kestrel auch lächeln musste. »Ich bin die Prinzessin der Schlichtheit. Ich bin auf erhabene, schöne, stolze Weise schlicht. Ich bin auf prachtvolle Weise bescheiden.«

Sie fing an zu lachen und konnte nicht weitersprechen. Lunki drehte sich erfreut zu ihr um.

»Na also, mein Schatz. Es tut meinem Herzen gut zu hören, dass du dich amüsierst.«

»Das ist nicht sehr nett von dir, Kess«, sagte Sisi, als sie sich wieder beruhigt hatte. »Du bringst mich dazu, solche seltsamen Dinge zu sagen.«

»Also hörst du jetzt auf dich zu Tode zu hungern?«

»Ich werde so viel essen wie alle anderen.«

»Gut. Mehr verlange ich ja gar nicht.«

»Aber Kess, es ist mir wirklich gleich, ob ich lebe oder sterbe. Ich sag das nicht, um mich wichtig zu machen. Seit ich mit dir und deinem Volk zusammen bin, sehe ich auf einmal alles ganz anders. Und ich schäme mich dafür, wie ich früher war. Ihr Manth habt so einen starken Familiensinn und geht so rücksichtsvoll miteinander um. Ihr seid so ernst und nachdenklich und vor allem seid ihr anständig. Ihr seid so stille, anständige Menschen.«

»Ich glaube, du meinst nur einen von uns.«

»Vielleicht.«

»Er hat auch seine Fehler.«

»Manchmal denke ich, er ist zu traurig und verbringt zu viel Zeit allein. Aber ich sehe keine Fehler.«

»Frag ihn danach. Er wird sie dir verraten.«

»Oh, das würde mir nicht im Traum einfallen!«

Sisi erzählte ihrer Freundin allerdings nicht, dass sie insgeheim glaubte, sie könnte Bowman glücklich machen. Doch noch während ihr dieser Gedanke durch den Kopf ging, fiel ihr wieder ein, dass sie nicht mehr schön war und es folglich keinen Grund gab, weshalb er sich für sie entscheiden sollte.

»Ich vergesse es immer wieder. Jetzt ist alles anders.«

Wie sie es hundertmal am Tag tat, hob sie die Hand und berührte die Narben auf ihren Wangen.

Inzwischen hatten alle das Insekt, das Hanno Hath gestochen hatte, vergessen. Die Stimmung unter den Wanderern war seit Tagen nicht mehr so gut gewesen. Einige sangen sogar beim Gehen – ein Wanderlied, das aus ganz alten Zeiten herrührte, in denen die Manth noch als Nomaden gelebt hatten. Kestrel gesellte sich zu ihren Eltern und versuchte erneut ihre Mutter zu überreden sich in den Wagen zu setzen, zumindest für ein Stück des Weges. Doch Ira Hath bestand darauf, zu Fuß zu gehen wie die anderen.

»Bei Sonnenuntergang machen wir Halt. Bis dahin schaffe ich es.«

Weit vor den anderen beäugten Bowman und Mumpo das kahle Land genau. Einmal schaute Bowman zurück und bemerkte, dass Kestrel dicht neben ihrer Mutter ging und ihre Hand hielt. Auch Sisi sah er, die mit festen Schritten neben dem Wagen hermarschierte, das vernarbte Gesicht im kalten Wind, und deren strahlende bernsteinfarbene Augen vor sich ins Leere blickten.

Sisi hörte das leise Surren in der Luft hinter ihr nicht.

Als sie ein sanftes Kribbeln an der Kehle spürte, griff sie mit einer Hand dorthin, kratzte sich und dachte nicht weiter darüber nach. Einen Moment lang konnte man noch einen winzigen Punkt unten an ihrem Hals erkennen, in der leichten Vertiefung zwischen den Schlüsselbeinen.

3
Sisis Kuss

Die Risse nahmen zu und wurden immer breiter. Sie zogen sich in unregelmäßigen Zickzackmustern durch das ganze Land, als wäre der Boden in einem längst vergangenen Sommer zu lange der Sonne ausgesetzt gewesen und wie ein Teller mit einer schlechten Glasur rissig geworden. Zuerst waren die Ritzen nur wenige Zentimeter breit und tief. Doch je weiter die Kolonne der Manth nach Norden kam, umso größer wurden die Risse, bis sie schließlich zu breit waren, als dass man hätte hinübersteigen können, und sie sich einen Weg zwischen diesen Klüften suchen mussten.

Es gab keine befestigte Straße, aber der Weg, den andere Reisende vor ihnen genommen hatten, war leicht zu erkennen: Das harte Gras war von Menschen und Tieren niedergetrampelt worden und bildete einen Pfad, der sich durch das aufgeborstene Land schlängelte. Nach einer Weile senkte sich der Pfad zu einer natürlichen Furche in der Ebene, die das Bett eines längst ausgetrockneten Wasserlaufs zu sein schien. Der Weg in der Talsohle war nur wenige Meter breit, wand sich zwischen den jäh auftauchenden Spalten entlang und führte stetig nach unten. Das Gefälle war kaum wahrnehmbar, doch die Hänge zu beiden Seiten wurden allmählich immer höher, bis sie die Köpfe der Wanderer überragten.

Hanno Hath folgte diesem Flussbett nur sehr ungern. Er schickte Späher auf die seitlichen Hänge, damit sie nach einer anderen Route Ausschau hielten, Mumpo nach Westen und Tanner Amos nach Osten. Die Oberfläche dieser ansteigenden Seiten war bröckelig und mit losen Gesteinsbrocken bedeckt, so dass man nur schwer hinaufklettern konnte. Bei jedem Schritt setzten sich Brocken in Bewegung, rutschten als kleine Lawinen den Abhang hinunter und rissen dabei weitere Steinchen mit sich.

»Siehst du irgendwas, Mumpo? Gibt es einen anderen Weg?«

»Nein«, rief Mumpo zurück. »Die Risse sind zu breit.«

Von seinem Aussichtspunkt auf dem Westhang aus konnte Mumpo erkennen, dass die Risse in allen Richtungen dichter, breiter und tiefer geworden waren. Es gab keinen anderen Weg als das ausgetrocknete Flussbett.

Als sie am Nachmittag noch einmal Rast machten, hatte sich der Pfad noch tiefer in das Land gegraben und führte nun durch ein Tal mit steilen Wänden. Mumpo und Tanner kletterten die Hänge wieder hinunter, zuerst vorsichtig, dann mit den hinunterrollenden Steinen um die Wette.

»Immer noch nichts?«

»Überall nur Risse.«

Hanno Hath wandte sich an seinen Sohn. »Gibt es hier irgendwo Wasser, Bo?«

Bowman schüttelte den Kopf. Manchmal konnte er die Nähe von Quellen oder Wasserläufen spüren, doch in diesem Moment nahm er nichts dergleichen wahr. »Ich rieche nichts.«

»Meine Liebe?«

Dies war an Ira Hath gerichtet, die sich auf die Erde gesetzt und den Rücken gegen ein Wagenrad gelehnt hatte und ihre Gedanken sammelte. Sie schloss die Augen. Diesen Vorgang wiederholte sie mehrmals am Tag, um sich zu vergewissern, dass sie auf dem richtigen Weg waren. Es war ein bisschen so, als würde sie die Windrichtung erfühlen. Nur spürte sie keinen Wind auf ihrem nach oben gereckten Gesicht, sondern Wärme. Ihre Wahrnehmung war schwach, aber eindeutig. Sie verriet ihr den Weg in die Heimat. Doch ihre Empfindung hatte noch eine zweite Seite, die schwerer zu beschreiben war: das Gefühl einer zunehmenden Stille, einer Ruhe vor dem Sturm. Ira ließ die anderen niemals wissen, wie sehr sie diese bevorstehende Zeit fürchtete. Sie hatten ja doch keine Möglichkeit, schneller voranzukommen. Also hatte es keinen Sinn, Panik zu verbreiten. Für sich oder wenn sie mit Hanno sprach, nannte sie es den aufkommenden Wind: Wind kam auf, jeden Tag ein bisschen mehr. Sie mussten sich in Sicherheit bringen, sie mussten die schützende Heimat erreichen, bevor der Sturm losbrach, sonst würde er sie davontragen.

Hanno hockte sich vor sie und nahm ihre Hände in seine.

»Kommen wir näher?«, fragte er.

»Ja. Näher.«

»Und du?«

»Ich werde die Heimat sehen. Hab ich das nicht schon gesagt?«

Er gab ihr das letzte Stück Brot, das er von seiner eigenen Ration aufgehoben hatte, und einen Becher Milch. Ihm zuliebe aß und trank sie etwas, doch sie war nicht hungrig.

»Du wirst dünn.« Er tat so, als wäre er ärgerlich. »Du musst essen, was man dir gibt.«

Sie lächelte und betrachtete sein besorgtes Gesicht. Was für ein guter Mensch er doch war.

»Wir haben alle unseren Part zu spielen, Hannoka. Und dann ist es Zeit für uns zu gehen.«

»Aber jetzt noch nicht«, entgegnete er, als wäre es ein Befehl. »Jetzt noch nicht.«

»Nein. Jetzt noch nicht.«

Während sich die Wanderer ausruhten, wurde Sisi immer ungeduldiger.

»Setz dich doch, mein Schatz«, bat Lunki. »Wir müssen noch zwei Stunden laufen, bevor die Sonne untergeht. Ruh deine schmerzenden Füße aus.«

»Hinlegen sollte man sich«, meinte Scooch. »Die Füße höher als den Kopf. Darauf kommt's an.«

»Höher als den Kopf?«, fragte Lunki verwundert.

Der kleine Scooch legte sich mit dem Rücken auf den steinigen Boden und platzierte die Fersen auf dem Trittbrett des Wagens.

»So. Dann fällt alle Last von den Füßen ab.«

Lunki legte sich neben ihn und setzte ihre Füße neben seine.

»Tatsächlich!«, rief sie. »Ich spüre, wie die Last von meinen Füßen abfällt!«

Sie drehte sich zu Sisi um und wollte sie ermuntern ihrem Beispiel zu folgen, aber ihre Herrin war nicht mehr da. Sie hatte sich etwas von ihnen entfernt und schritt unermüdlich im Kreis herum.

»Was ist bloß los mit ihr? Warum kommt sie nicht zur Ruhe?«

»Zu dünn«, antwortete Scooch.

»Meinen Sie?«

»Keine Frage. Ein Körper muss gut gepolstert sein, sonst gucken die Nerven raus.«

»Mein armes Baby! Sie haben Recht, ihre Nerven gucken wirklich raus. Ihr geht alles zu nah.«

Was Sisi wirklich umtrieb, war das plötzliche und dringende Bedürfnis, zu Bowman zu gehen, mit ihm zu reden und … und was noch, wusste sie nicht, nur dass es mit einer Demütigung enden würde. Ihr Stolz hielt sie noch zurück, doch das Verlangen wurde immer stärker.

Bowman unterhielt sich in einiger Entfernung leise mit Kestrel. Er war genauso aufgeregt wie Sisi, aber aus ganz anderen Gründen.

»Ich will, dass es vorbei ist«, sagte er. »Ich will, dass sie mich endlich holen und dass es vorbei ist. Warum kommen sie bloß nicht? Mit jeder Stunde, die vergeht, kommt mehr Wind auf, ich fühle es. Sie müssen bald kommen.«

»Sie kommen und holen dich, wenn sie dich brauchen«, entgegnete Kestrel. »Ich will nicht, dass du gehst, bevor es unbedingt nötig ist.«

Kestrel wusste, dass ihr Bruder glaubte, es sei sein Schicksal, sich dem Sänger-Volk anzuschließen, doch sie verstand nicht, wie sie getrennt werden konnten.

Wir bleiben zusammen, dachte sie. *Wir bleiben immer zusammen.*

Bowman hörte ihren Gedanken.

»Ich will ja nicht gehen. Aber ich kann so nicht weitermachen. Du weißt nicht, wie das ist.«

»Ich kann es nachfühlen, ein bisschen.«

Sie spürte den Aufruhr in ihm, seinen Geist, in dem ein endloser Kampf tobte. Bowman war so empfänglich, er konnte sich gegen nichts wehren, er war wie der Himmel, nahm alles in sich auf. Die Nomadenträume der Manth, die gewaltige Macht des Morah, die lieblichen, wortlosen Lieder Sirenas, all das fegte über den Horizont seiner Gedanken und jagte sich gegenseitig wie vom Wind getriebene Wolken.

»Ich will dich nicht verlassen«, erklärte er. »Aber ich muss bei ihnen sein, wenn die Zeit gekommen ist.«

»Und danach?«

»Es gibt kein Danach. Nicht für mich.«

»Soll ich denn ohne dich weitermachen?«

Frag nicht. Verzeih mir.

Als Kestrel diese unausgesprochenen Worte wahrnahm, spürte sie plötzlich eine Bewegung auf der Haut, unter dem Stoff ihres Hemdes. Es war der silberne Anhänger, den sie an einem Band um den Hals trug und der früher einmal die Stimme des Windsängers gewesen war. Sie trug ihn schon so lange, dass sie ihn fast vergessen hatte. Jetzt regte er sich und drückte ihr auf die Brust. Er fühlte sich warm an, als wäre er ein Teil von ihr. Und noch während sie seine vertraute Form und sein Gewicht spürte, öffnete sich eine Tür in ihren Gedanken, eine Tür, von der sie gar nicht gewusst hatte, dass es sie gab. Durch den Türrahmen sah sie sich und Bowman zusammenstehen, so wie jetzt. Doch ein Stück weiter weg, in einer Zeit, die, das wusste sie, in der Zukunft lag, sah sie ihren Bruder ohne sich selbst, verloren und gebrochen, und er rief ihren Namen.

Er erschien ihr so wirklich und so einsam, dass sie ihm in Gedanken zurief: *Ich werde dich niemals verlassen. Selbst wenn es so aussieht, als wäre ich fort, werde ich nicht fort sein. Ich werde immer bei dir sein.*

Bowman hörte sie und war überrascht.

»Was meinst du damit, Kess? Warum sagst du so was?«

»Diese Dinge, die auf uns zukommen«, sagte sie laut und ganz langsam, weil ihr die Gedanken erst kamen, während sie die Worte schon aussprach, »diese Dinge, die der Prophet geschrieben hat – die Zeit der Grausamkeit, der brennende Wind –, diese Dinge sind größer als wir.«

»Oh ja. Viel größer.«

»Es liegt nicht in unserer Hand, ob die Welt untergeht oder fortbesteht.«

»Nein.«

»Wir haben nur die Aufgabe, während unseres kurzen Auftritts unsere kleine Rolle in dem zu spielen, was geschehen muss.«

»Ja.«

»Dann sollten wir weder hoffen noch uns fürchten. Wir müssen nur warten, bis es so weit ist, und dann tun, was wir tun müssen.«

»Ja.«

Sie streichelte ihm sanft und zärtlich die Wange.

»Es wird früh genug geschehen, mein Bruder. Wünsch dir nicht, dass es noch früher geschieht.«

Sisi konnte sich nicht mehr beherrschen. Sie musste zu Bowman, welche Folgen auch immer das haben mochte. Also hielt sie den Kopf hoch, schaute mit dem kühlen, gebieterischen Blick, den sie als Prinzessin so oft aufgesetzt hatte, geradeaus und stolzierte an den anderen Wanderern vorbei zu Bowman und Kestrel. Sisi wusste, dass sie sich für den Rest ihres Lebens für das, was sie nun tat, schämen würde, doch das Verlangen war so groß, dass sie ihm nicht widerstehen konnte. Sie würde es tun und die Zukunft Zukunft sein lassen.

Als sie sich ihnen näherte, merkte sie, dass Bowman und Kestrel sie erstaunt anblickten. Sehe ich so anders aus?, fragte sie sich. Steht es mir ins Gesicht geschrieben?

»Lass uns allein, Kestrel«, verlangte sie. »Ich möchte unter vier Augen mit Bowman sprechen.«

»Ja, natürlich«, antwortete Kestrel verwundert. Bowman bat sie mit den Augen: *Verlass mich nicht*. Doch Kestrel war bereits fort.

Er war allein mit Sisi. Sie schaute ihn so durchdringend an, dass er merkte, wie er rot wurde.

»Wir brechen jeden Moment wieder auf«, sagte er. »Wir sollten zu den anderen gehen.«

»Noch nicht«, entgegnete Sisi.

Zu seinem Erstaunen legte sie sanft eine Hand auf seinen Arm. Seit sie das Reich des Meisters verlassen hatten, war sie noch nicht so mutig gewesen.

»Ich weiß, du kannst mich nicht lieben«, begann sie, »weil ich meine Schönheit verloren habe. Aber ich kann dich lieben.«

»Sisi, so darfst du nicht reden.«

»Warum nicht? Ich hab nichts als meinen Stolz zu verlieren. Ich bin meinen Stolz leid.«

»Du verstehst nicht. Ob du mich liebst oder ich dich, macht keinen Unterschied. Schon bald wird jemand zu mir kommen und mich mitnehmen und dann wirst du mich nie wiedersehen.«

»Ach, schon bald. Und wennschon. Du bist hier und ich bin hier.«

Sie streichelte seinen Arm.

»Ich weiß nicht, was ich für dich tun kann, Sisi.«

»Ich schon.«

Sie zwang ihn dazu, ihr in die Augen zu blicken, ihr nicht auszuweichen.

»Tu so, als ob du mich liebst, nur jetzt, nur einen kurzen Moment lang.«

»Bitte, Sisi, das ist doch …«

»Berühre meine Narben.«

Er schaute sie erstaunt und verwirrt an.

»Findest du meine Narben abstoßend?«

»Nein.«

»Dann berühr sie.«

Also hob er eine Hand und legte eine Fingerspitze auf den bläulichen Streifen auf ihrer Wange. Er spürte das Narbengewebe und die weiche neue Haut, wo der Schorf sich gelöst hatte. Er tat es aus Mitleid mit ihr und weil ihr Wille so stark war.

»Jetzt berühr meine Lippen.«

Er spürte ihre Lippen: so weich und feucht.

»Was willst du von mir, Sisi?«

»Ich will, dass du mich küsst.«

Die großen bernsteinfarbenen Augen blickten ihn starr

und ohne Scham an. Zum ersten Mal vergaß Bowman seine eigene Verwirrung und befasste sich mit dem Wandel in ihr. Sisi würde niemals so direkt um so etwas bitten. Irgendetwas war mit ihr geschehen.

»Ich soll dich küssen?« Er brauchte Zeit. »Warum?«

»Weil ich dich liebe.«

»Wir sind doch nicht verlobt.«

»Das ist mir egal. Dir nicht?«

Das war nicht Sisi, die da sprach, dessen war er sicher. Ihr Verhalten musste von der Stechfliege kommen, die Leidenschaften entfachte. Er brauchte engeren Kontakt, um sich in ihre Gedanken hineinfühlen zu können.

»Mach die Augen zu«, sagte sie gerade. »Dann siehst du die Narben nicht. Dann wird der Kuss auch schön sein.«

Bowman schloss die Augen. Er spürte, wie sie in seine Arme kam. Er merkte, wie sich ihre Lippen seinen entgegenreckten. Als sie sich küssten, durchrieselte ein freudiger Schauder seinen Körper und einen flüchtigen Moment lang war ihm bewusst, dass er noch nie geküsst worden war, nicht so. Der Kuss drückte eine Nähe aus, die zugleich zärtlich und fordernd war. Er spürte ihren Körper dicht an seinem und dieses Gefühl gehörte zum Kuss dazu. Er hielt sie eng umschlungen, seine Hände strichen über ihren schmalen Rücken, seine Lippen bewegten sich auf ihren, teilten Geheimnisse …

Nein! Er riss seine Gedanken davon los und tastete sich durch den Kuss hindurch, hinter den Kuss, in ihr von Verlangen erfülltes Inneres. Als er sich enger an sie drückte, küsste sie ihn noch leidenschaftlicher, noch verzweifelter, als wäre sie nur in Sicherheit, solange sie ihn küsste. Bowman drang mit seinen forschenden Gedanken immer tiefer in sie hinein und fand es schließlich, das zusammengerollte Geschöpf in ihrem Innern. Er packte es mit festem Griff und zog, zerrte, riss es aus ihr heraus, ohne Sisi dabei loszulassen. Ein letztes krampfhaftes Aufbäumen und es gab nach. Er hörte das Surren der Flügel, als es davonflog.

Sisi erschlaffte in seinen Armen. Bowman hielt sie so fest, weil er die anderen nicht beunruhigen wollte. Er blickte in ihre Richtung, um herauszufinden, ob sie zugeschaut und den Kuss gesehen hatten. Doch alle waren auf den Beinen und bereiteten sich auf die Weiterreise vor. Falls sie ihn gesehen hatten, zeigten sie es nicht.

Sisi wachte verwirrt auf.

»Was ist passiert?« Dann fiel es ihr wieder ein und sie lief dunkelrot an. »Oh!«

»Das warst du nicht selbst«, erklärte Bowman schnell. »Etwas ist in dich eingedrungen und hat dich dazu gebracht, bestimmte Dinge zu tun.«

»Die bösartige Stechfliege?«

»Ja.«

»Hat mich ihr Stich berauscht?«

»Ja. In gewisser Weise.«

Sisi blickte beschämt zu Boden.

»Er hat mich dazu gebracht, dich zu küssen, stimmt's?«

»Ja.«

»Tut mir Leid.«

»Ist schon gut. Es ging nicht von dir aus.«

Inzwischen waren die Pferde an den Wagen gespannt worden und alle stellten sich an ihre Plätze in der Kolonne.

»Ist es auch in dich eingedrungen?«

»Nein.«

»Aber du hast mich trotzdem geküsst.«

»Ich musste dich festhalten. Um es herauszubekommen.«

»Natürlich. Um es herauszubekommen.«

Als sie zu den anderen zurückkehrten, warfen einige ihnen neugierige Blicke zu und Bowman begriff, dass sie gesehen worden waren. Er würde es erklären müssen.

»Das Insekt ist immer noch in unserer Nähe«, verkündete er. »Ich habe es gerade aus Sisi herausgeholt.«

»Mein Baby! Ist alles in Ordnung mit dir?«

»Ja, Lunki. Mir geht's gut.«

»Passt gut auf!«

»An eure Plätze«, rief Hanno. »Wachen, auf eure Posten. Wir haben noch eine Stunde Tageslicht.«

Die Kolonne setzte sich wieder in Bewegung.

Bowman marschierte nun in der Mitte des Zuges und lauschte darauf, ob das verräterische pfeifende Surren zurückkehrte. Doch er hörte nichts und keiner seiner Gefährten benahm sich merkwürdig. Als die unmittelbare Gefahr allmählich nachließ, kehrte die Erinnerung an Sisis Kuss zurück und beunruhigte ihn. Er sagte sich, dass es nicht sie selbst gewesen war, die ihn geküsst hatte, sondern die Kreatur, die von ihr Besitz ergriffen hatte. Aber es hatte sich wie sie angefühlt, wie ihr tiefstes Inneres.

Er hörte Fußgetrappel hinter sich, drehte sich um und erblickte Kestrel, die zu ihm rannte. Er wurde rot, spürte es und sagte sich, es käme von dem schlechten Gewissen, weil er Kestrel nicht über Sisis Verhalten aufgeklärt hatte.

»Es geht ihr wieder gut«, sagte er zu ihr. »Ich hab es aus ihr herausgeholt.«

Kestrel schaute ihn gespannt an. »Wird es zurückkommen?«

»Ja, wahrscheinlich, aber ich kann nicht sagen, wann oder wo. Ich habe es nicht mal gesehen. Es ist, als würde es erst in Erscheinung treten, wenn es jemanden sticht. Und dann scheint es ein Teil seines Opfers zu werden.«

»Ich hab gesehen, wie es Sisi berauscht gemacht hat.«

»Ich musste sie berühren. Um es herauszubekommen.«

»Ja, natürlich. Du musstest sie berühren.«

Keiner von beiden hatte es einen Kuss genannt. Das Wort hing unausgesprochen zwischen ihnen. Noch nie zuvor hatte es irgendetwas gegeben, das sie sich nicht hatten sagen können. Bowman war sich des Schweigens seiner Schwester bewusst und es bedrückte ihn.

»Es ist etwas Merkwürdiges passiert...«

»Banditen!«

Mumpos eindringlicher Schrei vom Kamm des Abhangs unterbrach diesen vertraulichen Augenblick. Bowman wirbelte genau in dem Moment herum, als sie vor sich ein lautes Rumpeln hörten, mit dem scheinbar der halbe Abhang zu ihnen herunterrutschte und in einer Schutt- und Staubwolke in das Flussbett krachte.

»Halt!«, schrie Hanno. »An eure Waffen!«

Bowman und Kestrel rannten zum Wagen zurück. Schon folgte ein erneutes knirschendes Donnern, diesmal hinter ihnen: Jetzt schnitt ihnen eine zweite Geröllawine den Rückzug ab. Sie waren eingekesselt.

»Mumpo! Tanner! Kommt runter!«

Die beiden Wachen kletterten die Hänge hinunter und kehrten zu den anderen zurück, die nun hektisch Schwerter, Heugabeln und Holzscheite hervorholten, um sich zu verteidigen.

»Wie viele sind es?«

»Ein Dutzend. Vielleicht auch mehr.«

Schon kurz darauf konnten sie selbst zählen. Eine Gestalt erschien auf dem westlichen Grat, groß, dünn und scheinbar ohne Gesicht; eine weitere kam hinzu, dann noch einmal drei. Alle fünf blieben stehen und blickten schweigend hinunter. Ihre Silhouetten hoben sich gegen den blassen Winterhimmel ab. Sie trugen viele Lagen unterschiedlichster Kleidung übereinander, wie Flüchtlinge, die alles mitnehmen, was sie tragen können. Die weiten Kleidungsstücke waren an der Taille und über den Ellbogen und Knien mit Stoffbändern festgeschnürt. Um Schultern und Hals, Gesicht und Kopf hatte jeder von ihnen ein langes Tuch gewickelt, so dass nur die Augen hervorschauten.

»Banditen, zweifellos«, stellte Hanno fest.

Immer mehr von ihnen tauchten entlang der Kämme auf, zwischen denen die Manth eingeschlossen waren. Bowman zählte dreizehn auf der Westseite und acht auf der Ostseite. Sie schienen nicht bewaffnet zu sein.

»Sie haben keine Schwerter«, flüsterte er seinem Vater zu. »Ich glaube, wir können es mit ihnen aufnehmen.«

Doch noch während er das sagte, zog einer der Maskierten eine Schnur aus seinem Gürtel, bückte sich und hob einen Stein vom Boden auf.

»Steinschleudern!«, rief Rollo Shim.

Der Bandit ließ die Schnur schnell über dem Kopf kreisen. Sie zischte durch die Luft und wurde am schweren Ende immer schneller. Dann ließ er den Stein mit einer raschen Handbewegung los. Das Geschoss sauste ins Tal hinunter und traf eine von Creoths Kühen seitlich am Kopf, und zwar mit solcher Kraft, dass das Tier tot umfiel ohne einen Laut von sich zu geben. Die Manth waren starr vor Schreck. Creoth schrie auf und lief zu dem leblosen Tier hinüber.

»Cherub! Mein Cherub!«

Jetzt erkannten sie, dass alle Banditen entlang der Kämme Steinschleudern bereithielten. Sie rührten sich nicht und sprachen auch nicht. Ihre drohende Haltung drückte alles aus, was es zu sagen gab.

Hanno stellte eine schnelle Überlegung an. Die Banditen lauerten auf beiden Seiten über ihnen. Die Pferde und Kühe würden nicht über die steilen Erdrutsche klettern können. Sie mussten kämpfen oder sich ergeben. Wenn sie kämpften, konnten sie den Banditen vielleicht Schaden zufügen, aber viele seiner eigenen Leute würden ebenso umkommen wie die Kuh.

»Legt eure Waffen nieder«, bat er seine Gefährten.

Dann wandte er sich an den Banditen, der so wirkungsvoll seine Steinschleuder benutzt hatte, weil er annahm, dass es sich um ihren Anführer handelte.

»Wir sind das Volk der Manth! Wir wollen Ihnen nichts Böses! Was wollen Sie von uns?«

Die Banditen blickten nur schweigend zu ihnen hinunter.

»Wollen Sie unsere Kühe und Pferde? Sonst haben wir nichts.«

Der Anführer der Banditen gab zwei seiner Männer ein Zeichen. Sofort sprangen sie über den Kamm und schlitterten mit kleineren Steinlawinen vor den Füßen zur Talsohle hinunter. Die übrigen erhoben ihre Schleudern, um zu zeigen, dass sie sofort zuschlagen würden, falls ihre Kumpane angegriffen würden.

»Rührt euch nicht!«, rief Hanno seinen verängstigten Gefährten zu. »Verhaltet euch ganz ruhig, bis wir wissen, was sie wollen.«

Die beiden vermummten Banditen kamen jetzt zu ihnen und schauten die regungslosen Manth mit funkelnden Augen nacheinander prüfend an. Einer von ihnen zeigte auf Kestrel, dann auf Sarel Amos. Sein Kumpan packte beide an den Armen und fesselte sie an den Handgelenken.

Mumpo begann tief und wütend zu knurren.

»Rühr dich nicht, Mumpo!«, zischte Hanno ihm zu.

Er schaute zu und sah ein, dass sie nun doch würden kämpfen müssen, koste es, was es wolle. Aber er wollte seinem Volk die besten Chancen geben. Er schaute sich um, um abzuschätzen, wie viele von ihnen unter dem Wagen Schutz finden konnten. Selbst diese leichte Kopfbewegung reichte aus, um den scharfen Augen des Anführers oben auf dem Grat seine Absichten zu verraten, und die Schleuder fing an zu schwirren. Bowman beobachtete, wie der Stein die Schleuder verließ und auf seinen Vater zuraste. Sofort setzte er seine Gedankenkraft ein, um ihn zu schützen, und schwankte unter der Kraft des Steines, als er ihn zur Seite ablenkte. Die Wucht des Steins bestürzte ihn. Er selbst war zwar stark genug, um einen einzigen Schuss abzuwehren, doch er wusste, falls alle Banditen gleichzeitig zuschlugen, würde er nichts gegen sie ausrichten können.

Der Anführer wunderte sich, dass er sein Ziel verfehlt hatte, und lud seine Schleuder bereits mit einem neuen Geschoss.

»Bo«, fragte Hanno, »haben wir eine Chance?«

»Nein. Sie werden uns alle umbringen.«

Während er das sagte, fesselte einer der beiden Banditen unten im Tal Ashar Warmish. Ihr Vater Harman Warmish zog sein Messer.

»Harman! Nicht!«

Ein Schwirren, ein Knacken und Harman brach mit zertrümmertem Schädel zusammen. Bowman schnappte hörbar nach Luft. Es war zu schnell gegangen, er hatte das Schnalzen der Schleuder zu spät gehört.

Nun ergriff der Anführer zum ersten Mal das Wort und rief mit scharfer Stimme ins Tal hinunter: »Müssen wir alle Männer unter euch umbringen? Es wäre nicht das erste Mal.«

Harman Warmish lag regungslos auf dem Boden und aus seinem Kopf sprudelte Blut. Seine Frau schluchzte, rührte sich jedoch nicht. Der Bandit, der die junge Ashar Warmish festhielt, zog sie – nun schlaff und nachgiebig – zu Kestrel und Sarel hinüber. Nach ihr wurden Seer Such, Red Mimilith und Sisi ausgewählt: alle Mädchen, die keine Kinder mehr waren, aber auch noch keine Mütter. Allerdings war Ashar gerade erst zwölf Jahre alt.

Kestrel ließ sich bereitwillig fesseln und abführen, weil sie genau wusste, in welcher Gefahr sie sich befanden, schon bevor Ashars Vater getötet wurde. Bowman sprach mit ihr.

Wehre dich nicht. Noch nicht.

Auch Sisi begriff, dass sie keine Wahl hatte. Als sie an der Reihe war, schob sie die Hand des Banditen verächtlich weg und schritt aus freien Stücken und mit erhobenem Kopf zu der zitternden Gruppe Mädchen hinüber. Lunki wollte sie begleiten, doch der vermummte Bandit drängte sie zurück.

Als alle sechs Mädchen in einer Kette aneinander gebunden waren, gaben ihnen die Banditen zu verstehen, dass sie den Hang hinaufklettern sollten. Ihre Mütter und Väter begannen zu stöhnen, so dass Hanno sie zur Ordnung rufen musste.

»Rührt euch nicht! Es ist unsere Pflicht weiterzuleben!«

Die gefesselten Mädchen boten einen traurigen Anblick, als sie den Abhang halb hinaufklettern, halb vom Seil hinaufgezogen wurden, auf den Knien rutschten und mit den Füßen strampelten, um auf dem losen Geröll Halt zu finden. Doch dann war es geschafft und die Banditen auf dem Ostgrat liefen bereits mit federnden Schritten davon.

»Versucht nicht uns zu folgen!«, rief ihr Anführer. »Wir gehen in das Labyrinth. Ihr werdet uns niemals finden und auch nicht wieder hinausgelangen. Wir wollen euch nichts Böses. Nehmt dies als Warnung und geht eurer Wege.«

Er machte ein Zeichen und die angebundenen Mädchen wurden abgeführt. Mumpo schaute mit einem leisen Stöhnen zu und sein ganzer Körper zitterte vor unterdrückter Wut.

»Ich will euch Böses!«, sagte er.

»Nicht, Mumpo!«, ermahnte ihn Hanno. »Wenn du tot bist, hilfst du uns auch nicht weiter.«

Bowman wandte sich lautlos an Kestrel.

Ich werde dich finden. Wir können im Moment noch nichts unternehmen. Aber ich werde dich finden.

Einer nach dem anderen entfernten sich die Banditen auf dem Kamm, bis nur noch die hagere, bedrohliche Gestalt des Anführers übrig war. Dann drehte er sich plötzlich um und war verschwunden.

Sofort rannten Mumpo, Bowman, Tanner Amos und die Shim-Brüder auf den Westhang zu. Das Klettern war sehr viel schwieriger, als sie angenommen hatten – bei den geschickten Banditen hatte es so leicht ausgesehen. Immer wieder lösten sie mit ihren kraxelnden Füßen kleine Steinschläge aus, die den Boden unter ihnen absacken und diejenigen hinter ihnen hinunterstürzen ließen. Mumpo fiel zweimal und rannte dann in einem Anlauf den ganzen Hügel hinauf, indem er durch bloße Kraft ganz nach oben preschte. Die anderen kletterten ihm nach und riefen ihm zu: »Siehst du sie?«

»Nein«, antwortete Mumpo von dem Kamm aus, wo die Banditen gestanden hatten, und blickte nach Westen.

Die anderen holten ihn schließlich ein und begriffen, warum er verstummt war. Vom Kamm bis zum fernen westlichen Horizont war das Land von einem Irrgarten aus tiefen Rissen durchzogen. Hier und dort trafen die gezackten Spalten aufeinander, kreuzten sich und bildeten so ein unüberschaubares, kilometerweites Gewirr. Die Risse waren unterschiedlich tief, einige nur so groß wie ein Mensch, andere scheinbar bodenlos. Von oben sahen sie alle gleich aus: dunkle Ritzen ohne irgendwelche besonderen Kennzeichen, ohne sichtbare Vegetation, ohne Hinweise auf menschliche Behausungen. Die Banditen waren mit ihren Gefangenen in diesem Labyrinth verschwunden und hatten auf der rauen, windgepeitschten Oberfläche nicht einmal eine Fußspur hinterlassen.

Bowman schloss die Augen und wandte das Gesicht gen Westen. Er spürte Kestrel mit anderen Mitteln auf.

»Sie sind noch nicht weit gegangen«, erklärte er. »Sie kommen schnell voran. Aber ich kann sie finden.«

4

Der Gang durch den Sturm

Kestrel spürte das gleichmäßige Zerren des Seils an den Handgelenken, während sie den Banditen durch die Spalten des Labyrinths folgte. Sie hasste sie für das, was sie ihr antaten. Doch sie hasste es ebenso, wie ein angebundenes Kalb mitgeschleift zu werden, daher bemühte sie sich, so gut sie konnte, mit ihrem zügigen Tempo Schritt zu halten. Hinter sich spürte sie das Zupfen des Seils, das Sisi voranzog, und hinter Sisi die übrigen Mädchen, alle aufgereiht wie Anhänger an einer einzigen zuckenden Schnur. Wenn eine von ihnen stolperte, wurden alle einen Schritt zurückgerissen, und mit einem Satz nach vorn wurde die Stolpernde dann wieder zum normalen Tempo gezwungen. Hinter der Kette der Mädchen folgten die übrigen vermummten Banditen, von denen nichts zu hören war als das Getrappel ihrer Füße.

Der Weg zwischen den Felswänden gabelte sich vor ihnen und sie wurden nach rechts geführt; dann kam eine weitere Abzweigung und sie bogen nach links ab – eine Gabelung folgte der anderen, bis sie sich irgendwann nicht mehr merken konnten, welchen Weg sie genommen hatten. Die Spalten wurden immer tiefer und die Wände immer höher. Der schmale Streifen Himmel über ihnen wirkte nun erschreckend weit weg. Doch obwohl sie sich so weit unten in der Erde befanden, verlief ihr Weg dann und wann neben einem noch tieferen Riss, der in bodenlose Dunkelheit abzufallen schien.

Nach etwa einer Stunde erreichten sie eine Stelle, an der sich mehrere Spalten kreuzten. Hier ordnete der Anführer eine kurze Pause an. Die Mädchen wurden losgebunden und die Banditen zogen sich die Tücher von den Gesichtern – alle außer einem, der sich still und unauffällig am Ende der Schlange hielt. Kestrel, Sisi und die anderen Mädchen rieben sich die Handgelenke, an denen die Stricke gescheuert hatten, und warteten ängstlich darauf, dass man ihnen sagte, was mit ihnen geschehen würde.

Auch der Anführer zog sein Tuch vom Gesicht. Er war älter, als sie vermutet hatten, fünfzig oder noch darüber, mit angegrautem Haar und tiefen Falten im Gesicht.

»Ich bin Barra«, erklärte er. »Ich bin der Vater des Klans. Ihr seid jetzt meine Töchter.«

»Wir haben aber eigene Väter«, versetzte Kestrel.

»Und wo sind sie jetzt?«, fragte Barra und fixierte sie mit seinen harten Augen. Kestrel schaute ihn ebenfalls an und hielt seinem starren Blick stand, sagte jedoch nichts mehr.

»Ihr denkt sicher, ihr werdet weglaufen«, fuhr der Anführer fort und blickte jede von ihnen der Reihe nach an. »Aber wenn ihr das macht, verirrt ihr euch im Labyrinth. Ihr wandert so lange in den Gängen zwischen den Felsen herum, bis ihr zu schwach seid, um weiterzugehen. Und dann legt ihr euch hin, um euch auszuruhen.«

Er tastete in eine Innentasche hinein und zog einen Streifen getrocknetes Fleisch heraus. Dann schaute er zum Himmel hinauf, den sie nur hoch über ihren Köpfen sehen konnten, und warf das Fleisch wenige Meter weit auf den Felsboden.

»Ihr werdet schwächer. Ihr könnt euch nicht mehr bewegen. Kein Mensch wird euch finden.«

Plötzlich hörten sie Flügelschläge und ein großer Vogel schoss vom Himmel herab, stürzte sich auf das Stück Fleisch und trug es davon.

»Aber die Aasgeier werden euch finden. Sie fressen den verhungernden Tieren noch bei lebendigem Leibe das Fleisch vom Körper.«

Er sah das Entsetzen in den jungen Gesichtern vor sich und nickte zufrieden.

»Bleibt bei uns und ihr bekommt zu essen und steht unter unserem Schutz.«

»Aber was wollen Sie von uns?«, wollte Sisi wissen.

»Wir sind ein Kriegerstamm«, antwortete er. »Junge Männer schließen sich uns an, weil wir stark sind. Junge Männer brauchen Ehefrauen.«

Der Anführer zeigte auf die Banditen zu beiden Seiten. Kestrel betrachtete sie und stellte zum ersten Mal fest, dass sie tatsächlich jung waren, einige sogar jünger als sie selbst.

»Werden eure jungen Männer so gehasst, dass sie sich ihre Frauen mit Gewalt nehmen müssen?«, fragte sie.

Barra heftete seinen Blick erneut auf Kestrel.

»Gehasst, ja. Und gefürchtet. Und das ist auch gut so.«

Der resolute Ausdruck dieses zerfurchten, vom Wetter gegerbten Gesichts machte Kestrel Angst.

Mit nüchternerer Stimme fuhr er fort: »Die Welt steht im Krieg. Städte brennen, Menschen verhungern. Lumpensammler ziehen durchs Land und lesen alles auf, was sie tragen können. Die Starken plündern die Schwachen aus. Wir leben in düsteren, grausamen Zeiten. Glaubt ihr, wir hausen freiwillig wie Ratten in Felsritzen? Glaubt ihr, wir werben freiwillig mit Steinschleudern um unsere Frauen und töten, um sie zu bekommen? So ist die Welt nun mal! Unser Klan überlebt, weil wir kein Erbarmen haben. Euer Klan hat euch verloren, weil er schwächer ist als wir. Ihr gehört von nun an zum Barra-Klan.«

»Und wenn wir uns weigern?«

»Geht. Geht jetzt sofort. Verlasst unseren Schutz und sterbt.«

Stille trat ein. Kestrel blickte von Sisi zu Sarel Amos, dann zu Red Mimilith, Seer Such und der kleinen Ashar Warmish. Niemand sagte ein Wort. Niemand bewegte sich. Der Banditenanführer war zufrieden.

»Also verstehen wir uns«, stellte er fest. »Wenn wir in unserer Siedlung eintreffen, bekommt jede von euch einen Bräutigam. Seid gut zu ihm und er wird euch gut behandeln.«

Er gab seinen Männern ein Zeichen und diejenigen an der Spitze setzten den Weg durch die endlosen Felskorridore fort. Kestrel und die anderen Manth-Mädchen folgten ihnen, der Anführer und die restlichen Männer bildeten den Schluss.

Die Stimmung hatte sich gewandelt. Kestrel fiel auf, dass die Männer sie beim Laufen musterten und sich über sie austauschten. Ab und zu versuchten sie sogar ihre Blicke aufzufangen und zu lächeln. Die Mädchen schauten geradeaus oder nach unten und vermieden jeglichen Kontakt. Sie schnappten ein paar Gesprächsfetzen der jungen Banditen auf und begriffen, dass die Männer sie bereits miteinander verglichen und sich um sie stritten. Bald begannen zwei Banditen sich gegenseitig anzurempeln und zu schubsen. Offensichtlich hatten sie vor, um die begehrte Braut zu kämpfen.

»Aufhören!«, brüllte Barra.

Das Rempeln hörte augenblicklich auf.

»Die Bräute werden so ausgewählt, wie es im Klan Brauch ist.«

Die Reise wurde schweigend fortgesetzt. Nur das Fußgetrappel auf dem Felsboden war zu hören. Inzwischen waren sie so weit in das Labyrinth vorgedrungen und hatten so viele Kurven und Gabelungen hinter sich gelassen, dass Kestrel sich fragte, ob Bowman ihnen überhaupt würde folgen können. Außerdem befanden sie sich tief unten in den Felsspalten, daher würde es für ihn schwerer sein, ihre Anwesenheit zu erfühlen. Kestrel wusste, ihr Bruder würde sie so lange suchen, bis er sie gefunden hatte, doch allmählich wurde ihr klar, dass diese Suche mehrere Tage dauern konnte. Irgendwie mussten sie und die anderen bis dahin überleben.

Die Banditen liefen nun einzeln hintereinander mit den gefangenen Mädchen einen Felsvorsprung entlang, der eine Kurve beschrieb. Auf der einen Seite ragte die dreißig Meter hohe Felswand zu einem verblassenden Streifen Himmel hoch oben auf; auf der anderen fiel die Felsspalte senkrecht ab und verschwand in schwarzer Dunkelheit, die einen scharfen Kontrast zum hellen Himmel bildete. Aus Furcht vor dem Abgrund drängten sich die Mädchen an die Felswand und stellten dabei fest, dass sie nass war. Dünne Wasserrinnsale rieselten an ihr entlang, suchten sich Rinnen und Furchen im Vorsprung und sickerten auf der anderen Seite in den Abgrund hinab. Bald führte sie der Vorsprung an eine Stelle, von der drei verschiedene Felskorridore abgingen. Die Truppe bog nach links ab. Hier verlief der Weg wieder zwischen zwei hohen Felswänden entlang. Sie neigten sich zueinander und wurden nach oben hin immer enger, so dass nur ein schmaler Schlitz das Tageslicht über ihnen hindurchließ. Kurz darauf schloss sich selbst dieser Schlitz und die Gruppe wanderte unversehens in Dunkelheit weiter, die nur vom matten, immer schwächer werdenden Lichtschein hinter ihnen erhellt wurde.

Dann und wann streiften sie die kaum sichtbaren Wände der Felsspalte und lösten dadurch einzelne Steinpartikel von der bröckeligen Oberfläche, die dann zu Boden prasselten. Der Weg war mit Bruchstücken der erodierenden Wände bedeckt und knackte und knisterte unter ihren Füßen. So wie sich der Schlitz über ihnen allmählich verengt hatte, schienen nun auch die Wände immer dichter heranzurücken, bis dazwischen gerade genug Platz blieb, dass die Banditen und ihre Gefangenen im Gänsemarsch hindurchgehen konnten.

»Haltet euch in der Mitte des Weges«, wies sie der Anführer an; seine Worte hallten durch den Tunnel.

Kestrel berührte beim Gehen die Wände und fühlte die rissige, bröckelige Oberfläche. Da stieß ihre ausgestreckte Hand auf einen Holzpfosten, und gleich darauf auf einen zweiten. Nun tastete sie sorgfältiger und stellte fest, dass der Tunnel von Holzrippen abgestützt wurde. Zuerst waren sie jeweils mehrere Schritte voneinander entfernt, dann standen sie immer dichter nebeneinander. Sie liefen schräg nach oben, trafen sich in der Mitte und bildeten so ein Dreieck unter sich. Zwischen diesen Balken rieselten Wolken aus Staub und Steinchen herab, während Kestrel und die anderen vorüberschritten.

Ashar Warmish begann zu schluchzen, weil ihr der Tunnel und die Dunkelheit Angst machten. Sarel Amos, die hinter ihr ging, tastete nach ihrer Hand und drückte sie.

»Es ist nicht mehr weit«, sagte Barra schroff.

Der Tunnel war so eng geworden, dass sie sich bücken mussten, um zwischen den Holzträgern hindurchzugelangen. Inzwischen standen die Pfosten direkt nebeneinander und bildeten einen mit Holz verkleideten Stollen, der gerade groß genug war, dass ein erwachsener Mann gebückt hindurchschlüpfen konnte.

Dann rief der Anführer in die Finsternis hinein: »Heda, Wachposten!«

Darauf kam die gedämpfte Antwort: »Aya!«

»Hier Barra!«

Sie blieben stehen, hörten das Knarren einer schweren Tür, die sich langsam öffnete, und plötzlich war vor ihnen – Licht.

Das Brausen von Wasser. Der Geruch von Holzfeuer. Ein blendend heller Himmel. Einer nach dem anderen schritten die Banditen und ihre Gefangenen durch den niedrigen Türrahmen, an dem wartenden Wachposten vorbei. Kestrel stellte fest, dass sie auf einem breiten Absatz angekommen waren, der hoch oben in eine senkrechte Felswand hineingehauen worden war. Über ihnen ragten die Seiten einer riesigen Schlucht auf – unendlich hohe, nicht zu erklimmende Steilwände. Unter sich entdeckte sie die Ursache dieses gewaltigen Einschnitts im Gelände: einen Fluss mit schneller Strömung, der aus einer Spalte in der gegenüberliegenden Wand stürzte und als rauschender Wasserfall in einen aufgewühlten, von Felsen umschlossenen See mündete. Am anderen Ende der Schlucht verschwand das Wasser gurgelnd und sprudelnd in einer Reihe schmaler Ritzen. Kestrel schaute sich nach einem Fluchtweg um, konnte jedoch keine weiteren Öffnungen in dieser natürlichen Festung entdecken. Den einzigen Ein- und Ausgang bildete der Tunnel mit den Holzstreben, durch den sie gekommen waren.

Das Wasser des Flusses füllte die gesamte Schlucht von einer Seite zur anderen. Aber auf dem Wasser hatten die Banditen auf Holzpfählen ein Deck gebaut, das sich über die Länge einer ganzen Felswand erstreckte. Dieses Deck war gute fünfzig Schritte breit, also groß genug, dass eine ganze Siedlung aus strohgedeckten Hütten darauf Platz fand. Vom Deck aus ragten drei breite Landungsstege über die weiteste Stelle des Sees. Am Ende jedes Stegs brannte ein Feuer und Töpfe hingen zum Kochen darüber. Leute gingen zwischen den Hütten und den Feuern hin und her. Die meisten von ihnen waren Männer, aber es gab auch ein paar Frauen und Kinder.

Kestrel blieb auf dem Felsvorsprung stehen und blickte mit sinkendem Mut auf diese Szenerie hinunter. Die Banditen waren viel zahlreicher, als sie erwartet hatte, und ihre Siedlung viel schwerer anzugreifen.

Der Anführer zeigte auf sein Volk.

»Das ist das Zuhause des Barra-Klans. Euer Zuhause.«

Er führte sie über die steilen, in die Felswand gehauenen Stufen nach unten auf das Holzdeck. Hier wurde er von einer hoch gewachsenen Frau begrüßt, die etwa in seinem Alter war und ihr graues Haar mit einer Kordel zurückgebunden hatte. Sie musterte die gefangenen Mädchen mit prüfendem Blick.

»Sehr gut«, sagte sie zu Barra. »Woher sind sie?«

»Reisende«, antwortete Barra. »Aus dem Reich des Meisters, schätze ich.«

»Ah ja. Da gibt's alles Mögliche.«

Sie winkte den Manth-Mädchen, ihr zu folgen.

»Kommt mit.«

Die Frau brachte sie zu einem der Stege und wies sie an sich zu setzen und am Feuer aufzuwärmen.

»Passt nur auf, dass ihr nicht ins Wasser fallt. Der Fluss ist eiskalt. Ihr wärt schon tot, bevor wir euch herausholen könnten.«

Hier saßen sie nun zitternd und ängstlich, während die jungen Banditen, die sie gefangen genommen hatten, in der Mitte des Decks zusammenstanden und neugierig zu ihnen hinüberschauten. Die grauhaarige Frau verschwand in der größten Hütte und gab dort hörbar Anweisungen. Kurz darauf kamen zwei jüngere Frauen mit Säuglingen auf den Rücken heraus und brachten Becher mit Wasser und Teller mit getrocknetem Fleisch.

Ashar Warmish fing wieder an zu weinen. Sie wimmerte leise vor sich hin, aus Angst, aber auch aus Trauer um ihren toten Vater.

»Ich will sterben«, sagte sie zwischen den Schluchzern. »Ich will sterben.«

»Es wird alles gut«, tröstete sie Kestrel und legte den Arm um sie. »Wir müssen jetzt nur tapfer sein.«

»Die sollen das Sterben übernehmen«, grollte Sisi. »Ich bringe jeden um, der mir zu nahe kommt.«

»Im Moment tun wir besser gar nichts«, flüsterte Kestrel ihnen allen zu. »Esst und trinkt, so viel ihr könnt. Dann können wir länger durchhalten, wenn wir in das Labyrinth zurückkehren.«

»Ins Labyrinth zurück?« Alle schauten Kestrel erschrocken an. »Das können wir nicht!«

»Es geht nicht anders. Vertraut mir. Ich weiß, wie wir die anderen finden.«

Allerdings nur dann, wenn Bowman nahe genug herankommt, fügte sie in Gedanken hinzu, und wenn Bowman uns aus dem Labyrinth herausführt. Aber das behielt sie lieber für sich.

»Wir können nicht aufbrechen, solange sie uns beobachten. Wir müssen warten, bis es dunkel ist.«

»Im Dunkeln ins Labyrinth!«

»Es geht nicht anders.«

Kestrel sah, dass die grauhaarige Frau zurückkam.

»Lasst sie glauben, wir hätten aufgegeben«, flüsterte sie. »Macht alles, was sie sagen.«

Dies war vor allem an Sisi gerichtet. Die anderen standen unter Schock und waren viel zu verängstigt, um Widerstand zu leisten, aber Sisi war wütend und ihre Wut konnte sie dazu bringen, vorschnell zu handeln.

»Habt ihr gegessen? Fühlt ihr euch gestärkt?«

Die Mädchen nickten schweigend. Die grauhaarige Frau setzte sich zu ihnen.

»Ich heiße Madriel. Ich bin die Mutter des Klans.« Sie bemerkte, dass Ashars Wangen nass von Tränen waren. »Weint nicht. Ihr seid jetzt keine Gefangenen mehr, sondern Bräute. Man wird euch mit Respekt und Achtung behandeln. Unser Klan hat einen weisen Vater, und auch einen starken. Er wird jeden bestrafen, der euch etwas antut.«

Kestrel ergriff für sie alle das Wort.

»Müssen wir heiraten, ob wir wollen oder nicht?«

»Ihr werdet es wollen«, antwortete Madriel. »Denn so werdet ihr dem Klan dienen. Von jetzt an ist der Klan euer Zuhause und eure Familie. Er wird euch euer ganzes Leben lang nähren und behüten, euch im Alter achten und nach eurem Tod um euch trauern. Als Gegenleistung werdet ihr dafür sorgen, dass die Feuer für die Jäger und Krieger nicht verlöschen. Ihr werdet dem Klan kleine Jungen schenken, die zu großen und starken Männern heranwachsen und dann selbst auch als Jäger und Krieger leben werden. So ist es Brauch in unserem Klan.«

Sisi schüttelte wütend den Kopf.

»Dir gefallen unsere Bräuche nicht?«, fragte Madriel freundlich.

»Haben Frauen nichts anderes zu tun als Männern das Leben zu schenken?«, wollte Sisi wissen.

»Nichts anderes«, antwortete Madriel. »Genau wie Männer nichts anderes zu tun haben als Frauen das Leben zu schenken.«

Die Gruppe junger Männer, die sie angestarrt hatten, löste sich nun auf und zog sich in eine der größeren Hütten zurück. Madriel zeigte auf die andere Seite des aufgewühlten Sees, wo ein zweites Deck entlang der gegenüberliegenden Felswand verlief. Es war schmaler als die Plattform mit der eigentlichen Siedlung und man gelangte über eine lange, durch ein Geländer gesicherte Brücke dorthin, die an der schmalsten Stelle über den Fluss führte. Überall entlang dieses zweiten, abgelegeneren

Decks waren kleine strohgedeckte Hütten errichtet worden – erst vor kurzem, wie es schien –, jede gerade groß genug für zwei Personen.

»Das sind eure Hochzeitshütten. Heute Abend werdet ihr mit euren neuen Ehemännern dort hingehen und fünf Tage und Nächte dort verbringen.«

Die Manth-Mädchen blickten erstaunt zu den kleinen Hütten hinüber. Plötzlich erschien ihnen ihr Schicksal greifbar und nah. Red Mimilith drehte sich zu den jungen Männern um.

»Sollen wir unsere Ehemänner auswählen?«

»Eure Ehemänner auswählen! Natürlich nicht!«, rief die Klanmutter erschrocken. »Sie werden euch auswählen.«

Während sie das sagte, kamen die jungen Männer hintereinander aus der Gemeinschaftshütte und stellten sich alle zusammen am anderen Ende des breiten Decks auf. Dort begannen sie die Arme und Beine zu strecken, so als wollten sie sich für irgendeine anstrengende Betätigung auflockern. Unter ihnen entdeckte Kestrel wieder den jungen Mann, der sein Tuch nicht vom Gesicht genommen hatte, und wunderte sich flüchtig, warum er es vorzog, unerkannt zu bleiben.

»Der Stärkste darf als Erster wählen«, erklärte Madriel. »Er wird sich für das gesundeste und fruchtbarste Mädchen von euch entscheiden. Auf diese Weise wird er dem Klan kräftige, gesunde Babys schenken. Der Zweitstärkste darf als Nächster wählen. Und so werden sechs unserer jungen Männer ihre jeweilige Braut aussuchen. So ist es Brauch in unserem Klan.«

»Aber das ist doch alles Unsinn!«, ereiferte sich Sisi.

»Woran sollen sie denn erkennen, wer die Fruchtbarste ist?«

»Daran, wie stark ihr Begehren ist. Wenn eine junge Frau am fruchtbarsten ist, ist sie auch am begehrenswertesten. Schaut mich an. Ich bin wie eine Blume, deren Blütenblätter verwelkt und abgefallen sind. Ich bin nicht mehr im gebärfähigen Alter. Kein Mann begehrt mich. Aber ihr« – dabei schaute sie Sisi an – »ihr seid die aufbrechenden Knospen.«

»Ich nicht«, entgegnete Sisi, errötete und berührte ihre vernarbten Wangen.

Madriel lachte.

»Glaubst du etwa, dass dich das in den Augen eines Mannes weniger begehrenswert macht? Mein Kind, dein ganzer Körper verströmt den süßen Duft der Jugend. Du wirst als Erste ausgewählt werden.«

»Es ist doch ganz gleich, wer uns auswählt«, meinte Kestrel. »Wir wissen über keinen von ihnen etwas.«

»Ihr werdet etwas über sie wissen«, erklärte die Mutter des Klans, »wenn ihr seht, wie sie durch den Sturm gehen. Eine Frau erfährt alles, was sie über einen Mann wissen muss, aus der Art, wie er durch den Sturm geht.«

Bevor sie weitere Fragen stellen konnten, gesellte sich eine zweite Frau aus dem Klan zu ihnen. Sie trug ein schlafendes Baby in einer Schlinge um den Hals und hielt ein flaches Körbchen in den Händen, das mit bunten Stoffstreifen gefüllt war.

»Die Brautfarben, Mutter«, verkündete sie und reichte Madriel das Körbchen.

Madriel nahm es und pickte ein blaugelbes Band heraus. Es war einige Handbreit lang und hatte einen ausgefransten Rand, so als wäre es vom Saum eines alten Kleidungsstücks abgetrennt worden. Sie wand es zu einem lockeren Knoten und reichte es Sisi.

»Haltet es so, dass die Männer es sehen können. Ich werde euch sagen, was ihr zu tun habt, wenn es so weit ist.«

Sie nahm nacheinander alle Stoffstreifen aus dem Körbchen und verteilte sie wahllos unter den Manth-Mädchen. Einige Bänder waren gestreift, andere kariert, wieder andere einfarbig. Kestrel erhielt das schlichteste Band von allen, einen hellgrauen, fast weißen Stofffetzen. Seltsamerweise gefiel es ihr, ein solch neutrales Stück Stoff zu bekommen, und sie war sicher, dass die Klanmutter es mit Absicht für sie ausgesucht hatte.

»Woraus besteht der Gang durch den Sturm?«, fragte sie.

»Das werdet ihr gleich sehen.«

Es rührte sich etwas in den Hütten und schließlich kamen mehrere ältere Männer der Reihe nach heraus. Jeder hielt eine selbst gefertigte Waffe in der Hand, einen Stock, einen beschwerten Strick oder eine Peitsche.

»Die Väter sind bereit«, erklärte Madriel. »Kommt.«

Sie erhob sich und auf ihre Anweisung hin standen die Manth-Mädchen ebenfalls auf und folgten ihr. Nun reihte die Klanmutter sie nebeneinander auf, kniend oder sitzend, ganz wie sie wollten, entlang des breiten Plankenwegs zwischen den Hütten und dem Wasser. Sie zeigte ihnen, wie sie ihre Brautfarben halten sollten: offen auf dem Schoß, damit man sie gut sehen konnte. Die älteren Männer, die sie »die Väter« genannt hatte, obwohl einige von ihnen überhaupt nicht alt waren, bildeten jetzt mit den Waffen in den Händen zwei lange Reihen vor ihnen. Sie nahmen ihre Plätze leise, mit gesenkten Blicken und ernsten Gesichtern ein. So standen sie sich mit gespreizten Beinen gegenüber und es entstand ein immer länger werdender, zwei Schritte breiter menschlicher Korridor, der parallel zum Wasser und entlang des gesamten Decks verlief.

Während sich dieser Korridor bildete, schlossen die jungen Männer ihre letzten Vorbereitungen ab. Jeder band sich einen farbigen Stoffstreifen an den rechten Oberarm, der jeweils einer der Brautfarben entsprach. Nachdem sich diese Armbinden an ihren Plätzen befanden, schlangen sich die jungen Männer lange Tücher um Hals und Gesicht und ließen nur schmale Schlitze zum Atmen unter den Nasenlöchern frei. Von nun an hatten sie die Augen verbunden.

Kestrel erspähte denjenigen mit der weißen Armbinde, die zu dem geknoteten Band in ihrem Schoß passte. Sie erhaschte einen Blick auf sein Gesicht, bevor es unter dem langen Tuch verschwand: ein breites Gesicht mit einer Stupsnase.

Nicht der, dachte sie. Den heirate ich nicht.

Sobald ihr dieser Gedanke in den Sinn gekommen war, verscheuchte sie ihn auch schon wieder. Sie würde überhaupt niemanden heiraten, weder jemanden aus dem Barra-Klan noch sonst irgendwen.

»Das mach ich nicht! Sie können mich nicht dazu zwingen!«

Das war Sisi, die ihren Gedanken laut äußerte. Sie hatte ebenfalls den Jungen mit ihrer Farbe ausgemacht und war empört.

»Habt Geduld!«, ermahnte sie die Klanmutter, die bemerkt hatte, wie aufgeregt die Manth-Mädchen wurden. »Es ist noch nichts entschieden. Ihr werdet eure Brautfarben gleich an die Stelle legen, die ich euch sage. Und später, wenn sich die jungen Männer entscheiden, bekommt ihr eine Farbe zurück.«

Nun stellten sich die jungen Männer mit den verbundenen Augen an einem Ende der Doppelreihe auf. Kestrel hielt nach demjenigen Ausschau, über den sie sich auf ihrer Reise durch das Labyrinth den Kopf zerbrochen hatte, doch da nun alle den Kopf verhüllt hatten, konnte sie ihn nicht erkennen.

Barra kam aus der Gemeinschaftshütte und schritt durch die Doppelreihe der älteren Männer hindurch bis zum anderen Ende. Hier drehte er sich um, hob die Arme über den Kopf und klatschte zweimal in die Hände. Die Väter nahmen eine steife Haltung an und hoben ihre Peitschen und Stöcke. Der erste der jungen Männer mit den verbundenen Augen wurde zur Anfangsposition geführt. Erst jetzt begriffen die Manth-Mädchen, was geschehen würde, und vergaßen vor Entsetzen über das, was nun kommen sollte, ihre eigene Angst.

Der Banditenanführer klatschte erneut in die Hände, diesmal nur einmal. Der erste junge Mann machte sich mit verbundenen Augen auf den Weg durch die Doppelreihe; seine Stiefel klapperten dumpf auf den Holzbrettern. Die Stöcke schwirrten durch die Luft und schlugen ihm hart auf den Rücken, die Stricke knallten auf seine Arme und die Peitschen schnitten ihm in die Beine. Er taumelte weiter, ohne die Schläge sehen zu können, bevor sie ihn trafen, zuckte bei jedem Geräusch zusammen und bemühte sich, nicht aufzuschreien oder wegzulaufen. Die Schläge prasselten von beiden Seiten auf ihn herab, auf seinen Kopf, seine Brust und sein Gesäß, brutal und unerbittlich. Dieser erste junge Mann trug eine Armbinde in den Farben Schwarz und Orange und die sanfte Sarel Amos, die ein Band in den gleichen Farben umklammerte, musste einfach aufschreien, als sie ihn so leiden sah. Sie kannte weder seinen Namen noch seinen Charakter, doch der Zufall der Farben verband sie mit ihm und allein deshalb war er ihr nicht gleichgültig.

Er schwankte weiter durch den langen Korridor, doch die gnadenlosen Schläge forderten ihren Tribut. Man konnte ihn jetzt stöhnen und wimmern hören. Da er zu langsam war, um ausweichen zu können, traf ihn jeder Hieb und bei jedem neuen duckte er sich tiefer und bewegte sich noch langsamer. Schließlich riss ihm eine Peitsche aus Bullenleder die Waden auf, so dass er stolpernd auf die Knie fiel und nicht wieder aufstand. Die dreschenden Arme der älteren Männer hielten inne. Madriel winkte Sarel herbei.

»Leg deine Brautfarbe dorthin, wo er gefallen ist.«

Zitternd tat Sarel, was man ihr aufgetragen hatte. Die älteren Frauen traten vor und halfen dem geprügelten jungen Mann, der nun davonhumpelte. Das orange-schwarze Band blieb auf dem Deck liegen und zeigte an, bis zu welcher Stelle er bei dieser Feuerprobe, die sie »den Gang durch den Sturm« nannten, durchgehalten hatte.

»Hab ich es gut gemacht?«, fragte er mit vor Schmerz erstickter Stimme, als sie ihm die Augenbinde abnahmen.

»Ja«, antworteten sie ihm. »Du hast die Mittellinie überschritten.«

Nun stand der zweite junge Mann bereit. Der Vater des Klans klatschte in die Hände. Und so begann das grausame Knüppeln von neuem und ein Junge nach dem anderen unterzog sich dieser schweren Prüfung.

Einige wurden gleich zu Anfang unglücklich getroffen und stürzten bereits nach wenigen Schritten. Obwohl sie in Sekundenschnelle wieder auf den Beinen waren, wurde das Band in ihrer Farbe dort abgelegt, wo sie gefallen waren, und sie hatten ihre Chance vertan. Andere kämpften sich weiter und schrien ebenso aus Angst vor den unsichtbaren Schlägen wie vor Schmerzen, bis sie es nicht mehr aushielten, bei der ersten Gelegenheit strauchelten und die Tortur dadurch beendeten. Derjenige mit der weißen Armbinde gehörte nicht dazu. Sobald er seinen Gang begonnen hatte, wusste Kestrel, dass er zu den Gewinnern zählen würde. Er bewegte sich mit einem sicheren, steifen Gang, krümmte die Schultern unter den harten Stockschlägen und strebte verbissen vorwärts wie ein verwundetes Rind. Die Peitschen ließen ihn nicht stolpern und die beschwerten Stricke konnten ihm nicht den Schädel einhauen. Immer weiter stapfte er, mit schwerem Atem, über die Mittellinie hinaus, und immer im selben gleichmäßigen Tempo. Kestrel ertappte sich dabei, dass sie ihn in Gedanken anfeuerte, und zwar nur deshalb, weil sie seine Farbe im Schoß hielt. Sie schämte sich und dachte: Sollen sie ihn doch zusammenschlagen. Kann mir doch egal sein.

Und dennoch hatte die Mutter des Klans Recht gehabt. Der Gang durch den Sturm verriet Kestrel viel über die jungen Männer. Alle mussten sich der gleichen Prüfung unterziehen, aber jeder von ihnen litt auf seine eigene Weise. Der Junge mit der weißen Armbinde war hartnäckig und mutig, aber nicht gescheit. Er hatte kein Gespür dafür, wie er den Schlägen ausweichen oder ihre mörderische Wucht abschwächen konnte. Er würde ein verlässlicher Ehemann sein und hart arbeiten, aber er würde niemals dazulernen. Mit schierer Entschlossenheit schaffte er es bis zur Dreiviertellinie, doch dort wurde er, zermürbt von den Hunderten von Schlägen, die er eingesteckt hatte, schließlich auf die Knie geknüppelt.

Kestrel stand auf, legte ihr Band dort ab, wo er auf das Deck gefallen war, und kehrte an ihren Platz zurück. Auf dem Rückweg fing sie Sisis Blick auf. Sisis Gesicht verriet großen Kummer, doch ob sie um ihrer selbst willen litt oder wegen der jungen Männer, die durch den Sturm gingen, wusste Kestrel nicht.

Der nächste Junge war bereits unterwegs. Die bunten Bänder lagen auf der Strecke verteilt und zeigten an, wie weit jeder gekommen war. Diejenigen, die ihre Prüfung überstanden hatten, kehrten zurück, um zu sehen, wie es ihren Kameraden erging, und um sich die Reihe der wartenden Bräute anzuschauen. Diese frisch gebackenen Veteranen hielten sich trotz ihrer schweren Verletzungen und starken Schmerzen mit Stolz. Sie waren durch den Sturm gegangen und durften nun ihre Plätze als Väter des Klans einnehmen.

Zum Schluss war nur noch eine Brautfarbe übrig: das blaue geknotete Band, das Ashar Warmish, die jüngste der Manth-Mädchen, in den Händen hielt. Ein einzelner junger Mann mit einer blauen Armbinde wartete am Ende der Doppelreihe. Da er der Letzte war, entspannte sich die Atmosphäre ein wenig. Seine Kameraden begannen sich zu unterhalten und ihre Wunden zu vergleichen, und die

Besten, deren Farben am weitesten vorn lagen, suchten sich bereits ihre Braut aus. Doch zuerst musste der letzte junge Mann mit verbundenen Augen den Gang durch die Doppelreihe hinter sich bringen.

Sobald er sich in Bewegung gesetzt hatte, bemerkte Kestrel den Unterschied. Er war weder kräftiger als die anderen vor ihm, noch wich er den Schlägen geschickter aus. Er schien sich nur weniger um sie zu kümmern. Dieser Junge hielt den verhüllten Kopf hoch, nahm die dreschenden Hiebe auf seinen Rücken einfach hin, taumelte unter ihrer Wucht, fand das Gleichgewicht wieder und schritt weiter: ganz so, als spürte er nichts davon. Bald merkten seine Mitstreiter, dass etwas Ungewöhnliches vor sich ging, und wandten die Blicke von den jungen Mädchen auf den Jungen, der mit verbundenen Augen durch die Doppelreihe stapfte. Schon hatte er die Mittellinie überschritten ohne einen Ton von sich zu geben. Er wandte seine verbundenen Augen den Schlägen zu und schien sie dazu einzuladen, ihn zu treffen. Kestrel dachte unwillkürlich: Wie kann es ihm so wenig ausmachen? Will er sterben? Er marschierte weiter wie in die Wellen des Meeres hinein, wandte sich immer der nächsthöheren Woge zu, stellte sich den Brechern entgegen und gewann jedes Mal an Stärke. Ein Knüppel traf ihn mit einem knirschenden Geräusch genau in das vermummte Gesicht, doch noch immer schritt er weiter.

Nun schaute der gesamte Klan in völliger Stille zu, wie er die Dreiviertellinie überschritt, geschunden und geprügelt, aber nicht zu Fall gebracht. Jetzt hatte er das weiße Band hinter sich gelassen, das weiter vorn als alle anderen Farben lag, und fiel immer noch nicht. Inzwischen wurden die Schläge härter, so dass er wankte und torkelte, doch die kräftigen Männer konnten ihn mit ihren Knüppeln und Peitschen nicht zu Fall bringen. Barra, der Vater des Klans, stand am anderen Ende und sah mit seinen hart blickenden Augen zu, während der junge Mann immer näher kam.

Warum nur?, fragte sich Kestrel, die ebenso gebannt war wie der Rest. Warum nimmt er solche Qualen auf sich? Keine Braut ist so viel Schmerz wert. Und noch während sie das dachte, wusste sie wie alle anderen auch, dass das hier nichts mit den Mädchen oder auch nur mit dem Klan zu tun hatte. Dieser junge Mann, sagte sie zu sich selbst, will diese Schmerzen. Er weigert sich auf die Knie zu fallen, weil seine Qual dann zu Ende wäre.

Immer weiter marschierte er und jetzt wusste der ganze Klan, dass er bis zum Schluss durchhalten würde. Barra breitete langsam die Arme aus. Der Junge schritt mit verbundenen Augen, geschlagen, gebrochen und kaum noch bei Bewusstsein, über die Endlinie hinaus und in die offenen Arme des Klanvaters.

Dann fiel er hin und einen Moment lang sah es so aus, als hätte er den Preis für seinen tollkühn erworbenen Ruhm gezahlt. Dann schaute Barra auf und rief: »Aya! Ehrt ihn!« Er brüllte den Ruf des Klans: »Aya! Aya! Er ist als Erster bis zum Ende durch den Sturm gegangen!«

Männer und Frauen, Junge und Alte, alle machten es ihm nach, riefen zusammen, stampften auf dem Deck auf und klatschten im Rhythmus des Rufs in die Hände.

»Aya! Aya! Aya!«

Ashar Warmish hielt noch immer das blaue Brautband in der Hand und blickte unsicher zu Madriel hinüber. Die

Klanmutter winkte sie zu sich, nahm sie an die Hand und führte sie zum Sieger hinüber, damit sie das Band zu seinen Füßen niederlegen konnte. Er bewegte sich jetzt und fand allmählich die Kraft wieder, sein eigenes Gewicht zu halten.

»Versorge seine Wunden«, trug Barra seiner Frau auf.

Madriel nahm den Arm des jungen Mannes, hielt ihn sanft fest und wickelte selbst das Tuch um seinen Kopf ab. Als sein Gesicht entblößt wurde, sahen die Zuschauer, dass es völlig entstellt und voller Blut war. Seine Nase war zerquetscht worden. Ein Auge war so geschwollen, dass er es nicht öffnen konnte. Auf einer Wange prangte ein langer dunkelblauer Bluterguss. Doch trotz all des Bluts und all der Verletzungen erkannte Kestrel ihn sofort, als sein Gesicht unter dem Tuch zum Vorschein kam.

Es war Rufy Blesh.

Sie drehte sich um und stellte fest, dass ihn alle Manth-Mädchen erstaunt anblickten: Sarel und Seer, Red und Ashar. Nur Sisi kannte ihn nicht.

»Wer ist er?«

»Ein Manth, wie wir. Er heißt Rufy Blesh.« Kestrel sprach ganz leise, damit niemand mithören konnte. »Als wir noch Gefangene des Meisters waren, ist er nachts weggelaufen. Zwanzig Angehörige unseres Volkes wurden bei lebendigem Leib verbrannt.«

»Seinetwegen?«

»Ja.«

»Wusste er, dass das geschehen würde?«

»Ja. Er wusste es.«

Sisi richtete ihre wunderschönen Augen wieder auf Rufy Blesh und schaute ihn sich genauer an. Er konnte jetzt ohne Hilfe stehen, das Gesicht immer noch unter einer Maske aus Blut, und blickte in die Richtung der Mädchen. Sein offenes Auge wirkte glasig, so als würde er zwar damit schauen, aber nicht wirklich etwas sehen. Kestrel verstand diesen Blick. Er sollte sagen: Hier bin ich, macht mit mir, was ihr wollt, es ist mir egal.

Barra, der Klanvater, hob die Arme über den Kopf und klatschte in die Hände, um für Ruhe und Aufmerksamkeit zu sorgen.

»Stellt euch zu euren Farben!«

Die jungen Männer traten ungelenk vor – einige humpelten, einige hielten sich die gequetschten Arme – und blieben neben ihrer jeweiligen Farbe auf dem Deck stehen.

»Trefft eure Wahl!«

Niemand rührte sich. Alle Augen waren auf Rufy Blesh gerichtet. Da er derjenige war, der am längsten durchgehalten hatte, durfte er als Erster wählen. Doch er schien das nicht zu wissen.

Der Klanvater nickte ihm zu.

»Du hast die Ehre.«

Rufy Blesh hob seine Farbe vom Boden auf und schritt langsam über den freien Platz auf dem Deck zur Reihe der Manth-Mädchen hinüber. Das blaue Stoffband hielt er in einer Hand. Es war bereits schmutzig von dem Blut, das er sich von seinem lädierten Gesicht abgewischt hatte. Kestrel schaute voller Entsetzen und Mitleid zu und staunte, dass er durch all die aufgerissene Haut und das trocknende Blut überhaupt genug sehen konnte, um gehen zu können.

Er blieb wenige Schritte von ihnen entfernt stehen und drehte den Kopf in beide Richtungen, so dass alle dachten, er musterte die Bräute und träfe seine Wahl. Doch dann ließ er sein Band plötzlich auf das Deck fallen und ging davon.

Er hatte keine von ihnen gewählt.

Kestrel atmete auf; sie hatte bis dahin gar nicht gemerkt, dass sie den Atem angehalten hatte. Barra dagegen runzelte die Stirn. Doch dann trat schon der junge Mann vor, der sich in der Prüfung als Zweiter platziert hatte, das weiße Band in der Hand. Er ging direkt auf Sisi zu, genau wie die Klanmutter es vorausgesagt hatte, und legte seine Farbe zu ihren Füßen nieder. Sisi betrachtete das Band, hob dann ihren anmutigen Kopf und blickte zur Seite.

»Nimm es«, wies Madriel sie an. »Knote es auf und binde es dir um den Hals.«

Sisi tat so, als hätte sie es nicht gehört. Der dritte junge Mann humpelte auf die Mädchen zu. Er legte sein Band vor Sarel Amos ab. Kestrel stellte fest, dass sie zugleich erleichtert und verärgert darüber war, nicht ausgewählt worden zu sein.

»Nimm die Brautfarbe«, sagte Madriel noch einmal zu Sisi, »oder du wirst aus dem Klan verstoßen.«

»Tu, was sie sagt, Sisi«, flüsterte Kestrel. »Es hat nichts zu bedeuten.«

Also nahm Sisi das weiße Stück Stoff, löste mit ihren schlanken Fingern den Knoten, schlang es sich um den Hals und band es vorn zusammen. Dabei wandte sie den Blick ab und schaute seitlich in die Ferne, so als legte ihr jemand anders dieses schmachvolle Halsband an und sie bekäme nichts davon mit.

Kestrel wurde als Vierte ausgewählt. Sie funkelte den

Jungen böse an, als er sich näherte, und hoffte, dass er seine Meinung ändern würde, doch er grinste sie nur an. Er war klein und jung – jünger als sie selbst, dessen war sie sicher –, hatte große, abstehende Ohren und hinkte beim Gehen. Kestrel kochte und schäumte vor verletztem Stolz, als er sein armseliges Bändchen vor ihr ablegte. Rosa und blau kariert! Selbst seine Farbe war kindisch. Von einem Fremden ausgewählt zu werden war ja schon schlimm genug, aber als Vierte, und dann auch noch von einem Baby mit Segelohren, das war einfach zu viel. Einen Moment lang war sie sogar wütend auf Rufy Blesh, weil er sich verweigert hatte. Bestimmt hätte er sich für sie entschieden. Sie kannten sich schon ihr ganzes Leben.

Mit zitternden Fingern band sie sich den verhassten Stoffstreifen um den Hals. Nicht mehr lange, beruhigte sie sich selbst. Sie schloss die Augen und sandte ihre Gedanken aus.

Bo! Kannst du mich hören?

Keine Antwort. Er würde nach ihnen suchen, das wusste sie. Und auch Mumpo und die anderen. Es war nur eine Frage der Zeit.

Nun bedeutete ihnen die Klanmutter aufzustehen und ihr zu folgen. Die Entscheidungen waren gefallen und die Bräute trugen ihr Band um den Hals.

»Die Männer ruhen sich nach der Prüfung aus«, erklärte Madriel. »Ihr werdet euch waschen. Bei Sonnenuntergang isst der Klan und jede von euch wird ihren neuen Ehemann mit Essen und Trinken versorgen. Beim letzten Tageslicht führen euch eure Männer über das Wasser zu den Hütten, die sie für euch gebaut haben, und dort werdet ihr mit ihnen bleiben. So ist es Brauch in unserem Klan.«

Als sie das hörte, blickte Kestrel zum Himmel hinauf. Die Wintersonne ging bereits unter. Der Schatten an der östlichen Felswand stieg immer höher. Das Tageslicht schwand rasch.

Bo!, rief sie. *Mein Bruder, kommst du zu mir? Komm schnell! Komm schnell!*

5

Der Sieger wählt eine Braut aus

Bowman lief mit federnden Schritten am Rand der großen Felsspalte entlang, gefolgt von Mumpo, Miller Marish, Tanner Amos, Lolo Mimilith, den Shim-Brüdern und Nebel dem Kater. Die jungen Männer trugen die Waffen, die sie hatten: kurze Schwerter, Messer, Holzscheite aus dem Wagen. Keiner von ihnen bemerkte den Kater.

Die Felsspalte verlief von Osten nach Westen. Die Gruppe bewegte sich in Richtung Westen, auf die Sonne zu, die am blassen, wolkenverhangenen Himmel versank. In allen Richtungen erstreckte sich die felsige Ebene, eintönig bis auf das Wirrwarr aus Rissen, die sich alle paar Meter durch die Oberfläche zogen. Die meisten Spalten waren schmal genug, dass man über sie hinwegspringen konnte. Doch diese große Kluft war sechs Meter breit und wurde immer weiter, und der Wasserlauf, den sie in der Talsohle rauschen hören konnten, lag tief unten. Bowmans geschärfte Sinne verrieten ihm, dass seine Schwester und die anderen nach Norden gebracht worden waren, aber bis sie einen Weg über die breite Felsspalte fanden, mussten sie weiter westwärts gehen, so dass sie sich immer mehr von ihrer Spur entfernten.

»Wir müssen in die Spalten runter«, schlug Tanner Amos vor. »Es bleibt uns nichts anderes übrig.«

»Dann verirren wir uns.« Bowman schüttelte den Kopf. »Sieh dir mal an, in welchen Schlangenlinien die Risse verlaufen. Wir würden vollkommen die Orientierung verlieren. Und selbst wenn wir die anderen fänden – wie sollten wir je wieder zurückkehren?«

Er drehte sich um und spähte angestrengt nach Südosten, um sich zu vergewissern, dass die Fahne noch zu sehen war. Der Rest der Manth hatte im ausgetrockneten Flusstal das Nachtlager aufgeschlagen. Sie hatten eine selbst gemachte Fahne an einem Pfahl auf dem Westgrat aufgestellt, damit der Suchtrupp zu ihnen zurückfinden konnte. Die Fahne, ein langer Streifen aus feiner weißer Seide, flatterte tapfer in der Ferne und leuchtete im Licht der untergehenden Sonne.

Mumpo blickte nach Westen, am Rand der Felsspalte entlang, und folgte ihrem gezackten Verlauf bis zu den fernen Bergen.

»Ich glaube nicht, dass wir sie jemals überqueren können«, vermutete er. »Ich glaube, das ist der Riss-im-Land.«

Bowman hatte bereits den gleichen Gedanken gehabt, ihn aber für sich behalten, weil er die anderen nicht hatte erschrecken wollen. Zusammen mit Kestrel und Mumpo war er viele Jahre zuvor auf den Riss-im-Land gestoßen und sie hatten ihn überqueren können. Aber damals hatte es eine Brücke gegeben. Jene riesige Schlucht hatte weit weg im Nordwesten am Fuße der Berge gelegen, doch es war möglich, dass dieser Riss hier vor ihnen ein früherer, schmalerer Abschnitt derselben Schlucht war oder aber ein Nebenarm, der weiter unten in sie einmünden würde.

Bowman blieb stehen. Eine Weile zuvor waren sie an einem anderen Riss vorbeigekommen, der bröckelige, schräg abfallende Ränder hatte und in den größeren Riss mündete. Sie hatten sich gemerkt, dass sie, falls es sein musste, an dieser Stelle hinunterklettern und das Netz aus Wegen betreten konnten, das die Banditen »das Labyrinth« genannt hatten. Sollten sie umkehren?

»Wenn doch nur einer von uns hier oben bleiben und uns den Weg weisen könnte«, seufzte er.

Bowman sprach seinen Gedanken laut aus, aber es war einfach unmöglich. Wer hier an der Oberfläche blieb, würde ihnen nicht folgen können, wenn sie erst einmal unten im Labyrinth waren. Zu viele der Risse waren so breit, dass man nicht über sie hinwegspringen konnte.

»Also ich denke es mir so«, sagte Mumpo. Wie immer sprach er langsam und leise, als rechnete er nicht damit, dass ihm jemand zuhörte. »Wenn wir denselben Weg weitergehen wie bisher, werden wir die große Felsspalte niemals überqueren. Also hat das keinen Sinn. Und wenn wir aufgeben und zum Lager zurückkehren, haben wir die anderen für immer verloren, also hat das auch keinen Sinn. Aber wenn wir in die Spalten runtergehen, haben wir zumindest eine Chance.«

Mumpo verschwieg seinen Gefährten, dass er auf jeden Fall weitersuchen würde, egal, wie sie sich entschieden. Er würde in das Labyrinth hinunterklettern, tief in die Erde hinein, und bei Tag und bei Nacht suchen, solange er lebte, bis er Kestrel gefunden hatte. Und wenn ich sie finde, sagte er zu sich selbst, bringe ich die Männer um, die sie verschleppt haben. Und das war nicht bloß Prahlerei. Mumpo wusste, wie man Menschen tötete. Das hatte er als Sklave im Reich des Meisters gelernt.

Bowman hatte mehr Zweifel an dieser Wahl als Mumpo.

»Denkt daran, was mein Vater sagen würde. Wir haben schon unsere jungen Frauen verloren. Sollen wir auch noch unsere jungen Männer verlieren?«

Alle schwiegen. Da hörten sie ein leises Miauen. Nebel hatte beschlossen, dass seine große Stunde jetzt gekommen war.

»Nebel! Wie bist du denn hierher gekommen?«

»Was glaubst du denn?«

Bowman hörte die ärgerliche Antwort des Katers, aber die anderen natürlich nicht. Sie sahen nur, dass sich der Kater Bowman genähert hatte und nun zu seinen Füßen saß.

»Er muss uns gefolgt sein«, stellte Miller Marish fest. »Dieser Kater ist dir wirklich treu ergeben, Bowman.«

Nebel warf Miller Marish einen vernichtenden, zutiefst verächtlichen Blick zu und wandte sich wieder an Bowman.

»Ihr könnt von Glück sagen, dass ich mitgekommen bin«, sagte er zu Bowman. »Ihr geht in die Spalten runter. Ich folge euch und weise euch von hier oben den Weg.«

»Aber Nebel, du wirst uns nicht folgen können. Die Spalten sind zu breit zum Drüberspringen.«

»Zu breit zum Drüberspringen. Aber nicht zu breit zum Drüberfliegen.«

Die anderen warteten. Sie hörten zwar nichts, spürten

aber, dass Bowman und der Kater auf irgendeine Weise miteinander kommunizierten.

»Seht euch sein Gesicht an!«, rief Rollo Shim. »Man könnte meinen, er spricht!«

»Wir verlieren Zeit«, mahnte Tanner Amos.

Bowman streichelte dem Kater den Rücken.

»Oh, Nebel. Du weißt doch, dass du nicht wirklich fliegen kannst.«

Nebel erhob sich gekränkt.

»Was glaubst du denn? Dass ich es erfunden habe, um dich zu beeindrucken? Warum sollte ich dich beeindrucken wollen? Ich bin doch kein kleines Kätzchen.«

Er stolzierte davon.

»Gehen wir jetzt weiter?«, wollte Bek Shim wissen. »Oder kehren wir um?«

»Wir kehren um«, beschloss Bowman. »Wenn wir am Hang angekommen sind, der in das Labyrinth hinunterführt, entscheiden wir, ob wir ihn hinuntergehen oder nicht.«

Also machten sie kehrt und liefen in flottem Tempo nach Osten zurück. Der Kater folgte ihnen in einigem Abstand, um deutlich zu machen, dass er nicht zu ihrer Gruppe gehörte, sondern nur zufällig in die gleiche Richtung unterwegs war.

»Ich werd es ihnen zeigen«, sagte er zu sich selbst, während er hinter ihnen hersprang. »Ich werd es ihnen zeigen.«

Als sie die Spalte mit dem bröckeligen Hang erreichten, blieben sie erneut stehen. Während sich die anderen ausruhten und wieder zu Atem kamen, suchte Bowman mit all seinen Sinnen nach Hinweisen darauf, welchen Weg

Kestrel gegangen war. Er rief ihr zu, ohne wirklich auf eine Antwort zu hoffen, und bekam auch keine. Inzwischen war sie sicher zu weit weg. Doch er erkannte noch immer ihre schnell schwindende Spur auf dem Weg, den sie genommen hatte.

»Ich spüre sie«, erklärte er.

»Dann gehen wir ihr nach«, antwortete Mumpo.

»Aber Mumpo, selbst wenn wir sie finden und wenn wir sie und die anderen retten können – wie sollen wir zurückfinden? Es ist schon dunkel da unten. Und mein Gespür reicht nicht aus, um uns zurückzuführen.«

Plötzlich hörten sie ein Getrappel und Nebel kam hinter ihnen in hohem Tempo angelaufen. Er raste auf den Abgrund der Felsspalte zu und sprang dort in die Luft: hoch hinauf, in einem langen, weiten Bogen, an dessen Scheitel er vor ihren Augen mit allen vieren zu paddeln begann, als würde er schwimmen. Und statt an Höhe zu verlieren schwebte er zum Erstaunen aller geradeaus weiter, bis er in einem weiteren sanften Bogen auf der anderen Seite landete.

»Wie hat er das nur gemacht?«, wunderte sich Rollo Shim.

»Er ist geflogen«, erwiderte Bowman.

Nebel drehte sich auf der anderen Seite des breiten Spalts um und schaute Bowman an.

»Na, Junge? Du weißt wohl doch nicht alles.«

»Kannst du das noch mal machen?«

»Sooft du willst. Wenn man den Dreh einmal raushat, vergisst man ihn nicht wieder.«

»Dann folge uns, Nebel!« Und zu den anderen sagte er: »Gehen wir! Der Kater wird uns den Rückweg zeigen!«

Und so schlitterte die Gruppe junger Männer ohne weitere Diskussion den schräg abfallenden Hang der Felsspalte hinunter und in das Labyrinth hinein.

Der Barra-Klan hielt das Hochzeitsmahl um das größte Feuer herum ab, das auf dem mittleren Landungssteg brannte. Hier mussten die sechs Manth-Bräute im Kreis Platz nehmen, so dass zwischen ihnen die Flammen loderten und hinter ihnen das eiskalte Wasser floss. Alle bekamen sie einen Teller mit Essen und einen Becher gesüßtes Wasser, nicht für sich selbst, sondern für ihre Ehemänner, die sich in der Junggesellenhütte für die Hochzeitsnacht wuschen.

Kestrel sah zu, wie der Himmel über ihnen immer dunkler wurde. Sie wusste, dass ihnen nicht mehr viel Zeit blieb. Irgendwie mussten sie den Ablauf des Abends verzögern, damit ihr Bruder sie finden konnte. Doch selbst wenn er schließlich nah genug war, dass sie sich besprechen konnten – wie sollten sie nur entkommen?

Sie betrachtete das Flusstal genau, wie sie es schon ein Dutzend Mal zuvor getan hatte, und suchte nach einem Fluchtweg. Und wie bei jedem Mal zuvor kam sie auch jetzt wieder zu dem Schluss, dass es unmöglich war, an den senkrecht aufragenden Felswänden hinaufzuklettern, dass sie in den eisigen Stromschnellen des Flusses umkommen würden und dass der mit Holzpfosten abgestützte Tunnel am oberen Ende der in den Fels geschlagenen Treppe der einzige Weg herein und hinaus war. Der Klan hatte seinen Zufluchtsort gut gewählt. Angreifer würden einzeln eintreten und die ungeschützten Felsstufen hinuntersteigen müssen, wo sie leicht von den tödlichen Steinschleudern getroffen werden konnten. Sie entdeckte den Wachposten auf dem hohen Felsabsatz vor der Tunneltür und wusste, dass dieser einzige schmale Eingang Tag und Nacht bewacht sein würde.

Wie viele Begleiter würde Bowman mitbringen? Vier? Fünf? Sie sah keine Möglichkeit, wie eine Hand voll Männer einen erfolgreichen Angriff gegen eine solch gut gesicherte Festung führen sollte. Und ebenso wenig würden sie, die Gefangenen, unbemerkt entkommen können. Die übrigen Angehörigen des Klans würden bald schlafen gehen. Doch ihre zukünftigen Ehemänner würden mit ihnen in diesen winzigen Hochzeitshütten liegen und es spüren und hören, wenn sie sich nachts davonschleichen wollten.

Sie brach ihre Überlegungen ab. Die jungen Männer kamen jetzt nacheinander mit ihren bunten Armbinden aus der Junggesellenhütte heraus. Jeder suchte sich seine Braut, die das Halsband in der jeweils passenden Farbe trug, und setzte sich neben sie in den Feuerschein. Nun folgten die älteren Leute, die Mütter und Väter des Klans, und das Mahl begann.

Es war eher bescheiden. Der Barra-Klan führte ein hartes, kärgliches Leben, er hatte genug Essen zum Überleben, aber wenig mehr. Es gab weder Lieder noch Geschichten und es wurde kaum gelacht. Auch die Manth-Mädchen hatten keinen Grund zu feiern. Sie wichen vor ihren Ehemännern, die im Schneidersitz neben ihnen auf dem Deck hockten, zurück, taten alles, was man ihnen sagte, und mieden jeden engeren Kontakt. Kestrel spürte, wie der Junge mit den abstehenden Ohren sie anstarrte, und musste sich sehr zusammenreißen, um ihm nicht den Teller mit dem Essen ins Gesicht zu werfen. Doch jetzt war nicht der passende Moment für einen Gefühlsausbruch.

Die älteren Leute begannen mit den Füßen auf das Deck zu stampfen.

»Aya! Aya! Aya!«

Sie empfingen damit den anerkannten Sieger der Feuerprobe an diesem Tag, Rufy Blesh. Er nickte steif, um diese Huldigung entgegenzunehmen, und setzte sich allein auf die Planken. Man hatte ihn gründlich gewaschen, doch sein verwundetes Gesicht bot noch immer einen furchtbaren Anblick. Kestrel musterte ihn eingehend – und schließlich kam ihr die Idee zu einem Plan, der ihnen Hoffnung auf eine Flucht geben konnte.

Die Klanmutter beobachtete die angehenden Ehefrauen, wies sie an, wie sie ihre Männer richtig zu bedienen hatten, und verbesserte sie dabei.

»Die Frau gibt dem Mann zu essen, bevor sie selbst isst«, erklärte sie. »Die Frau gibt dem Mann zu trinken, bevor sie selbst trinkt. So ist es Brauch in unserem Klan.«

»Und wer gibt demjenigen zu essen, der allein sitzt?«, wollte Kestrel wissen. Sie bekam keine Antwort auf ihre Frage. »Er hat am meisten gelitten. Er hat sich als der Stärkste erwiesen. Wo ist seine Braut?«

Barra schaute Rufy Blesh an, wandte sich wieder Kestrel zu und nickte.

»Du hast Recht. Aber er hat nicht gewählt.«

»Er hat seine Brautfarbe zu Boden geworfen«, sagte Madriel. »Er wollte keine von euch.«

»Er war erschöpft und hatte Schmerzen«, entgegnete Kestrel. »Aber jetzt ist er ausgeruht. Vielleicht will er doch noch seine Wahl treffen.«

»Die Bräute sind alle vergeben.«

Kestrel sah Rufy Blesh genau an. Er schaute mit seinem gesunden Auge ausdruckslos zurück.

»Er hat gewonnen«, erklärte sie. »Also darf er sich aussuchen, wen er will. Bis er seine Wahl trifft, ist keine von uns frei. So ist es doch Brauch in eurem Klan.«

Barra runzelte die Stirn und dachte einen Moment lang schweigend nach. Dann seufzte er und sagte: »So ist es.«

Er wandte sich mit ernstem Blick an Rufy Blesh.

»Möchtest du dir jetzt eine Braut aussuchen?«

Rufy Blesh starrte Kestrel unverwandt an. Dann nickte er schließlich mit dem Kopf.

Ein Gemurmel erhob sich unter den Leuten um das Feuer. So etwas hatte es noch nie zuvor gegeben. Barra machte ein Zeichen und die jungen Männer standen auf.

»Stellt eure Teller und Becher ab«, forderte Madriel die Mädchen auf. »Bindet eure Farben auf.«

Sie sammelte die Stoffstreifen ein und gab sie nacheinander den jungen Männern zurück. Rufy Blesh nahm sein blaues Band und stellte sich mit dem Gesicht zum Feuer auf. Die anderen reihten sich hinter ihm in der Rangfolge auf, in der ihre Farben zuvor abgelegt worden waren. Der junge Mann, der Letzter geworden war, zog sich nun aus der Reihe zurück, schüttelte den Kopf und murmelte leise vor sich hin.

Als alle fertig waren, verkündete Barra: »Trefft eure Wahl.«

Diesmal zögerte Rufy nicht. Er trat im Feuerschein vor und legte seine Farbe Kestrel in den Schoß. Barra, der zuschaute, stimmte ihm durch ein Kopfnicken widerwillig zu. Die junge Frau war offensichtlich die Anführerin der

Manth-Mädchen und daher die richtige Partnerin für den zukünftigen Anführer des Klans.

Die anderen folgten ihm nach und wählten alle genauso wie vorher, außer dem Jungen, der sich zuvor für Kestrel entschieden hatte. Als er an der Reihe war, zuckte er beleidigt mit den Schultern, um zu zeigen, dass er sich ungerecht behandelt fühlte, und wählte diejenige, die zuvor als Letzte ausgesucht worden war – die kleine Ashar Warmish.

All das dauerte sehr lange, genau wie es Kestrel beabsichtigt hatte. Als das Hochzeitsmahl schließlich fortgesetzt wurde, brannte das große Feuer schwächer und der Himmel war dunkel geworden. Kestrel reichte Rufy Essen und Trinken, so wie man es ihr gezeigt hatte. Er aß und trank schweigend und kaute wegen seines verletzten, aufgerissenen Kiefers nur langsam. Kestrel und Rufy redeten kein Wort miteinander und schauten sich nicht einmal an. Doch als er aufgegessen hatte und ihr seinen Teller zurückreichte, schrieb sie mit dem Finger in das Fett, das darauf übrig geblieben war: HILF UNS.

Er las es, schaute auf und nickte kaum merklich mit dem Kopf. Das reichte aus.

Barra erhob sich.

»Das letzte Tageslicht ist gekommen und gegangen«, stellte er fest. »Das Feuer brennt nur noch schwach und wir sind alle müde. Die Hochzeitshütten sind vorbereitet. Bringt eure neuen Ehefrauen über das Wasser.«

Kestrel wusste, dass sie noch mehr Zeit brauchte.

»Vater des Klans«, begann sie. »Wir Manth haben auch unsere Bräuche. Für uns ist die Hochzeitsnacht die Nacht, in der ein Mädchen zur Frau wird. In dieser Nacht nehmen wir Abschied von der Kindheit und übertreten die Schwelle zu einem neuen Leben.«

Die übrigen Manth-Mädchen hörten zu und warfen sich verstohlene Blicke zu. Von dieser Sitte hatten sie noch nie gehört. Sie war eine reine Erfindung von Kestrel.

Barra, der nichts davon wusste, zeigte sich respektvoll.

»Was möchtest du gern tun, Kind?«

»Nach dem Brauch der Manth, Vater«, fuhr Kestrel fort, weil sie merkte, dass er gern so angesprochen wurde, »verbringt die Braut den ersten Teil ihrer Hochzeitsnacht ruhig und friedlich mit ihrem Ehemann. In dieser Zeit freunden sich ihre beiden Seelen an. Dann verlassen die Bräute ihre Ehemänner und treffen ein letztes Mal zum so genannten Brautkreis zusammen.« Kestrel erfand das alles, so schnell sie konnte, doch ihrem ernsten Gesicht war das nicht anzumerken. »In diesem Brautkreis nehmen wir Abschied von der Kindheit. Dann kehren wir zu unseren Männern zurück und treten über die Schwelle zu unserem neuen Leben.«

»Ich verstehe.« Barra blickte seine Frau an. Sie zuckte die Achseln und nickte.

»Es kann nicht schaden«, meinte sie.

»Ihr seid zwar keine Manth mehr«, entschied der Klanvater nach einigem Nachdenken, »aber ich sehe keinen Grund, warum ihr eurer Sitte nicht ein letztes Mal nachgehen solltet. Nehmt nach Art der Manth von eurer Manth-Kindheit Abschied und beginnt euer neues Leben hier im Klan.«

»Danke, Vater«, sagte Kestrel. Dann senkte sie den Blick, um ihre Ergebenheit zu zeigen, und hielt Rufy Blesh ihre Hand hin, damit er sie über das Wasser führen konnte.

Als sie sich in Bewegung setzten, sprach Madriel zu den jungen Männern.

»Zeigt Respekt vor euren Frauen. Achtet ihre Sitten.«

Nun gingen die Paare nacheinander über das Deck auf die schmale Brücke zu und über die Brücke bis zur Plattform auf der anderen Seite des Wassers. Hier standen vom fahlen Mondlicht erhellt in einer Reihe die Hochzeitshütten.

Kestrel drehte sich um und begegnete den ängstlichen Blicken ihrer Freundinnen. Sie alle schauten sie an und warteten darauf, dass sie etwas tat oder sagte, das ihnen die bevorstehende schwere Prüfung ersparen würde. Kestrel erwiderte ihre Blicke und versuchte ihnen ohne Worte zu vermitteln, dass sie einen Plan hatte und dass sie tapfer sein sollten. Da bemerkte sie, wie Seer Such ihre Arme umklammerte, um das Zittern ihrer Hände zu verstecken. Sie begriff, dass die anderen Mädchen wirklich tapfer waren, im Grunde viel tapferer als sie selbst, denn sie wusste ja, dass Bowman sie bald finden würde.

»Setzt euch still in eure Hütten«, bat sie. »Ich hole euch, wenn es so weit ist.«

Kestrel bückte sich und betrat die niedrige Hochzeitshütte als Erste. Drinnen gab es unter dem groben Strohdach keinerlei Licht. Sie tastete vor sich und fand eine ausgebreitete Wolldecke auf einer Unterlage aus trockenem Gras. Hierhin setzte sie sich. Rufy Blesh folgte ihr und ließ sich dicht neben ihr nieder – nicht weil er es so wollte, sondern weil es so wenig Platz gab. Sie spürte sein Knie an ihrem Bein. Er zitterte.

Eine Weile sagte keiner von ihnen etwas. Kestrels Augen gewöhnten sich langsam an die Dunkelheit. Durch den Türbogen der Hütte sah sie, wie die älteren Angehörigen des Klans die Feuer auf den Stegen austraten und sich in ihre eigenen größeren Behausungen zurückzogen, die sie miteinander teilten.

Schließlich sprach Kestrel, ganz leise, damit man sie in den Hütten nebenan nicht hören konnte.

»Wie lange dauert es, bis die Väter schlafen?«

»Nicht lange.« Seine Stimme war so leise, dass selbst sie ihn kaum verstehen konnte.

»Wann ist die Wachablösung?«

»Bei Tagesanbruch.«

Stille. Die verstreute Glut der Feuer am anderen Ufer knisterte und erlosch. Der Fluss strömte unaufhörlich dahin. Aus den Hütten drang kein einziger Laut.

Kestrel lauschte angestrengt auf Bowman. Sie spürte ganz schwach, dass er näher kam, doch immer wenn sie dieses Gefühl festhalten wollte, entglitt es ihr. Rufy Blesh schwieg.

»Mein Bruder kommt«, erklärte Kestrel ihm. »Bowman kommt.«

Dann sprach Rufy.

»Wie viele?«, wollte er wissen.

Kestrel wusste, was er meinte. Bevor sie die Erinnerung verdrängen konnte, sah sie einen Moment lang wieder die Flammen im Affenkäfig vor sich und hörte die Schreie der Gefangenen, die sich hinter den Gitterstäben wanden.

»Zwanzig«, antwortete sie.

Er neigte den Kopf. Dann fragte er noch leiser: »Wer?«

»Amareth. Helmo.« Nur noch Namen – sie starben ohne ein Begräbnis, ohne eine Gedenkfeier. Es waren tatsächlich grausame Zeiten. »Der alte Sep. Der Mooth-Junge.« Sie hatte sich nie an seinen Namen erinnern können, aber aus irgendeinem Grund fiel er ihr jetzt wieder ein. »Chaser Mooth. Und Pia.«

»Pia!«

Natürlich, Rufy Blesh hatte Pia Greeth einmal nah gestanden. Es hatte sogar geheißen, dass er um ihre Hand anhalten werde. Dann hatte sie Tanner Amos geheiratet. Und nun war Pia tot, weil Rufy davongelaufen war.

Rufy stellte keine weiteren Fragen. Er schien niedergeschmettert von dem, was er gerade erfahren hatte. Kestrel fiel nichts ein, was sie sagen konnte, um sein Leid zu lindern; in Wahrheit fand sie sogar, dass er es verdiente zu leiden.

Aber sie brauchte ihn für ihren Plan.

»Rufy«, begann sie, »all das gehört der Vergangenheit an. Wir brauchen hier und jetzt deine Hilfe.«

»Was soll ich tun?«

»Uns Waffen beschaffen. Schwerter, Messer, egal was.«

»Wozu? Sie sind sowieso in der Überzahl.«

»Besorg uns einfach die Waffen. Wir finden schon einen Weg.«

Rufy schwieg. Kestrel wartete, denn sie spürte, dass sie nichts mehr sagen konnte, um ihn zu überzeugen. Er traf seine eigene Entscheidung, so wie er es schon einmal getan hatte.

»In der Küchenhütte sind Messer«, sagte er schließlich. »Fleischmesser.«

»Kannst du sie holen ohne gesehen zu werden?«

Rufy blickte zu den verlöschenden Feuern hinüber. Der Klan schlief.

»Ja.«

»Dann hol für jede von uns eines.«

»Ich kenne diese Menschen. Sie haben kein Erbarmen. Es gibt keine alten Leute im Klan. Wenn sie nicht mehr stark genug sind und nicht mehr arbeiten können, werden sie zum Sterben in den Fluss geworfen.«

»Hast du Angst?«

»Angst? Wovor soll ich noch Angst haben? Nein, Kestrel. Ich warne dich nur. Ich möchte euch helfen.«

»Dann geh. Und komm mit den Messern zurück.«

Danach sagte er nichts mehr. Er stand auf, ging gebückt durch die Tür und weiter über die schmale Brücke. Sie blickte ihm nach, einer schattenhaften Gestalt, die lautlos durch das schwache Mondlicht schlich. Dann schaute sie zum Rand der hohen Felswände hinauf. Und dort sah sie, als dunkle Silhouette vor den silbernen Wolken, eine Katze.

6
Kindheit ade

Bowman, Mumpo und die übrigen jungen Männer waren gut vorangekommen. Die Spur war unterwegs immer deutlicher geworden. Weit über ihnen war ihnen der Kater gefolgt; er lief an den hohen Rändern der Spalten entlang und sprang hinüber, wenn es nötig war. Als Bowman sich nun an einem Vorsprung an einer senkrechten Felswand entlangtastete, hatte er das Gefühl, er sei vielleicht nah genug, um Kestrel zurufen zu können.

Kess! Kannst du mich hören, Kess?

Immer noch keine Antwort. Bowman warf einen flüchtigen Blick nach oben und stellte überrascht fest, dass er den Kater nicht mehr sehen konnte. Er winkte den anderen ihm zu folgen und tappte weiter den Felsvorsprung entlang. Sie hatte diesen Weg genommen, da war er sicher.

Sie kamen an die Stelle, an der sich die Spalte in drei Wege gabelte. Bowman blieb stehen, um die Richtung zu erfühlen, in die sie gehen mussten.

»Wir gehen nach links«, schloss er.

Wieder rief er seiner Schwester zu.

Kess! Kannst du mich hören?

Diesmal erhielt er eine Antwort – schwach und verzerrt, aber verständlich.

Bo ... dich ... bist du ...?

Ich bin noch nicht nah genug, rief er zurück. *Wir kommen.*

Zu den anderen sagte er: »Sie sind da. Es ist nicht mehr weit. Beeilen wir uns.«

Und so folgten sie mit neuem Elan dem ansteigenden Pfad, bis der Streifen des Mondlichts über ihnen verschwand und sie sich in völliger Finsternis bewegten.

Sie eilten weiter und spürten, wie die Wände des Tunnels zu beiden Seiten immer enger wurden.

Bo! Sei vorsichtig! Sie dürfen nicht wissen, dass du kommst!

Bowman blieb wie angewurzelt stehen. Kestrels Stimme klang plötzlich ganz klar und nah. Die gewaltigen Steinmauern hatten seine Sinne getäuscht. Sie waren viel näher, als er gedacht hatte.

Kestrel! Ich hab dich gehört!

Wo bist du?

In einem Tunnel.

Du bist ganz nah. Ich kann dich spüren. Am Ende des Tunnels ist eine Tür. Hinter der Tür steht ein Wachposten.

Nur einer?

Nur einer. Aber hinter ihm schlafen fünfzig und mehr. Verhaltet euch still. Tut, was ich euch sage.

Kurz nachdem Rufy Blesh in die Hochzeitshütte zurückgekehrt war, kam Kestrel heraus, in seinen Mantel gehüllt. Die Nacht war kalt. Sie richtete sich auf, blieb stehen und blickte über das Wasser. Nichts rührte sich. Beruhigt wanderte sie an der Reihe der Hochzeitshütten entlang, bückte sich vor jeder Tür und flüsterte jedem Mädchen zu: »Komm! Es ist so weit!«

Die Manth-Mädchen krochen nacheinander aus den Hütten und versammelten sich in einer zitternden Gruppe auf dem Deck an der Brücke. Die jungen Männer kamen ebenfalls heraus und gesellten sich zu Rufy Blesh, der Kestrel nach draußen gefolgt war. Zusammen beobachteten sie die Bräute und warteten.

»Stellt euch im Kreis auf«, forderte Kestrel die jungen Frauen auf. »Legt die Arme umeinander. Wir müssen unsere Kräfte vereinen, wenn wir von unserer Kindheit Abschied nehmen.«

Sie schlangen die Arme umeinander und drängten sich dicht zusammen, so dass sich ihre Köpfe berührten. Im Schutz des Kreises öffnete Kestrel ihren Mantel.

Die jungen Männer sahen zu und warteten. Sie taten zwar, was man ihnen aufgetragen hatte, aber es gefiel ihnen nicht. Über eine Stunde lang hatten sie bei ihren Bräuten gesessen und sie weder berühren noch ansprechen dürfen. Der lange Tag hatte sie aufgerieben und ihre Körper schmerzten von der grausamen Tortur des Ganges durch den Sturm. Sie sehnten sich nach freundlichen Worten, sanften Liebkosungen und Schlaf.

Schließlich löste sich die aneinander gedrängte Gruppe auf. Die Mädchen entfernten sich voneinander, blieben aber mit den Gesichtern nach innen im Kreis stehen und verschränkten die Arme vor der Brust. Eine Wolke zog am Mond vorbei und tauchte die Felsschlucht in beinahe undurchdringliche Finsternis. Kestrel rief leise: »Geht an euren Platz hinter euren Bräuten.«

Rufy Blesh ging voran und zeigte den anderen, was sie tun sollten. Er stellte sich direkt hinter Kestrel, die das Gesicht in den Ring hinein gewandt hatte und ihm den

Rücken zukehrte. Die anderen jungen Männer machten es ihm nach, nahmen ihre Plätze hinter ihren Bräuten ein und bildeten so einen äußeren Ring.

Die Wolke zog weiter und im sanften Licht des wieder auftauchenden Mondes erblickte Kestrel die Gesichter ihrer Gefährtinnen: nervös und ängstlich, aber entschlossen.

»Sind wir bereit?«

Sie sah sie nicken, spürte den brennenden Zorn in Sisis angespanntem Körper und fühlte sich selbst von unbändiger, glühender Leidenschaft durchdrungen. So müssen sich Krieger fühlen, dachte sie. So fühlt es sich an, wenn man das Leben selbst aufs Spiel setzt.

Kess! Wir sind an der Tür!

Brecht sie ein!, rief sie ihrem Bruder zu. *Tötet den Wachmann! Wir kommen!*

Und laut rief sie: »Kindheit ade!«

Kestrel und Sisi, die sanfte Sarel Amos und die rundliche Seer Such, Red Mimilith und die kleine Ashar Warmish, alle drehten sich im selben Augenblick mit im Mondschein blitzenden Messern um. Die jungen Männer des Barra-Klans waren so überrumpelt, dass sie sich nicht gegen die wild zustechenden Klingen zur Wehr setzten. Blutend, verwundet und schockiert fielen sie auf das Deck, und von da aus traten und stießen die Mädchen sie in das eiskalte Wasser.

Hoch oben auf der Treppe im Fels ertönte ein Krachen und Schreien, als Mumpo durch die Tunneltür brach und den Wachposten in das Wasser tief unten in der Schlucht stürzte.

Bei diesem Schrei begann auch Sisi zu schreien. Immer

wieder stach sie auf den jungen Mann ein, der zu ihren Füßen kauerte.

»Du willst einen Kuss?«, kreischte sie. »Hier hast du deinen Kuss!«

Mumpo, Tanner Amos und die Shim-Brüder waren bereits die Treppe hinuntergelaufen, bevor die Klanväter durch die Schreie geweckt wurden und aus ihren Hütten kommen konnten. Kestrel rief ihren Gefährtinnen zu: »Schnell! Lauft! Und dreht euch nicht um!«

Sie führte sie über die schmale Brücke, während Rufy ganz hinten lief und diejenigen der verwundeten jungen Männer abwehrte, die noch genug Kraft hatten, um sie zu verfolgen.

»Die Treppe hoch! In den Tunnel!«

Mumpo, Tanner und die Shim-Brüder standen vor den Türen der Hütten und schlugen heftig auf die Männer darin ein, die versuchten sich nach draußen zu kämpfen. Miller Marish und Lolo Mimilith kamen den rennenden Mädchen entgegen und liefen mit ihnen am Rand des Decks entlang auf die Steintreppe zu. Bowman blieb hoch oben auf dem Felsvorsprung stehen und wartete auf seinen Augenblick.

Plötzlich drangen drei Männer des Klans durch eine Seitenwand ins Freie. Sie zertrümmerten das Holz vor sich und stürzten sich mit blitzenden Klingen auf Rollo Shim. Rollo fiel mit einem gequälten Schrei zu Boden und eine lange, klaffende Schnittwunde öffnete sich an seinem Rücken und seinem Oberschenkel. Mumpo drehte sich um und schlug zu, tanzte und schlug ein zweites und ein drittes Mal zu, und jeder Hieb war tödlich. Er bewegte sich so mühelos, dass er vor ihren Schwertern zu zerfließen schien und sie den scharfen Schnitt seiner Klinge spürten, bevor sie ihn angreifen sahen. In kürzester Zeit lagen alle drei sterbend auf dem Boden und er stand vor dem Durchbruch in der Wand, wo er alle aufhielt, die ebenfalls herauswollten.

Tanner Amos und Bek Shim packten Rollo an beiden Armen und schleppten ihn auf die Treppe zu. Mumpo verteidigte das Loch in der Wand noch ein paar Minuten lang, doch jetzt taten sich andere Löcher auf allen Seiten auf und die Männer des Klans strömten heraus. Einige näherten sich Mumpo, um ihn zu umzingeln, während andere ihre Steinschleudern luden, um die rennenden Manth-Kämpfer damit einzeln zur Strecke zu bringen.

Bowman sah die Schleudern durch die Luft wirbeln, sammelte all seine Gedankenkraft, verfolgte den Flug der Steine und lenkte sie von ihrer Bahn ab, so dass sie gegen die Felswände prallten.

Die jungen Frauen waren inzwischen auf der Treppe und die Manth-Männer liefen dicht hinter ihnen. Der kurze Überraschungseffekt war verflogen und immer mehr Männer des Klans drängten ins Freie. Immer mehr Steine flogen und Bowman spürte gerade, wie seine Kräfte schwanden, als Sarel Amos auf dem hohen Vorsprung an ihm vorbeiraste und den sicheren Tunnel erreichte. Die anderen folgten dicht hinter ihr.

Auch Mumpo war jetzt auf der Flucht, doch er glich einem gestellten, von Jagdhunden umringten Hirsch. Er sprang und schlug zu, duckte sich und schlug zu, wich außer Reichweite und sprang wieder nach vorn, um erneut zuzuschlagen – diese Art zu kämpfen hatte er bei dem Todestanz gelernt, der Manaxa hieß. Er setzte sich den Klingen aus, nur um sich dann wieder wegzudrehen und blutige Wunden zu hinterlassen. Doch selbst er konnte der Übermacht so vieler Schwerter nicht lange widerstehen. Ein Schnitt quer über die Schulter, ein brennender Schmerz und er spürte das warme, herausquellende Blut auf dem Rücken. Er wich zurück, aber nicht schnell genug, und bekam eine Klinge in den Bauch, die ihm den Atem aus den Lungen trieb. Er drehte sich um, erblickte die Treppe, die jetzt nicht mehr weit entfernt war, und merkte, dass er taumelte. Undeutlich, wie von weit her, spürte er seine schmerzenden Wunden, spürte, wie er schwächer wurde, wusste, dass er hinfallen musste...

Plötzlich war Platz um ihn herum und jemand anders kämpfte an seiner Seite, eine wilde Kreatur, ein Geschöpf mit einer Maske aus Blut. Mit einem einzigen gellenden Wutschrei brach Mumpo durch seine Peiniger hindurch und sprang auf die Steintreppe, angefeuert von Bowman und gefolgt von dem Wilden.

»Weiter, Mumpo! Lauf!«

Bowman machte Mumpo den Weg frei und sah hinter ihm den Wilden, der die Kleidung der Banditen trug, die Treppe rückwärts hinaufkletterte und sein eigenes Volk abwehrte. Er hörte ihn rufen, sah, wie er den blutigen Kopf drehte, und hörte ihn schreien: »Lauf, Bowman! Reiß die Holzpfähle im Tunnel hinter dir ein und lauf!«

Bowman hatte keine Ahnung, wer dieser Fremde war, der so erbittert für sie kämpfte. Er erkannte nichts als ein furchtbar entstelltes Gesicht und einen wild fuchtelnden Arm, der eine lange gezackte Klinge schwenkte.

»Komm mit!«, schrie er ihm zu. »Schnell!«

Jetzt stand der Fremde auf dem Vorsprung und schob Bowman in den Tunnel hinein.

»Lauf! Ich halte sie auf! Zerstöre den Tunnel!«

Schließlich erkannte Bowman diese Stimme.

»Rufy! Rufy Blesh!«

»Lauf!«

»Du wirst umkommen!«

Rufy drehte sich zu ihm und die tief liegenden Augen in dem verunstalteten Gesicht blickten ihn leer an.

»Ich bin schon tot, Bowman! Jetzt geh!«

Bowman wandte sich um und folgte den anderen in den Tunnel.

»Reißt die Pfähle ein!«, schrie er.

Er rammte die Klinge seines Schwerts zwischen zwei Holzpfosten und zog kräftig daran, bis sich ein Balken löste. Eine Wolke aus Steinchen fiel herab und wirbelte im Dunkeln Staub auf.

»Reißt die Pfähle ein!«

Erst jetzt begriffen die anderen. Miller Marish stand auf der einen, Sisi auf der anderen Seite, und beide fielen über die Balken her, rissen sie herunter und wichen zurück, als der Fels darüber auf den Tunnelboden krachte. Immer weiter zogen sie sich zurück, und je mehr der Tunnel zusammenbrach, desto stärker spürten sie das rollende Donnern des riesigen Felsens über sich, der langsam absackte, um die von Menschen geschaffene Lücke wieder zu füllen.

Als sie schließlich hustend und staubbedeckt ins Freie gelangten, an die Stelle, wo sich die Felsspalte hoch über ihnen zum Himmel öffnete, blieben sie stehen, um Atem zu schöpfen und zu prüfen, ob alle da waren. Hinter sich hörten sie weiter das Rumpeln der gewaltigen, schweren Felsen, die sich senkten, auf diese Weise den einzigen Ausgang aus dem Flusstal versperrten und den Barra-Klan für immer in seiner eigenen eisigen Festung einschlossen.

Bowman schaute sich nach den Mädchen um und versuchte ihre Gesichter in der Dunkelheit und dem Staub ausfindig zu machen.

»Sind alle da? Haben es alle geschafft?«

»Ja«, antwortete Kestrel und weinte dabei fast. »Es sind alle da.«

Mumpo stand vornübergebeugt und hielt sich den Bauch.

»Mumpo! Bist du verletzt?«

»Ist nicht so schlimm.« Er schaute auf und lächelte gequält. »Ihr hättet mich dalassen sollen. Ich hätte sie alle umgebracht.«

Rollo Shim blutete stark am Rücken und am Bein. Sie verbanden die tiefen Wunden, so gut es ging. Für mehr war es nicht hell genug und außerdem wollten sie vorwärts kommen, weglaufen, sich so weit wie möglich von diesem schrecklichen Ort entfernen.

»Kannst du gehen, Rollo?«

»Ja. Ich bin bereit.«

»Dann los!«, rief Bowman.

»Rufy!« Kestrel lief im Dunkeln von einem Gesicht zum anderen. »Wo ist Rufy?«

»Er hat uns den Ausgang freigehalten«, erklärte Bowman.

»Sie werden ihn umbringen!«

Dann fing sie Bowmans Blick auf, begriff und sagte nichts mehr.

Sie machten sich auf den Rückweg durch den Irrgarten aus Rissen und Spalten und marschierten, so schnell sie konnten. Über ihnen ertönte der miauende Ruf des Katers, der an den Rändern der Spalten entlangstolzierte und ihnen den Weg wies. Von Zeit zu Zeit schien der Kater dort oben in langsamen, eigenartigen Sprüngen über sie hinwegzusetzen, aber Kestrel hatte keine Kraft mehr, um sich über solche Dinge zu wundern. Die Nacht war finster und der Weg durch das Labyrinth war weit.

Als das erste Tageslicht in den Himmel stieg, wurden die Felswände zu beiden Seiten niedriger. Der Schein des untergehenden Mondes reichte tiefer hinab und legte ihnen seine letzten silbernen Strahlen zu Füßen. Dann kam der Moment, da der Kater, der sie führte, nicht mehr hoch über ihnen ging, sondern vor ihnen wartete, auf dem Weg, den sie selbst benutzten. Da wussten sie, dass sich hinter diesem letzten lang gezogenen Abhang das offene Land erstreckte.

Erschöpft, keuchend und trotz der kalten Nacht schweißgebadet, traten sie aus dem Labyrinth, blieben stehen und schauten verwundert in die plötzliche Ferne, die bis zum dunklen Horizont reichte. Es war, als würden sie ins Leben zurückkehren, nachdem man sie in einer Gruft begraben hatte. Endlose Weite, der heller werdende Himmel und ein frischer, kräftiger Wind.

Und gar nicht weit entfernt entdeckten sie hoch über einem Grat die flatternde weiße Fahne ihres Volkes.

Pinto war schon seit einiger Zeit wach. Sie war noch zu jung, um Wache zu halten, aber sie wusste, dass sie doch nicht mehr schlafen konnte, also saß sie lieber hier unter der Fahnenstange und schaute auf das Labyrinth hinaus. Irgendwo da draußen waren ihr Bruder und ihre Schwester, und Mumpo, den sie mehr liebte als die beiden anderen.

Es schien ihr eine Ewigkeit her zu sein, seit sie fortgegangen waren, doch es war nur eine lange Nacht gewesen. Ihr Vater und die anderen hatten Harman Warmish unter einem Steinhaufen begraben und sie hatte ihnen geholfen. Bei jedem Stein, den sie abgelegt hatte, hatte sie an Kestrel und die anderen gedacht, vor allem an Ashar Warmish, die nur wenige Jahre älter war als sie selbst.

Die Verschleppung der jungen Frauen hatte eine seltsame Wirkung auf Pinto gehabt. Sie hatte furchtbare Angst bekommen und schauderte noch immer, wenn sie daran dachte, was man ihnen antun konnte. Ihre Mutter hatte ihr erklärt, dass man sie gefangen genommen hatte, um sie zu Ehefrauen zu machen. Aber wie konnte man jemanden dazu zwingen, eine Ehefrau zu sein? Pinto versuchte sich vorzustellen, wie einer der vermummten Banditen sie zwang seine Frau zu werden, aber das ergab einfach keinen Sinn. Das war ja so, als würde man jemanden zwingen ein Freund zu sein. Es ging einfach nicht.

Die Tatsache, dass Kestrel und die anderen jungen Frauen nicht mehr bei ihnen waren, hatte in der Gruppe eine Veränderung herbeigeführt, die Pinto deutlich spürte. Irgendwie waren sie und Fin und Jet Marish – keine von ihnen war älter als acht Jahre – zu jungen Frauen geworden. Niemand hatte es ausgesprochen, es war nur ein Gefühl. Als müsste es in jeder Gruppe von Menschen irgendjemanden geben, der die Rolle der jungen Frauen einnahm, und genau das tat sie jetzt.

Nach dem Begräbnis hatten sie sich alle darangemacht, die Steinlawine wegzuräumen, die ihnen den Weg versperrte. Auch dabei hatte sie mitgeholfen, froh über die Beschäftigung. Sie hatten ein Feuer gemacht und das Fleisch der toten Kuh gebraten. Dann hatte jemand irgendwas gesagt, irgendwas übers Weinen. Was war das noch mal?

Mrs Chirish hatte ihr etwas von dem Fleisch gegeben, damit sie es Creoth brachte. Er hatte es nicht essen wollen, weil er um die Kuh trauerte. Mrs Chirish hatte kein Verständnis dafür gehabt. Sie hatte zu dem betrübten Kuhhirten gesagt: »Es ist schade um Ihre Kuh, aber Lebewesen sterben nun mal. Die Menschen weinen eine Weile und dann hören sie wieder auf.«

Pinto saß im schwachen Licht vor der Morgendämmerung unter der Fahnenstange und fragte sich, ob das stimmte. Mrs Chirish hatte Creoth keinen Grund gegeben, sich besser zu fühlen, aber trotzdem schienen ihm ihre Worte geholfen zu haben.

Die Menschen weinen eine Weile und dann hören sie wieder auf…

Wenn sie niemals zurückkommen, dachte Pinto, wenn Bowman und Kestrel und Mumpo nicht zurückkommen, weine ich und höre niemals wieder auf. Ich weine mich zu Tode.

Sie erhaschte ein leises Geräusch hinter sich und drehte sich um, um nachzusehen, wer da kam. Doch sie sah niemanden. Die anderen Wachposten standen ein Stück von ihr entfernt auf dem Grat. Die übrigen Manth schliefen unter dem Wagen und um ihn herum. Da spürte sie ein flüchtiges Kitzeln am Hals und griff dorthin, um sich zu kratzen. Ein plötzliches Schwindelgefühl durchdrang sie, so dass sie einen Moment lang glaubte sich übergeben zu müssen. Doch dann folgte ein ganz anderes Gefühl – ein Gefühl, dass sie alles tun konnte, was sie wollte, egal, was es sein mochte.

Sie stand auf, reckte die Arme hoch in die Luft und hüpfte aus purer Freude auf und ab.

Ich kann alles tun! Ich kann alles haben!

Auf einmal nahm sie eine Bewegung in der Dunkelheit wahr, und dann noch eine. Gestalten tauchten in der Ferne auf. Sie blickte angestrengt in die Richtung und erkannte die vertraute Statur ihres Bruders, und hinter ihm, größer und mit leicht gekrümmten Schultern, Mumpo.

»Sie sind zurück!«, schrie sie. »Sie sind zurück! Sie sind zurück!«

Während Bowman die Retter und Geretteten zum Grat führte, wachten die Manth auf und kletterten den Hang hinauf. Jubelnd liefen sie ihnen entgegen, um sie in die Arme zu schließen. Rollo Shim, der stärkere Schmerzen hatte, als er zugegeben hatte, brach ohnmächtig zusammen. Das Jubelgeschrei erstarb auf den Lippen der Zusehenden. Ira Hath eilte zu ihm, kniete sich hin und zog ihm vorsichtig das blutverkrustete Hemd vom verwundeten Körper.

»Wasser! Schnell!«

»Mumpo ist auch verletzt!«

Mumpo blieb zwar stehen, schwankte jedoch und hielt sich den Bauch. Pinto schrie entsetzt auf.

»Mumpo! Du darfst nicht verletzt sein! Du darfst nicht sterben!«

Bowman sprach mit schneidender Stimme in die plötzlichen Angstschreie hinein.

»Wir sind alle am Leben. Wir sind alle zurück.«

Branco Such hielt seine Tochter in den Armen und schluchzte geräuschvoll. Ashar Warmish umarmte ihre Mutter, die hemmungslos weinte. Hanno Hath drückte seinen Sohn an sich und sprach leise mit ihm.

»Folgen sie euch?«

»Nein«, antwortete Bowman. »Sie werden uns nie wieder etwas tun.«

Der kleine Scooch machte sich daran, die Wunden zu reinigen und zu verbinden. Lunki und Mrs Chirish halfen ihm dabei. Lunki zeigte sich beeindruckt von Scoochs ordentlichen Bandagen.

»Das ist ungefähr so wie beim Tortenbacken«, erklärte er.

Kestrel vergewisserte sich, dass die Verwundeten gut versorgt wurden, und ging dann zu ihrem Bruder. Eine Weile standen sie einfach nur schweigend da, hielten sich in den Armen und spürten, wie die Angst nachließ und ersetzt wurde durch das Wissen darum, dass sie wieder zusammen waren.

Ich wusste, dass du mich finden würdest. Ich wusste es einfach.

»Hast du Mumpo kämpfen sehen?«

»Ja. Und Rufy Blesh. Ohne sie hätten wir niemals fliehen können.«

Der Kater gab ein leises Miauen von sich.

»Und Nebel. Ohne ihn hätten wir niemals den Rückweg gefunden.«

Der Kater drehte den Kopf zur Seite, als wollte er sagen,

dass er kein Dankeschön nötig hatte. Dennoch fand er, dass der Junge nur die Wahrheit gesagt hatte. Und das sollten die anderen ruhig wissen.

Ganz in der Nähe lauschte Lunki nun Sisis Schilderung ihrer Gefangenschaft und ihrer Flucht und ihre Augen weiteten sich vor Entsetzen.

»Oh mein Schatz! Oh meine Süße!«

»Ich hab ihn umgebracht, Lunki.« Sisis Augen leuchteten bei der Erinnerung daran. »Den, der es gewagt hat, mich seine Braut zu nennen. Ich hab ihn umgebracht.«

Sie blickte zur Fahne hinauf, die noch immer im Wind flatterte. Sie kannte sie gut. Die Fahne bestand aus ihrem ehemaligen Hochzeitskleid.

»Ich werde nie mehr eine Braut sein, Lunki. Ich bin jetzt eine Bräutigam-Mörderin.«

Pinto, die sich immer noch in ihrem seltsamen Zustand befand, blieb in Mumpos Nähe und klammerte sich an seinen Arm. Mumpo strich ihr übers Haar und war gerührt von ihrer glühenden Treue.

»Du bist nicht schwer verletzt«, versicherte sie ihm. »Bald geht's dir wieder gut.«

»Ja«, antwortete er. »Hoffentlich.«

»Ganz bestimmt, weil es dir gut gehen muss.«

»Na, dann wird es das auch«, erwiderte er lächelnd.

»Wenn ich älter bin«, flüsterte sie ihm zu, »heirate ich dich.«

Das hatte sie sich noch nie zu sagen getraut. Jetzt traute sie sich alles.

»Wirklich, Pinskin?«

So nannte nur er sie. Es gefiel ihr, dass er einen eigenen Kosenamen für sie hatte, aber sie wusste auch, dass er sie nicht als einen Erwachsenen ansah, wie er selbst einer war.

»Du heiratest mich doch, oder?«

»Du wirst sehr lange überhaupt niemanden heiraten.«

»Wenn eine andere versucht dich zu heiraten, dann bringe ich sie um. Sogar Kess. Vor allem Kess.«

Sie merkte, wie er sich von ihr losmachen wollte, doch sie hielt ihn eisern fest.

»Du darfst so nicht reden. Du weißt genau, dass du das nicht so meinst.«

»Und ob! Ich würde Kess mit meinen eigenen Händen umbringen, ich würde so lange mit einem Messer auf sie einstechen, bis sie tot ist!«

Mumpo schob sie wütend weg.

»Was weißt du schon vom Töten? Ich komme gerade von einem Ort des Tötens. Nie wieder darfst du so reden.«

Pinto merkte, dass sie nicht anders konnte.

»Ich würde es tun! Ich würde sie umbringen! Ich würde sie stechen und schneiden und bluten lassen ...«

Mumpo packte sie bei den Schultern und schüttelte sie, um ihren wirren Redefluss zu stoppen.

»Du behauptest, du liebst mich, Pinto. Wenn du mich liebst, musst du auch Kestrel lieben. Sag noch ein böses Wort über Kestrel und ich bin nie wieder dein Freund.«

Pinto blickte ihn erstaunt an. Ihr ganzer Körper brannte und prickelte vor heftigen Gefühlen. Einerseits verspürte sie ein unbändiges Verlangen, all ihren Hass auf Kestrel hinauszubrüllen, andererseits hatte sie aber schreckliche Angst davor, Mumpos Liebe zu verlieren. Diese beiden starken Leidenschaften kämpften mit solcher Kraft in ihr, dass ihr flau und übel wurde. Tränen traten ihr in die brennenden Augen.

»Das ist nicht fair! Das ist nicht fair!«

Sie drehte sich um und lief davon, immer weiter und weiter.

Niemand bemerkte ihre Abwesenheit. Die Rückkehr der verschleppten Mädchen nahm jedermanns Aufmerksamkeit in Anspruch. Die Wintersonne ging auf und die Manth versammelten sich um den Wagen. Es gab Fleisch zu essen und Wasser zu trinken und eine lange Geschichte zu erzählen. Als Pinto schließlich betrübt und fröstelnd zurückgeschlichen kam, hörten alle gerade Kestrel zu, die von Rufy Blesh berichtete und davon, wie er ihnen bei der Flucht geholfen hatte.

»Was immer er uns angetan hat«, sagte sie, »jetzt hat er dafür gebüßt.«

Pinto schaute zitternd von Kestrel zu Mumpo und fühlte sich krank und traurig. Sie hatte den Eindruck, dass niemand sich etwas aus ihr machte. Aber wenn sie sterben würde, dann täte es ihnen bestimmt allen Leid.

Ira Hath hörte voller Mitgefühl, was Kestrel ihnen erzählte.

»Armer Junge. Wir leben wirklich in grausamen Zeiten.«

Kestrel erinnerte sich, dass Rufy Blesh vor Jahren, als sie alle noch in Aramanth gelebt hatten, ein Gedicht geschrieben und dafür einen Preis bekommen hatte. Mehr als an den verbitterten jungen Mann, der aus dem Reich des

Meisters weggelaufen war, oder den Banditen mit dem blutigen, entstellten Gesicht erinnerte sie sich an den Jungen, der das Gedicht geschrieben hatte.

Nein, ich bin nicht traurig
Und obwohl ich nichts sage
Möchte ich reden.
Ich warte darauf, dass du lächelst
Dann lächle ich auch
Und wir können einen Anfang machen.
Bist du wie ich?
Geht es immer so weiter
Das Warten auf ein Lächeln?

7

Das Erlöschen des letzten Feuers

Als sie den Marsch fortsetzten, bestand Mumpo darauf, seinen Platz vorn neben Bowman einzunehmen. Seine Wunden heilten und er marschierte mit seinen üblichen großen, federnden Schritten, aber Bowman sah ihm trotzdem an, dass er Schmerzen hatte.

»Warum legst du dich nicht eine Weile zu Rollo in den Wagen?«

»Rollo kann nicht gehen ohne zu humpeln. Ich schon.«

»Aber die Schmerzen rauben dir die Kraft, Mumpo. Das spüre ich.«

»Solang ich gehen kann, geh ich auch.«

Ein Schrei ertönte in der Gruppe beim Wagen.

»Bowman! Holt Bowman!«

Bowman machte kehrt und lief zurück. Er rannte an Creoth vorbei, der hinter seinen Kühen herstapfte. Eine der Kühe wurde von Bowmans eiligen Schritten aufgeschreckt, scheute und brach aus, direkt in seine Richtung, so dass sie ihn nur knapp verfehlte.

»Holla, Gelbbraune!«, rief Creoth. »Was ist denn in dich gefahren, mein Mädchen?«

Als Bowman den Wagen erreichte, hielt sein Vater Pinto fest in den Armen. Sie kreischte und zappelte und blutete im Gesicht.

»Haut ab! Lasst mich in Ruh! Ich hasse euch alle! Ich bring euch um, ich schlag euch die Köpfe ab, ich hab euch lieb, schaut mich nicht an, ich kratz euch die Augen aus, kommt näher, haltet mich fest, tut mir weh, ich tu euch weh, ich hab euch lieb, aah! Aaahh! Bringt mich um! Mörder! Monster! Aah! Aaahh!«

»Sie zerkratzt sich selbst das Gesicht«, stellte Kestrel mit Tränen in den Augen fest. »Richtig schlimm.«

Bowman brauchte nur einen einzigen Blick auf ihre blutigen Schrammen zu werfen.

»Sie ist in ihr«, schloss er. »Die Stechfliege.«

Jetzt hatte auch Mumpo sie eingeholt. Als Pinto ihn sah, fing sie noch heftiger an zu schreien.

»Ich will Mumpo! Er soll mich lieben! Er soll nicht Kess lieben! Schaut mich nicht an, ich bring euch um, ich bring Kess um, schlag ihr den Kopf ab, kratz ihr die Augen aus! Mumpo … aah! Aaahh!«

»Hör nicht auf sie, Kess! Geh zurück, Mumpo! Das ist nicht sie selbst, die da spricht.«

Kestrel und Mumpo entfernten sich aus Pintos Blickfeld und sahen sich nicht in die Augen. Bowman fasste einen schnellen Plan und achtete nicht auf Pintos rasendes Geschrei.

»Creoth!«, rief er. »Binde eine von deinen Kühen an! Irgendwer soll dir dabei helfen. Und dann halt sie fest.«

Zu seinem Vater, der sich bemühte die um sich schlagende Pinto festzuhalten, sagte er: »Wenn es nur eine einzige Fliege ist, kann ich vielleicht dafür sorgen, dass sie nicht wiederkommt.«

Creoth verstand, was Bowman von ihm wollte, begriff aber nicht, was er damit bezweckte. Er und Bek Shim warfen einen Strick um die Hörner der Kuh und stellten sich mit gespreizten Beinen auf, um die Kuh zwischen sich festzuhalten.

»Na, komm, Stern, mein Stern, meine Schöne«, säuselte Creoth, um die verängstigte Kuh zu beruhigen. Doch die Kuh wurde immer aufgeregter und versuchte durchzugehen.

»Haltet sie fest!«, rief Bowman ihnen zu.

Sisi, die wie alle anderen dazugekommen war, um das seltsame Geschehen mitzuverfolgen, wusste sofort, was zu tun war. Sie ging zum Deckenhaufen hinüber, zog eine Decke heraus und warf sie der verschreckten Kuh über den Kopf. Das Tier beruhigte sich sofort, wandte den verhüllten Kopf mal in die eine und mal in die andere Richtung und begriff nicht ganz, was passiert war.

In der Zwischenzeit hielten Bowman und Hanno Pinto gemeinsam fest und trugen sie auf die Kuh zu. Pinto kämpfte, wand sich und kreischte jeden Schritt des Weges.

»Lasst mich los! Bringt mich um! Rettet mich! Aaaahh! Tut mir weh!«

Ihre Schreie klangen fürchterlich, doch Bowman achtete nicht darauf. Er umklammerte sie fest mit den Armen, während Hanno ihre zuckenden Beine umfasste, und zusammen schleppten sie Pinto zu der Kuh mit dem verdeckten Kopf hinüber. Das Ganze hätte fast komisch ausgesehen, hätte Pinto nicht einen so wahnsinnigen und die Kuh einen so hilflosen Eindruck gemacht.

»Alle zurück!«, befahl Bowman.

»Mörder! Monster! Lasst mich los! Aaahh!«

Creoth und Bek Shim strafften die Stricke, mit denen sie

die Kuh an den Hörnern hielten, während Bowman seine zappelnde Schwester dicht vor den verhüllten Kopf der Kuh zerrte. Als er sie in die richtige Stellung gebracht hatte, drückte er seine Wange an Pintos blutige Wange und drängte sich in ihre Gedanken. Diesmal ging er direkt auf den Eindringling los und fand ihn groß, fett und aufgebläht in ihrem Innern. Er packte ihn, presste ihn zusammen und zog. Ganz allmählich spürte er, wie sich der Griff der Kreatur lockerte, denn sie war zwar dicker als zuvor, aber nicht so stark. Er zerrte sie langsam heraus und merkte, dass sie dabei schrumpfte, sich von der fetten Made zur winzigen surrenden Fliege zurückentwickelte. Schließlich holte er sie mit einem letzten heftigen Ruck nach draußen und schleuderte sie direkt in den Kopf der verängstigten Kuh. Er sah, wie der Kopf der Kuh unter der Decke zitterte, und dann erschlaffte der Körper seiner Schwester in seinen Armen.

»In Ordnung, Pa. Du kannst sie jetzt loslassen.«

Hanno setzte Pintos Füße auf die Erde. Bowman hielt sie fest in den Armen. Er küsste sie auf die Wange und schmeckte den Schweiß und das Blut, die bereits auf ihrer Haut trockneten. Seinen Eltern, die beide besorgt zuschauten, versicherte er: »Es ist wieder alles in Ordnung mit ihr.«

Kestrel kam zu ihm und strich Pinto, die erschöpft eingeschlafen war, sanft übers Haar. Bowman spürte ihren Kummer.

Es war nicht sie selbst, die da gesprochen hat, Kess.

Nicht?

Sie blickte ihn so traurig an, dass er nicht wusste, was er sagen sollte.

Die Kuh war noch immer an den Hörnern angebunden und gab ein tiefes Brüllen von sich.

»Macht die Kuh los«, bat Bowman. »Und haltet euch von ihr fern.«

Creoth zog die Decke weg und die Kuh verdrehte die Augen. Dann löste er die Stricke von den Hörnern.

»Schon gut, mein Stern. Es ist jetzt vorbei.«

Die Kuh brüllte noch einmal, ein durchdringendes, trauriges, herzzerreißendes Geräusch.

»Ist ja schon gut, mein Stern!«

Creoth strich mit seinen großen, tröstenden Händen über Hals und Flanke der Kuh. Sie verlagerte das Gewicht von einem Huf auf den anderen, spreizte die Beine und begann heftig zu zittern. Ihr ganzes Fell schauderte.

»Was ist denn, Stern? Bowman, was hast du mit ihr gemacht?«

»Es tut mir Leid«, antwortete Bowman. »Ich musste es tun. Bleib nicht zu dicht bei ihr. Die Fliege ist in ihr.«

»Oh, mein armes Mädchen! Mein armes Mädchen!«

Er wich der Kuh nicht von der Seite.

Pinto schlug jetzt die Augen wieder auf und schnappte gierig nach Luft, als wäre sie gewürgt worden.

»Es ist wieder alles in Ordnung. Das Ding ist aus dir herausgekommen.«

»Oh Bo, es war furchtbar! Ich wollte ... ich wollte ... ich wollte mir selbst das Gesicht abreißen! Das Ding war da, genau unter meiner Haut! Ich musste kratzen ... graben ...«

»Scht. Jetzt nicht mehr. Es ist jetzt weg.«

Sie weinte, heftige erleichterte Schluchzer. Bowman führte sie in die Arme ihrer Mutter.

Creoth zupfte Bowman am Ärmel.

»Du musst es aus meinem armen Stern herausholen, Bowman. Du musst meinen Stern retten.«

»Nein, Creoth. Das werde ich nicht tun. Solange diese Kreatur in Stern bleibt, sind wir anderen in Sicherheit.«

»Aber sie versteht es doch nicht. Sieh nur, wie sie die Augen verdreht! Sie weiß, dass irgendwas nicht stimmt, aber sie weiß nicht, was.« Die Kuh stöhnte wieder, diesmal noch mitleiderregender. »Hol es aus ihr heraus und treib es in mich hinein.«

»Nein«, widersprach Bowman. »So ist es am besten.«

»Warum muss Stern leiden? Sie hat noch keinem Lebewesen irgendwas getan. Ich hab ein sinnloses Leben geführt. Lass mich derjenige sein, der in den Wahnsinn getrieben wird.«

»Nein«, entgegnete Bowman.

»Du willst es zulassen, dass ein unschuldiges Tier gequält wird?«

»Ja, Creoth. Ich tue es, nicht du. Und ich bin derjenige, der damit leben muss. Dir steht es frei, zu lieben und zu trauern.«

Bowmans traurige Weisheit weckte großen Respekt in Creoth.

»Bei den Bärten meiner Ahnen!«, rief er aus. »Du wirst schnell erwachsen.«

Die Kuh begann den Kopf hin- und herzuschwingen. Dann stieß sie einen neuen Laut aus, ein wütendes Brüllen, und ging mit ihren Hörnern auf Creoth los. Creoth machte überrascht einen Satz nach hinten.

»Stern! Ich bin es doch!«

»Sie ist nicht mehr dein Stern«, erklärte Bowman. »Lass sie.«

Die Kuh drehte sich um, galoppierte schnaubend und brüllend davon und blieb etwa hundert Meter entfernt stehen.

»Ich kann sie doch nicht einfach hier zurücklassen«, klagte Creoth.

»Nein«, stimmte Bowman zu. »Wir können sie nicht hier zurücklassen.«

»Was soll ich tun?«

»Ich denke, das weißt du.«

Der Kuhhirte, der früher einmal ein Kaiser gewesen war, wandte sein bärtiges Gesicht zu Bowman um und begegnete seinem festen Blick.

»Bitte«, flehte er. »Alles, nur das nicht.«

»Ich tu es.«

»Oh Bowman! Wie sehr du dich verändert hast.«

»Ich habe mit angesehen, was dieses Wesen meiner Schwester, meinem Vater und Sisi angetan hat. Ich werde nicht zulassen, dass es uns weiter verfolgt.«

Creoth drehte sich um, blickte zu der geplagten Kuh hinüber und dann zu Bowman zurück.

»Wie soll es denn vollführt werden?«

Bowman legte eine Hand auf sein kurzes Schwert.

»Und wenn es vollführt ist, was dann?«

»Dann ist die Kreatur im Körper der Kuh gefangen. Wir begraben den Kadaver und hoffen, dass sie nie wieder herauskommt.«

Die Kuh beugte die Vorderbeine und sank zu Boden. Dort blieb sie mit zitterndem Fell liegen und verdrehte die Augen.

»Wird ihre Qual jemals aufhören?«

»Nein«, antwortete Bowman. »Die Kreatur wird in ihr

wachsen, bis sie verrückt wird und alles versucht, um sich von ihr zu befreien. Du hast doch den Mann gesehen, den wir am Wegesrand begraben haben.«

»Ja. Ich hab ihn gesehen.«

Creoth neigte den Kopf und schwieg eine Weile. Als er wieder aufblickte, hatte sich sein Gesichtsausdruck verändert. Er war gealtert.

»Sie kennt mich«, sagte er. »Ich werde sie jetzt nicht der Gnade eines Fremden ausliefern.« Er streckte die Hand aus. »Gib mir dein Schwert.«

»Bist du sicher, dass du es kannst?«

»Wenn sie mich lässt«, erwiderte er.

Bowman gab ihm sein Schwert. Creoth ging allein zur Kuh hinüber und setzte sich neben sie. Die Kuh ließ ein lang gezogenes Stöhnen hören. Creoth legte dem Tier einen Arm um den Hals.

»Das Gefängnis langer Jahre öffnet seine Eisentür«, sagte er leise. »Sei frei und geh, ins wunderbare Land.«

Seine sanfte Stimme schien die Kuh zu beruhigen. Sie schaute ihn mit ihren traurigen Augen an.

»Vergib uns, die wir in dieser düsteren Welt leiden.«

Er hob das Schwert in seiner rechten Hand und richtete die Spitze der Klinge nach unten, über den Nacken der Kuh, wo der Schädel auf den Hals traf.

»Führe uns und warte auf uns, so wie wir auf dich warten.«

Die Kuh gab ein leises Brummen von sich, als wollte sie darauf antworten.

»Wir werden uns wiedersehen. Das werden wir, mein Stern. Wir werden uns wiedersehen.«

Er schlug schnell und heftig zu, weil er wusste, je kraftvoller er stieß, umso erträglicher war es für die Kuh. Das Schwert traf genau. Der Kopf der Kuh sank zu Boden. Bevor das Blut zu fließen begann, streichelte Creoth einen Moment lang das tote Gesicht. Dann stand er auf, kehrte zu Bowman zurück und gab ihm sein Schwert.

»Das hast du gut gemacht«, sagte Bowman.

»Sag nichts!« Creoths Stimme knallte wie eine Peitsche. »Nicht ein Wort!«

Er wandte sich seinen Kühen zu, von denen nur noch drei übrig waren, und versuchte sich mit ihren gemächlichen Bewegungen zu trösten.

Die Tage waren jetzt kälter und kürzer. Jeden Morgen gab es starken Frost und die Sonne ging grell an einem eisklaren Himmel auf. Die Wagenräder saßen an den Achsen fest und mussten mit einem Vorschlaghammer frei geklopft werden. Die Mahlzeiten wurden streng rationiert, damit das Fleisch und das Gummi der Tupelobäume für viele Tage reichten. Was sie nun dringender brauchten, war Brennholz. Ein bescheidenes Feuerchen reichte nicht mehr aus. Morgens und abends musste ein großes Feuer angezündet werden, um Menschen und Tiere aufzuwärmen, Wasser zu erhitzen und das vom Frost hart gewordene Ledergeschirr weich zu machen. Schon bald konnten sie die nackten Bretter der Ladefläche durch den Holzstapel sehen. Der Winter um sie herum wurde immer strenger und die Manth wussten, dass sie ohne Feuer nicht darauf hoffen konnten, die fernen Berge zu erreichen.

An diesem Tag stapften die Manth bis in die Dämmerung hinein vorwärts. Am nördlichen Himmel zogen Wolken auf. Als sie in dieser Nacht schliefen, fiel der erste Schnee und sie wachten in einer weißen Landschaft auf. Die Flocken waren durch Löcher in der Plane, unter der sie lagen, hereingeflogen und hatten Eiskrusten auf ihren Haaren und ihrer Kleidung gebildet. Auch das Brennholz lag unter einer dicken Schneeschicht und die Scheite mussten zuerst einzeln aneinander geschlagen werden, bevor sie brennen wollten. Während die Manth darauf warteten, dass sich die Flammen ausbreiteten, sprangen sie auf und ab und schlugen sich mit den Armen gegen die Seiten, damit das kalte Blut wieder durch ihre Adern floss.

Das Eis in den Wasserfässern musste mit Hämmern aufgeklopft und das Wasser mit Stöcken umgerührt werden, damit es nicht sofort wieder zufror. Die Kühe gaben keine Milch mehr. Ihr Futter war zu spärlich und die Kälte zu stark. Die wenige Kraft, die noch in ihren knochigen Körpern steckte, brauchten sie zum Überleben.

Bek Shim ging zu Hanno und wollte von ihm wissen, wie viel Brennholz er für das Feuer ausladen sollte. Das war keine leichte Frage.

»So wenig wie möglich«, antwortete Hanno. Doch dann dachte er kurz nach und änderte seine Meinung. Ein kleines Feuer, das sie nicht richtig wärmen konnte, war Holzverschwendung.

»Genauso viel wie gestern«, verbesserte er sich.

Bek Shim schüttelte den Kopf.

»Dann haben wir nur noch genug für einen einzigen Tag«, stellte er fest.

»Ich weiß«, erwiderte Hanno. »Wir müssen auf besseres Wetter hoffen.«

Die Sonne blieb den ganzen Tag hinter den Wolken versteckt, aber es fiel kein Schnee mehr, während sich die Manth weiter über die endlose Ebene schleppten. Vor ihnen erstreckte sich die glatte, unberührte weiße Fläche, so weit das Auge reichte. Hinter sich ließen sie eine Wagenspur und den von Pferden, Kühen und Menschen platt getrampelten Schnee zurück. Das Tempo des Marsches erlahmte. Die Pferde mussten sich sehr anstrengen, um den Wagen durch den Schnee zu ziehen, und die Menschen, deren Stiefel bei jedem Schritt bis zu den Knöcheln im Schnee versanken, waren bald erschöpft.

Am späten Nachmittag konnten sie schließlich nicht mehr weitergehen. Sie brachten den Wagen zum Stehen und banden die Pferde und Kühe an seiner Seite an. Dann zogen sie die Wagenplane von den hohen Metallringen, breiteten sie wie den Rock eines Kleides über die Tiere und schnürten sie an den Enden fest zu. Daraufhin strömten alle Manth zu den Tieren hinein, Männer, Frauen und Kinder, um sich beim Schlafen gegenseitig zu wärmen.

Creoth schlief zwischen zwei Kühen. Sie schienen zu begreifen, dass diese Nähe notwendig war. Vielleicht waren sie auch einfach nur zu schwach, um ihren Unmut auszudrücken. Jedenfalls machten sie es sich in dieser ungewohnten Runde ohne Murren gemütlich.

»Drängt euch ganz dicht zusammen«, sagte Hanno. »So halten wir uns länger warm.«

Ein blasses silbernes Licht wurde vom Schnee um sie herum zurückgeworfen und schien durch die Ritzen ihres dunklen Unterschlupfs herein. Pinto, die noch immer von ihrer Krankheit geschwächt war, kuschelte sich eng an ihre Mutter. Kestrel lag auf der anderen Seite neben ihr und legte zaghaft einen Arm über sie. Als Pinto ihn nicht wegstieß, schmiegte sie sich an sie. Bowman hatte die Arme um seinen Vater geschlungen und hinter ihm drückten sich Mumpo und Mrs Chirish an ihn. Die fünfköpfige Familie Mimilith hatte Scooch in ihre Mitte genommen und halb auf ihm lagen Tanner Amos und seine Schwester Sarel. Sarel Amos hielt Ashar in den Armen. Seit den schrecklichen Erlebnissen während ihrer Gefangenschaft standen sich die beiden sehr nah. Die großen Shim-Brüder schliefen bei Miller Marish und seinen beiden kleinen Töchtern. Und so ging es immer weiter, jeder von ihnen kuschelte sich an jemand anderen, um sich zu wärmen, während der Tag draußen endete und die kalte Winternacht hereinbrach.

Als Letzter gesellte sich Nebel der Kater zu diesem großen, wirren Haufen. Der Mond stand schon am Himmel, als er zwischen den Rädern unter das Zeltdach schlich. Er stakste vorsichtig über die schlafenden Leute zu Bowman hinüber. Hier in dem Winkel unter Bowmans angezogenen Beinen fand er ein behagliches Plätzchen, wo er sich zusammenrollen konnte. Er kratzte an Bowmans Hose, um die Falten bequemer anzuordnen, und legte sich schließlich schlafen.

Irgendwann in der Nacht fing es wieder an zu schneien, heftiger und stetiger als zuvor. Als die Manth am nächsten Morgen früh und durchgefroren erwachten, hing die Plane tief über ihnen und sie wussten, dass viel Schnee darauf liegen musste. Mo Mimilith, der sich als Erster ins Freie wagte, stellte fest, dass der Schnee über einen halben Meter hoch auf dem schrägen Dach lag, und er musste sich einen Weg durch den angewehten Schnee bahnen. Draußen schneite es noch immer und von der Welt war nichts als ein Schleier aus herumwirbelnden Schneeflocken zu sehen.

Rollo Shim war als Zweiter draußen, er humpelte auf seinem verletzten Bein. Dann folgten Bowman und Mumpo. Schon nach wenigen Schritten konnten sie den Wagen mit dem Zeltdach und den Menschen und Tieren darunter nicht mehr sehen – er war verschwunden im alles verschlingenden Weiß. Die jungen Männer stapften durch den Schnee davon, weil sie ihre Blasen entleeren mussten, doch sie trauten sich nicht allzu weit fort. Selbst dort, wo der Schnee nicht angeweht worden war, lag er knietief auf der Erde.

»Darin können wir den Wagen nie bewegen«, meinte Rollo Shim.

Bowman nickte und wischte die Schneeflocken ab, die sich auf seinem Kopf abgesetzt hatten.

»Wir müssen warten«, antwortete er.

Sie errichteten ihr letztes Feuer neben dem Wagendach. Nur mit Mühe gelang es ihnen, das Holz trotz des fallenden Schnees zum Brennen zu bringen. Alle verhielten sich still und waren wegen ihrer ernsten Lage in gedämpfter Stimmung. Sie begriffen, dass es keinen Zweck hatte, sich unter solchen Bedingungen weiterzukämpfen. Es galt zu warten, bis der Himmel wieder aufklarte und der Schnee auf der Erde gefror, damit er das Gewicht des Wagens tragen konnte. Niemand fragte danach, wie lange sie warten mussten oder was sie tun sollten, wenn sie kein Brennholz mehr hatten. Nur ihre Blicke richteten sie von Zeit zu Zeit auf Hanno und Ira

Hath, als wollten sie sagen: Ihr habt uns hierher geführt, ihr müsst uns jetzt auch retten.

Als das Feuer endlich brannte, machten sie einen Topf Wasser heiß und schmolzen das letzte Gummi darin. Daraus entstand ein bittersüßes Getränk, das ihnen die Mägen wärmte. Beim Trinken kehrten ihre Lebensgeister zurück und mit den neuen Kräften kam eine neue Entschlossenheit, ihre Notlage zu meistern.

»Sag es uns, Hanno«, bat Miko Mimilith. »Wie schlimm ist es?«

»Du weißt genauso viel wie ich«, gab Hanno zurück.

»Na gut, ich weiß, dass wir nicht hier bleiben können, weil wir sonst erfrieren und verhungern. Und dass wir nicht weitergehen können, weil der Schnee zu tief ist. Also würde ich sagen, es ist schlimm.«

»Ja, Miko. Es ist schlimm.«

Sie mussten immer wieder neue Scheite ins Feuer legen, damit es heiß genug blieb, um den fallenden Schnee zu schmelzen. Jedes Mal, wenn Bek Shim zum Wagen ging und mit einem weiteren Scheit zurückkehrte, fragten ihn die anderen, die um das Feuer herum saßen: »Wie viele noch, Bek?«

»Nicht mehr so viele«, antwortete er dann.

Und es hörte immer noch nicht auf zu schneien. Fast das Schlimmste für die Manth war, dass sie sich nicht vom Fleck rühren, nirgendwohin gehen und dazu in keine Richtung weiter als ein paar Meter blicken konnten. Sie fühlten sich hilflos und ängstlich und so sank ihr Mut, je länger sich der Tag hinzog. Allmählich wurde die Stimmung gereizt. In den Ecken wurde getuschelt und einige sagten, die Haths seien an allem schuld.

Dann brachte Bek Shim das allerletzte Scheit aus dem Wagen, legte es aufs Feuer, richtete sich auf und sagte zu denen, die in der Nähe saßen: »Das war alles.«

Die Nachricht sprach sich schnell herum.

»Kein Brennholz mehr! Kein Brennholz mehr!«

Alle starrten wie hypnotisiert ins glühende Feuer, das, so schien es ihren ängstlichen Augen, bereits schwächer zu brennen und zu verlöschen begann.

»Hanno Hath«, sagte plötzlich eine ernste, alte Stimme. »Was soll nun aus uns werden?«

Sie gehörte Seldom Erth. Er war jemand, der stets stolz darauf gewesen war, klar sehen und den nackten Tatsachen ins Auge blicken zu können. Er hatte kein Interesse daran, Hanno Vorwürfe zu machen. Was nützte es ihnen jetzt, jemandem die Schuld zuzuschieben?

»Ich weiß es nicht«, antwortete Hanno.

»Ich will mich nicht beklagen«, fuhr der alte Mann fort. »Aber wenn ich sterben muss, will ich es wissen, damit ich mich geistig darauf vorbereiten kann.«

»Es kann so kommen«, sagte Hanno. »Ich hoffe nicht.«

»Du hoffst nicht?« Das war Cheer Warmish, die mit bitterer Stimme sprach. »Ich habe auch gehofft, dass mein Mann nicht sterben würde, aber er ist trotzdem tot. Was nützt mir deine Hoffnung? Erzähl mir nur nicht mehr von deinen Träumen. Wir wissen doch alle, dass es vorbei ist für uns. Warum sollen wir uns also noch vormachen, es wäre nicht so?«

Hanno richtete den Blick von Cheer Warmish auf all die anderen blassen Gesichter, die ihn anschauten.

»Wenn ich euch enttäuscht habe«, sagte er leise, »bitte ich euch um Vergebung. Ich habe fest daran geglaubt, dass wir Manth, so wenig wir auch sind, eines Tages unsere Heimat erreichen und dass unser langes Umherwandern ein Ende haben wird. Ich habe geglaubt, dass wir diesen Tag trotz aller Strapazen erleben werden, solange wir nur unbeirrt an unserem Ziel festhalten. Und ich glaube es noch immer, selbst jetzt, da ich zusehe, wie unser letztes Feuer erlischt. Ich werde es auch noch glauben, wenn die Asche kalt unter dem Schnee liegt. Ich werde es bis zum Augenblick meines Todes glauben. Und nach meinem Tod werden es meine Kinder glauben.«

Er verstummte. Eine Weile sagte niemand etwas. Ira Hath drückte seine Hand. Bowman war von unbändigem, brennendem Stolz erfüllt und hätte am liebsten geweint, doch das ließ er nicht zu. Er spürte, dass es Kestrel ebenso erging, und sprach sie in Gedanken an.

Er ist am stärksten von uns allen.

Ich hab ihn so lieb, antwortete Kestrel. *So lieb.*

Dann stand Scooch auf. Es schien fast komisch, dass dieser schüchterne kleine Mann sich vor alle hinstellte, damit man ihm zuhörte. Er hatte noch nie eine Rede gehalten und sprach sehr undeutlich, doch sie konnten ihn alle gut genug verstehen.

»Ich wollte bloß sagen«, begann er, »ich möchte Mr Hath bloß sagen, es geht hier nicht so sehr um Vergebung, sondern darum zu danken. Das gilt zumindest für mich. Ich erinnere mich noch sehr gut daran, wie ich damals in Aramanth Fußbodenkehrer in der Ziegelei war, wie ich in meinem ganzen Leben als Erwachsener nie etwas anderes gemacht hatte und auch nicht dachte, dass ich zu etwas anderem nütze bin. Mr Hath hat mir gezeigt, dass ich mir mehr zutrauen kann. So bin ich zu den Keksen gekommen, und von den Keksen zum Kuchen, und vom Kuchen zu Achtung. Dafür habe ich Mr Hath zu danken. Ich war stolz darauf, ihn auf diesem Marsch in die Heimat begleiten zu dürfen. Und wenn es unser Schicksal ist, hier im Schnee zu sterben, dann bin ich auch stolz darauf, mit ihm sterben zu dürfen.«

Er verneigte sich leicht in Hannos Richtung und setzte sich abrupt wieder hin. Diese beiden Reden, die eine von Hanno und die andere von Scooch, hatten eine paradoxe Wirkung. Da beide offen ausgesprochen hatten, dass sie vielleicht sterben würden, ließ die Angst vor dem Sterben plötzlich nach. Jeder von ihnen hatte für sich daran gedacht. Nun dachten sie alle zusammen daran und machten sich auf diese Weise gegenseitig Mut.

Die junge Ashar Warmish flüsterte ihrer Mutter zu: »Wenn wir sterben, sehen wir Papa wieder, stimmt's? Dann braucht es uns nicht so viel auszumachen.«

Jet Marish, das jüngste der Kinder, verstand das alles nicht recht und fragte ihren Vater: »Was passiert, wenn man stirbt? Wie ist das denn?«

»Als würde man einschlafen«, erklärte ihr Miller Marish.

Pinto kam schließlich der Gedanke, ihre Mutter ganz direkt danach zu fragen, wie es weitergehen würde. Immerhin war Ira Hath eine Prophetin.

»Müssen wir alle sterben, Ma?«

»Ich wüsste nicht, wie es anders sein sollte«, erwiderte Ira langsam. »Und doch spüre ich selbst hier in diesem Schneesturm die Wärme der Heimat im Gesicht. Vielleicht geschieht noch irgendetwas.«

Das war nicht unbedingt eine Prophezeiung, aber trotzdem ermutigend. Der alte Seldom Erth holte etwas Heu für seine Pferde von seinem schrumpfenden Vorrat hervor. Creoth tränkte seine Kühe. Den Kater störten die Schneeflocken und so zog er sich in den Schutz des Wagens zurück.

Als die Wärme des Feuers allmählich nachließ, folgten die Menschen dem Kater unter die Plane und wärmten sich gegenseitig wie in der Nacht zuvor. Hier im grauen Dämmerlicht spürten sie, wie die Kälte um sie herum immer näher kam und die Wärme aus ihren Fingern und Zehen saugte. Inzwischen begannen sie sich damit abzufinden, dass es wirklich geschehen würde, dass sie nun ihre letzten paar Stunden durchlebten. Die Kälte tat ihnen nicht weh, sie machte nur müde. Sie wussten, wenn sie sich erst einmal dieser schleichenden Schläfrigkeit hingaben, würden sie nicht wieder aufwachen.

In diesem düsteren Dämmerlicht fingen sie an sich Dinge zu erzählen, die sie noch nie zuvor gesagt hatten; Dinge, die sie lange belastet hatten. Sie waren wie Reisende, die an einen breiten Fluss gekommen waren und wussten, dass sie ins Wasser gehen mussten, also legte einer nach dem anderen alle Habseligkeiten ab und zog alle Kleider aus, um unbeschwert ans andere Ufer schwimmen zu können.

Tanner Amos kniete vor Hanno und Ira Hath nieder, küsste ihnen die Hände und sagte: »Verzeiht mir, dass ich euch gehasst habe, nachdem meine Pia starb. Ich habe mich geirrt. Aber ich war so unglücklich.«

Sisi sagte zu Lunki: »Ich hab mich noch nie bei dir bedankt, Lunki, für all die Jahre, die du dich um mich gekümmert hast. Ich könnte ohne dich nicht leben.«

»Oh mein Schatz! Als ob ich dich jemals verlassen könnte! Mich um dich zu kümmern ist für mich so selbstverständlich wie das Atmen. Ich kann damit jetzt nicht aufhören.«

Pinto kroch dicht an Kestrel heran und flüsterte ihr zu: »Es tut mir Leid, dass ich diese schrecklichen Dinge gesagt habe. Ich will dich ganz bestimmt nicht umbringen. Ich bin bloß ein widerlicher kleiner Störenfried, genau wie Mumpo mal gesagt hat.«

»Nein, das bist du nicht«, widersprach Kestrel und küsste sie. »Du bist meine Schwester und du kannst mich umbringen wollen, so viel du willst, ich hab dich trotzdem lieb.«

»Kann ich dich um etwas bitten, Kess? Tu es für mich und für niemand anderen.«

»Ja. Was du willst.«

»Sei lieb zu Mumpo.«

Kestrel biss sich auf die Lippe, damit ihr keine Tränen in die Augen traten.

»Ich werde so lieb sein, wie ich kann«, erwiderte sie.

Bowman beobachtete Sisi, die jetzt allein saß, den Rücken ganz gerade hielt und starr in die Ferne blickte. Er wollte mit ihr reden, wusste aber nicht genau, was er ihr sagen wollte. Da drehte sie sich um und ihre Blicke trafen sich. Sie neigte den Kopf wie eine Prinzessin, die ihm zu verstehen gab: Du darfst zu mir kommen. Also ging er zu ihr.

»Nun, Bowman«, sprach sie ihn an, »wo bleibt derjenige, der dich abholen sollte?«

»Ich weiß es nicht. Vielleicht habe ich mich geirrt.«

»Wie kannst du dich irren? Bist du denn nicht der Auserwählte?«

»Machst du dich über mich lustig, Sisi?«

»Nur ein bisschen. Stört dich das?«

»Nein. Es stört mich nicht.«

»Du kannst dich auch über mich lustig machen. Weißt du, was ich mir wünsche?«

»Was wünschst du dir, Sisi?«

»Dass die Stechfliege noch mal zu mir kommt.«

Aber Bowman lachte nicht. Er nahm ihre schlanke Hand und küsste sie zärtlich. Ihre Haut fühlte sich ganz kalt an seinen Lippen an.

Kestrel suchte nach Mumpo, um ihr Versprechen zu erfüllen. Sie fand ihn in einer entfernten Ecke und sie nahmen sich in die Arme, weil die Zeit knapp wurde und weil es so kalt war.

»Tun deine Wunden noch sehr weh, Mumpo?«

»Die Wunden nicht«, entgegnete er. »Nur der Gedanke, dass ich zu nichts mehr zu gebrauchen bin.«

»Aber das stimmt doch nicht!«

»Vorher wusste ich, wenn ich auch begriffsstutzig und dumm bin, bin ich doch wenigstens ein guter Kämpfer. Also dachte ich, damit kann ich Kess immer noch nützen. Ich kämpfe für sie. So zeig ich ihr, dass ich sie liebe. Aber jetzt habe ich nicht mal mehr das.«

Er sprach ohne Selbstmitleid, als wäre das nichts anderes als die reine Wahrheit. Kestrel wusste, sie konnte aus Achtung vor ihm nur auf die gleiche Weise reagieren.

»Ich weiß, dass du mich liebst«, sagte sie, »und ich bin stolz darauf. Ich wünschte, ich könnte ebenso fühlen. Aber so bin ich nicht.«

»Darauf kommt es jetzt nicht mehr an«, erwiderte er und hielt sie fest.

»Es liegt nicht an dir, Mumpo, sondern an mir. Ich kann niemanden so lieben, wie du mich liebst. Wenn ich es könnte, würde ich dich lieben. Du bist anständig und stark und ich würde niemanden mehr lieben wollen als dich. Aber irgendetwas stimmt mit mir nicht, Mumpo. Bitte verzeih mir.«

»Da gibt es nichts zu verzeihen«, antwortete er, glücklich wie schon lange nicht mehr. »Du bist meine Freundin, Kess. Du hast mein Leben verändert. Seit dem Tag, an dem du meine Freundin geworden bist, ist mein Leben etwas wert gewesen. Freunde lieben sich doch, oder? Falls wir wirklich hier sterben sollten, macht es mir nicht so viel aus, weil ich weiß, dass wir uns ein bisschen lieben.«

»Mehr als ein bisschen. So viel ich kann.«

»Na gut. Ich bin ja nicht allein, stimmt's? Das Sterben ist nicht so schlimm, wenn man nicht allein ist.«

»Oh Mumpo. Du bist so unglaublich lieb.«

Sie küsste ein Dutzend Mal sein Gesicht. Dann löste sie sich plötzlich aus seinen Armen und schlüpfte zwischen den Türklappen der Plane hindurch in den fallenden Schnee.

Kestrel lief immer weiter, senkte die Füße tief in den Schnee und bewegte sich schnell, obwohl sie so geschwächt und durchgefroren war. Sie wollte fort von den anderen und allein sein. Als sie auf allen Seiten vom Schleier des Schnees umgeben war und das Lager nicht mehr sehen konnte, blieb sie schließlich stehen. Hier konnte sie sich nicht mehr beherrschen und begann laut zu schluchzen. Tränen liefen ihr über die Wangen, warm auf der eiskalten Haut. Sie schlang sich die Arme um die

Brust und merkte, wie ihr Körper von einer furchtbaren, schmerzenden Traurigkeit erschüttert wurde.

Es hatte angefangen, als sie mit Mumpo gesprochen hatte. Sie hatte es so deutlich gespürt – seine reine Anständigkeit, seine Fähigkeit zu lieben, sein Gefühl, etwas wert zu sein – und gleichzeitig hatte eine wachsende Verzweiflung über sich selbst von ihr Besitz ergriffen. Sie war weder rein noch anständig. Sie spürte keine Liebe in sich, außer für Bowman, und diese Liebe war kaum zu unterscheiden von der Lebenskraft in ihr. Sie war nichts wert. Sie nahm ohne zu geben, ließ sich lieben ohne selbst zu lieben und sie war ganz und gar nicht bereit zu sterben. Mumpo schien einen Edelmut zu besitzen, mit dem er den Tod genauso freudig hinnahm wie das Leben. In ihr gab es keinen Edelmut. Es gab nur Verbitterung und Wut über dieses langsame Gefrieren des Blutes.

Ich werde nicht sterben! Ich weigere mich zu sterben!

Sie spürte den starken Willen in sich und hasste sich selbst dafür, denn sie wusste, dass sie nur für ihr eigenes Überleben so leidenschaftlich kämpfte. Warum sind mir alle anderen gleichgültig? Bin ich ein wildes Tier? Warum kann ich nicht lieben?

Schluchzend, zitternd und weinend drehte sie sich immer wieder im Kreis, als wäre sie in einem unsichtbaren Käfig gefangen, und die ganze Zeit über fiel der Schnee. Sie setzte sich in Bewegung ohne zu wissen, in welche Richtung, und hatte kein anderes Ziel als ihrer eigenen Not zu entfliehen. Weit weg, wo der Wagen stand, riefen sie ihren Namen, doch sie hörte sie nicht. Sie stapfte weiter durch den immer tieferen Schnee, blind vor Tränen, bis sie schließlich nicht mehr weitergehen konnte.

Der Schnee bedeckte ihre Beine bis zu den Knien. Sie war so müde und so traurig. Sie umarmte sich selbst und ließ sich fallen, sank immer tiefer in den Schnee, bis ihre tauben Knie auf den harten Boden darunter stießen. So blieb sie kniend sitzen. Der Schnee reichte ihr jetzt bis an die Taille und die bittere Kälte durchdrang sie bis ins Innerste.

»Kestrel! Kess! Wo bist du?«

Jetzt hörte sie die Stimmen, doch ihr fehlte die Kraft zu antworten. Es war, als hätte alle Energie ihren Körper mit diesen schweren, tiefen Schluchzern und den endlosen Tränen verlassen.

»Kestrel! Kestrel!«

Sie stand auf und wollte flüchten. Taumelnd und ohne etwas zu sehen wankte sie weiter und zog die Füße durch den tiefen Schnee. Dann wurden ihre Füße plötzlich leichter und sie hatte das Gefühl, in eine Wolke zu treten. Es schneite nicht mehr. Die bittere Kälte verschwand. Bin ich gestorben?, fragte sie sich. Ist das hier der Ort, wo man hingeht, wenn man stirbt? Verwirrt und ängstlich wanderte sie tiefer in die Wolke hinein und blieb wieder stehen. Hier sank sie erneut zu Boden – und stellte fest, dass er nicht mit Schnee bedeckt war.

Ihr war schwindelig. Sie streckte die Hände aus, um sich abzustützen, gerade noch rechtzeitig, bevor sie nach vorn umkippte. Ihre Handteller trafen auf nackten Fels. Ein Kribbeln durchlief ihre Arme. Sie schauderte und ihr verstörtes Gehirn regte sich plötzlich, weil es ein seltsames Gefühl wiedererkannte. Sie betastete den steinigen Boden mit den Händen. Was fühle ich da? Die Kälte hatte ihre Sinne benebelt. Sie schüttelte sich noch einmal. Was fühle ich da?

Etwas Hartes. Etwas Glattes.

Etwas Warmes.

Kestrel! Kestrel, antworte!

Das war Bowman, der durch die Wolke genau auf sie zukam. Eine heftige Aufregung wallte in ihr auf und ihr ganzer Körper erwachte. Der Boden war warm!

»Hier!«, rief sie. »Hier! Wir müssen doch nicht sterben!«

8
Dick sein heißt glücklich sein

Die Manth verließen mit ihrem Wagen und ihren Pferden, ihren Kühen und ihrem Kater das eingeschneite Land. Sie marschierten einen langen Abhang hinunter und in die Wolke hinein. Sie hatten keine Ahnung, wohin sie gingen, sie wollten nur der Kälte entfliehen. Je weiter sie wanderten, desto wärmer wurde der Boden unter ihren Füßen. Ein feiner Dunst stieg daraus auf, der sich in der kalten Luft sammelte und die Wolke bildete, die sie einhüllte. Wer konnte wissen, welche Gefahren in diesem Dunst lauerten? Den Manth war das gleichgültig. Sie hatten dem Tod ins Auge gesehen. Das Leben war den Versuch wert, mochte das Risiko auch noch so groß sein.

Ab und zu stießen sie auf spärlichen, rauen Pflanzenwuchs. Die ausgehungerten Kühe zupften gierig an allem, was sie finden konnten, doch nichts davon schien sich als Nahrung für Menschen zu eignen. Bis sie schließlich in eine Gegend voller Dornbüsche gelangten. Zwischen diesen Büschen gab es Brombeersträucher, die reife Früchte trugen. Die ersten Wanderer, die sie durch den Dunst erspähten, blieben stehen und betrachteten sie verwundert, als wäre dies eine Sinnestäuschung. Die Brombeeren hingen schwer an den Sträuchern und glänzten vor Tautröpfchen, jede eine juwelenähnliche Traube aus dunklen purpurfarbenen Perlen. Bek Shim streckte die Hand aus und pflückte eine. Fast dankbar löste sie sich von ihrem Stiel. Bek schaute sie an, wie sie glänzend und saftig auf seinem Handteller lag. Dann steckte er sie sich schnell und schuldbewusst in den Mund und aß sie auf.

»Süß«, verkündete er. »Köstlich.«

Sofort stürzten sich auch die anderen auf die Früchte. Die Ersten pflückten alle Beeren ab, die leicht zu erreichen waren, so dass sich diejenigen, die erst später aus dem Dunst auftauchten, tiefer in die Büsche hineindrängen mussten. Bald hatten alle purpurfarbene Lippen und Zungen. Ohne auf die Dornen zu achten zupften sie zerkratzt und blutend sämtliche Beeren von den Sträuchern und die Größeren unter ihnen reichten ihre Ausbeute an die ungeduldigen Kinder hinunter, bis sich alle satt gegessen hatten.

»Was ist das hier nur für ein seltsamer Ort?«, wunderte sich Hanno.

Sie setzten ihren Weg fort, der sie steil hinab in ein tief liegendes Tal führte. Der Dunst wurde immer dünner, doch als sie nach oben schauten, stellten sie fest, dass er sich als dichte Decke über ihren Köpfen ausgebreitet hatte. Allmählich wurden die Hänge des Tals sichtbar: zuerst steinig und mit einzelnen Brombeersträuchern und harten Grasbüscheln bedeckt, weiter unten dann mit immer mehr grüneren Pflanzen und süßeren Gräsern. Kühe und Pferde blieben oft zum Grasen stehen und hätten sich sicherlich überhaupt nicht mehr von der Stelle bewegt, wenn sie nicht weiter unten im Tal immer noch saftigere Weiden entdeckt hätten.

Jetzt kamen sie an einen Bach, der aus einer Quelle am Wegesrand hervorsprudelte. Sie blieben stehen, um zu trinken, und stellten fest, dass das Wasser so warm war wie der Boden. Mehr als alles andere erfüllte sie diese Wärme mit Freude. Während sie die Kälte benommen, schläfrig und traurig gemacht hatte, ließ sie die Wärme plötzlich ganz unbekümmert sein.

»Ich will nie wieder frieren«, sagte Kestrel laut. Die Schwermut war von ihr abgefallen. Fast tanzte sie beim Gehen.

Zu beiden Seiten des Wegs wurden die Pflanzen und Bäume immer üppiger. Die Gegend mit den Dornbüschen hatten sie hinter sich gelassen. Jetzt sahen sie dichte, gekräuselte Farne und Bäume mit glänzenden, speerförmigen grünen Blättern, von deren stacheligen Spitzen Tau herabtroff. Auf dem Talboden wuchsen große Blumen mit purpurfarbenen Blütenblättern, die wie Schüsseln Wasser enthielten. Libellen mit knallroten und leuchtend blauen Körpern schossen in die Blüten hinein und wieder heraus. Die Manth marschierten weiter und folgten einem breiten, mit Blättern bedeckten Weg, der an dem Bach entlangführte. Wenn sie jetzt aufblickten, sahen sie die breiten Wipfel riesiger Bäume, die sich wie aufgespannte Schirme in den Dunst reckten.

Dann stießen sie auf ein Feld mit Bananenstauden und fanden hier und dort zwischen den Büscheln junger grüner Früchte genügend reife Bananen für alle. Als Pinto kurz stehen blieb, um Bananen zu suchen und zu essen, entdeckte sie eine Ameisenkolonne auf dem Talboden. Die Tiere waren ziemlich groß, über einen Zentimeter, marschierten in Reihen von zehn und mehr Ameisen und jede von ihnen trug ein Blatt. Pinto folgte dem Zug ein Stück weit, bis sie einen kleinen roten Frosch sah, der neben der

Kolonne hockte und die vorbeilaufenden Ameisen beobachtete. Der Frosch saß völlig reglos da, doch dann ließ er plötzlich seine Zunge hervorschnellen und zog damit eine Ameise in sein Maul. Pinto war fasziniert. Sie lief davon, um ihren Bruder zu suchen.

»Bo! Komm und sieh dir an, was ich gefunden habe!«

Sie zerrte ihn am Ärmel mit sich und führte ihn zu den marschierenden Ameisen. Dort hockten sich die beiden leise hin und sahen zu, wie der Frosch eine Ameise nach der anderen verspeiste. Die Kolonne bewegte sich unermüdlich voran, so als merkten die übrigen Ameisen gar nicht, dass einige von ihnen spurlos verschwanden.

»Warum ist es ihnen egal?«, wollte Pinto wissen.

»Vielleicht ist es ihnen gar nicht egal und wir sehen es nur nicht.«

»Glaubst du, dass sie in ihre Heimat marschieren?«

Sie schaute ihren Bruder spitzbübisch an.

»Aber klar«, antwortete Bowman.

Sie mussten beide lachen. Irgendwie fanden sie es witzig, dass die Ameisen dem scharlachroten Frosch keine Beachtung schenkten, als wäre er schlicht zu groß für ihren beschränkten Ameisenblickwinkel. Zugleich war es aber auch unheimlich, denn es erinnerte sie zu sehr an ihre eigene unsichere Lage.

Die Manth zogen weiter. Inzwischen hatten sie den ebenen Talboden erreicht. Die Dunstwolke hing hoch über ihnen und winzige Vögel sausten vorbei, plötzliche Zickzackbewegungen aus leuchtenden Farben. Die schwüle Luft schwirrte vor summenden Bienen und surrenden Moskitos. Die Wanderer zogen ihre Wintermäntel aus und stellten fest, dass sie dennoch schwitzten. Obwohl kein

Sonnenschein die Wolkendecke durchdrang, wurde es im Tal immer wärmer.

Fin Marish fragte erstaunt: »Ist dies die Heimat, Pa?«

»Nein, Liebling. Noch nicht.«

Hanno Hath hielt die Wachen weiterhin auf Position. Er suchte überall nach Hinweisen auf bebautes Land oder Wohnstätten. Ein solch fruchtbares Tal musste jemandem gehören. Doch er entdeckte nichts, es gab nur üppig grüne Pflanzen zu beiden Seiten des Baches und gelegentlich einen bunten Vogel, der mit wildem Schreien herabsauste.

Es war Nebel der Kater, der schließlich Anzeichen dafür fand, dass es im Tal Menschen gab – oder zumindest gegeben hatte. Nebel empfand das Umherflattern der prächtigen Vögel als unerträgliche Provokation und sprang sie immer wieder an, wenn sie vorbeiflogen. Mit jedem hohen Sprung schlug er gezielter zu, bis sein zuschnappendes Maul einen Vogel mitten im Flug erwischte. Bowman, der nie gedacht hatte, dass Nebel so etwas tun würde, sah es mit Bestürzung. Schon lief der Kater mit dem Vogel zwischen den Zähnen davon, während dessen blaugolden schimmernde Flügel noch zuckten.

»Nebel!«, rief Bowman ihm nach. »Komm zurück!«

Er lief dem Kater nach und bahnte sich einen Weg durch die triefenden Palmblätter. Er fand Nebel ein Stück weit entfernt auf einer Lichtung. Der Vogel lag tot vor seinen Füßen. Jetzt, da er sich nicht mehr rührte, schien Nebel das Interesse an ihm verloren zu haben.

»Du sollst hier nicht jagen«, ermahnte ihn Bowman. »Wir wissen noch nicht, was für ein Ort das hier ist.«

»Ich hab sowieso keinen Hunger«, entgegnete Nebel.

Bowman hob den toten Vogel vorsichtig auf und breitete einen seiner schimmernden Flügel aus.

»Wenn du keinen Hunger hast, warum tötest du dann?«

»Hast du jemals einen fliegenden Vogel getötet, Junge? Dann würdest du nicht so eine dumme Frage stellen.«

»Du tust es also zum Vergnügen?«

»Das Wort Vergnügen ist zu schwach. Nenne es Ekstase.«

Doch Bowman hörte ihm schon nicht mehr zu. Er schaute sich auf der Lichtung um und stellte fest, dass der Teppich aus abgestorbenen Blättern zurückgeharkt worden war. Ein paar Äste an den Bäumen hatten glatt geschnittene Ränder. Zudem durchzogen Furchen den Boden und die Erhebungen zwischen ihnen sahen aus wie Beete.

Bowman ging ein paar Schritte auf sie zu, um sie sich genauer anzusehen. Im Grunde waren es eher längliche Hügel als Beete. Er entdeckte fünf von ihnen nebeneinander. Hinter ihnen lag eine zweite, längere Reihe von acht Hügeln und dahinter eine noch längere, in der er dreizehn Hügel zählte.

Kein Tier würde die Erde in solch regelmäßigen Anordnungen aufschichten. Das hier musste von Menschen geschaffen worden sein.

Natürlich!, dachte er plötzlich, als er erkannte, was augenscheinlich vor ihm lag. Gräber! Er stand auf einem Friedhof. Er drehte sich um und rannte zu den anderen zurück.

»Pa!«, rief er. »Komm mal her und sieh dir das an!«

Sie kamen alle mit, um es sich anzuschauen. Branco Such wies darauf hin, dass einige der Gräber noch recht frisch aussahen. Die vorderste Reihe war nur leicht mit Gras bedeckt und die Erdwälle hatten noch nicht genug Zeit gehabt, um abzusacken. Alle fünf waren genau gleich hoch. Das ließ darauf schließen, dass die Leichen alle zur selben Zeit begraben worden waren. Woran mochten fünf Menschen auf einmal gestorben sein? Und wer hatte sie beerdigt?

Ernüchtert und mit leisem Argwohn zogen die Manth weiter. Hanno setzte vorn und hinten doppelt so viele Wachen ein wie zuvor und jeder einzelne Wanderer behielt den dichten Wald rechts und links von ihnen scharf im Auge.

Der Bach, der neben ihrem Weg verlief, wurde jetzt breiter. Sein Wasser war offenbar heiß, denn an einigen Stellen stieg Dampf von der Oberfläche auf. Die Luft im Tal wurde immer schwüler und sie alle schwitzten nun ausgiebig. Die bittere Kälte, an der sie beinahe gestorben waren, schien nur noch eine ferne Erinnerung zu sein.

Plötzlich hörten sie ein Knacken und Scharren im Unterholz, dann ein heiseres Schreien und Grunzen und aus ein paar dicht stehenden Pflanzen mit schirmförmigen Blättern trottete ein großes, sehr dickes Schwein heraus. Ohne sie im Mindesten zu beachten wackelte es in den Bach hinein, watete eine Weile darin herum und legte sich dann an einer tiefen Stelle mit sandigem Grund auf den Bauch. Das Wasser des Baches floss über den borstigen rosafarbenen Rücken des Schweins, während es zum Atmen den Rüssel nach oben reckte.

Gleich darauf watschelte ein noch dickeres Schwein aus dem Dickicht und schlug den Weg zu derselben sandigen Stelle ein. Als die Marschkolonne mit ihrem Wagen vorbeizog, blickten die Schweine kurz auf, ließen sich aber nicht in ihrer Ruhe stören. Sie schienen an Menschen gewöhnt zu sein, jedenfalls zeigten sie keine Angst.

»Das können keine wilden Schweine sein«, stellte Creoth fest. »Sie sind zahm.«

Die Bäume mit den schirmförmigen Blättern wuchsen jetzt näher am Weg. Am Bachufer bildeten große, fleischige grüne Pflanzen eine immer dichtere Wand, so dass sie bald nur noch an den aufsteigenden Dampfschwaden erkannten, dass der Bach links von ihnen weiterfloss. Riesige feuchte Blätter schlugen ihnen beim Gehen ins Gesicht, durchnässten ihre Kleidung und kühlten den Schweiß, der nun unentwegt auf ihrer Haut kribbelte. Sie kämpften sich immer weiter vor und hörten das Rauschen und Tosen von hinabstürzendem Wasser vor sich, doch weiter als bis zu ihren ausgestreckten Armen konnten sie nicht sehen. Der Pfad war nun ganz vom Grün des Dschungels überwuchert. Lolo Mimilith und Bek Shim gingen vor den Pferden und hieben mit ihren Schwertern die weichen Zweige ab, um Platz für das Gespann und den Wagen zu schaffen. Die Räder ruckelten über verschlungene Wurzeln, die sich über den Weg schlängelten. Die Zweige über ihren Köpfen blieben immer wieder an den hohen Metallreifen der Wagenplane hängen, lösten sich dann mit einem Ruck und sprühten Tropfen über diejenigen, die dahinter gingen.

Dann hörten sie durch das unablässige Rauschen des Wassers ein ganz anderes Geräusch: Jemand sang. Eine angenehme Tenorstimme, die weder von anderen Stimmen noch von irgendwelchen Instrumenten begleitet wurde, schallte fröhlich durch den Dschungel, irgendwo im Blättergewirr ganz in der Nähe.

Wer ist so glücklich wie i-hi-hich?
Glücklicher kann man nicht sein
Keinen Glücklicheren als mi-hi-hich
Oh hippy-dippy-dudel-dei!

Während die überraschten Manth den schlichten Worten dieses Liedes lauschten, das immer wieder von vorn begann, merkten sie, dass sie dem Ort immer näher kamen, von dem das Tosen und Rauschen ausging. Schließlich teilte sich der letzte Vorhang aus Blättern vor den Wanderern und gab den Blick frei auf einen von steilen Felswänden umgebenen Tümpel, in den der Bach hinunterstürzte. Dicht hintereinander gedrängt blieben sie stehen und staunten über den Anblick, der sich ihnen bot.

Das Wasser in dem Tümpel schäumte und sprudelte. Blasen stiegen darin auf und wurden zu Dampfwolken. Links stürzte der Bach, dem sie gefolgt waren, in einer Kaskade über den glatten Felsrand in das aufgewühlte Wasser darunter. Außer am gegenüberliegenden Ufer neigten sich zu allen Seiten Bäume über den Tümpel, von deren Ästen sich Schlingpflanzen hinunter in den grünlichen Schaum rankten. Wo das Wasser mit Macht von unten an die Oberfläche schoss, wirkte es klar und frisch, doch dort, wo es still stand, verdickte es sich zu einer trüben Brühe.

An einer nur schwach bewegten Stelle lag der Mann, dem die Tenorstimme gehörte. Er hatte aufgehört zu singen und starrte die Manth nun ebenso erstaunt an wie sie ihn. Er ließ sich, halb unter Wasser, auf dem Rücken treiben; sein riesiger Bauch schaute als Kuppel aus der grünen Brühe hervor, die ihn umgab. Seine Wangen und sein

Kinn schienen unmittelbar in seine üppige Brust überzugehen und fanden ihre Fortsetzung in Speckrollen, die sich über seinen Bauch und seine massigen Oberschenkel erstreckten und in appetitlich runden rosa Zehen endeten. Der Mann war wirklich sehr, sehr dick.

Während sie zu ihm hinüberblickten, schoss ein Dampfschwall von unten hoch und massierte seine rechte Gesäßbacke mit einer Flut von Blasen, so dass er heftig hin und her schaukelte, offenbar mit großem Genuss.

»Aaah!«, rief er aus und schien die Eindringlinge vor lauter Entzücken zu vergessen. »Das war ein herrlicher Hoppler, Jacko!«

Diese Bemerkung war an ein Schwein gerichtet, das sich dicht neben ihm im Teich suhlte. So seltsam es schon allein war, diesen ungeheuer dicken nackten Mann in der grünlichen Brühe treiben zu sehen – noch seltsamer war es, dass er dies in der Gesellschaft von drei großen rosafarbenen Schweinen tat, die sich, ihm vollkommen gleichberechtigt, neben ihm suhlten. Mit ihren ausgebreiteten Vorderbeinen und ihren nach oben gereckten Rüsseln schienen die Schweine die Haltung des dicken Mannes auf höchst entspannte und vertrauliche Weise nachzuahmen.

Nun schauten die Schweine ebenfalls zu den Fremden hinüber. Ihr starrer Blick verriet keinerlei Furcht, eher eine Art tadelndes Stirnrunzeln, mit dem man auf eine unwillkommene Störung reagiert.

Als der treibende Körper des dicken Mannes allmählich wieder sanfter hin und her schaukelte, tauchte eine rundliche Hand aus dem grünen Wasser auf und winkte langsam. Er begrüßte die Neuankömmlinge. Hanno Hath hob als Antwort ebenfalls eine Hand.

»Schiffbrüchig, was?«, fragte der dicke Mann.

»Wir sind auf der Reise«, antwortete Hanno. »Außerhalb dieses Tals herrscht ein strenger Winter. Wir brauchen etwas Erholung, Essen und Wärme.«

»Erholung?« Der dicke Mann wiederholte Hannos Worte mit seiner tiefen, klangvollen, geradezu samtigen Stimme. »Essen? Wärme? Das gibt es hier alles. So ein Glück aber auch, was?«

Er kicherte in sich hinein, als hätte er einen Witz gemacht. Dann paddelte er mit langsamen, gleichmäßigen Handbewegungen an den anderen Rand des Tümpels und hievte seinen gewaltigen Körper mit äußerster Anstrengung aus dem Wasser. Dort blieb er wabbelnd und tropfend stehen, unbekleidet bis auf einen Stoffstreifen, den er sich wie eine riesige ausgebeulte Windel zwischen die Beine und ums Hinterteil gewickelt hatte. Um sich zu trocknen, klopfte er sich mit schnellen, rhythmischen Handbewegungen von oben bis unten ab und trommelte sich so eine Melodie auf die Haut.

Die Manth warteten und sahen zu. Der Anblick war faszinierend.

»So«, sagte der dicke Mann, als er mit dem Klopfen fertig war. »Lassen Sie sich mal ansehen. Ein ziemlich großer Haufen, muss ich sagen.«

»Wir sind einunddreißig«, erwiderte Hanno. »Und dazu unsere Tiere.«

»Einunddreißig Münder! Und alle wollen was zu essen. Was sagst du dazu, Queenie?« Diese Frage richtete er an das Schwein, das sich gerade aus dem Wasser gewuchtet und sich neben ihn gestellt hatte. »Sieh sie dir genau an, Queenie. Dann wirst du feststellen, dass es nicht nur

Männer sind, sondern auch Frauen. Und was kommt heraus, wenn Männer mit Frauen zusammen sind? Babys! Noch mehr Münder! Und die werden erwachsen und kriegen wieder Babys. Münder und immer noch mehr Münder!«

Hanno konnte mit diesem merkwürdigen Vortrag wenig anfangen, doch er begriff, dass sich der dicke Mann darum sorgte, wie viel sie essen würden.

»Wir haben nicht vor hier zu bleiben«, erklärte er. »Wenn wir uns ausgeruht haben und unseren Wagen mit Ihrer Erlaubnis mit Proviant für die weitere Reise gefüllt haben, setzen wir unseren Weg fort.«

»Ihren Weg?«

»Wir wollen nach Norden, in die Berge.«

»Ah, das behaupten sie alle. Aber Sie werden feststellen, dass es gar nicht so leicht ist, die Insel wieder zu verlassen. Trotzdem, Zeit genug, Zeit genug.« Er strahlte sie an. »Captain Canobius zu Ihren Diensten. Sie sind alle herzlich eingeladen meine Gäste auf der Stella Marie zu sein.«

Mit diesen Worten drehte er sich um und machte sich in einem würdevollen Watschelgang auf den Weg, begleitet von den geselligen Schweinen. Die Manth gingen um den Tümpel herum und folgten ihm.

»Der ist ja verrückt«, meinte Branco Such. »Was soll das denn heißen, schiffbrüchig?«

»So wird man wahrscheinlich, wenn man zu lange allein lebt«, erwiderte seine Frau Gale Such.

»Er ist ein sehr stattlicher Mann«, fand Mrs Chirish. »Und dazu auch noch ein Kapitän.«

»Er glaubt, er würde auf einer Insel leben«, sagte Mo Mimilith. »Er muss wirklich verrückt sein.«

»Fett und verrückt«, stimmte ihm sein Freund Spek Such zu.

Die Jungen fingen an zu kichern.

»Pst!«, ermahnte sie Lea Mimilith. »Verärgert ihn nicht. Wir brauchen seine Hilfe.«

Der überwucherte Weg führte sie nun zu einer breiten Schneise. Vor ihnen bewegte sich der dicke Mann watschelnd auf eine in strahlendes Licht getauchte Gegend zu, die auf eine Lücke zwischen den überhängenden Bäumen hoffen ließ. Von diesem fernen lichten Ort kam ein sonderbares Geräusch: ein tiefes, leises Gluckern.

Die Schneise verbreiterte sich zu einer weiten Lichtung, die auf drei Seiten von dicht wachsenden Dschungelpflanzen umgeben war. Die vierte, am weitesten entfernte Seite verlor sich in weißem Dunst. Hier, am Rande der Lichtung, stand ein seltsames längliches Gebilde. Drei hohe Pfosten ragten von einem erhöhten Holzboden auf und trugen eine Reihe von hängenden Stoffdächern, die entfernt an Segel erinnerten. Der dicke Mann kletterte auf das Deck und öffnete geschäftig verschiedene Truhen, die die einzigen Möbel seiner Behausung darstellten. Er kramte ein riesiges loses Gewand hervor, in das er seine füllige Gestalt wickelte, und einen Stapel Schalen, die aus Kürbissen geschnitzt waren.

Beim Näherkommen erkannten die Manth, dass sich auf der Seite der Lichtung, wo Canobius' Bauwerk stand, das Ufer eines großen Teichs oder Sees anschloss. Das tiefe Gluckern, das die Luft erfüllte, stammte von dem brodelnden, sprudelnden Wasser, von dessen Oberfläche dichter weißer Dampf aufstieg. Der ganze Teich kochte.

»Kommen Sie an Bord, Reisende!«, forderte Canobius sie auf.

Hanno führte sein Volk auf das geräumige Deck. Der Captain füllte eine Schale mit einem Getränk aus einem großen Holzfass und bot sie ihm an.

»Zuckerrohrsaft. Wirkt nur ein kleines bisschen anregend, nicht mehr. Willkommen auf der Stella Marie.«

Hanno trank. Es schmeckte köstlich.

»Das ist mehr als Zuckerrohrsaft.«

»Ich würze ihn mit Orangenschalen.«

»Er schmeckt vorzüglich.«

Canobius reichte jedem von ihnen eine volle Schale. Bald breitete sich eine neue, entspanntere Stimmung aus.

»Das ist bestimmt eine heiße Quelle, oder?«, erkundigte sich Hanno und zeigte auf das sprudelnde, dampfende Wasser.

»Heiß ist es mit Sicherheit«, erwiderte Canobius. »Ich pflege es meine Küche zu nennen. Es ist wie ein riesiger Kessel oder Kochtopf. Sehen Sie?«

Er drehte sich zu einer Stange um, die an einer Halterung befestigt war. Am Ende der Stange war ein Metalleimer mit einer Schnur festgebunden. Um ihnen das Prinzip vorzuführen, ließ er den Eimer ins Wasser hinunter.

»So ist in Sekundenschnelle das Essen fertig.«

»Wundervoll!«, stellte Hanno fest.

»Ich sag Ihnen was«, meldete sich Miller Marish zu Wort. »Sie haben hier wirklich ein kleines Paradies.«

»Das ist wahr«, pflichtete ihm Canobius bei. »Für all das, was sich andere im Schweiße ihres Angesichts erarbeiten müssen, brauche ich hier keinen Finger krumm zu machen.«

»Du meine Güte!«, rief Silman Pillish. »Sie müssen nicht arbeiten, um sich zu ernähren?«

»Arbeiten?« Der Captain ließ sein volltönendes Lachen hören. »Ich muss dafür aufstehen, wenn Sie das Arbeit nennen wollen. Ich muss ein kleines Stück gehen, die Hand ausstrecken und eine Frucht pflücken, wenn Sie das Arbeit nennen wollen. Nein, Sir, hier gibt es keine Arbeit. Hier gibt es nur Behaglichkeit, und davon übergenug.«

»Das kommt mir falsch vor«, meinte der kleine Scooch stirnrunzelnd. »Nicht arbeiten zu müssen.«

»Das dachte ich auch, Sir, als ich zuerst herkam. Ich stapfte rastlos auf der Insel hin und her, rodete und pflanzte. Doch dann stellte ich fest, dass alle Pflanzen, die ich brauchen konnte, von selbst wuchsen, ob ich sie nun anbaute oder nicht, und damit war es vorbei mit meinem Dasein als Bauer. Jetzt lebe ich wie die Vögel, von der Großzügigkeit der Natur, und arbeite überhaupt nicht. Sie werden überrascht sein, wie schnell man sich das Arbeiten abgewöhnen kann.«

»Dann wäre Arbeit nichts als eine Gewohnheit!« Darüber staunte Silman Pillish noch mehr. »Soso. Aber bestimmt fängt man doch irgendwann an sich zu langweilen?«

»Langweilen? Warum sollte ich mich langweilen? Arbeiten zu müssen, das ist langweilig. Schuften, schuften, schuften, nur um am Leben zu bleiben. Lassen Sie die Schufterei weg und Sie haben Zeit und Energie, um Ihre Interessen zu entfalten.«

»Und was sind Ihre Interessen, Captain?«

Canobius lächelte und klopfte sich auf den beachtlichen Bauch.

»Ich habe genau zwei Interessensgebiete, mein Freund. Das eine ist Kochen und das andere Essen. In beiden habe ich mich zu einem Meister entwickelt.« Er zog den Eimer aus dem brodelnden Teich. »Sie können sich Ihr eigenes Urteil darüber bilden. Ich werde Ihnen ein Festmahl bereiten, um Sie auf der Insel willkommen zu heißen.«

»Wir müssen unseren Wagen für den Winter draußen ausrüsten«, erwiderte Hanno, »und uns mit so viel Verpflegung wie möglich eindecken. Wir würden gern zwei Nächte bleiben.«

»Zwei Nächte, glauben Sie? Schon gut, schon gut. Ich koche Ihnen ein Festessen.« Dann fiel sein Blick auf Mrs Chirish. »Na, das nenne ich mal eine richtige Frau.«

»Sind Sie der einzige Bewohner dieses Tals?«, fragte Hanno.

»Der einzige, ja.« Der Captain hatte seine Aufmerksamkeit jetzt auf Mrs Chirish gerichtet. »Sagen Sie, Madam, dürfte ich Ihre Schale wieder auffüllen?«

Hanno schaute sich nach seiner Frau um. Sie hatte sich am Rande der Lichtung niedergelassen, wo sie sich mit dem Rücken an einen Baumstamm lehnen konnte. Hanno ging zu ihr.

»Na?«, fragte er und setzte sich neben sie.

»Wir können von Glück sagen, dass wir diesen Ort gefunden haben.«

»Wenn wir ihn nicht gefunden hätten, wären wir jetzt tot.«

»Aber wir bleiben nicht lange, oder?«, wollte sie wissen.

»Nein. Wir brechen so bald wie möglich wieder auf.«

Hanno nahm ihre Hand und streichelte sie. In letzter Zeit sprach sie so leise. Er erinnerte sich an ihre heftigen

Wutausbrüche, ihr Schreien und Schimpfen. Wo war das alles geblieben?

»Hanno, mein Lieber«, sagte sie, »Ich weiß nicht, warum, aber ich habe hier keine Orientierung. Vielleicht ist die Luft zu warm.«

»Sie wird zurückkehren, wenn wir wieder unterwegs sind. Wir müssen nur ein bisschen Kraft schöpfen. Dann brechen wir auf.«

Nach den langen Qualen im Schnee machte Canobius' Getränk sie schläfrig, und kaum war die unsichtbare Sonne am dunstigen Himmel gesunken, legten sich die Manth in Grüppchen hin und schliefen.

Als sie am nächsten Morgen erfrischt von einem langen Schlaf erwachten, schienen die Schrecken des Winters weit fort zu sein. Die Morgenluft war angenehm und noch nicht zu warm. Dicht und weiß lag der Dunst über dem blubbernden See, doch an anderen Stellen drangen Strahlen der unsichtbaren Sonne durch die Wolkendecke. Bienen summten durch die Luft und bunte Vögel schossen durch die hohen grünen Baumdächer über ihnen.

Die Manth standen auf, jeder dann, wann er wollte, und wuschen sich an einem der vielen gluckernden Bäche, die aus dem Hang herausströmten. Dann machten sie sich auf in die umliegenden Haine, um nach Früchten für das Frühstück zu suchen. Miller Marish brachte eine dicke orangefarbene Melone für seine Töchter mit, die sie so gierig aßen, dass ihnen der süße Saft am Kinn hinunterlief und ihr Vater sie mit dem Kopf nach unten in einen Wasserlauf hielt.

Die kleine Fin Marish sagte zu ihrem Vater: »Das hier muss die Heimat sein. Alle sind so glücklich.«

»Das ist gut möglich«, antwortete Miller Marish. »Ich kann mir nicht vorstellen, dass irgendein anderer Ort eine bessere Heimat wäre als dieser.«

Auf Ira Haths Vorschlag hin zogen sich Mumpo und Rollo Shim aus und wateten in den grünen Tümpel, wo sie Captain Canobius zum ersten Mal begegnet waren. Das warme Wasser, in dem sie auf den aus der Tiefe aufsteigenden Blasen hin und her schaukelten, war Balsam für ihre Wunden. Ein paar andere bemerkten, wie behaglich sie dort lagen, und gesellten sich zu ihnen. Entspannt streckten sie die Glieder aus, schubsten sich spaßeshalber gegenseitig an und blickten in das grüne Dach über ihnen hinauf.

Scooch kam am Tümpel vorbei, blieb stehen und schaute den Badenden zu.

»Sie sehen aus wie ein ungekochtes Würstchen«, sagte er zu Lunki, die sich mit den anderen suhlte.

»Na, dann werde ich jetzt eben langsam gekocht«, erwiderte sie.

»Ist das denn angenehm?«

»Probieren Sie es doch aus.«

Also zog sich der kleine Scooch bis auf die Unterwäsche aus und ließ sich neben ihr ins Wasser plumpsen.

Hanno Hath, Bowman und Tanner Amos steuerten mit Äxten auf den Wald zu, um Holz für die weitere Reise zu schlagen.

Nach und nach kehrten die meisten zum Wagen auf der Lichtung zurück, die Arme voller Obst und erfüllt von Geschichten über die ungeheure Fruchtbarkeit des Tals.

»Wo ist denn der gute Kapitän?«, erkundigte sich Branco Such und legte dabei zwei große Kokosnüsse auf den Boden. »Wo ist er, unser sonderbarer, aber reizender Gastgeber?«

»Verschwunden mit Mrs Chirish«, antwortete Creoth mit finsterem Blick.

Branco Such rückte den Kokosnüssen mit einem Messer zu Leibe. Doch die äußere Schale war unerwartet hart. Außerdem ging ihm etwas anderes im Kopf herum.

»Hier ist Platz für uns alle«, sagte er. »Selbst wenn wir alle hier bleiben würden, wäre immer noch eine Menge Platz übrig. Und ich bin mir nicht mal sicher, ob wir nicht erst in einen winzigen Teil des Tals vorgestoßen sind.«

»Platz schon«, murmelte Creoth. »Wenn es einem um Platz geht.«

»Platz für ein Zuhause«, fuhr Branco Such fort. »Land für ein Zuhause.« Er schlug vergeblich auf die Kokosnuss ein.

»Wenn es einem darum geht«, entgegnete Creoth.

»Aber genau darum geht es uns doch, oder etwa nicht? Um Land für ein Zuhause. Eine Heimat.«

»Ah!«, rief Silman Pillish. »Ich hab mich schon gefragt, wer es als Erstes aussprechen würde.«

»Ja, und, Pillish? Was sagen Sie dazu?«

»Ich sage, wir sollten abwarten, was Hanno Hath dazu sagt.«

»Hanno Hath ist ein guter Mann, aber er ist nur einer unter anderen. Ist Ihre Meinung nicht genauso viel wert wie seine? Oder meine?«

In diesem Moment tauchten Canobius und Mrs Chirish wieder auf, Arm in Arm und allem Anschein nach überaus zufrieden.

»Ich habe der verehrten Dame die Sehenswürdigkeiten der Insel gezeigt«, verkündete der Captain.

»Was für ein Ort!«, rief Mrs Chirish. »Alles, was man sich nur wünschen kann, hängt einfach so an den Bäumen!«

»Sie packen das falsch an.«

Canobius hatte bemerkt, wie sich Branco Such mit der Kokosnuss abmühte.

»Sie müssen sich die beiden Vertiefungen suchen – hier, sehen Sie? Dann durchstechen Sie sie und trinken die Milch heraus.«

Um es ihnen zu demonstrieren, hielt er die Kokosnuss über seinen fleischigen Mund, so dass der dünne Milchstrahl hineinspritzte. Dann legte er die Frucht auf ein hartes Stück Erde.

»Danach schlagen Sie sie mit einem Stein auf.«

Er packte einen großen Stein und zerteilte die Kokosnuss mit einem schnellen, gezielten Schlag in zwei Hälften.

»Und da haben wir das Fruchtfleisch.«

»Ich bin Ihnen sehr verbunden«, sagte Branco Such und gab seinen Kindern die beiden Hälften. »Dort, wo diese hier herkommt, gibt es noch viele mehr, habe ich gesehen.«

»So viele, wie man sich nur wünschen kann.«

»Würden Sie also sagen, Captain, dass eine Gruppe vernünftiger Leute wie wir in der Lage wäre, auf dieser, äh, Insel ihr Auskommen zu finden?«

»Was für ein Zufall!«, rief Mrs Chirish. »Der Captain hat vorhin selbst einen Vorschlag in diese Richtung gemacht.«

»Es gibt eine bestimmte Sorte Menschen, die sich hier sehr wohl fühlt«, antwortete Canobius vorsichtig. »Und die verehrte Dame gehört zu diesen Menschen.«

»Er meint dicke Menschen«, sagte Mrs Chirish, lief rot an und bekam Grübchen im Gesicht.

»Na und, was ist so schlimm daran, wenn ich dicke Menschen meine?« Canobius schlug sich mit beiden Händen auf den umfangreichen Bauch, dass er bebte. »Je dicker ich werde, desto glücklicher werde ich. Wer will denn schon dünn sein? Dünn sein heißt unglücklich sein. Dünn sein heißt niemals satt werden. Dick sein heißt gut bedient sein. Dick zu sein heißt zufrieden zu sein. Ein Hoch auf wohl genährte Wänste! Ein Hoch auf wabbelige Wampen! Dick sein heißt glücklich sein!«

»Ein Hoch!«, jubelte Mrs Chirish.

Die Manth standen lächelnd dabei.

»Sie selbst sind die beste Werbung für dieses Leben«, meinte Branco Such. »Sie essen hier zweifellos sehr gut.«

»Und das sollen Sie auch! Ich werde Ihnen allen ein unvergessliches Festmahl bereiten! Ich habe vor ein paar Palmherzen zu marinieren. Das ist sehr zeitaufwändig, ich muss sehen, dass ich damit vorankomme.«

Er eilte zu seinem Deck hinüber, wo er mehrere große Töpfe aufbewahrte. Branco Such wandte sich an seine Gefährten.

»Freunde«, begann er. »Ich habe euch allen einen Vorschlag zu machen. Warum bleiben wir nicht hier und lassen uns an Ort und Stelle nieder?«

Beim Sprechen drehte er sich zu Ira Hath um. Sie saß bei ihren Töchtern und Sisi und aß mit ihnen ein Frühstück aus Bananen und Honig. Anscheinend hatte sie ihn nicht gehört.

Auch Kestrel schaute ihre Mutter gespannt an.

»Dir gefällt es hier nicht, stimmt's, Ma?«

»Nein«, erwiderte Ira. »Das hier ist kein guter Ort.«

»Was hast du für ein Gefühl?«

»Ich bemühe mich schon die ganze Zeit das herauszufinden, aber es gelingt mir nicht.« Sie legte die Stirn in Falten und versuchte es zu erklären. »Hier ist alles teigig. Sogar die Luft.«

»Du meinst dick«, sagte Pinto. »Hier ist alles dick. Sieh dir diese Bananen an. Sie sind riesig.«

»Nein, ich meine nicht dick«, widersprach Ira. »Ich meine teigig. Das ist etwas ganz anderes. Etwas Dickes kann stabil und verlässlich sein. Aber etwas Teigiges – da kann man sich nicht drauf verlassen. Etwas Teigiges lässt einen leicht im Stich.«

Sie blickte zu der Gruppe um Branco Such hinüber, die in eine lebhafte Diskussion vertieft war. Ira Hath brauchte die Leute nicht zu verstehen, um zu wissen, worüber sie redeten. Plötzlich griff sie nach Kestrels Hand und sagte mit eindringlicher Stimme: »Was auch immer die anderen tun werden und wie schwach ich auch werde, versprich mir, dass ihr mich von diesem Ort wegbringt.«

»Ich verspreche es, Ma«, antwortete Kestrel erschrocken.

9
Gespräch mit Schweinen

Während Hanno Hath, Bowman und Tanner Amos mit ihren Äxten vor sich hin arbeiteten, einen Baum fällten, abrindeten und in lange, gerade Scheite schlugen, machte sich Nebel der Kater auf die Suche nach einem angemessenen Frühstück. Nebel fraß keine Früchte und musste bald feststellen, dass Vögel hier meist zu hoch und zu schnell flogen, als dass er sie hätte fangen können. Schon allein zuzusehen, wie sie umhersausten, verursachte ihm Nackenschmerzen. Also begann er nach einer Weile kleine Tiere im Unterholz zu jagen. Sein scharfer Geruchssinn führte ihn dabei zu einer von größeren Pflanzen verdeckten kleinen Pflanze, die er nicht kannte. Sie hatte dicke, weiche dunkelgrüne Blätter, die sich um kleine, tomatenähnliche gelbe Früchte krümmten. Die Früchte beachtete Nebel nicht. Aber die Blätter verlockten ihn. Sie rochen reif, sogar etwas faulig und verströmten das aufregende Aroma von Wild. Nebel knabberte an einer Blattspitze, fand den Geschmack jedoch zu scharf und wandte sich ab.

Als er wieder bei den Holzfällern war, fühlte er sich ein wenig benommen.

»Oh, da bist du ja, Nebel«, sagte Bowman zu ihm. »Wir sind fertig und können zu den anderen zurückkehren.«

»Das ist wundervoll«, antwortete Nebel. »Du bist wundervoll. Alles ist wundervoll.«

Er rollte sich zu Bowmans Füßen zusammen und schlief ein. Bowman stupste ihn an.

»Du kannst jetzt nicht schlafen. Geh wenigstens zum Wagen zurück.«

Doch der Kater war nicht wieder wach zu bekommen. Also hob Bowman ihn auf und trug ihn auf dem Arm, so dass sein Vater und Tanner Amos das gehackte Holz ohne seine Hilfe ziehen mussten.

»Armer Nebel«, sagte er. »Er ist völlig erschöpft.«

Als sie die Lichtung erreicht hatten, legte er den schlafenden Kater behutsam auf den Deckenstapel im Wagen. Mumpo stand halb nackt und triefnass daneben – er war gerade vom Tümpel zurückgekommen. Er trocknete sich mit einer Decke ab und klopfte vorsichtig um seine Wunden herum.

»Hat das Baden gut getan?«, erkundigte sich Bowman.

Mumpo nickte. »Sehr gut.«

Bowman untersuchte seine Wunden, um zu sehen, ob sie heilten. »Bald ist alles wieder so gut wie neu.«

Er schaute auf und ihre Blicke trafen sich. Bowman wurde rot. Sie wussten beide, dass die Bauchwunde ernst war und dass Mumpo nie die Kraft und Gewandtheit zurückerlangen würde, die ihn zu einem Meisterkämpfer gemacht hatten.

»Es wird gut genug sein«, entgegnete Mumpo achselzuckend. »Und gut genug ist gut genug für mich.«

Der Großteil der Manth saß in einem Kreis in der Nähe der Stella Marie und war in eine Diskussion vertieft. Als Hanno und die beiden Jungen aus dem Wald aufgetaucht waren, hatten sie zu reden aufgehört; und obwohl das Gespräch nun fortgesetzt wurde, war es nicht mehr so lebhaft wie zuvor. Viele blickten nervös und schuldbewusst zu Hanno hinüber. Hanno bemerkte es, beschloss aber nichts dazu zu sagen.

Er gesellte sich zu ihnen und sprach so, als wäre nichts geschehen.

»Alles, was wir für unsere Reise brauchen, ist ganz in der Nähe«, sagte er. »Wir haben dieses Holz in einem Wäldchen gehackt, das ungefähr zehn Minuten entfernt von hier liegt. Die Stämme sind gerade und lassen sich wunderbar zerteilen. Wir müssen Kufen für den Wagen bauen und einen zweiten Schlitten für zusätzlichen Proviant. Tanner zerhackt die Stämme und richtet das Holz zu. Wir Übrigen müssen Nahrung sammeln. Hinter einer der Schneisen reift wilder Mais.«

»Warte mal einen Moment, Hanno«, unterbrach ihn Branco Such. »Unterstellst du dabei nicht ziemlich viel? Bevor wir anfangen einen Schlitten für den Schnee zu bauen, sollten wir uns selbst eine Frage stellen. Wollen wir überhaupt gehen?«

»Natürlich wollen wir gehen«, erwiderte Hanno. »Wir können hier nicht bleiben.«

»Warum nicht?«

»Weil das nicht die Heimat ist.«

»Aha. Aber was oder wo ist die Heimat?«

Alle Augen richteten sich auf Ira Hath. Sie antwortete mit genau den Worten, die inzwischen alle kannten.

»Ich erkenne sie, wenn ich sie sehe.«

»Können Sie uns bis dahin schon mal etwas über die Bedingungen dort verraten? Über die Fruchtbarkeit des

Bodens? Die Verträglichkeit des Klimas? Die Härte der Winter?«

»Ich kann Ihnen nichts darüber sagen«, antwortete Ira.

»Ich habe den größten Respekt vor Ihnen, Madam. Und Hanno, du weißt, mir liegt ebenso viel daran, unser Volk in unserer Heimat angesiedelt zu sehen, wie dir. Aber ich bitte euch inständig einmal nachzudenken. Wenn wir dieses Tal verlassen, sind wir wieder dem strengen Winter ausgesetzt, in dem wir fast umgekommen sind. Wir müssen uns und unsere Habseligkeiten auf unbestimmte Entfernung und mit unbekanntem Ziel durch den tiefen Schnee schleppen. Und wir können nicht sicher sein, dass wir dieses Ziel auch lebend erreichen. Hier dagegen haben wir ein fruchtbares Tal, in dem es Wasser gibt und in dem es warm ist. Zudem ist es praktisch unbewohnt und bietet uns alles, was wir uns nur wünschen könnten. Warum sollen wir also weitergehen? Was könnte uns ein anderer Ort mehr bieten? Sind wir so gierig, dass uns diese Fülle und Schönheit nicht zufrieden stellen kann?«

Die Manth hörten Branco schweigend zu, aber an den nickenden Köpfen erkannte Hanno, dass ihm viele zustimmten. Kestrel stellte sich neben ihn und nahm seine Hand. Die nickenden Köpfe ärgerten sie.

»Wovon reden Sie da eigentlich?«, fragte sie. »Wir müssen weitergehen. Das hier ist nicht unsere Heimat.«

»Unsere Heimat ist dort, wo wir uns niederlassen«, entgegnete Branco Such. »Warum nicht hier?«

»Weil sie das hier nicht ist.«

Er zuckte die Achseln und schaute sie so mitleidig an, dass Kestrel ihm am liebsten ins Gesicht geschlagen hätte. Auch Hanno wusste, dass er keine zufrieden stellende

Antwort darauf geben konnte, außer seine eigene, sehr starke Überzeugung zum Ausdruck zu bringen.

»Hier ist nicht unsere Heimat, Branco. Ich weiß das ganz sicher. Ich kann dich nur bitten mir zu vertrauen.«

»Ich denke, jeder von uns muss diese Entscheidung für sich selbst treffen«, erwiderte Branco.

Wieder gab es zustimmendes Kopfnicken. Branco fand allmählich, dass er diese Rolle schon früher hätte einnehmen sollen. Immerhin war er damals in Aramanth Richter gewesen und Hanno nur Bibliothekar. Hanno war ein anständiger Mensch, doch er besaß nicht die Autorität eines echten Anführers.

»Ich finde, wir sollten abstimmen.«

Hanno senkte den Blick.

»Wie ihr wollt«, sagte er. »Ich und meine Familie werden uns morgen früh auf den Weg machen.«

Er ging davon, mit Kestrel an seiner Seite. Alle spürten, dass er gekränkt war, und weil sie ihn liebten und achteten, waren sie bestürzt.

»Weißt du, Branco«, meinte Miko Mimilith, »das ist ja alles gut und schön, was du sagst, aber wir haben Hanno alles zu verdanken.«

»Wenn die Haths sagen, dass das hier nicht die Heimat ist«, meldete sich Scooch zu Wort, »dann glaube ich ihnen.«

»Kein Himmel«, stellte der alte Seldom Erth fest. »Man kann doch keine Heimat ohne Himmel haben.«

Hanno Hath fragte Kestrel tief betrübt: »Was kann ich ihnen sonst noch sagen?«

»Sag ihnen das, was Ma sagt«, empfahl Kestrel. »Dass irgendetwas mit diesem Ort nicht stimmt.«

»Das Dumme ist nur, dass sie nicht weiß, was.«

Miller Marish fiel schließlich eine Kompromisslösung ein.

»Lasst uns bis zum nächsten Frühling warten!«, schlug er vor. »Und im Frühling entscheiden wir dann, ob wir lieber hier bleiben oder mit Hanno weiterziehen wollen.«

Dieser Vorschlag gefiel allen. Er schien vollkommen logisch und auf diese Weise könnten sie alle zusammenbleiben. Doch als sie Hanno davon erzählten, wollte er nichts davon hören.

»Wir brechen morgen früh auf«, kündigte er an. »Wir haben nicht mehr viel Zeit. Ihr habt doch meine Frau gehört. Wind kommt auf.«

»Oh, ja. Der Wind.«

Sie warfen sich alle verlegene Blicke zu. Eigentlich hatten sie nie richtig verstanden, worum bei es bei diesem aufkommenden Wind überhaupt ging.

»Hier unten ist doch gar kein Wind«, bemerkte Silman Pillish.

»Direktor Pillish«, sprach Branco ihn mit seinem früheren Titel an, dankbar für die Unterstützung, »Sie tragen doch einen klugen Kopf auf den Schultern. Meinen Sie nicht, wir sollten hier wenigstens warten, bis der Schnee schmilzt und die Straßen wieder passierbar werden?«

»Von allen gebotenen Möglichkeiten«, antwortete Pillish, »scheint es die Möglichkeit zu sein, die die meisten … Möglichkeiten offen lässt.«

Er merkte, dass dies nicht so klug klang, wie er gehofft hatte, daher fügte er, um zu zeigen, dass er es ernst meinte, langsam und nachdrücklich hinzu: »So sehe ich das und dazu stehe ich.«

»In Anbetracht dieser Meinung«, schloss Branco, »schlage ich vor, dass wir darüber abstimmen, ob wir bis zum Frühling warten sollen. Wer dafür ist, hebe die Hand.«

Seine Zuhörer schauten ihn unsicher an. Branco begriff, dass sie vor einem so großen Schritt zurückschreckten.

»Wir brauchen zuerst nur zu entscheiden, ob wir abstimmen wollen oder nicht. Diejenigen, die gern andere über ihre Zukunft entscheiden lassen wollen, brauchen sich nicht zu beteiligen. Alle, die dafür sind, selbst über ihre Zukunft zu bestimmen, heben bitte die Hand.«

Darauf hoben alle die Hand außer den Haths und denen, die ihnen am nächsten standen: Mumpo, Scooch und Creoth. Auch Seldom Erth ließ seine Hand unten, ebenso Sisi und Lunki. Es kam ihnen nicht richtig vor, mit darüber abzustimmen, wo die Heimat der Manth liegen sollte, da sie selbst keine Manth waren.

Captain Canobius bemerkte all die erhobenen Hände und kam herübergestampft, um zu erfahren, was vor sich ging. Nachdem er über die Debatte aufgeklärt worden war, kicherte er und sagte: »Sie können sich entscheiden, wie Sie wollen. Sie sind jetzt auf der Insel.«

Branco Such glaubte in dem dicken Captain einen Verbündeten gefunden zu haben.

»Captain, denken Sie, dass es uns schwer fallen würde, diesen, äh, Ort zu verlassen?«

»Schwer, das kann man wohl sagen«, erwiderte der Captain. »Man könnte auch unmöglich sagen.«

»Wegen des strengen Winters da draußen.«

»Winter? Was weiß ich vom Winter? Nein, nein, das Schwere daran ist das Gehen selbst. Aber ich muss zu meinen Töpfen zurück. Ich bereite Ihnen ein unvergessliches Festmahl!«

Damit verließ er sie wieder.

»Er ist verrückt«, meinte Creoth.

»Das ist nicht wahr!« Mrs Chirish war betrübt, dass ihr guter Freund Creoth solch harte Worte sprach. »Er ist bloß verschroben, das ist alles. Das kommt davon, wenn man so lange unter Schweinen lebt, die einem nicht antworten.«

Bowman hörte das und hatte eine Idee. Leise stahl er sich davon.

»Ich denke, ich kann behaupten, dass die Mehrheit den Wunsch nach einer Abstimmung zum Ausdruck gebracht hat«, stellte Branco Such fest. »Bevor wir jetzt zur Abstimmung schreiten – hat irgendjemand noch etwas zu sagen?«

Cheer Warmish trat vor. Um ihren Mund lagen bittere Falten.

»Wir müssen an die Kinder denken. Ich habe meinen Mann verloren. Ich habe beinahe meine Tochter verloren. Jetzt, wo ich sie wiederhabe, gehe ich nicht in den Schnee und sehe zu, wie sie stirbt.«

»Wir müssen alle an die Kinder denken«, fügte Lea Mimilith hinzu und streckte die Arme nach ihren dreien aus. Red Mimilith wandte sich missmutig ab. Sie war vierzehn Jahre alt und fühlte sich nicht mehr als Kind.

Miller Marish stimmte ihr zu.

»Meine Mädchen sind die jüngsten aller Kinder hier«, erklärte er. »Welche Heimat auch immer wir anstreben, sie ist mehr für sie als für uns. Sie werden den Rest ihres Lebens dort verbringen. Wir müssen die Kinder schützen. Was wäre das für eine Heimat ohne Kinder?«

»Bei den Bärten meiner Ahnen!«, donnerte Creoth. »Der Einzige von euch mit ein bisschen Verstand ist ein alter Mann!« Er zeigte auf Seldom Erth. »Kein Himmel, sagt er. Man kann doch keine Heimat ohne Himmel haben. Das nenne ich eine nackte Tatsache! Wollt ihr für den Rest eures Lebens die Morgendämmerung nicht mehr sehen? Ich schon! Ich sitze hier und schwitze, dabei ist noch nicht mal der halbe Vormittag rum. Ich werde den Rest meiner Tage nicht in einem Kochtopf verbringen! Lieber erfriere ich in der freien Ebene unter einem freien Himmel!«

»Es geht nicht um den Rest unseres Lebens«, widersprach Miller Marish. »Nur um die Zeit bis zum Frühling.«

»Und dann stimmen wir noch mal ab«, fügte Branco Such hinzu.

»Und was passiert dann?« Diese klare, nüchterne Stimme gehörte Sisi. Sie hatte versucht sich aus der Debatte herauszuhalten. Jetzt bemühte sie sich sehr darum, sich auf unaufdringliche Weise zu Wort zu melden. Doch es klappte nicht, ihre Gefühle waren stark und ihre Stimme klang gebieterisch. »Versteht ihr denn nicht? Die Haths brechen morgen früh auf. Wenn ihr hier bleibt, wo wollt ihr dann im Frühling hingehen?«

Dies war ein ganz neuer Gesichtspunkt. Die junge Ashar Warmish, die Sisi während ihrer Gefangenschaft schätzen gelernt hatte, fragte sie schüchtern: »Was willst du denn tun?«

»Was ich tue, ist nicht von Bedeutung. Ich bin keine Manth. Ich sollte mich nicht mal in eure Debatte einmischen.«

»Ganz im Gegenteil«, widersprach Silman Pillish. »In dieser Debatte geht es um unser Überleben. Darum, wie wir leben und wie wir sterben. Auch du musst diese Wahl treffen.«

»Für mich gibt es keine Wahl«, entgegnete Sisi. »Ich wurde als Prinzessin an einem anderen Ort großgezogen, an dem ich niemals arbeiten musste. Ein Paradies, in dem es alles gab, was ich mir wünschen konnte. Aber für mich war es ein Gefängnis. Ein gütiges Schicksal hat mich aus diesem Gefängnis befreit. Ich gehe nicht wieder zurück.«

»Gefängnis?«, rief Cheer Warmish. »Dieses Tal ist doch kein Gefängnis! Wir können gehen, wann immer wir wollen.«

Sisi sagte nichts mehr. Sie hatte bemerkt, dass Kestrel sie beobachtete, und die Bewunderung in ihren Augen gesehen. Nun schaute sie sich nach Bowman um, doch er war verschwunden. Sie spürte, wie Enttäuschung in ihr aufflackerte, und ermahnte sich selbst: Ich hab das nicht gesagt, um Bowman zu gefallen. Ich hab es gesagt, weil ich weiß, dass es stimmt. Dennoch wünschte sie, er wäre dabei gewesen und hätte es gehört.

Bowman hielt sich ein Stück weiter oben im Tal auf, am Ufer des grünen Tümpels, und redete mit den Schweinen. Zwei von ihnen suhlten sich im warmen Schlamm, reckten ihre Rüssel aus dem Wasser und hatten ihre kleinen Augen auf Bowman geheftet, der auf einem Fels am Ufer hockte. Er brauchte etwas Zeit, um mit den Schweinen in Verbindung zu treten. Sie waren schlauer als die Kühe, mit denen er zuvor geredet hatte, doch das machte es eher schwieriger als einfacher. Kein Mensch hatte die Schweine jemals verstanden, daher weigerten sie sich zu glauben, dass Bowman sie verstehen konnte.

»Bitte«, sprach er sie an. »Ich brauche eure Hilfe.«

Er redet mit sich selbst, sagte das große Schwein. *Hör nicht hin.*

Ich hör ja nicht hin, antwortete das kleinere Schwein. *Du bist es doch, der hinhört. Hör selber nicht hin.*

Beide Schweine schwiegen und versuchten angestrengt nicht hinzuhören.

Er hat aufgehört zu reden.

Dann können wir ja wieder hinhören.

Ein kurzes Schweigen.

»Ich kann euch hören«, probierte es Bowman noch einmal.

Die Schweine schauten sich an.

Er hat gesagt, er kann uns hören.

Aber wir sagen doch gar nichts.

Jetzt schon.

Aber nicht, als er gesprochen hat.

Vielleicht meinte er, wir können ihn hören.

Ich kann ihn nicht hören. Ich hör ja gar nicht hin.

Ich auch nicht.

Es folgte ein weiteres kurzes Schweigen.

Was ist, wenn er uns zuhört?

Uns dabei zuhört, wie wir gar nichts sagen?

Uns dabei zuhört, wie wir gar nicht zuhören.

»Ich kann eure Gedanken hören«, sagte Bowman.

Er sagt, er kann unsere Gedanken hören.

Wir haben doch gar keine Gedanken.

Ich denke, das könnte man einen Gedanken nennen.

Glaubst du, dass er ihn gehört hat?

Wenn ja, hat er nichts gehört.

Wenn er nichts gehört hat, wird er nichts sagen.

Wenn er nichts sagt, bedeutet es, dass er unsere Gedanken gehört hat.

Sie schwenkten ihre Rüssel herum und schauten Bowman verwundert an.

»Ihr redet darüber, dass ihr keine Gedanken habt«, sagte Bowman.

Er hat uns nicht gehört! Er kann rein gar nichts hören! Wenn er uns wirklich gehört hätte, hätte er uns nicht gehört.

Es folgte eine längere Pause. Dann sagte ein Schwein zum anderen: *Ich glaube, da war irgendwo ein Denkfehler.*

Bowman nutzte diese Gelegenheit, um das Gespräch voranzutreiben.

»Ich hätte gern einen Rat von euch«, begann er von neuem.

Er sagt, er hätte gern einen Rat von uns.

Wir haben aber keinen Rat für ihn.

Dann geben wir ihn ihm auch nicht.

»Warum glaubt Canobius, dass er auf einer Insel lebt?«

Die Schweine grübelten über diese Frage nach. Sie fanden sie interessant und vergaßen, dass sie eigentlich nicht hinhören wollten.

Eine Insel ist ein Ort, den man nicht verlassen kann. Der Captain kann diesen Ort nicht verlassen. Deshalb ist er eine Insel.

Das große Schwein grunzte zufrieden. Was für eine klar formulierte Schlussfolgerung.

»Dieser Ort ist nicht wirklich eine Insel. Er könnte ihn verlassen, wenn er wollte.«

Dann will er es nicht.

»Warum nicht?«

Weil es eine Insel ist.

»Ihr meint«, fragte Bowman, der nur mit Mühe einen Sinn darin entdecken konnte, »er will auf einer Insel sein?«

Natürlich.

»Warum?«

Damit er nicht weggehen kann.

Darauf wusste Bowman nichts mehr zu sagen. Das kleinere Schwein blickte das größere vorwurfsvoll an.

Du redest ja mit ihm.

Das macht doch nichts. Er ist sehr dumm. Er versteht sowieso nichts von dem, was ich sage.

Bowman verlegte sich darauf, ihnen etwas brauchbarere Informationen zu entlocken.

»Hier in der Nähe gibt es ein paar Gräber«, begann er. »Wisst ihr, wer dort begraben liegt?«

Tote Menschen.

»Woran sind sie gestorben?«

Daran, dass sie nicht mehr leben wollten.

»Warum wollten sie nicht mehr leben?«

Sie waren zu glücklich.

»Sie sind daran gestorben, dass sie zu glücklich waren?«

Bevor er noch mehr erfahren konnte, hörte er lautes Fußgetrappel und dann erschien Kestrel.

»Bo! Du musst zurückkommen! Sie stimmen ab und Pa ist so wütend darüber, dass er nichts mehr sagt.«

Bowman sprang sofort auf und kehrte mit Kestrel zu der weiten Lichtung an der heißen Quelle zurück. Die beiden Schweine sahen es mit Erleichterung.

Ich bin froh, dass er weg ist. Es ist so anstrengend, sich mit dummen Menschen zu unterhalten. Am besten machen wir das nicht mehr.

Als Bowman und Kestrel ankamen, waren die anderen gerade mit der Abstimmung fertig und die Mehrheit hatte sich dafür entschieden, die Reise nicht fortzusetzen. Die Wanderer teilten sich bereits in zwei Gruppen. Die weitaus zahlreichere Gruppe drängte sich um die Stella Marie, wo Canobius eifrig sein Festmahl vorbereitete und sich für die große Spaltung nicht zu interessieren schien. Die kleinere Gruppe um die Haths blieb beim Wagen. Hier standen Hanno und Ira, Pinto und Mumpo, Creoth und Scooch und der alte Seldom Erth.

Hanno schaute auf und sah Bowman an, als er zu ihnen trat. Sein Gesicht war verzerrt vor Überdruss und Enttäuschung.

»Ich weiß nicht, was ich noch tun soll.«

»Die Gräber«, sagte Bowman. »Frag Canobius nach den Gräbern.«

»Oh, dafür wird er irgendeine harmlose Erklärung haben«, vermutete Hanno.

Bowmans Blick fiel auf Nebel, der noch immer eingerollt auf dem Deckenstapel lag und tief und fest schlief.

»Was? Schläft der faule Kater immer noch?«

Sisi und Lunki erschienen mit mehreren reifen Maiskolben für den Wagen. Sie hatten sich während der Abstimmung zurückgezogen.

»Kommt ihr mit uns?«, fragte Hanno.

»Wenn wir dürfen, begleiten wir euch«, antwortete Sisi.

»Natürlich dürft ihr«, sagte Kestrel schnell. Sisi schenkte

ihr ein dankbares Lächeln, legte ihre Handflächen aneinander und schlang die Finger umeinander. Kestrel machte als Antwort das gleiche Zeichen.

»Wir holen noch mehr Mais«, erklärte Sisi und machte sich mit Lunki wieder auf den Weg.

»Was war das denn, Kess?«, wollte Bowman wissen.

»Unser geheimes Freundschaftszeichen.«

»Wir sollten uns ein Beispiel an ihnen nehmen«, meinte Hanno. »Wir haben viel zu tun.«

Während sich die Männer der kleinen Gruppe daranmachten, aus dem zerkleinerten Holz Kufen zu zimmern, und die Frauen den Wagen bepackten, überquerte Bowman die Lichtung, um mit Captain Canobius zu sprechen. Die Auskunft, die er von den Schweinen erhalten hatte, war mehr oder weniger sinnlos, aber er war überzeugt, dass in den Gräbern irgendein Geheimnis verborgen war, das dieses Paradies in einem anderen, dunkleren Licht erscheinen lassen würde.

Der dicke Mann füllte gerade seine großen Tontöpfe mit Gemüse. Gehackte Palmherzen waren die wichtigste Zutat. Außerdem hatte er Zuckerrohrsaft, Limettenblätter, Ingwer und getrocknete Süßkartoffel hinzugefügt. Er lief von einem Topf zum anderen, rührte, kostete, fügte hier etwas mehr Ingwer hinzu und streute dort noch etwas gemahlenen Pfeffer hinein, um seinen Gaumen zufrieden zu stellen. Beim Kochen sang er leise vor sich hin.

Wer ist so glücklich wie i-hi-hich?
Glücklicher kann man nicht sein
Keinen Glücklicheren als mi-hi-hich
Hippy-dippy-dudel-dei!

Er winkte Bowman zur Begrüßung mit einem Holzlöffel, den er in seine Komposition eintauchte.

»Probier mal.«

Bowman leckte den Löffel ab.

»Es schmeckt köstlich.«

»Natürlich. Und es ist noch nicht mal geschmort. Wenn die Töpfe erst mal über Nacht im heißen Wasser gestanden haben, vermischen sich die einzelnen Geschmacksrichtungen und bilden neue Geschmacksvarianten. Trotzdem bleiben die ursprünglichen Aromen erhalten, zusammen mit den neuen, die dazukommen. Hast du gemerkt, wie die nussige Schärfe der Palmherzen durch den Ingwer gemildert wird? Ich vergleiche das mit singenden Stimmen. Wenn man die richtigen Töne trifft, bilden sie einen Akkord und ein ganz neuer Ton kommt heraus.«

Der dicke Mann machte einen so glücklichen Eindruck bei seiner Kocherei, dass sich Bowman allmählich fragte, ob es vielleicht gar kein dunkles Geheimnis gab. Dennoch wandte er sich an seinen Gastgeber: »Ich wollte Ihnen eine Frage stellen, Captain. Über die Gräber.«

»Ah! Meine armen Gefährten!«

»Sie kennen die Leute, die dort begraben liegen?«

»Niemand liegt dort begraben, mein Freund. Obwohl meine Gefährten sicher tot sind, da habe ich keinen Zweifel. Du berührst damit sehr schmerzliche Erinnerungen.«

»Das tut mir Leid. Möchten Sie lieber nicht darüber reden?«

»Doch, doch. Es ist gut, sich zu erinnern. Wozu habe ich den Friedhof sonst angelegt? Er ist meine Gedenkstätte für sie. Ich gehe von Zeit zu Zeit dorthin und stelle mir vor, sie würden dort in Frieden ruhen. Dann spreche ich ein paar Worte. Das erleichtert die Einsamkeit.«

Das klang recht überzeugend, obgleich der Einfall ungewöhnlich war.

»Es sind keine Leichen in den Gräbern?«

»Sie sind eher eine Art Denkmal. Ich hätte meine Gefährten ja begraben, wenn es mir möglich gewesen wäre. Aber dort, wo sie gestorben sind, war der Boden gefroren und hart wie Stein.«

Verwirrt tastete sich Bowman in die Gedanken des dicken Mannes. Er fand dort das stille, schmerzende Gefühl eines Verlusts, das zu seinem traurigen Tonfall passte. Doch als er sich ein Stück weiter vortastete, entdeckte er erschrocken ein sehr viel stärkeres Gefühl: eine tiefe, furchtbare Schwermut.

Ich bin verloren, hörte er den Captain tief in seinem Herzen weinen. *Ich bin verloren.*

Bowman war verblüfft. Dieser Mann lebte in einem kleinen Paradies. Er liebte das Essen und behauptete in seinem Lied, dass niemand so froh sei wie er. Was konnte die Ursache für einen solch gewaltigen Kummer sein?

»Du fragst dich sicher, was aus meinen Gefährten geworden ist«, fuhr der Captain fort, der von Bowmans Entdeckung nichts bemerkt hatte. In seiner Stimme schwang keinerlei Angst mit und beim Reden rührte er weiter in seinen Töpfen, schmeckte die Marinade ab und verfeinerte sie.

»Ja«, antwortete Bowman.

»Wir waren eine Schiffsmannschaft, die Besatzung der Stella Marie. Vor der Küste von Loom gerieten wir in einen Sturm. Unser armes Schiff wurde auf die Felsen getrieben und zerschellte. Wir wurden alle ans Ufer gespült, alle dreiundzwanzig von uns, und schworen uns, nie wieder im westlichen Ozean zu segeln.«

»Und Sie waren der Kapitän?«

Canobius blickte sich um und senkte die Stimme.

»Ich war der Schiffskoch. Vergib einem einsamen Mann seine kleine Eitelkeit.«

»Jetzt sind Sie auf jeden Fall ein Kapitän«, meinte Bowman.

»Das bin ich. Ah, die Ärmsten! Unser Schiff war zerstört. Also machten wir uns auf den Weg über die Hügel, zu den ruhigeren Gewässern im Osten. Wir wollten den Schiffseignern dort unsere Dienste anbieten. Doch der Winter war früh in jenem Jahr. Wir hatten nicht viel anzuziehen. Es war sehr hart für uns.«

Er schüttelte den Kopf und kostete vorsichtig an einem Löffel mit seinem Gericht.

»Das Einzige, was ich wirklich vermisse, ist Salz«, murmelte er.

»Ihre Gefährten starben in jenem Winter?«

»Ja. Einer nach dem anderen. Ich dachte, ich müsste auch sterben. Doch ich war schon damals ein kräftiger Kerl. Zweifellos bin ich nur deshalb nicht umgekommen, weil ich so dick war. Als ich schließlich die Insel hier fand, war außer mir keiner mehr übrig.«

»Wie lange ist das jetzt her?«

»Oh, viele Jahre. Ich hab den Überblick verloren. Hier gibt es ja keine Jahreszeiten.«

»Und dann?«

»Und dann kam das, was du jetzt siehst. Mein Leben hier – einsam, aber glücklich.«

Er strahlte Bowman an. Bowman fiel nichts ein, was er noch hätte sagen können, daher kehrte er zum Wagen zurück. Hier fiel sein Blick erneut auf den schlafenden Kater.

»Ich hab noch nie erlebt, dass Nebel so lange geschlafen hat«, sagte er zu sich selbst.

Er kniete sich hin und hielt den Kopf ganz dicht an Nebels Kopf. Jetzt konnte er die gleichmäßigen Atemzüge des Katers hören. Vorsichtig berührte er Nebels Ohr. Das Ohr zuckte aus einem Reflex heraus, aber der Kater wachte nicht auf. Bowman streichelte seinen Rücken und ließ seine Hand vom Nacken bis zum Schwanz gleiten, doch auch das weckte ihn nicht.

Besorgt neigte Bowman den Kopf noch näher zu ihm und tastete sich ins Gehirn des Katers. Er fand keine Gedanken dort, zumindest keine, die sich in Worten ausdrücken ließen. Stattdessen stieß er auf ein Gefühl, oder den Traum von einem Gefühl. Es war eine äußerst merkwürdige Verbindung zweier unterschiedlicher Empfindungen: Die erste war Glück, ein großes Glücksgefühl, das den Kater vollkommen erfüllte, und die andere ein Dahinschwinden, als würde der Kater immer kleiner oder als entfernte er sich immer mehr.

Bowman stellte fest, dass es ihm nicht gelang, seinen Freund aufzuwecken, daher flüsterte er ihm ins Ohr: »Verlass mich nicht, Nebel.«

Das Ohr des Katers zuckte wieder und er schlief weiter.

10

Captain Canobius' Festmahl

Seit die beiden Gruppen unterschiedliche Pläne für den folgenden Tag gefasst hatten, gingen sie gehemmt miteinander um und schliefen in dieser Nacht getrennt. Sisi und Lunki lagen dicht neben den eng aneinander gekuschelten Haths. Sie alle schliefen ohne Decken, da die Temperatur der schwülen Luft im Tal nach Sonnenuntergang nur wenig sank.

Bowman hatte verworrene Träume, wachte nachts auf und konnte nicht wieder einschlafen. Ihn quälte das beunruhigende Gefühl, dass irgendetwas Schlimmes im Tal lauerte, etwas, das er übersah. Er wollte seine Freunde, die sich dafür entschieden hatten, hier zu bleiben, warnen, doch was sollte er ihnen sagen? Canobius verbarg irgendeine schreckliche Angst, da war er ganz sicher, aber er konnte sie an nichts festmachen.

Es gab keinerlei Licht im wolkenverhangenen Tal, nicht den schwächsten Schimmer eines Sterns. Bowman konnte die Augen öffnen und dann wieder schließen ohne einen Unterschied zu bemerken. Vielleicht waren seine anderen Sinne genau deshalb geschärft. Er hörte das gleichmäßige Atmen jedes Mitglieds seiner Gruppe und konnte jede einzelne Bewegung verfolgen, die die anderen im Schlaf machten. Auch spürte er, wie weit sie jeweils von ihm entfernt waren. Und diese geschärften Sinne verrieten ihm, dass er nicht als Einziger wach war.

Jemand hatte sich aufgesetzt. Er hörte ein Ausatmen. In dieser Dunkelheit erkannte man jemanden ebenso gut an einem einzelnen Atemzug wie an seiner Stimme.

»Sisi? Bist du wach?«

»Ja.«

»Was ist?«

»Nichts. Ich wache oft nachts auf.«

»Das hier ist mehr als Nacht. Ich hab noch nie eine solche Finsternis erlebt. Ich kann nicht mal meine eigene Hand sehen.«

»Stört dich das?«

»Nein.«

Sie sprachen ganz leise, um die anderen nicht aufzuwecken. Beide fühlten sich durch die Stimme des anderen getröstet. Sie gab der Dunkelheit eine Gestalt.

»Mir gefällt, dass du mich nicht sehen kannst«, sagte Sisi.

»Warum?«

»Du weißt doch, warum.«

»Wegen deiner Narben?«

»Ja.«

»Du irrst dich, Sisi. Du denkst, deine Narben machen dich hässlich. Aber das stimmt nicht.«

»Das sagst du nur, um nett zu sein. Mir wäre lieber, du würdest die Wahrheit sagen anstatt nett zu sein.«

»Ich sage dir die Wahrheit.«

Einen Moment lang schwiegen sie beide. Dann sprach Sisi ganz leise weiter.

»Ach, Bowman. Wenn ich immer noch schön wäre, würdest du mich so lieben wie ich dich.«

Bowman wusste kaum, was er darauf antworten sollte. Diese Finsternis war sonderbar. In ihr konnte man Dinge sagen, die man bei Licht niemals sagen würde.

»Du bist immer noch schön«, erwiderte er schließlich. »Schöner sogar.«

»Aber du liebst mich nicht.«

Bowman schwieg.

»Ich finde es komisch, dass du mich nicht liebst«, fuhr Sisi nach einer Weile fort. »Alle haben mich immer geliebt. Und ich liebe dich. Wie kann in mir so viel Liebe stecken und so wenig in dir?«

Sie klang nicht vorwurfsvoll, nur aufrichtig verwirrt und traurig.

»Ich kann dich nicht lieben, Sisi. Das hab ich dir doch schon gesagt. Irgendjemand kommt bald zu mir und nimmt mich mit und dann sehen wir beide uns nie wieder.«

»Warum nicht? Wo gehst du hin?«

»An einen Ort namens Sirena.«

»Und du kommst nie mehr zurück?«

»Ich werde dort sterben, Sisi. Bevor der Winter vorbei ist.«

»Sterben?« Ihr Tonfall änderte sich. »Du kannst mich nicht lieben, weil du bald sterben wirst?«

»Ja.«

»Aber das ist doch genau verkehrt. Wenn du wirklich bald stirbst, solltest du mich jetzt lieben, bevor es zu spät ist.«

»Und dich dann verlassen?«

»Ja.«

»Das kannst du nicht wirklich wollen.«

»Doch.«

»Oh Sisi.«

»Du kannst ›Oh Sisi‹ sagen, so viel du willst, aber als du mich geküsst hast, hat es dir gefallen. Tu nicht so, als hätte es dir nicht gefallen.«

»Du hast Recht. Aber was hat das für einen Sinn?«

»Was hat es für einen Sinn, sich zu küssen? Es hat keinen Sinn. Man macht es einfach so. Wenn du alles immer nur tust, weil daraus irgendwas anderes folgt, wann kommst du dann jemals ans Ende?«

Bowman musste lächeln und fragte sich, ob sie es merkte.

»Bei dir klingt immer alles so einfach.«

»Es ist einfach. Wegen dem, was du gesagt hast. Du hast gesagt, du stirbst bald. Verstehst du denn nicht, wie einfach alles dadurch ist?«

Er war beeindruckt. Früher einmal hatte er Sisi für ein dummes Kind gehalten. Doch je besser er sie kannte, desto weniger schien das zu stimmen.

»Alles, was du jemals in deinem Leben getan haben könntest, musst du jetzt tun oder du tust es nie.«

»Ja, wahrscheinlich hast du Recht.«

»Jetzt, Bowman. Weißt du, was ›jetzt‹ bedeutet?«

»Ich glaube schon.«

»Es bedeutet ›jetzt‹.«

Eine Stille trat ein – eine Stille, die in der Dunkelheit wie Donner dröhnte. Bowman ertappte sich dabei abzuschätzen, wie weit sie wohl voneinander entfernt saßen. Wenn er jetzt die Hand ausstreckte …

Er streckte die Hand aus. Erschrocken spürte er Sisis Fingerspitzen. Sie streckte ihm ihre Hand entgegen.

Sie legten die Hände aneinander und ohne ein Wort zu sagen umschlangen sie die Finger zum geheimen Freundschaftszeichen. Ohne ein Wort zu sagen beugten sich beide vor, bis sie den Atem des anderen auf den Wangen spürten und sich an der Stirn berührten. Ohne ein Wort zu sagen küssten sie sich.

Den Rest dieser warmen Nacht lagen sie sich eng umschlungen und vollkommen lautlos in den Armen. Als es zu dämmern begann, trennten sie sich und waren sich einig, dass alles, was zwischen ihnen geschehen war, der Dunkelheit angehörte und bei Tagesanbruch wie ein Traum entschwinden musste.

Die Manth wachten auf, streckten und wuschen sich. Ihre üblichen Unterhaltungen am Morgen waren gedämpfter als sonst, denn dies sollte der Tag der Trennung sein. Canobius war bereits auf den Beinen und mit seinen Töpfen beschäftigt, die nun fast bis zum Rand im brodelnden Wasser des Sees standen. Neben den drei großen Töpfen stand ein kleiner Topf, in den er nun Zutaten aus seinem Vorrat einrührte.

Hanno Hath wies seine Gruppe an den Wagen zu beladen und alles für ihre Abreise vorzubereiten. Bowman schüttelte Nebel. Diesmal wachte er auf. Er hatte einen ganzen Tag und eine Nacht geschlafen.

»Gott sei Dank! Ich dachte schon, irgendwas stimmt nicht mit dir.«

»Ach, Junge«, erwiderte Nebel, immer noch im Halbschlaf. »Ich war so weit weg! Muss ich zurückkommen?«

»Wir brechen bald auf. Du kannst doch nicht ewig schlafen.«

»Doch, Junge, doch. Ich kann ewig schlafen. Was für ein glücklicher Schlaf. Sollte ewig weitergehen.«

Diese verträumte Zufriedenheit sah Nebel überhaupt nicht ähnlich. Bowman sah sich den Kater genauer an.

»Ich glaube, du bist vielleicht krank, mein Nebel.«

»Das Leben ist eine Krankheit«, murmelte Nebel. »Und das Heilmittel ist der Tod.«

»Na so was! Du bist nicht krank, sondern betrunken!«

Er hob Nebel auf, der ganz schlaff in seinen Armen lag, trug ihn zum nächsten Bach und warf ihn hinein. Der Kater sank wie ein Stein, kam jedoch mit einem Mal wieder zu sich und paddelte hektisch ans Ufer.

»Geht's dir jetzt besser?«

»Ganz im Gegenteil«, entgegnete Nebel und schüttelte sich trocken. »Und da du weder nützlich noch anziehend oder unterhaltsam bist, würde ich es vorziehen, wenn du mich allein lässt.«

»Das ist ganz mein Nebel«, stellte Bowman erleichtert fest.

Auf die Bitte seiner Frau hin appellierte Hanno ein letztes Mal an die zwanzig Manth, die sich entschlossen hatten im Tal zu bleiben.

»Ihr könnt es euch immer noch anders überlegen.«

»Das Gleiche wollte ich dir auch sagen«, erwiderte Branco Such. »Gib doch diesen dummen Plan auf, Hanno. Der Winter ist bald vorüber.«

»Wir brechen in einer Stunde auf«, kündigte Hanno an.

»In einer Stunde! Was ist mit dem Festessen des Captains? Ihr könnt doch nicht das Abschiedsmahl verpassen.«

»Wir brauchen alles Tageslicht, das wir kriegen können«, entgegnete Hanno und kehrte zum Wagen zurück.

Mrs Chirish wurde zu Captain Canobius hinübergeschickt, um ihn zu fragen, ob sie auch sofort mit dem Festmahl anfangen könnten.

»Aber es ist noch nicht fertig«, rief der Captain. »Ich brauche noch eine gute Stunde. Die Morgenkräuter sind gerade erst in den Kochtopf gewandert.«

»Unsere Freunde wollen schon aufbrechen, wissen Sie«, erklärte Mrs Chirish.

»Na und?«, ereiferte sich Canobius. »Mein Essen ist nicht für die, die gehen, sondern für die, die bleiben. Und für Sie, verehrte Dame, habe ich etwas ganz Besonderes zubereitet, das ich mit Ihnen gemeinsam genießen werde.« Er senkte die Stimme. »Pfannkuchen aus Maismehl, mit weißen Trüffeln! Ich habe die Trüffeln extra für einen besonderen Anlass aufbewahrt. Sie reichen gerade für zwei.«

»Ich hab noch nie Trüffeln gegessen«, sagte Mrs Chirish.

»Madam, dann haben Sie noch nicht richtig gelebt.«

Mrs Chirish kehrte zu den anderen zurück und erläuterte ihnen, warum das Essen nicht vorgezogen werden konnte und dass sie weiße Trüffeln bekommen sollte.

Nun wurden die Pferde vor den Wagen gespannt. Creoth trieb seine drei Kühe zusammen. Tanner Amos verstaute das letzte Holz, das er gehackt hatte, auf der Ladefläche. Es war an der Zeit, sich zu verabschieden.

»Wir kommen im Frühling nach«, versprach Miko Mimilith. »In ein paar Wochen sind wir alle wieder zusammen.«

Die kleinen Mädchen drängten sich um Mumpo, umarmten ihn und weinten. Silman Pillish hustete, räusperte sich und hustete wieder.

»Ein trauriger Tag«, stellte er fest. »Unsere Pflicht gegenüber den Kleinen. Harter Winter. Ein trauriger Tag.«

Creoth sprach kurz mit Mrs Chirish.

»Nun, Madam, ich hoffe, Sie wissen, was Sie tun.«

Mrs Chirish nahm Mumpo in den Arm und weinte.

»Oh Mumpie! Mein Mumpie!«

»Es ist ja nicht für lange, Tantchen. Wein doch nicht.«

Miller Marish schüttelte allen die Hand und sagte: »Wir tun es für die Kinder.«

Nach und nach verabschiedeten sich alle voneinander.

»Wenn es so weit ist«, sagte Hanno, »geht in Richtung Norden, über den Fluss und über die Berge. Wir werden auf euch warten.« Doch sein Gesichtsausdruck drückte etwas anderes aus.

So machte sich die kleine Gruppe schließlich auf den Weg: Bowman und Mumpo wie üblich vorn, dahinter Kestrel, Sisi, Lunki und Pinto. Danach kam Seldom Erth mit den zwei Pferden und dem Wagen. Hanno und Ira gingen hinter dem Wagen. Nun folgten die drei Kühe Gelbbraune, Stampfer und Träumer. Das Schlusslicht bildeten Creoth und der kleine Scooch.

Schweigend gingen sie den Weg durch den dichten Dschungel zurück, den sie gekommen waren, immer am rauschenden Bach entlang. Sie waren traurig, weil sie ihre Freunde zurücklassen mussten, und fürchteten sich vor dem Winter, der außerhalb des Tals auf sie wartete. Bowman schwirrten lauter unbeantwortete Fragen durch den Kopf.

Warum hatte Canobius so schreckliche Angst gehabt? Was hatten die Schweine damit gemeint, als sie sagten, die Menschen in den Gräbern seien gestorben, weil sie zu glücklich waren? Es lagen keine Menschen in den Gräbern. Der Captain hatte die Gräber als Gedenkstätte für seine toten Schiffskameraden angelegt. Der Captain war gar kein Kapitän, sondern ein Koch. Er hatte ein Festmahl bereitet, aber es war nicht für die, die weggingen, sondern für die, die blieben. Mrs Chirish sollte weiße Trüffeln bekommen. Das Tal eignete sich besonders für dicke Leute. Männer und Frauen zusammen ergeben Babys. Münder und immer noch mehr Münder.

Die Fragen und einzelnen Satzfetzen, an die er sich erinnerte, stürmten auf ihn ein, doch er konnte nichts damit anfangen. Er hatte das zermürbende Gefühl, dass er sie irgendwie in die falsche Reihenfolge brachte und dass er ihren Sinn verstehen würde, wenn er sie nur richtig ordnete.

Die üppige Vegetation wurde nun von robusteren Bäumen abgelöst und die Luft war kühler. Sie kamen an der Stelle vorbei, wo Nebel den Vogel gejagt und Bowman zu den drei Reihen von Gräbern geführt hatte.

Fünf. Acht. Dreizehn.

Sechsundzwanzig Gräber. Wie viele Besatzungsmitglieder hatte die Stella Marie gehabt? Dreiundzwanzig, hatte der Captain gesagt, also zweiundzwanzig ohne ihn selbst. Warum gab es vier zusätzliche Hügel?

»Halt!«

Die kleine Kolonne kam hinter ihm zum Stehen.

»Irgendetwas stimmt hier nicht. Mumpo, ich brauche deine Hilfe.«

»Was ist denn, Bo?«, wollte sein Vater wissen.

»Ich verrate es euch, wenn ich Recht habe.«

Er führte Mumpo durch die Bäume zum Friedhof. Da waren die Hügelreihen, ordentlich und gepflegt, so wie er sie zuvor gesehen hatte.

»Der Captain hat mir gesagt, unter diesen Erdhügeln liegt nichts«, erklärte er Mumpo. »Aber ich möchte mich selbst davon überzeugen.«

Sie suchten sich den Hügel aus, der am frischesten aussah, und trugen mit bloßen Händen die Erde ab. In diesem feuchtwarmen Klima war sie weich und löste sich in zähen Klumpen. Eine Zeit lang fanden sie nichts als Erde. Dann stießen ihre wühlenden Finger auf etwas, das keine Erde war. Nun scharrten sie vorsichtiger, wischten die Erde herunter und fanden Stoff. Behutsam legten sie den Stoff frei. Dort wo er aufhörte, lagen mehrere Erdwülste, die härter waren als der Boden, den sie bisher weggescharrt hatten. Nur dass das hier keine Erde war. Sondern Haut und Knochen. Es war der verwesende, erdverkrustete Handrücken eines Toten.

Vorsichtig, respektvoll und leicht zitternd deckten sie das Grab wieder zu, dessen Ruhe sie gestört hatten, und erhoben sich. Mumpo schaute Bowman fragend an.

»Warum hat der Captain behauptet, die Gräber seien leer?«

Bowman dachte an das Gefühl zurück, das er tief in Canobius' Innerem entdeckt hatte. War das wirklich Angst gewesen?

Ich bin verloren.

Münder und immer noch mehr Münder. Die Insel kann man nicht verlassen. Menschen sterben daran, dass sie zu glücklich sind. Mrs Chirish soll weiße Trüffeln essen. Ein glücklicher Schlaf, hatte der Kater gesagt. Sollte ewig weitergehen.

»Schnell!«, rief Bowman. »Wir müssen zurück!«

Er hatte keine Zeit für Erklärungen.

»Er wird sie alle umbringen!«, schrie Bowman. »Ich muss ihn aufhalten!«

Er und Mumpo rannten los. Die anderen wendeten den Wagen und folgten, so schnell sie konnten.

Die zwanzig Manth, die zu bleiben beschlossen hatten, hatten sich in einer ordentlichen Reihe aufgestellt und warteten auf ihre Portion des Festmahls. Die dampfende Mischung verströmte einen appetitanregenden Duft. Captain Canobius hielt die Schöpfkelle mit einem strahlenden Lächeln über den Topf.

»So etwas Leckeres haben Sie in Ihrem ganzen Leben noch nicht gegessen, das verspreche ich Ihnen!«

Er hatte die Schöpfkelle gerade in den Topf getaucht, als sie alle von Fußgetrappel überrascht wurden. Sie drehten sich um und erblickten Bowman und Mumpo, die zwischen den Bäumen hervorstürmten.

»Esst es nicht!«, schrie Bowman und schnappte nach Luft. »Es ist vergiftet! Er will euch alle umbringen! Er hat schon andere Reisende vor uns umgebracht! Ihr alle habt ihre Gräber gesehen!«

Große Verwunderung breitete sich auf den Gesichtern aus. Alle Blicke richteten sich auf Canobius. Er machte einen genauso überraschten Eindruck wie seine Gäste.

»Sie umbringen?«, rief er. »So ein Unsinn! Ich weiß nicht, wovon er redet.«

»Dann essen Sie es selbst.«

Bowman war wieder zu Atem gekommen. Er sprang auf das Deck der Stella Marie, nahm Canobius die randvolle Kelle aus der Hand und hielt sie ihm vor den Mund.

»Essen Sie es selbst!«

Canobius nahm die Kelle. Er schaute von Bowman auf das Essen und dann äußerst würdevoll wieder zu Bowman.

»Ich esse es selbst«, antwortete er. »Mit dem größten Vergnügen.«

Er setzte sich auf das Deck, führte die Kelle an seine Lippen und aß einen Mund voll von seinem Palmherzeneintopf.

»Irre ich mich etwa?«, fragte Bowman. »Ich dachte, Sie hätten eine giftige Pflanze entdeckt, die einen für immer schlafen lässt. Ich dachte, Mrs Chirish bekäme ein besonderes Essen, weil sie als Einzige am Leben bleiben soll.«

»So ein Unsinn!«, rief Mrs Chirish. »Warum sollte er das tun?«

»Münder und immer mehr Münder«, antwortete Bowman. »Er glaubt, zu viele Münder würden sein Paradies aufzehren.«

»Schaut ihn euch an!«, sagte Branco Such. »Er isst es doch selbst! Wie kann es dann vergiftet sein?«

Alle beobachteten den dicken Mann, der einen weiteren Löffel voll aus dem Topf schöpfte. Doch als er aß, fing er plötzlich an zu weinen. Tränen liefen über seine runden Wangen. Dann aß er einen weiteren Löffel voll. Die Manth schauten bestürzt zu.

»Kann das wahr sein?«

Diejenigen, die ganz vorn am Topf standen, bekamen plötzlich Angst und machten einen Schritt zurück.

»Wenn das wahr ist«, sagte Branco Such mit wachsendem Zorn, »hat er es verdient zu sterben!«

Als stille Antwort verspeiste Canobius schluchzend noch mehr von seinem Eintopf.

Die Manth betrachteten ihn in fasziniertem Entsetzen. Nur die gute Mrs Chirish bekam Mitleid mit ihm.

»Der Ärmste!«, jammerte sie. »Können wir denn gar nichts tun?«

Ihre Warmherzigkeit rüttelte den dicken Mann schließlich aus seinen Schluchzern auf.

»Verehrte Dame«, sagte er zu ihr. »Es wird eine Erlösung sein. Ich habe so lange solche Angst gehabt.«

Während er sprach, verzog er die prallen Wangen zu einem sonderbaren Lächeln. Dann begann er laut zu kichern. Die Tränen liefen ihm noch immer übers Gesicht. Dieses Lächeln und Kichern wirkte beinah noch bedrückender als sein stiller Kummer zuvor.

»Aber Captain«, fragte Mrs Chirish, »wie konnten Sie das nur tun?«

»Sie wären sowieso gestorben, verehrte Dame.« Damit brach er in offenes Gelächter aus. »Was ist denn das Leben schon außer einer einzigen langen Qual, die durch den Tod beendet wird?« Er brüllte vor Lachen und wackelte dabei hin und her. »Zumindest erspare ich ihnen das. Diejenigen, die ich umbringe, sterben glücklich.«

»Sie sterben daran, dass sie glücklich sind«, sagte Bowman.

»Ja! Er hat ja so Recht! Sie sterben daran, dass sie glücklich sind!« Er lachte und lachte und weinte und weinte.

»Das kommt von dem Gift«, erklärte Bowman den anderen. »Ich weiß nicht, was es ist, aber es macht einen so glücklich, dass man davon stirbt.«

»Er hat Recht! Er hat's kapiert! Schaut mich an – verloren, aber glücklich! Gebt mir noch eine Schale voll! Das ist der beste Eintopf, den ich je gekocht habe! Nur ein paar

Blätter von einer speziellen kleinen Pflanze und er bekommt einen ganz besonderen Pfiff! Wer ist so glücklich wie ich, na? Es selbst essen? Mit dem größten Vergnügen!«

Er bog sich vor Lachen.

»Ich habe nie etwas anderes gewollt als irgendwann einmal selbst glücklich sein zu dürfen.« Er streckte Mrs Chirish eine Hand entgegen. »Sie, verehrte Dame, hätten mich glücklich gemacht. Dick sein heißt glücklich sein! Ein Hoch!«

Sein feister Körper zitterte, als wäre er geschlagen worden. Dann erholte er sich wieder, brach erneut in schallendes Gelächter aus und begann sein Lied zu trällern.

Wer ist so glücklich wie i-hi-hich?
Glücklicher kann man nicht sein
Keinen Glücklicheren als mi-hi-hich
Hippy … dippy … dudel-dei …

Seine Stimme verstummte. Seine Augen schlossen sich. Das Lächeln in seinem Gesicht wurde breiter und breiter. Er tat einen letzten langen, vollkommen zufriedenen Atemzug und fiel in einen tiefen Schlaf.

Eine Stunde später war er tot.

Neun Personen mussten die massige Leiche hochheben und sie auf das Deck des Schiffes legen. Sie deckten sie mit Segeltuch zu und beschwerten es mit Steinen. Mehr konnten sie nicht tun.

Als die Luft kalt wurde und der Wind die ersten Schneeflocken herantrieb, machten die marschierenden Manth Halt und zogen ihre wärmste Kleidung an. Das üppige Tal lag jetzt unter ihnen. Niemand hatte nach dem Schock über Canobius' Tod dort bleiben wollen. Die Fruchtbarkeit und der Überfluss, die sie zuvor so begeistert hatten, fanden sie nun beängstigend: In den reifen Früchten, dem siedenden Wasser, ja sogar der Luft, so schien es ihren furchtsamen Sinnen, waren unsichtbare Gifte versteckt. Alle einunddreißig Männer, Frauen und Kinder hatten diesen Ort gemeinsam mit ihren zwei Pferden, drei Kühen und einem Kater verlassen. Niemand sprach von der Misshelligkeit, die sie entzweit hatte. Diejenigen, die im Tal hatten bleiben wollen, schämten sich und diejenigen, die hatten gehen wollen, waren froh, dass ihr kleiner Trupp wieder vereint war.

Der Wagen war bis obenhin mit Proviant und Brennholz voll gepackt. Bek Shim und Lolo Mimilith zogen einen behelfsmäßigen Schlitten hinter sich her, auf den sie weitere Vorräte geladen hatten. Sie hatten genügend Essen, Wasser und Holz für mehrere Tage, sicher auch genügend, um den Fluss zu erreichen – solange sie in Bewegung blieben.

Als sie das Ende des Tals erreichten und auf schneebedeckten Boden traten, blieben sie erneut stehen und schoben die Kufen unter die Räder des Wagens. Sie blockierten die Räder und fixierten die Kufen mit Holzstiften, die sie so lange einhämmerten, bis sie fest saßen. Als sie dann weiterzogen, glitt der Wagen über den Schnee und die Pferde kamen stetig voran.

Allmählich lichtete sich der Dunst und der Schneefall wurde dichter, so dass sie nicht mehr weit sehen konnten.

»Nun?«, fragte Hanno Hath seine Frau.

»Ganz gut«, antwortete sie.

»Spürst du es?«

»Ich spüre es, Hannoka.«

Sie spürte wieder die ferne Wärme der Heimat auf dem Gesicht. Mit jedem Schritt kamen sie ihr näher.

Gegen Mittag rissen die Schneewolken auf. Auf einmal konnten sie kilometerweit sehen. Das hügelige weiße Land erstreckte sich zu beiden Seiten und glitzerte im hellen Sonnenlicht. Und vor ihnen, hinter der schneebedeckten Ebene, lag der dunkle Streifen des Waldes. Über dem Wald ragten die Berge auf.

11
Wintermorgen

Kestrel marschierte durch die weiße Landschaft. Jeden ihrer Schritte setzte sie in die Fußstapfen von Bowman und Mumpo, die die Spitze des Zuges bildeten. Sie ging allein. Hinter ihr folgte der Rest der Manth, zumeist schweigend, nur ihre gleichmäßigen Schritte knirschten im lockeren Schnee. Kestrel hörte das Stapfen der Pferdehufe, das Knarren und Zischen der Kufen und gelegentlich den Schrei eines Kindes. Aber niemand verschwendete kostbare Energie fürs Sprechen. Es war bitterkalt und alle wussten, dass sie so weit wie möglich kommen mussten, um vor dem nächsten Schneefall hoffentlich den schützenden Wald zu erreichen.

Ira Hath lag jetzt im Wagen. Sie hatte beteuert kräftig genug zu sein und wie die anderen gehen zu können, aber Hanno hatte durchgesetzt, dass sie im Wagen fuhr. Alle merkten, wie dünn sie wurde, obwohl es niemand laut aussprach. Wenn Kestrel daran dachte, dass ihre Mutter mit jedem Tag schwächer wurde, fühlte sie sich so unglücklich, dass sie es kaum ertragen konnte. In solchen Momenten tastete sie nach der silbernen Stimme, die direkt auf ihrer Haut an einem Band um ihren Hals hing. Sie glaubte nicht daran, dass dieser schlichte Anhänger, den das Sänger-Volk vor so langer Zeit angefertigt hatte, irgendeine magische Kraft besaß, die ihr helfen konnte. Doch er erinnerte sie daran, dass sie und ihr Bruder Teil eines größeren Plans waren, auch wenn das schwer zu glauben war. Ihre Mutter hatte das alles vorhergesehen und ihre Schwäche war daher notwendig.

Kestrel hatte den Blick beim Gehen auf Bowman gerichtet: auf diese schmale, vertraute Gestalt, mit der sie immer alles geteilt hatte. Nun schritt er vor ihr und war ihr ziemlich weit voraus. Trotz der körperlichen Distanz zwischen ihnen spürte sie seine Stimmung. Er hatte ihr nichts gesagt, doch sie wusste so genau, als hätte er es ihr gegenüber erwähnt, dass sich in ihm etwas verändert hatte, etwas, das mit Sisi zu tun hatte. Kestrel hatte seit längerem damit gerechnet, es sogar irgendwie gehofft, doch jetzt, wo es so weit war, fürchtete sie sich.

Wir bleiben zusammen, mein Bruder. Immer zusammen.

Noch während sie diese Worte formulierte, wusste sie, dass die Zeit ihrer Trennung kommen würde. Wenn dies eintrat, würde es Bowman helfen, jemanden zu haben, der für ihn da war.

Kestrel wandte den Blick ab und sog die eisige Luft tief ein. Das waren keine guten Gedanken. Es war besser, die Kälte auf den Wangen und die Müdigkeit in den Beinen zu spüren. Wenn sie diese Gedanken weiterverfolgte, würde sie am Ende die Einsamkeit finden, die auf sie wartete, die Einsamkeit, die sie nicht würde ertragen können.

Eine plötzliche Angst befiel sie und mit dieser Angst das unwiderstehliche Bedürfnis, mit Bowman zu reden und seine vertraute, wärmende Stimme in ihrem Innern zu spüren.

Bo!, rief sie ihm zu. *Ich brauche dich.*

Hier bin ich, antwortete er. *Ich bin immer für dich da.*

Ihre Ängste ließen nach. Kestrel schämte sich und war von Liebe und Dankbarkeit für ihren Bruder erfüllt.

Ich hab dich lieb, sagte sie.

Ich hab dich auch lieb, Kess, erwiderte er.

Sie stapften an einem Markierungspfosten vorbei. Diese Pfosten waren in früheren Jahren entlang der Straße aufgestellt worden, um Reisenden im Winter den Weg zu weisen, wenn das ganze Land von Schnee bedeckt war. Nur die Straße selbst war sicher. Zu ihren Seiten gab es tiefe Bodenspalten, in die Schnee hineingetrieben war, so dass sie nicht von festem Boden zu unterscheiden waren. Ein Wanderer, der sich zu weit vom Weg entfernte, musste damit rechnen, dass der Boden unter seinen Füßen nachgeben und er selbst in Sekundenschnelle in einem weißen Grab verschwinden konnte.

Creoth, der seine Kühe vorantrieb, war deshalb in ständiger Sorge. Im Moment verhielten sich die Tiere ruhig, stampften in einer Reihe hinter dem Wagen her und blieben auf der sicheren Straße. Doch jedes laute Geräusch, jede abrupte Bewegung konnte sie so erschrecken, dass sie auf die freien Felder zu beiden Seiten ausbrachen und auf die verborgenen tückischen Fallen zuliefen. Er überlegte, sie anzubinden, aber woran? An den Wagen konnte er sie nicht binden, den würden sie vielleicht mit von der Straße ziehen. Und er selbst war auch nicht stark genug, um eine in Panik geratene Kuh zurückzuhalten.

Also marschierte er still hinter ihnen her, redete ihnen zu und hoffte sie so ruhig halten zu können.

»Immer weiter, mein Träumer. Bald sind wir bei den Bäumen. Und dann ruhen wir uns aus, was? Immer weiter, meine Gelbbraune. Hinter den Bergen, da wächst das süße Gras und die Tage ziehen dahin, einer wie der andere. Immer weiter, mein Stampfer. Immer weiter.«

Während er so wanderte und laut mit den Kühen sprach, gesellte sich Mrs Chirish zu ihm und passte sich seinem Schritttempo an. Er ließ sich nicht anmerken, ob er sie bemerkt hatte oder nicht, sondern schenkte all seine Aufmerksamkeit weiter den Kühen. Also sprach sie ihn schließlich selbst an.

»Was für ein Geleier! Immer weiter, immer weiter! Wenn Ihre Kühe nur ein bisschen was im Kopf hätten, würden sie auf der Stelle stehen bleiben, nur um Ihnen eins auszuwischen.«

»Meine Kühe haben mehr im Kopf als manche Menschen«, entgegnete Creoth.

Schweigend stapften sie weiter, jeder ärgerte sich still über den anderen und keiner wollte als Erster nachgeben. Schließlich konnte Creoth seine Gefühle nicht länger zurückhalten.

»Der Kerl war so dick!«, rief er.

»Ich bin selbst ziemlich füllig«, erwiderte Mrs Chirish kühl.

»Nein, Madam. Erlauben Sie mir Ihnen zu widersprechen. Sie würde ich als gemütlich bezeichnen. Aber er war dick.«

»Gemütlich, sagen Sie?«

»Sie sehen aus wie eine Frau, die es gern gemütlich hat.«

»Das kann schon stimmen«, antwortete sie mit sanfterer Stimme. »Ich neige zu Gemütlichkeit und zu Torheit. Ich bin eine törichte Frau, seit ich zu alt dafür bin, ein törichtes

Mädchen zu sein, und eines Tages werde ich eine törichte alte Schachtel sein. Und mehr gibt's dazu nicht zu sagen.«

Danach waren sie wieder Freunde und Mrs Chirish half Creoth auf die Kühe aufzupassen, so fürsorglich, als wären es ihre eigenen.

Dunkle Wolken zogen sich über den Manth zusammen, doch es schneite nicht und sie kamen stetig voran. Die Straße vor ihnen war gut zu erkennen, da andere Wanderer sie nach dem letzten Schneefall schon platt getrampelt hatten. Und auch als sie sich jetzt dem Wald näherten, konnten sie vor sich ganz deutlich den weißen Streifen der Straße erkennen, der zwischen den dunklen Bäume hindurchführte.

Hanno Hath ging neben dem Wagen, damit ihn seine Frau sehen konnte.

»Wir werden den Fluss bei Einbruch der Dunkelheit erreichen«, sagte er zu ihr.

»Es ist nicht mehr weit.«

»Spürst du es noch?«

»Stärker denn je.«

Je mehr sie sich der Heimat näherten und je stärker sie deren warmen Anhauch im Gesicht fühlte, desto schwächer wurde Ira Hath. Stundenlang lag sie nun still auf ihrem Lager im Wagen, rührte sich nicht, sprach nicht und ließ ihr Leben noch einmal an sich vorbeiziehen. Sie erinnerte sich an die Zeit, als ihre Kinder geboren wurden und als sie noch klein waren; wie sie sich davor als junge Frau mit Hanno verlobt hatte; und wie sie davor, als sie selbst noch ein Kind war, in dem schönen alten Haus in Aramanths Scharlachrotem Bezirk gewohnt hatte. All das gab es nun nicht mehr. Aramanth war zerstört. Die Zeit der Grausamkeit war gekommen. Nun musste sie ihrem Volk weissagen wie ihr Vater zuvor.

Am späten Nachmittag setzte der Schneefall ein, den sie den ganzen Tag befürchtet hatten. Die Manth schleppten sich weiter, durch die schweren Flocken, die auf ihren Kapuzen und Ärmeln landeten und ihnen ins Gesicht wehten. Sie hatten schon viel schlimmere Zeiten als diese erlebt und der Wald war nicht mehr weit, daher folgten sie guten Mutes weiter der Straße.

Der kurze Wintertag ging zu Ende, als sie endlich die Bäume erreichten. Es schneite unvermindert weiter, doch im Wald wurden sie plötzlich von einer seltsam friedlichen Stimmung ergriffen. Die hohen, dunklen Äste bildeten ein schützendes Dach über ihnen. Die weiße Leere, die sie so lange umgeben hatte, wurde von Schatten abgelöst und das Knirschen der Pferdehufe und ihrer eigenen Stiefel klang näher und klarer, genau wie das Zischen der Kufen. Sie konnten ihren eigenen Atem hören und das Rascheln ihrer Kleidung beim Gehen. Doch das alles galt nur für den kleinen Bereich, in dem sie sich bewegten – von dort, wo sich nur wenige Meter entfernt die Finsternis zwischen den Bäumen ausbreitete, hörten sie gar nichts mehr.

Von der Ebene aus hatte der Wald wie ein schmaler Streifen am Fuß der Berge ausgesehen. Nun mussten sie feststellen, dass er viel größer war, als sie gedacht hatten. Sie würden den Fluss nicht bei Einbruch der Nacht erreichen.

Es wurde schnell dunkler hier, wo selbst mittags nur wenig Licht eindringen konnte. Hanno beschloss Halt zu machen.

»Lasst uns unser Lager aufschlagen, bevor wir gar kein Licht mehr haben.«

Also blieben sie an Ort und Stelle auf der Straße durch den Wald stehen, errichteten ein Feuer und breiteten die Wagenplane als Unterschlupf für die Nacht aus. Sobald die Flammen loderten, vertrieb ihr greller orangefarbener Schein das letzte Dämmerlicht und alles um sie herum wurde in undurchdringliche Finsternis getaucht. Hanno trug den jungen Männern auf, die ganze Nacht über abwechselnd Wache zu halten, denn wer konnte schon ahnen, welche Räuber oder wilden Tiere sich aus dem Wald anschleichen konnten, während sie schliefen? Sie brauchten jetzt nicht mehr mit Brennholz zu sparen und die Wachen hatten den Auftrag, das Feuer bis zur Morgendämmerung hell brennen zu lassen.

Unter dem Zeltdach, wo sich die Manth zum Schlafen zusammendrängten, malte der Feuerschein von draußen leuchtende Muster auf das ausgebreitete Segeltuch, der Innenraum jedoch blieb völlig dunkel. Hier schlief Ira Hath, die Hände in den Händen ihres Mannes. Pinto schlief neben ihrer Mutter und hatte einen Fuß ausgestreckt, der sanft an den Rücken des schlafenden Mumpo stieß.

Als Bowman an der Reihe war, Wache zu halten, nahm er seinen Platz vor dem leuchtenden Feuer ein, setzte sich mit gekreuzten Beinen auf eine Decke und wickelte sich eine zweite Decke um die Schultern. Er betrachtete die zerfallenden roten Tunnel im Feuer und merkte, wie sich die Gedankenkraft in ihm regte. Um sich die Zeit zu vertreiben, wählte er ein brennendes Stück Holz aus, hielt es mit den Gedanken fest und zog es in die Mitte des Feuers.

Er fand Gefallen an dem Trick und suchte sich ein weiteres Stück, das er durch eine kleine glühende Schlucht zwischen zwei rot brennenden Scheiten schob und stieß, bis es plötzlich selbst Feuer fing und in einer blauen Flamme emporloderte.

»Was machst du da?«

Das war Sisi, die zwischen dem Zeltdach und dem Feuer stand und ihn beobachtete. Wie lange stand sie schon da?

»Ins Feuer schauen.«

Sie kam zu ihm und setzte sich neben ihn. Er öffnete die Decke, damit sie auch darunter schlüpfen konnte.

»Ich will nicht mehr wissen, als du mir verraten willst«, sagte sie.

Also zeigte er ihr seine kleinen Kunststücke. Er hob einen Kiefernzapfen auf, der auf der zugeschneiten Straße lag, und trug ihn nur mit seiner Gedankenkraft in Sisis offene Hand. Sie nahm den Zapfen und schloss ihre schlanken Finger um ihn.

»Wie machst du das?«

»Ich weiß es nicht.«

»Was kannst du noch?«

»Ich kann in Erfahrung bringen, was du denkst. Zumindest kann ich es fühlen.«

»Es macht mir nichts aus, wenn du weißt, was ich denke. Ich habe keine Geheimnisse vor dir.«

»Ich kann es nur dann fühlen, wenn ich danach suche. Die meiste Zeit hab ich keine Ahnung. Es ist ziemlich anstrengend.«

»Suche jetzt.«

Sie schloss die Augen, um zu zeigen, dass sie jetzt etwas

ganz Besonderes dachte und er es herausfinden sollte. Er schaute sie an, wie sie so dicht neben ihm im Feuerschein saß, und dachte, wie schön sie doch war, und wie viel schöner noch durch ihre Narben. Er beugte sich dicht zu ihr hinüber, küsste sanft ihre vernarbte Wange und tastete sich in ihre Gedanken.

Als er herausfand, was sie dachte, lachte er – leise, um die anderen nicht aufzuwecken.

»Du stellst dir uns beide vor, herausgeputzt wie deine Eltern.«

Das Bild, das er in ihr gefunden hatte, wirkte komisch auf ihn: die reich verzierten goldenen Kronen und die steifen, mit Juwelen geschmückten Gewänder des Johana und der Johdi von Gang, wie übergroße Kostüme um seine und Sisis Gestalt drapiert, und sie beide saßen auf einem vergoldeten Thron.

»Wir sehen lächerlich aus. Wir sind doch kein Königspaar.«

»Du siehst ein Königspaar. Ich sehe ein Ehepaar. Mann und Frau. Vater und Mutter. Die Einzigen, die ich je gekannt habe.«

»Es tut mir Leid, Sisi. Ich hätte nicht lachen sollen.«

»Selbst lächerliche Menschen können sich lieben.«

»Natürlich. Ich hoffe, sie sind in Sicherheit.«

»Ich glaube schon. Sicher wurden sie aus der Stadt verbannt und leben irgendwo friedlich in einem kleinen Haus ganz weit weg, ohne Diener. Aber meine Mutter wird meinen Vater haben und mein Vater seine Hunde.«

»Woher weißt du das?«, fragte Bowman.

»Ich weiß es nicht. Ich hoffe es. Ich habe etwas Schreckliches getan, als ich mich für euch entschieden und meine Familie verlassen habe. Ich sage mir immer, eines Tages gehe ich zurück, suche nach ihnen und bitte sie um Verzeihung. Deshalb müssen sie am Leben sein und es muss ihnen gut gehen, damit ich sie wiederfinden kann.«

»Ganz bestimmt geht es ihnen gut.«

»Vielleicht begleitest du mich dann.« Dann erinnerte sie sich oder zumindest tat sie so, als wäre es ihr gerade eingefallen. »Oh, nein. Du musst ja fort. Du bist der Auserwählte. Musst du bald aufbrechen?«

»Ich glaube ja.«

»Ich wünschte, du würdest gehen, Bowman. Es fällt mir schwer darauf zu warten, dass du gehst.«

»Mir auch.«

Sisi war müde und legte sich neben Bowman hin, den Kopf auf seinen Schoß gebettet, und er streichelte sie in den Schlaf. Er selbst musste aufbleiben und Wache halten.

Kurz vor Sonnenaufgang wachten die Schlafenden unter dem Zeltdach auf. Bowman überlegte, ob er Sisi wecken und sie fortschicken sollte, entschied sich aber dagegen. Solche Dinge konnten nicht ewig verheimlicht werden.

Der kleine Scooch trat aus dem Unterschlupf und nickte Bowman zur Begrüßung zu, bevor er seine morgendlichen Tätigkeiten verrichtete. Bowman sah zu, wie er einen Topf mit Wasser auf das Feuer stellte, und hörte, wie die anderen aufstanden und sich die Klappen am Eingang der Plane raschelnd bewegten.

Er drehte sich um und sah Kestrel dastehen, die ihn mit fragendem Blick anblinzelte. Sie schaute ihn noch einen Moment lang verschlafen an und bemerkte dann Sisi auf seinem Schoß. Da lächelte sie, wandte sich um und tappte durch die Bäume davon.

Kestrel hatte gut geschlafen und war erfrischt aufgewacht. Sie spürte die eisige Luft in den Lungen und fühlte sich stark, jung und voller Hoffnung. Und plötzlich hatte sie den heftigen, überwältigenden Wunsch, allein zu sein.

Sie schritt leise über die dünne Schneedecke, die zwischen den Bäumen lag, bis zu einer Stelle, von wo man das Feuer nicht mehr sehen konnte. Ihre ziellosen Schritte führten sie weit von der Straße fort, über Wege, die sich die Tiere des Waldes gebahnt hatten, zwischen hohen Bäumen hindurch, in deren Schatten wenig wachsen konnte. Traurig war sie nicht, redete sie sich zu. Bowman und Sisi waren sich näher gekommen – das war keine Überraschung, sie hatte geahnt, dass das passieren würde. Und doch: Sie beide unter einer Decke zu sehen, seine Hand zu sehen, die über ihr Haar strich, während sie schlief – das hatte alles verändert.

Ein heller Lichtschein vor ihr erregte ihre Aufmerksamkeit. Sie lief tiefer in den Wald hinein und war froh sich immer weiter von ihrem Volk entfernen zu können. Jetzt erkannte sie, dass es ein Bündel Sonnenstrahlen war, die lang und schräg durch eine Lücke zwischen den Baumkronen hereinfielen. An der Stelle, wo er auf den schneebedeckten Boden traf, bildete er einen glitzernden, blendend hellen Kreis. Kestrel ging darauf zu, um in diesen Lichtkegel einzutauchen.

Kurz darauf trat sie aus dem Säulengang der dicht stehenden Baumstämme ganz unerwartet in eine weite, offene Lichtung, in die der Schein der aufgehenden Sonne hereinströmte. Kestrel blieb stehen, schaute und staunte. Die Strahlen der niedrig stehenden Sonne fielen zwischen den Ästen der umstehenden Bäume hindurch und malten grell leuchtende Flecke und samtig dunkle Streifen auf den hellen Boden der Lichtung. Die Bäume im Osten zeichneten sich vor einem strahlenden Himmel ab, während die Bäume im Westen in ein Licht getaucht wurden, das jeden Stamm mit einem goldenen Rand versah. Die Lichtung schimmerte in der aufgehenden Sonne wie ein Zaubersaal und Kestrel, die dies alles in einem kurzen prachtvollen Augenblick erleben durfte, sah darin ein Versprechen, das ihr gegeben wurde, eine Zusicherung, dass sich alles, was ihr jetzt dunkel erschien, eines Tages erhellen würde.

Langsam trat sie in die Mitte der Lichtung hinein. Die ganze Zeit über veränderte sich das Licht um sie herum. Sie fand den Mittelpunkt des Lichts und spürte die Sonnenstrahlen, die auf ihre Wange trafen und ihre Hände beleuchteten, als sie sie vor sich hochhielt. Spontan schloss sie die Augen, reckte die Hände hoch in die Luft, wandte den Kopf nach oben, drehte sich im Kreis und fühlte abwechselnd grelles Licht und Schatten auf dem Gesicht.

Warum sollte es jemals zu Ende sein? Warum sollte ich nicht ewig leben?

Plötzlich hörte sie Schritte und blieb abrupt stehen. Sie nahm die Hände herunter, schlug die Augen auf und spürte ihn – spürte, dass er kam, genau wie sie es vorausgesehen hatte, spürte seine geliebte Nähe. Er trat aus den Bäumen in den sonnendurchfluteten freien Raum, lief über den hellen schneebedeckten Boden in ihre ausgestreckten Arme.

Sie hielten sich fest umschlungen, fühlten gemeinsam die Wärme der aufgehenden Sonne und hörten den Wind durch die umstehenden Bäume wehen.

Warum sollte es jemals zu Ende sein? Warum sollten wir uns nicht ewig lieben?

Das tun wir, kam die Antwort ihres Bruders. *Das werden wir.*

Hand in Hand verließen sie die strahlende Lichtung und kehrten durch den Wald zu ihrem Volk zurück. Sie tauschten sich nicht darüber aus, was sich verändert hatte, denn was hätte es zu sagen gegeben, das sie nicht schon wussten?

Mit Sisi war es etwas anderes. Als die Manth später ihren Weg durch den Wald fortsetzten, ging Kestrel neben ihr. Mit leiser Stimme, so dass nur Sisi es hören konnte, wünschte sie ihr Glück mit Bowman. Sisi machte ein schuldbewusstes, aber erleichtertes Gesicht.

»Du hast von Anfang an gesagt, er würde dich noch lieben«, sagte Kestrel.

»Ich weiß nicht, ob er mich liebt. Aber er geht mir nicht mehr aus dem Weg.«

»Oh, er liebt dich.«

»Du findest, ich bin nicht gut genug für ihn, stimmt's, Kess?«

»Sisi, sieh mich an.«

Sie blieben kurz stehen und Kestrel schaute tief in Sisis wunderschöne bernsteinfarbene Augen.

»Du musst mir das glauben. Wenn du meinen Bruder glücklich machst, machst du auch mich glücklich. Wenn er dich liebt, liebe ich dich auch. Wenn du ihn liebst, liebst du auch mich.«

»Ich liebe dich sowieso, Kess. Du bist meine erste Freundin.«

»Aber all unsere Liebe bewahrt uns nicht davor, verletzt zu werden.«

»Das sagt Bowman auch. Er sagt, er muss bald fortgehen.«

»Das kann gut sein.«

»Du hast deine Vorahnungen über das, was mit uns geschehen wird, und ich habe meine.«

Damit marschierten sie weiter.

Am späten Nachmittag wurde der Wald auf beiden Seiten immer lichter und die Sonne schien direkt auf den Schnee. Vor sich konnten sie nun offenes Land und vereinzelte Häuser sehen. Nach einer weiteren halben Stunde erkannten sie die hohen Pfeiler der Brücke und wussten, dass sie am Ende des Tages das Flussufer erreicht haben würden.

12
Alle meine Lieben

Während sich die Manth mit ihrem Wagen und ihren Kühen dem Dorf näherten, das vor ihnen lag, trug der Wind Geräusche zu ihnen herüber: Geschrei und schrilles Getöse. Anscheinend hatte sich eine große Menschenmenge um die Brücke herum und entlang des Flusses versammelt. Der Fluss selbst lag nun mit seinem schimmernden dunklen Wasser deutlich vor ihnen. Auf der gegenüberliegenden Seite erkannten sie die Straße, die sich als weißes Band in der Dämmerung den Hang hinaufschlängelte und unverkennbar auf die Bergkuppen zuführte. Dies war die letzte Etappe ihrer Reise, die steilste, aber auch die kürzeste. Am nächsten Morgen würden sie beim ersten Tageslicht den Fluss überqueren und sich an den Aufstieg wagen.

Hanno Hath zog es vor, sein Volk nicht in das geschäftige Gedränge der Ansiedlung zu führen, stattdessen suchte er ein ruhiges Fleckchen am Fluss aus, wo ihnen eine Baumgruppe etwas Schutz vor dem Winterwind bot. Hier hielt Seldom Erth den Wagen an und band die Pferde los, während Creoth seine Kühe auf den Grasbüscheln weiden ließ, die aus dem Schnee hervorschauten. Die anderen errichteten ein Feuer und breiteten die Schlafsäcke für die Nacht aus.

Scooch war einer von vielen, die ehrfürchtig die Berge

betrachteten. So greifbar nah schienen sie nach einer so langen Reise, dass es ihm beinah vorkam, als wären sie nicht echt, sondern nur ein Bild von Bergen, das auf den dunkler werdenden Abendhimmel gemalt worden war. Er stieß Branco Such an, der neben ihm stand, und deutete mit dem Finger darauf.

»Sie wollten es nicht glauben, stimmt's? Ihr wolltet alle aufgeben. Und jetzt schauen Sie sich das an!«

»Wir sind ja noch nicht da«, entgegnete Branco Such, doch sein strahlendes Gesicht verriet, dass auch er das Gefühl hatte, das Schlimmste sei nun überstanden.

»Nun, Madam«, sagte Creoth zu Mrs Chirish, »jetzt, da sich unsere Reise dem Ende nähert, müssen Sie und ich uns miteinander verständigen.«

»Ich wüsste nicht«, erwiderte Mrs Chirish, »worüber wir uns verständigen sollten, wo wir uns doch ohnehin sehr gut verstehen.«

»Dann frage ich Sie geradeheraus. Werden wir durch dieselbe Haustür gehen?«

»Wir werden durch dieselbe Haustür gehen und im selben Bett schlafen, wenn Ihnen das behagt.«

»Es behagt mir außerordentlich!«

»Nur müssen Sie mich schlafen lassen, wenn Sie morgens aus diesem selben Bett aufstehen.«

»So soll es sein, Madam. Bei den Bärten meiner Ahnen! Ich möchte jetzt unendlich gern tanzen!«

»Dann tanzen Sie doch, Sir.«

Mit einem breiten Lächeln vollführte Creoth eine kleine Gigue um die rundliche Mrs Chirish herum, während sie zuschaute und im Rhythmus seiner Schritte in die dicken Hände klatschte.

Als allmählich die Feuer angezündet wurden, merkten die Manth, dass außer ihnen noch viele andere Gruppen von Reisenden ihr Lager entlang des Flusses aufgeschlagen hatten. Die Brücke war weit und breit der einzige Weg zur anderen Seite und bald wurde ihnen klar, dass eine große Völkerwanderung im Gange war. Hanno schickte Bowman zu der nächsten Gruppe, um zu erfahren, weshalb sie ihre Heimat verlassen hatten.

»Der Himmel steht in Flammen!«, antworteten sie. »Zeichen und Wunder! Die letzten Tage sind nah!«

»Menschen fliehen aus den Städten! Häuser stehen leer…«

»Silberschalen in den Schränken…«

»Korn in den Scheunen…«

»Nie wieder arbeiten! Ein Bettler kann wie ein Kaiser leben!«

»Keine Kaiser mehr! Sie sind alle weggelaufen!«

»Warum?«, fragte Bowman.

»Der Himmel steht in Flammen! Die letzten Tage sind nah!«

Er konnte nichts Vernünftiges aus ihnen herausbekommen und so kehrte er ratlos zu seinem Vater zurück.

»Sie spüren den drohenden Zusammenbruch«, erklärte Hanno. »Aramanth ist niedergebrannt. Das Reich des Meisters ist zerstört. Wir leben in einer Zeit der Zeichen und Wunder.«

Die Gerüchte über verlassene Städte im Süden hatten so viele Menschen zur Brücke gelockt, dass das kleine Dorf am Fluss zur Größe einer Stadt angewachsen war. Im Zentrum dieser Ansiedlung, direkt an der Brücke, war ein rege besuchter Markt entstanden, wo die Reisenden ihren

Bedarf decken konnten. In rasch zusammengezimmerten Buden wurden Gemüse und getrocknetes Fleisch, Küchenutensilien, Decken und Pferdegeschirr sowie Bücher über Weissagungen und Landkarten feilgeboten. An anderen Ständen wurden Würste gebraten und heißer, würziger Wein verkauft. Und überall, so schien es, brannten große Feuer, die von aufgeregten Gesichtern umringt waren.

Die Manth brauchten Proviant für ihre weitere Reise. Da sie kein Geld hatten, mussten sie zuerst etwas verkaufen, bevor sie etwas erstehen konnten. Sie einigten sich auf den Wagen. Ihr weiterer Weg führte über steile Bergstraßen und sie konnten nicht sicher sein, ob die Pferde den Wagen über die gesamte Strecke würden ziehen können. Also beschloss Hanno mit dem Einverständnis aller den Wagen abzustoßen und vom Erlös Verpflegung zu kaufen. Die Pferde und Kühe wollten sie behalten, da sie sie später, in der Heimat selbst, sicher brauchen würden.

Hanno und Bowman machten sich auf den Weg von ihrem Lager zum Marktplatz. An der Brücke herrschte ein chaotisches Treiben. Ringsherum brüllten die Budenbesitzer und schlugen auf ihre Pfannen, um Kunden anzulocken. Kochgeschirr glänzte im Schein der flackernden Feuer, überall brutzelten und drehten sich Braten auf Spießen und durchdringende Gerüche stiegen auf. Neben den Spießen standen mit Fett bespritzte Köche, die mit Tranchiermessern herumhantierten. Ein Bäcker hatte einen Ofen aus Stein und Ton gebaut und zog aus dessen vom Schein der Glut erleuchteter Öffnung Bleche mit dicken weißen Brötchen, von denen Dampfschwaden in die eisige Luft aufstiegen. Buchhändler priesen mystische Werke an, in denen die Zeichen dieser Zeit des Umbruchs und der Angst in sonderbaren Bildern dargestellt waren: Funkenregen, die aus dem Himmel fielen, helle Lichter und Geister, so groß wie Bäume.

»Wunder! Schrecken!«, schrien sie. »Bereitet euch auf die letzten Tage vor! Karten der Mysterien! Verzeichnisse der Städte, die untergehen werden! Prophezeiungen über die letzten Tage!«

Bowman betrachtete gerade eines der Untergangsbilder, als er eine Berührung an der Schulter spürte. Er drehte sich um, doch es war niemand da. Sein Vater stand an einer anderen Bude und redete mit einem Kaufmann, der mit Zelten, Geschirr und Wagenrädern handelte. Bowman gesellte sich zu ihnen. Der Händler war ein kleiner drahtiger Mann mit glänzenden Augen und schnellen Bewegungen, was ihm Ähnlichkeit mit einem Vogel verlieh.

»Ein ganzer Wagen?«, antwortete er misstrauisch auf ihre Anfrage. »Sie wollen einen kompletten Wagen verkaufen? Warum? Was ist denn mit ihm?«

»Wir brauchen ihn nicht mehr. Wir gehen nach Norden, über die Berge.«

»Über die Berge? Wozu? Da gibt es doch nichts.« Er steckte den Kopf in die kleine Zeltkabine hinter seinem Stand. »Hier sind ein paar Leute, die über die Berge gehen wollen.«

»Noch dümmer als die anderen«, erwiderte eine Frauenstimme.

Der Händler schaute Hanno argwöhnisch von der Seite an, als wollte ihn dieser übers Ohr hauen.

»Wo kommt ihr denn her?«

»Aus dem Reich des Meisters.«

»Aus dem Reich des Meisters? Dann ist der Wagen ja ziemlich abgenutzt. Ganz und gar verbraucht.«

»Er ist in recht gutem Zustand.«

»Das werde ich selbst beurteilen.« Sein Kopf verschwand wieder in der Kabine. »Ich hab was Geschäftliches zu erledigen. Pass auf den Stand auf.«

»Aber zahl nicht zu viel! Lass dich bloß nicht zum Narren halten!«, ermahnte ihn die Frau in der Kabine.

»Hab ich mich je zum Narren halten lassen und zu viel gezahlt?«

»Du bist als Narr geboren und wirst als Narr sterben«, kam die Antwort.

Der Händler drehte sich achselzuckend zu Hanno um.

»Ehefrauen«, sagte er.

Dann begleitete er Hanno und Bowman zu ihrem Lager am Fluss, um den Wagen zu begutachten. Ira Hath war inzwischen aus ihrem Bett im Wagen gehoben worden und lag in Decken gewickelt unter den Bäumen. Ihr Kopf war auf ein Bündel Segeltuchstoff gebettet. Kestrel saß neben ihr.

Der Händler untersuchte den Wagen gründlich. Dann kehrte er zu Hanno und Bowman zurück, seufzte, sog hörbar Luft zwischen den Zähnen ein und schüttelte den Kopf.

»Muss repariert werden«, meinte er. »Ich kann das übernehmen. Aber das kostet mich schätzungsweise fünf Tage Arbeit. Fünf Tage, an denen ich nicht am Stand sein kann. Und wer weiß, wie bald wir alle sterben werden? Der Kerl, dem der Stand neben mir gehört, behauptet, schon übermorgen.«

»Wie viel geben Sie uns dafür?«, fragte Hanno.

»Ich kann nicht höher als fünf Kronen gehen.«

»Fünf? Mehr nicht?«

»Kaiserliche Kronen. Nicht diesen einheimischen Schund.«

»Also …«

Bowman legte seinem Vater eine Hand auf den Arm und sprach selbst mit dem Händler.

»Wie viel, glauben Sie, bekommen Sie für den Wagen, wenn Sie ihn repariert haben und wieder verkaufen?«

Der Händler runzelte die Stirn und stellte einige Berechnungen an. Bowman tastete sich vorsichtig in seine Gedanken und verfolgte sie mit Leichtigkeit.

Neuer Kutschbock, neue Plane, neuer Anstrich, überlegte der Händler. *Irgendwann werd ich ihn für hundert Kronen verkaufen. Wir leben nun mal in verrückten Zeiten.*

»Zehn Kronen, wenn ich Glück habe«, sagte er dann laut. »Das entschädigt mich kaum für die schwere Arbeit. Und er braucht natürlich neue Räder. Vier Stück.«

»Sie können ihn für achtzig Kronen haben«, bot Bowman ihm an.

»Achtzig!«, rief der Händler. Selbst Hanno machte ein überraschtes Gesicht. »Euer Junge hier«, wandte sich der Händler scheinbar vertraulich an Hanno, »ist wohl ein kleiner Träumer, was? Hat wohl noch nicht ganz raus, wie der Hase läuft, wie?«

»Wir leben nun mal in verrückten Zeiten«, erwiderte Bowman.

Der Händler warf ihm einen erstaunten Blick zu.

»Achtzig Kronen«, rief er. »Wenn du jetzt zwanzig gesagt hättest.«

»Ich habe achtzig gesagt.«

Der Händler schüttelte den Kopf und wandte sich wieder an Hanno.

»Was sagen Sie dazu, Sir?«

»Wir suchen uns besser einen anderen Käufer, Pa«, schlug Bowman vor.

»Das werden wir«, pflichtete Hanno ihm lächelnd bei und zu dem Händler sagte er: »Danke, dass Sie uns Ihre Zeit geschenkt haben.«

Hanno und Bowman machten sich wieder auf den Weg zum Marktplatz. Der Händler ging ihnen aufgebracht hinterher.

»Langsam, langsam, meine Herren. Hab ich vielleicht gesagt, dass ich ihn nicht kaufen würde? Ich muss an meinen Ruf denken, das ist alles. Wollen Sie mich zum Gespött des ganzen Marktes machen? Ich kann Ihnen einen hervorragenden Preis zahlen, aber ...« – er senkte die Stimme – »Sie müssen mir versprechen es für sich zu behalten, sonst beschämen Sie mich vor meinem eigenen Volk. Und, meine verehrten Herren ...« – er begann zu flüstern – »... meine Frau darf nichts davon erfahren, sie freut sich so über ein Schnäppchen. Sagen wir fünfzig Kronen und ich geb Ihnen meine Hand darauf.«

»Achtzig«, wiederholte Bowman.

»Ach, die Jugend ist grausam. Was kann ihn das kümmern, Sir? Was weiß er schon von der Ehe? Sie sehen so verheiratet aus, Sir. Sie wissen doch sicher, dass sich ein Mann die Achtung seiner Frau bewahren muss, sonst ist er erledigt und kann ebenso gut in der Hundehütte leben und Reste essen. Sechzig Kronen.«

Das Letzte sagte er mit einem Seitenblick auf Bowman.

»Achtzig«, beharrte Bowman. »Das ist ein fairer Preis.«

»Ein fairer Preis, aber kein männlicher Preis. Fairness macht einen Mann nicht stolz. Bringt Fairness Erfolg? Bringt sie einem den Neid der Männer und die Liebe der Frauen? Nein, Sir, nein. Fairness ist was für Jungen und Junggesellen. Siebzig Kronen.«

»Achtzig«, wiederholte Bowman.

»Na schön, dann eben achtzig!«, rief der Händler mit echten Tränen in den Augen. »Achtzig Kronen, und möge der Morah eure Taschen verfaulen lassen. Hier, nehmt euer Geld, und wenn ihr meine Frau trefft, sagt ihr achtzehn, verstanden? Achtzehn hab ich euch gegeben, und wenn ihr mehr sagt, bin ich ruiniert. Ich lasse den Wagen gleich von meinem Jungen abholen, einverstanden?«

Hanno und Bowman kehrten belustigt mit dem Geld zurück. Scooch und Lunki übernahmen es, Proviant einzukaufen. Die anderen räumten den Wagen leer und teilten die Ladung in unterschiedlich große Packstücke auf, um sie auf dem Rücken über die Berge zu tragen. Das Brennholz wurde gebündelt und die Bündel zusammengebunden und den Pferden über die Flanken gehängt. Miko Mimilith und Tanner Amos machten sich daran, eine Trage in der Form eines lang gezogenen Dreiecks zu bauen, damit Ira Hath von einem der Pferde den Berg hinaufgezogen werden konnte.

Die Aufregung auf dem Marktplatz steckte die Manth an, und während sie sich um ihr eigenes Feuer drängten, tauschten sie Vermutungen darüber aus, wie die bevorstehende Gefahr genau aussehen werde. Das Gerede vom Himmel in Flammen verband sich in ihren Köpfen mit der Weissagung der Manth vom brennenden Wind und bald begannen sie zu spekulieren, dass sie vielleicht alle bei lebendigem Leibe verbrennen würden, möglicherweise noch in dieser Nacht. Als die kleinen Marish-Mädchen das hörten, brachen sie in Tränen aus und Ira Hath musste geholt werden, um ihnen zu versichern, dass sie am nächsten Morgen unversehrt aufwachen würden.

Bowman und Kestrel hielten sich von der Gruppe am Feuer fern, jeder aus eigenen Gründen. Kestrel hatte entdeckt, dass der silberne Anhänger, den sie um den Hals trug, trotz der frostigen Nacht warm war, wärmer als ihr eigener Körper. Wenn sie ihn festhielt und an die Brust drückte, summte er leise und weckte Gefühle in ihr, die sie nicht benennen konnte. Sie versuchte es Bowman zu erklären.

»Es ist so, als würde sich genau hinter mir etwas bewegen, aber wenn ich mich umdrehe und nachsehe, ist da nichts. Oder ich höre ein Geräusch, aber wenn ich dann darauf achte, ist es nicht mehr da.«

»So als würde noch nichts passieren, aber es könnte jeden Moment passieren.«

»Ja, genau.«

»Kess, ich glaube, dass er hier ist.«

»Derjenige, der dich abholen kommt?«

»Ja.«

»Kannst du ihn spüren?«

»Seit ich mit Pa zum Markt gegangen bin, um den Wagen zu verkaufen. Wie eine Berührung auf meiner Schulter.«

Sie streckten die Hände aus und hielten sich fest, als drohte sie eine Macht von außen auseinander zu reißen. Der Druck der aneinander liegenden Handflächen beruhigte sie beide.

»Vielleicht muss ich ihn suchen gehen.«

»Nein, Bo. Tu das nicht.« Sie hielt seine Hand ganz fest. »Ich will nicht, dass alles vorbei ist.«

Als Kestrel das sagte, spürte er, wie ihn plötzlich ein Schauder von Erinnerungen überlief, und er wusste, es waren ihre Erinnerungen. Erinnerungen an die Zeit, als sie beide noch nicht sprechen und nicht laufen konnten: Wie sie nebeneinander in Aramanth auf dem Küchenfußboden gesessen und sich im gleichen Rhythmus gewiegt hatten. Wie sie zusammengerollt im selben Bett gelegen, die gleichen Gerüche gerochen und den gleichen Traum geträumt hatten. Wie sie sich später an ihrem ersten Schultag an den Händen gehalten hatten, vom Augenblick an, als sie hineingingen, bis zu dem Augenblick, als sie wieder hinausgingen. Wie sie das weiche Gesicht des anderen am eigenen Gesicht spürten und nicht wussten, wo das eine aufhörte und das andere anfing.

Mein anderes Selbst.

Er sprang auf und löste die Verbindung zwischen ihnen. Solange er Kestrel so nah war, würde er niemals gehen, und er wusste, dass er gehen musste. Sosehr es seine Schwester auch schmerzte oder ihn selbst, er war dazu bestimmt, es zu tun.

»Ich muss ihn finden, Kess.«

Ohne eine Antwort abzuwarten eilte er davon.

Obwohl es schon spät war, wimmelte es auf dem Marktplatz noch immer von Menschen. Die Gegend war vom Schein ihrer Laternen und Feuer hell erleuchtet. Die meisten Händler hatten ihre Buden für die Nacht geschlossen, doch an ihre Stelle war eine andere Sorte von

Geschäftemachern getreten, die sich auf einer Kiste, einem Stuhl oder einer Leiter postiert hatten und der Menge von diesem erhöhten Punkt aus ihre Waren feilboten.

»He du, junger Mann! Ja, du!«

Der Redner zeigte genau auf Bowman.

»Hast du die Orientierung verloren? Bist du verwirrt? Geht es dir so, dass du die Hälfte der Dinge, die man dir sagt, nicht verstehst?«

Bowman blieb stehen und überlegte einen flüchtigen Moment lang, ob dies eine verschlüsselte Nachricht für ihn sein könnte.

»Verzage nicht!«, schrie der Prediger ermutigt. »Der Tag der Dummen steht bevor! Die Dummen werden die Erde erben!«

Bowman ging weiter und geriet so in die Reichweite eines anderen Redners, der ebenfalls versuchte seine Aufmerksamkeit auf sich zu ziehen.

»Liebe! Liebe! Die Freuden der Liebe!«, brüllte dieser zweite Redner und zeigte genau auf Bowman. »Sie, der Sie allein gehen! Ich kenne Sie, Sir! Sie sind ein Mann, dem eine Frau fehlt! In diesem Zelt warten Frauen, denen Männer fehlen! Sie brauchen nie wieder allein zu sein! Die letzten Tage stehen bevor, verkaufen Sie alles, was Sie besitzen, und verbringen Sie Ihre letzten Tage mit den Freuden der Liebe!«

Bowman blickte sich in der drängelnden, törichten Menschenmenge um und kam zu dem Schluss, dass derjenige, der ihn abholen würde, sicher nicht hier auf ihn wartete. Also verließ er den Marktplatz, ging auf das Flussufer außerhalb der Ansiedlung zu und wanderte allein und in aller Stille am Wasser entlang. Der Fluss war breit und hatte eine schnelle Strömung, sein dunkles Wasser wirbelte um die Vertäupfosten herum und ließ die festgemachten Boote aneinander schlagen. Der Mond war aufgegangen und in seinem Licht konnte Bowman hoch über sich die Kette der Bergspitzen erkennen. Der Aufstieg würde beschwerlich werden, aber nicht allzu lang dauern, schätzte er – nur würde er nicht dabei sein. All das Geschrei über die letzten Tage überzeugte ihn nur noch mehr, dass er sich nun bald dem Sänger-Volk anschließen und seine eigene Reise beenden würde.

Mögen sie in Stille leben und die Flamme erfahren. Sie werden alles verlieren und alles geben.

Er machte kehrt und ging denselben Weg wieder zurück. Auf einmal erspähte er zwischen sich und den flackernden Feuern des Dorfes eine Gestalt in einem langen Gewand mit Kapuze, die sich ihm auf dem Pfad am Fluss näherte. Sein Herz begann schneller zu schlagen.

Er lenkte seine Schritte auf die Gestalt zu. Das Gesicht des Fremden konnte er nicht ausmachen, denn sowohl der Schein der Feuer als auch der des Mondes fielen von hinten auf ihn. Als sie sich nahe gekommen waren, blieb er stehen und der Unbekannte trat auf ihn zu.

»Achtzig Kronen!«, kreischte eine schrille Frauenstimme, die er schon einmal gehört hatte. »Das ist Diebstahl! Das lass ich mir nicht bieten!«

Bowman war zu überrascht, um antworten zu können. Die Frau schüttelte ihre Kapuze zurück und zeigte ihr zorniges Gesicht.

»Du brauchst dich gar nicht umzuschauen! Es ist niemand hier außer dir und mir, und ich will mein Geld wiederhaben. Ich wusste ja, dass mein Mann ein Narr ist, aber ich wusste nicht, dass er solch ein Narr ist.«

Inzwischen hatte Bowman begriffen, dass er die Frau des Wagenhändlers vor sich hatte. Sie hielt ihm drohend eine Hand hin.

»Nimm euren pockenverseuchten Wagen und gib mir meine achtzig Kronen zurück, sonst hetze ich dir die Hunde auf den Hals. Achtzig Kronen! Bin ich vielleicht deine Mutter?«

»Ich hab das Geld nicht mehr«, erklärte Bowman. »Außerdem war es ein fairer Preis.«

Damit machte er sich auf den Weg durch das Dorf und zum Lager der Manth zurück. Er war wütend und fühlte sich betrogen. Er hatte hier nach seinem Schicksal gesucht und war stattdessen in einen kleinlichen Streit um Geld verstrickt worden. Die Frau lief ihm kreischend nach.

»Dieb! Gib mir mein Geld zurück!«

»Gehen Sie nach Hause, gute Frau! Sie werden schon Ihren Gewinn damit machen.«

»Wir werden ja sehen, wer hier Gewinn macht.«

Sie schob die Finger in den Mund und stieß ein schrilles Pfeifen aus. Da er von diesem Pfiff abgelenkt wurde, lief Bowman fast in eine kleine Gestalt mit rundem Gesicht hinein, die aus der Gegenrichtung kam.

»Oh, tut mir Leid«, entschuldigte er sich und machte einen Schritt zur Seite.

Plötzlich tauchten zwei riesige Hunde aus dem Dunkeln auf und rasten genau auf ihn zu.

»Fass, Schlitzer! Beiß ihn, Reißer!«, schrie die Frau. »Dieb! Dieb!«

Bowman blieb wie angewurzelt stehen, sammelte all

seine Gedankenkraft und machte sich bereit dem Angriff der Hunde zu widerstehen. Er konnte ihre Reißzähne sehen, während sie auf ihn zustürmten, und ihr tiefes, grimmiges Knurren hören. Doch mit einem Mal wechselten sie die Richtung. Sie trabten zu der kleinen, rundlichen Gestalt hinüber, legten sich hechelnd auf den Rücken und ließen sich von ihm die Bäuche kitzeln.

Die Frau des Händlers platzte fast vor Wut.

»Schlitzer! Reißer!«

Die Hunde wälzten sich auf dem Boden und hatten die nun schlaff herabhängenden Mäuler zu einem glücklichen Grinsen verzogen. Bowman interessierte sich nun mehr für den sonderbaren Fremden, der die Hunde tätschelte.

»Wer sind Sie?«

»Was wäre dir denn am liebsten?«, fragte der zurück.

Die Händlersfrau stampfte zu ihren Hunden herüber und fing an, sie zu treten und zu schlagen, damit sie wieder aufstanden.

»Auf, Schlitzer! Auf, Reißer!« Dann schrie sie den rundlichen Fremden an. »Was haben Sie mit ihnen gemacht? Sie ... Sie ... Kreatur!«

Als Antwort blickte er auf und schaute ihr in die Augen. Obwohl sich augenscheinlich nichts veränderte, wirkte er nun älter. Mit einer tiefen, sanften Stimme fragte er: »Meine Dame, was wollen Sie von mir?«

»Oh ... oh«, krächzte die Händlersfrau, zitterte und errötete.

»Seien Sie ruhig. Schweigen Sie. Seien Sie zufrieden.«

Er streckte eine Hand aus und berührte ihre Wange. Dann wandte er sich wieder an Bowman und fragte mit der fröhlicheren, höheren Stimme von zuvor: »Gehen wir?«

Die Händlersfrau war nun völlig verstummt und hatte die Augen starr auf die seltsame Gestalt geheftet, die ihre Wange berührt hatte. Bowman begriff, dass dieses kleine, sanfte Geschöpf der Bote war, auf den er gewartet hatte.

»Haben dich die Sänger zu mir geschickt?«

»Natürlich.«

»Gehen wir noch heute Nacht?«

»Wir gehen jetzt. Wir haben sehr wenig Zeit.«

»Darf ich mich noch von meinem Volk verabschieden?«

»Natürlich. Und dann müssen wir gehen.« Und an sich selbst gerichtet fügte er leise hinzu: »Hüpf weiter, Springer.«

Bowman und Springer kehrten schweigend zum Lager der Manth zurück. Bowman schwirrten die verschiedensten Gedanken durch den Kopf. Der Augenblick war gekommen, aber ohne alle Pracht und Entschiedenheit. Von diesem Boten, der neben ihm herhüpfte, ging keine Aura der Macht oder Würde aus. Selbst Hundegesicht, der einäugige Einsiedler, hatte mehr Achtung in ihm geweckt. Die Stimme dieses kleinen Geschöpfes veränderte ständig ihre Tonlage, so dass es in einem Moment wie ein Mädchen und im nächsten wie ein Junge klang.

Als sie das Lager erreichten, bat Bowman Springer: »Warte hier. Ich bin gleich wieder da.«

Die Wahrheit war, dass er sich für Springer schämte. In diesem herzzerreißenden Augenblick, da er allen, die ihn liebten, Lebewohl sagen musste, wollte er nicht, dass ein kleines, rundgesichtiges Mann-Frau-Geschöpf seinen Weggang lächerlich erscheinen ließ.

Springer blieb folgsam stehen und wartete im Dunkeln.

Bowman ging weiter zu der Gruppe unter den dunklen

Bäumen, wo seine Mutter saß. Auch sein Vater war da und seine beiden Schwestern.

Er kniete sich neben seine Mutter. Sie blickte auf und las seine Absicht deutlich in seinem Gesicht.

»Also ist der Augenblick gekommen, mein Bo.«

»Ja, er ist gekommen.«

»Warten sie auf dich?«

»Ja.«

Sie nickte und war nicht überrascht. Pinto fing an zu weinen.

»Du darfst uns nicht verlassen, Bo. Sollen sie jemand anders nehmen.«

Bowman küsste sie und flüsterte ihr zu: »Pass gut auf Ma und Pa auf. Du musst jetzt stark sein. Wein nicht.«

Also bemühte sich Pinto, nicht zu weinen. Sie hielt ihren Bruder ganz fest in den Armen.

»Aber du kommst doch zu uns zurück, oder? Wir sehen uns doch wieder?«

»Ich weiß es nicht«, antwortete er sanft. »Das, was ich tun muss, dauert vielleicht sehr lange.«

»Du bist immer da gewesen, Bo. Du musst immer da sein.«

»Pinpin lieb.«

»Bo lieb.«

Sie umarmten sich so, wie sie es immer getan hatten, als sie noch klein gewesen war, und ausnahmsweise machte es ihr auch nichts aus, dass er ihren Babynamen benutzte. Dann ließ er sie los und sie sank in Hannos wartende Arme.

Bowman kniete sich vor seinen Vater und küsste ihn auf die Wange.

»Du verstehst es, Pa.«

Hanno streichelte Pinto und lächelte Bowman traurig an.

»Ja. Ich verstehe es.«

Dann sah Bowman, dass Kestrel ihn mit funkelnden Augen beobachtete. Von ihr würde er sich als Allerletztes verabschieden.

Er küsste seine Mutter, wobei ihm auffiel, wie dünn sie geworden war.

»Vielleicht komme ich nie…«

»Ja, ja«, unterbrach sie ihn ungeduldig. »Wir tun, was wir tun müssen. Es ist Zeit für dich zu gehen, also geh.«

Die alte Ira Hath flammte wieder in ihr auf, die der hämisch lachenden Menge ihren Ruf »O unglückliches Volk!« entgegengeschleudert hatte. Er drückte sie an sich, dankbar für ihre energische Art.

»Leb wohl, Ma.«

Sie lächelte ihn noch einmal an und er wusste, sie war stolz auf ihn. Er stand auf und schaute sich nach Mumpo um. Ein verlegenes Schweigen breitete sich unter den Manth aus, als sie begriffen, dass ein ernster Augenblick der Trennung gekommen war.

»Mein lieber Freund. Wir haben schon viele harte Zeiten durchlebt.«

»Lass mich mitkommen, Bo. Ich bin jetzt viel stärker.«

»Und genau darum musst du hier bleiben. Sei meinen Eltern ein Sohn und meinen Schwestern ein Bruder. Pass für mich auf sie auf.«

»Solange ich lebe.«

Sie umarmten sich und dann drehte Bowman sich schweren Herzens um, um Kestrel zu suchen. Wie er diesen Abschied hinter sich bringen sollte, wusste er nicht. Sie war ans Flussufer hinuntergewandert.

»Kess …«

»Nein! Sag es nicht!« Sie wirbelte herum und schleuderte ihm wütend die Worte entgegen. »Ich will deinen Abschiedsgruß nicht! Ich werde nicht zuhören!«

»Aber, Kess …«

»Wo ist der Sänger, der dich mitnehmen will? Bring mich zu ihm!«

»Aber, Kess …«

»Wenn du gehst, geh ich auch!«

»Du verstehst nicht. Wo ich hingehe … Was ich tun muss … ich werde nicht mehr zurückkommen.«

»Wo ist er?«

Ihre scharfen Augen erspähten Springer, der still dort wartete, wo Bowman ihn verlassen hatte. Sie lief zu ihm. Bowman folgte ihr.

»Sind Sie das?«, wollte Kestrel von Springer wissen und musterte ihn von oben bis unten. »Kommen Sie vom Sänger-Volk?«

»Ja«, antwortete Springer.

»Dann sehen Sie sich das hier mal an!«

Sie zog die silberne Stimme hervor, die sie aus dem Windsänger gerettet hatte und seither an einem Band um den Hals trug.

»Fühlen Sie! Fühlen Sie die Wärme! Das ist nicht nur meine Wärme! Das ist mehr als meine Körperwärme!«

Springer befühlte die silberne Stimme mit seinen dicken, weichen Fingern.

»Sie ist warm«, bestätigte er.

»Ich komme mit! Wir bleiben zusammen!«

Springer runzelte seine weiche rosafarbene Stirn.

»Ich wurde geschickt, um das Kind des Propheten zu holen«, murmelte er. »Nicht die Kinder.«

»Wir sind das Kind des Propheten«, erklärte Kestrel.

Springer blickte ihr tief in die Augen und dachte nach.

»Kess«, sagte Bowman sanft. »Ich will dich nicht verlassen. Wichtiger als mein Leben selbst wäre es mir, bei dir bleiben zu können. Aber wenn ich sterbe und du am Leben bleibst, dann leben wir beide. Lass uns nicht beide sterben. Dann wären wir wirklich tot.«

Kestrel schien ihn nicht zu hören. Sie hatte ihre funkelnden Augen auf Springer geheftet und hielt noch immer die silberne Stimme in den Händen.

»Sie haben sie gefühlt«, sagte sie. »Sie ist warm.«

»Natürlich ist sie warm«, protestierte Bowman. »Du trägst sie ja auf der Haut.«

»Er weiß, was ich meine.«

Zu Bowmans Erstaunen nickte Springer mit dem Kopf.

»Vielleicht ist es so am besten.«

»Ich kann mitkommen?«

»Du kannst mitkommen.«

Bevor Bowman noch irgendetwas einwenden konnte, rannte Kestrel zu ihren Eltern zurück.

»Du hättest ihr sagen sollen, dass sie bei den anderen bleiben soll«, sagte Bowman zu Springer.

»Sie will bei dir sein.«

»Die Trennung wird kommen. Wenn nicht jetzt, dann bald.«

»Wie wahr, wie wahr.«

Springer seufzte, wollte seine Entscheidung aber offenbar nicht ändern. Bowman war zugleich erleichtert und bestürzt. Er hatte sich vor der Trennung von Kestrel gefürchtet. Nun wurde ihm dieser Schmerz erspart, aber da sie sich eines baldigen Tages doch würden trennen müssen, blieb ihm immer noch die Furcht davor.

»Bowman!«

Er schaute sich um. Es war Sisi.

»Stimmt es, dass du gehst?«

»Ja.«

Sie richtete ihre großen Augen auf Springer.

»Und Sie nehmen ihn mit?«

»Ja«, antwortete Springer.

»Passen Sie gut auf ihn auf.«

Springer neigte seinen runden Kopf.

»Bowman, du hast mir immer gesagt, dass du mich eines Tages verlassen würdest, deshalb beklage ich mich nicht. Aber du sollst wissen, dass ich auf deine Rückkehr warte.«

»Nein, Sisi. Das darfst du nicht.«

»Du weißt, was du weißt, und ich weiß, was ich weiß. Jetzt küss mich.«

Er küsste sie.

»Siehst du? Ich weine nicht.«

»Ich weine, Sisi.«

Tränen standen ihm in den Augen, als er ihre Hände hielt und mit ihr sprach.

»Du sollst heiraten und Kinder bekommen und ein langes, glückliches Leben führen.«

»Das werde ich, Bowman. Oh, das werde ich.«

Ira Hath hielt Kestrel still in ihren schwachen Armen und wiegte sie hin und her, so wie sie sie als Baby gewiegt hatte. Keine von ihnen sprach. Kestrel weinte geräuschlos.

»Wir werden uns wiedersehen«, sagte Ira schließlich,

mit den Worten, die die Manth sprachen, um sich von einem Toten zu verabschieden.

Unter den Wanderern verbreitete sich die Nachricht, dass Bowman und Kestrel sie verlassen würden. Sie drängten sich um sie herum, bestürmten sie mit Fragen und bekamen Angst.

»Warum müsst ihr fort? Wohin geht ihr? Kommt ihr zu uns in die Heimat?«

»Wir wissen es nicht. Vielleicht nicht.«

»Dann müssen wir uns Lebewohl sagen. Ihr könnt nicht gehen ohne Lebewohl zu sagen.«

Alle drängten sich nun näher und jeder verlangte lautstark danach, an die Reihe zu kommen. Im Dunkeln konnte man den einen schlecht vom anderen unterscheiden. Die kleine Ashar Warmish wurde an den Rand der Menge gedrückt. Also zog sie einen brennenden Stock aus dem Feuer und hielt ihn sich vors Gesicht, damit man sie erkennen konnte.

»Kestrel! Du musst dich von mir verabschieden, bevor du gehst!«

Tanner Amos bemerkte, wie ihr Gesicht im Dunkeln leuchtete, und nahm sich selbst ebenfalls einen brennenden Stock, damit man auch sein Gesicht sehen konnte. Danach folgten sie alle dem Beispiel, jeder nahm sich ein Stück Holz, dessen blaugelbe Flamme oder rote Glut einen schwachen Lichtschein ausstrahlte. Dann kehrten sie vom Feuer zurück und stellten sich in einer immer länger werdenden Reihe nebeneinander auf. Als Bowman und Kestrel diese Reihe sahen, begriffen sie, dass sie sich nicht einfach still und leise davonschleichen konnten. Sie mussten sich von jedem einzelnen Manth verabschieden.

»Ashar.«
»Komm bald zurück, Kestrel.«
»Tanner.«
»Ich werde dich vermissen.«
»Bek. Rollo.«
»Bowman.«

Und so gingen sie immer weiter die Reihe entlang und alles, was zum Abschied gesagt werden konnte, musste auf eine schlichte Litanei von Namen verkürzt werden. Silman Pillish, Sarel Amos, Cheer Warmish, deren Mann umgekommen war. Der kleine Scooch und der große Creoth. Miller Marish mit seinen Mädchen Fin und Jet. Miko Mimilith mit seiner Frau Lea, und Red Mimilith, und die Jungen Lolo und Mo. Der alte Seldom Erth und die dicke Lunki und Mrs Chirish, die Mumpo an der Hand hielt. Familie Such mit der weinenden Seer Such. Und Pinto, am Ende der Schlange, die mit ihren Eltern begonnen hatte: Pinto, das letzte von Flammen erleuchtete Gesicht in einer Reihe von Gesichtern, die wie Geister über die Trennung wachten.

»Du musst jetzt uns beide vertreten, Pinto.«

»Das werde ich.«

Kestrel beugte sich dicht zu ihr hinüber und küsste ihrer kleinen Schwester das Gesicht. Dabei flüsterte sie ihr zu: »Lieb ihn für mich mit.«

Nun waren Bowman und Kestrel am Ende der Schlange angelangt und dort stand Springer, der auf sie wartete. Kestrel drehte sich ein letztes Mal zu ihrem Volk um, zu den Gesichtern, die im Dunkeln leuchteten.

»Lebt wohl«, sagte sie leise. »Alle meine Lieben.«

13
Das Lied des Eies

Springer lief im Mondlicht über ein offenes Feld. Er bewegte sich überraschend schnell; Bowman und Kestrel mussten rennen, um mit ihm Schritt zu halten.

»Müssen wir den ganzen Weg nach Sirena laufen?«, fragte Bowman.

»Nein, nein«, antwortete Springer. »Wir fahren mit einem Boot.«

Jetzt erkannten sie, dass er sie auf eine Landzunge an einer Biegung des Flusses geführt hatte, so dass sie jetzt wieder ans Ufer stießen. Ein langes, flaches Kanalboot war dort festgemacht, dessen Kajütenfenster von Laternenschein erleuchtet waren.

»Geht an Bord, dann lege ich ab.«

Bowman und Kestrel kletterten an Deck. Springer folgte ihnen und band das Tau vom Pfosten los. Hätten sie hingesehen, dann hätten sie gemerkt, dass er das Tau dabei gar nicht berührte – ein leichtes Kopfnicken und schon löste es sich von selbst und schlängelte sich auf das Boot zurück.

Gleich darauf setzte sich das Boot in Bewegung: Die Strömung trieb es flussabwärts. Bowman sah durch das Kajütenfenster das Steuerrad, mit dem das Ruderblatt gelenkt wurde.

»Sollte nicht jemand am Ruder stehen zum Steuern?«

»Tut es doch«, entgegnete Springer.

Er bedeutete ihnen durch die niedrige Kajütentür zu gehen und die drei Stufen in die Kajüte hinunterzusteigen. Sie traten in einen gemütlichen, gut ausgestatteten Raum mit einem Tisch, zwei gepolsterten Bänken, mehreren Schränken und einer Tür, die zum vorderen Teil des Bootes führte – diese Hauptkajüte lag mit ihrem Aufbau im Heck.

Auf einer der gepolsterten Bänke lag unter einer Decke ein schlafender, laut schnarchender Mann.

»Das ist Albard«, erklärte Springer. »Ihr werdet ihn morgen früh kennen lernen.«

Der Schlafende hatte das Gesicht abgewandt, zur Rückenlehne der Bank hin, doch irgendwie kam dieser stämmige Körper Bowman bekannt vor.

»Wer ist er?«, fragte er.

»Er ist derjenige, der dich ausbilden wird«, antwortete Springer. »Das wird nicht leicht. Normalerweise braucht man Jahre, um aus jemandem einen Sänger zu machen. Albard hat genau zwei Tage Zeit.«

Einen Sänger zu machen! Ein Schauder der Aufregung durchlief Bowman bei diesen Worten.

»Ich soll ein Sänger werden?«

»Natürlich.«

Kestrel sah und hörte zu, sagte jedoch nichts.

»Aber zuerst empfehle ich euch zu schlafen. Die Ausbildung beginnt bei Tagesanbruch. Und wenn sie erst mal begonnen hat, werdet ihr nicht mehr viel zum Schlafen kommen.« Er zeigte auf die zweite Bank auf der anderen Seite des Tisches. »Meint ihr, ihr könnt euch zu zweit auf die Bank quetschen?«

»Ja«, antwortete Bowman. »Aber wo schläfst du denn?«
»Auf dem Fußboden. Ich bin daran gewöhnt.«

Also zwängten sich Bowman und Kestrel zusammen auf die Bank und waren froh über die vertraute Nähe. Sie legten die Stirn an die des anderen, um die gleichen Träume zu haben, und ließen sich in einen Schlaf sinken, den sie dringend nötig hatten.

Springer legte sich auf die Dielen und bettete seinen dicken kleinen Körper in die angenehmste Position, die er finden konnte. Bowman und Kestrel schliefen schon und konnten es nicht sehen, aber hätten sie hingeschaut, dann hätten sie gemerkt, dass er wenige Zentimeter über dem Fußboden schwebte, als würde er auf einer unsichtbaren Matratze ruhen.

Das Boot fuhr weiter den breiten Fluss hinunter, manchmal in der Strommitte, manchmal von der Strömung an das schneebedeckte Ufer getrieben, wobei es jedoch nie die Bäume streifte, die dort wuchsen. Das Steuerrad drehte sich im Licht der Laterne mal in die eine, mal in die andere Richtung, als würde es von einem Geist bewegt. Aber in Wirklichkeit wurde das Steuerrad vom Ruderblatt bewegt. Der Fluss selbst hatte die Kontrolle über das Boot übernommen und zeigte ihm nun den Weg. Springer hatte das Lied des Flusses herausgefunden, das Boot auf diese Melodie abgestimmt und nun konnte er in Ruhe schlafen.

Doch nicht einmal Springer wusste, dass ein dünner grauer Kater am Ufer entlanglief, während das Boot den Fluss hinuntergetragen wurde, und auf den richtigen Augenblick wartete. Als das Boot in einer Flussbiegung ganz nah am Ufer entlangglitt, sprang der Kater und landete unversehrt auf dem flachen, leicht geneigten Dach des

Laderaums. Dann suchte er sich ein Versteck in einem aufgewickelten Tau, wo er sich so lange drehte und wand, bis ihm das Lager gemütlich erschien und er sich hinlegte, um auf den Morgen zu warten.

»Wach AUF!«

Das letzte Wort wurde wütend herausgebrüllt, als weigerte sich der Angesprochene hartnäckig zu gehorchen.

»Du Faulpelz! Du Trantüte! Du Mistklumpen! Auf! Auf! Auf die Beine!«

Bowman und Kestrel, die aus ihren Träumen gerissen wurden und zuerst gar nicht genau wussten, wo sie eigentlich waren, blinzelten und bemühten sich aufzuwachen. Albard stand vor ihnen und pikte Bowman mit einem Stock. Nach seinem wirren Haar zu urteilen war er selbst gerade erst aufgestanden.

»Du leere Schlangenhaut! Ich hätte dich vernichten sollen, als ich noch die Gelegenheit dazu hatte! Mitleid, das ist mein Laster. Zu viel verdammtes weibisches Mitleid. Sieh dich nur an! Ein Kind mit feuchten Augen!«

Inzwischen war Bowman wach genug, um den Mann namens Albard klar vor sich zu sehen und diese dröhnende, einschüchternde Stimme wiederzuerkennen.

»Sie sind der Meister!«

»Na und? Alles Schnee von gestern, und zwar deinetwegen. Und jetzt sag mir« – er zeigte mit dem Stock auf Kestrel – »wer ist das denn?«

»Meine Schwester Kestrel.«

»Wirf sie in den Fluss! Ich kann sie nicht gebrauchen.«

Kestrel war ebenso erstaunt wie ihr Bruder, den Meister vor sich zu sehen.

Bo! Was macht der denn hier?

Keine Ahnung. Ich dachte, er wäre tot.

»Sie sind gestorben«, sagte Bowman laut. »Ich hab es gespürt.«

»Ach ja? Und spürst du das hier?«

Er schlug Bowman mit seinem Stock auf die Schienbeine.

»Au!«

»So tot auch wieder nicht, was?«

Springer kam aus der Tür, die zum vorderen Teil des Bootes führte. Er trug ein Tablett mit Essen. Albard fuhr ihn knurrend an: »Ich kann es nicht tun. Der Junge ist ein Holzkopf.«

»Du kannst«, erwiderte Springer freundlich. »Du bist der Beste.«

»Schmalz, schmalz, schmalz. Glaubst du, ich weiß nicht, was du im Schilde führst, du kleine Schmalzkugel?«

»Ich bringe Frühstück«, verkündete Springer.

Das Tablett schwebte ihm sacht aus den Händen und landete auf dem Kajütentisch. Dort schoben sich die Becher, Teller und Messer, das Körbchen mit den Eiern, der Laib Brot und der Milchkrug, die Butter und das Honigglas so lange von selbst herum, bis alles für vier Gedecke richtig angeordnet war. Albard beobachtete diese kleine Zurschaustellung von Gedankenkraft und stöhnte.

»Früher habe ich ein ganzes Volk regiert. Jetzt kann ich nicht mal mehr einen Teller bewegen.«

Seufzend nahm er zum Essen Platz. Die anderen machten es ihm nach. Sie aßen und tranken schweigend, bis alle fertig waren. Dann sagte Springer zu Bowman: »Albard wird dich ausbilden.«

»Aber sie nicht!«, schimpfte Albard und zeigte mit seinem butterverschmierten Messer auf Kestrel.

»Du wirst alles tun, was er dir sagt.«

»Werft sie in den Fluss!«, fügte Albard hinzu.

»Es wird dir schwer fallen. Aber du darfst nicht aufgeben. Verstehst du? Was immer du fühlst, wie groß deine Qual auch sein mag, du darfst nicht aufgeben.«

»Das verstehe ich«, erwiderte Bowman. »Aber ich verstehe nicht, warum er mein Lehrer sein soll.«

»Ich auch nicht, Junge«, schloss sich Albard an.

»Der Meister ist doch der Feind des Sänger-Volkes.«

»Ganz und gar nicht«, antwortete Springer fröhlich. »Albard ist unser Bruder. Wir lieben ihn und umarmen ihn.«

»Bitte!«, murrte Albard. »Verschon mich mit deinen Umarmungen!« Dann sagte er zu Bowman: »Du erinnerst mich an einen Jungen, den ich vor langer Zeit einmal kannte. Ein Junge, der glaubte, anders als alle anderen Jungen zu sein, und das später beweisen sollte.«

»Ihr Sohn?«

»Doch nicht mein Sohn, du Regenwurm! Ich habe gar keinen Sohn! Ich spreche von mir selbst. Hab ich dir nicht gesagt, du würdest meinen Platz einnehmen?«

»Die Zeit vergeht«, murmelte Springer.

»Ach, tatsächlich? Na so was! Was für eine Überraschung.« Doch Albard akzeptierte diese indirekte Anweisung und führte Bowman aufs Deck hinaus. Kestrel folgte ihnen unaufgefordert. Es war ein kalter, klarer Morgen. Die Winterluft und die Aussicht auf den Beginn seiner Ausbildung wirkten anregend auf Bowman.

Kestrel war immer noch bestürzt über die Anwesenheit des Mannes, den sie als Meister kennen gelernt hatte.

Wie kann er dich ausbilden? Das ist der Mann, der uns alle zu Sklaven gemacht hat.

Ich weiß es nicht.

Willst du es denn nicht wissen?

Ich will lernen ein Sänger zu sein. Dann weiß ich es.

»Hört sofort auf damit!«, brüllte Albard. »Ich verstehe zwar nicht, was ihr sagt, aber ich weiß, dass ihr euch irgendwas zuzwitschert.«

»Sie brauchen nicht die ganze Zeit zu schreien«, sagte Kestrel. »Wir sind schließlich nicht Ihre Dienstboten.«

Albard funkelte sie wütend an.

»Du würdest auch schreien, wenn du durchgemacht hättest, was ich durchgemacht habe«, knurrte er. »Er hätte mich einfach sterben lassen sollen.« Das fügte er mit einem finsteren Seitenblick auf Springer hinzu.

»Die Zeit vergeht«, mahnte Springer sanft.

»Ja, ja, ja.« Albard wandte sich Bowman zu. »Also, Junge, Werkzeug meines Untergangs – denn du warst es nicht selbst, bilde dir bloß nicht ein, dass du es selbst warst, du warst nur das Werkzeug höherer Mächte, die größer sind als wir beide …«

»Das weiß ich.«

»Das solltest du auch wissen, und mehr noch, du solltest wissen, dass du keine besonderen Fähigkeiten besitzt. Keine besonderen Kräfte. Kein besonderes Schicksal. Du bist nichts als das Instrument, auf dem andere spielen. Weißt du all das?«

»Nein …«

Klatsch! Albard schlug ihm mit der flachen Hand ins Gesicht. Nicht fest, aber immerhin so, dass Bowman Tränen in die Augen traten.

»Ich sagte, du solltest es wissen!«

Er hatte die Hand erhoben, um noch mal zuzuschlagen. Bowman versuchte seine Gedankenkräfte zu sammeln, stellte jedoch fest, dass sie verschwunden waren.

Klatsch! Der zweite Schlag schmerzte sehr viel mehr. Unwillkürlich rannen ihm Tränen über die Wangen.

»Willst du mich nicht aufhalten? Willst du nur wie ein winselnder kleiner Hund dasitzen und dich von mir schlagen lassen?«

Klatsch! Bowman musste feststellen, dass er nichts dagegen tun konnte, nicht einmal den Arm heben oder einen Schritt zur Seite machen, um dem Schlag auszuweichen.

Klatsch! Klatsch! Klatsch! Albard schlug ihn immer wieder, bis Bowman die Tränen in Strömen über die brennenden roten Wangen liefen.

Kestrel sah mit wachsendem Zorn zu. Doch gerade als sie beschlossen hatte einzuschreiten, hörte sie eine Stimme im Kopf.

Halte dich raus. Lass ihn lernen.

Äußerst überrascht drehte sie sich um und merkte, dass Springer sie starr anschaute. Sein Blick hatte eine ebenso starke Wirkung auf sie wie die Stimme in ihrem Kopf. Sie las tiefes Verständnis darin; und mehr noch, sie las darin, dass er wusste, warum sie hier war, was weder Bowman noch Albard auch nur ahnten. Daher verhielt sie sich still und verfolgte weiter Bowmans Unterricht.

»Bitte mich um Verzeihung!«

Bowman schaute Albard einfach nur an. Er war zwar körperlich und geistig angeschlagen, aber immer noch trotzig.

»Küss mir die Hand!«

Bowman rührte sich nicht.

»Immer noch stolz? Worauf kannst du schon stolz sein? Du hast keinerlei Kraft! Du kannst dich nicht gegen mich wehren! Du denkst, nur weil du das Kind des Propheten bist, hast du auf der Welt eine wichtige Rolle zu spielen?«

»Ja«, antwortete Bowman.

»Ha!« Albard brach in höhnisches Gelächter aus, so dass sein dicker Bauch wackelte. »Ha! Begreifst du denn nicht? Was für ein Witz! Du denkst, nur weil du zufällig das Kind des Propheten bist, bist du jemand Besonderes? Genau das Gegenteil ist der Fall! Du bist ein Niemand! Du bist bloß irgendwer! Das einzig Wichtige an dir ist, dass du bestimmte Vorfahren hast. Du könntest deine Rolle auch als schielender Krüppel spielen. Begreifst du nicht, dass du dadurch noch viel minderwertiger als andere bist? Was bist du denn schon, außer einem Postboten mit einem Brief aus der Vergangenheit? Du denkst, nur weil das, was du in deinem Postsack trägst, mächtig ist, bist du auch mächtig?«

Er schlug Bowman erneut, diesmal fester. Bowman bebte vor Schmerz.

»Jetzt küss mir die Hand!«

»Ist das für meine Ausbildung notwendig?«

»Ich geb dir keine Gründe, nur Befehle!«

Bowman zögerte noch einen Moment, beugte sich dann vor und küsste Albard die Hand. Kestrel litt beim Zusehen mit. Sie spürte Bowmans Not. Albard hatte seine Worte gut gewählt und sie zeigten Wirkung.

»Bitte mich um Verzeihung!«

»Verzeihen Sie mir.«

»Du stinkst nach dem Morah! Was hast du auf Sirena zu suchen?«

»Ich weiß es nicht.«

»Zieh dich aus.«

Wieder zögerte Bowman, aber diesmal fragte er nicht danach, ob es notwendig sei. Mit zitternden Fingern öffnete er seinen Gürtel und zog seine Kleider aus. Als er nackt dastand und in der kalten Luft schauderte, sah er so zerbrechlich aus, dass Kestrel sich auf die Lippe beißen musste, um nicht zu weinen.

»Sieh dich an! Sieh dir deinen Körper an! Gefällt dir dein Körper?«

Bowman war vor Kälte ganz starr und wusste nicht genau, was er antworten sollte.

»Gefällst du deinem Körper? Das glaube ich kaum.«

Ein plötzlicher Krampf erfasste Bowmans Bein. Er schrie auf und bückte sich, um den Schmerz zu lindern. Ein zweiter Stich durchfuhr ihn, diesmal im Arm. Dann sein Hals, sein Bauch, sein anderes Bein, alles begann vor Schmerzen zu schreien, als würden ihm Messer in den Leib gestoßen. Seine Kehle fing an zu brennen und seine Eingeweide zu schmelzen. Verzweifelt fiel er aufs Deck und versuchte seinen gepeinigten Körper zu reiben, doch es flammten immer neue Schmerzen auf, in den Ohren, in den Handgelenken, in den Lungen, noch während er verängstigt nach Luft schnappte.

»Dein Körper hasst dich!«, brüllte Albard. »Dein Körper ist dein Feind! Dein Körper will dir wehtun!«

Bowman fing an zu schreien. Er konnte nicht anders. Brüllend wand er sich auf dem Deck. Kestrel hielt es nicht mehr aus.

»Halt!«

Doch gerade als sie einen Schritt nach vorn machte,

stellte sich ihr eine unsichtbare Kraft wie eine weiche, undurchdringliche Wand entgegen und hielt sie zurück.

Solange er konnte, kämpfte Bowman gegen den Schmerz an, was nicht sehr lang war. Dann wurde er ohnmächtig. Es geschah ganz langsam, als würde er vor sich selbst davonlaufen, dabei schreien, die Arme ausstrecken und nicht gehen wollen, aber der Schmerz war einfach zu groß.

Er wachte in völliger Finsternis auf. Um herauszufinden, wo er war, bewegte er eine Hand und fand Holzwände auf beiden Seiten und ein Holzdach dicht über seinem Kopf. Eingewickelt in Decken lag er ausgestreckt in einem Ding, das sich anfühlte wie eine lange Kiste. Um sich herum hörte er nichts als ein leises Rauschen, das alle anderen Geräusche verschluckte und nicht aufhörte. Die Schmerzen waren weg – so weit weg, dass fast sein ganzes Empfindungsvermögen mit verschwunden war. Unter der Decke war er nackt.

Kein Licht, nicht einmal durch eine kleine Ritze. Kein Geräusch außer dem einen Geräusch. Kein Gefühl.

Er versuchte zu rufen.

»Hilfe!«

Seine Stimme klang sonderbar, als gehörte sie jemand anderem.

Kess! Wo bist du?

Keine Antwort. War sie nicht mehr auf dem Boot? Hatte man sie zurückgeschickt?

Plötzlich hatte er große Angst.

»Hilfe!«, rief er. »Helft mir!«

Er bekam keine Antwort. Niemand hatte ihn gehört. Er

merkte es selbst – er war so vollständig eingeschlossen, dass ihn niemand hören konnte, egal, wie laut er schrie. Also musste er warten.

»Wie lange wollen Sie ihn da drinlassen?«, fragte Kestrel.

»Bis er aufgibt.«

»Aber Sie haben ihm doch gesagt, er darf nicht aufgeben.«

»Ja, das hab ich, nicht wahr?« Springers Stimme klang gedankenverloren, als er auf das vorbeiziehende Ufer hinausblickte.

»Er wird das Gefühl haben, versagt zu haben.«

»Ja, das wird er wohl.«

»Wollen Sie, dass er versagt?«

»Ich denke, du weißt die Antwort darauf selbst.«

»Ich weiß nur, dass Sie das tun, um ihm etwas beizubringen. Aber ich verstehe nicht, was er dadurch lernt, dass er allein in diesem Loch gelassen wird.«

»Das Lernen kommt noch. Das hier ist das Vergessenmachen.«

Bowman hatte keine Möglichkeit abzuschätzen, wie lange er im Dunkeln lag. Es konnten Stunden sein, vielleicht aber auch Tage. Nach einer Weile dachte er, er wäre vielleicht schon tot. Und nach einer weiteren Weile dachte er überhaupt nichts mehr.

Kestrel aß mit Albard und Springer zu Abend. Springer hatte ihnen ein Gericht aus Eiern und Butter zubereitet. Sie schwieg und hörte zu, während die beiden miteinander herumzankten. Auch sie lernte etwas, auf ihre eigene Weise.

»Warum dich, Springer? Warum haben sie mir so einen stumpfsinnigen Trottel wie dich geschickt?«

»Tut mir Leid, dass du mich stumpfsinnig findest. Ich werde mich bemühen amüsanter zu sein.«

»Bitte! Verschon mich damit.« Nach einer Pause fügte er hinzu: »Ich sag dir, warum sie dich geschickt haben. Weil sie mich hassen. Sirena hat mich schon immer gehasst.«

Er wandte sich Kestrel zu, als freute er sich ausnahmsweise über einen neutralen Zuhörer.

»Hast du je mein Reich gesehen, junge Dame?«

»Ja«, erwiderte Kestrel.

Sie erinnerte sich nur zu gut daran, wie knapp sie dem Tod entronnen war. Es war der Wille dieses Mannes, dieses Meisters gewesen, der Ortiz' Klinge dazu getrieben hatte zu töten. Doch Albard schien sich nur der Pracht seiner Herrschaft zu entsinnen.

»Ah! Mein Reich, das war vielleicht etwas! So etwas kann man mit den Kräften der Sänger auf der Welt erschaffen. Aber das wollen sie nicht. Lieber sehen sie tatenlos zu, wie die Welt in Flammen aufgeht.«

»Wir sparen unsere Kräfte für die eine große Aufgabe auf«, erklärte Springer.

»Die eine große Aufgabe!« Albard richtete sich wieder an Kestrel. »Diese Sänger, weißt du, worauf sie warten? Weißt du, wofür sie sich schulen und ihr Leben opfern? Für den Tod! Das ist ihre eine große Aufgabe! Der Tod!«

»Du hast den Eid selbst auch abgelegt, Albard.«

»Das stimmt. Aber warum soll ich diese Kräfte mein ganzes Leben lang brachliegen lassen, wenn überall um uns herum Menschen leiden?« An Kestrel gerichtet sagte er: »Das war mein Verbrechen! Die Kräfte, die man mir gegeben hatte, zu nutzen, um eine bessere Welt zu schaffen. Deshalb haben sie Sirenas Macht gegen mich gewandt. Deshalb wurde ich zu dem gemacht, was du jetzt siehst. Verstehst du?«

Er warf ein Stück Brot in die Luft. Es fiel auf den Tisch.

»Ich kann nicht mal mehr ein Stück Brot beherrschen! Und er hier kann es.« Er stupste Springer mit dem Finger an. »Dieses matschgesichtige Mann-Frau-Geschöpf kann es.« Er warf mit einem Stück Brot nach Springer. Es hielt mitten in der Luft inne, machte kehrt und schwebte auf Albards Teller zurück. »Siehst du? Aber ich, der die prächtigste Stadt erbaut hat, die die Menschheit je gesehen hat, ich kann gar nichts!«

»Warum müssen die Sänger sterben?«, fragte Kestrel.

»Du bist doch das Kind des Propheten«, entgegnete Albard. »Du solltest es wissen.«

»Ich weiß, dass Ira Manth am Anfang von allem gestanden hat. Ich weiß, dass die Sänger die einzige Macht sind, die den Morah aufhalten kann. Aber ich weiß nicht, warum sie sterben müssen.«

»Aus Eitelkeit«, brummte Albard. »Da können sie sich wichtig vorkommen.«

Kestrel hatte ihre Frage an Springer gerichtet. Er achtete nicht auf Albard und antwortete mit einer eigenen Frage.

»Was ist der Mor?«

»Der Hunger nach Macht, glaube ich«, erwiderte Kestrel. »Alles nur für sich selbst zu wollen. Und andere Menschen zu verletzen, um das zu bekommen, was man haben will. Und Angst zu haben. Und zu hassen.«

»Der Prophet begriff, dass der Mor nur unter Kontrolle gebracht werden konnte, wenn er und seine Anhänger den entgegengesetzten Weg gingen. Indem sie nicht nach Macht strebten. Nichts wollten. Nichts besaßen. Nichts nahmen, nur gaben. Losließen.«

Kestrel zitierte aus dem Verlorenen Testament.

»Sie werden alles verlieren und alles geben.«

Springer nickte.

»Und wenn man diesen Weg einmal begonnen hat, nimmt er kein Ende.« Er schaute sie so fest an, dass sie sich nicht rührte. »Das Geben hat keine Grenzen. Das Leben selbst wird gegeben.«

Kestrel verstand. Sie verstand den Ausdruck seiner Augen und das Gefühl in ihm besser als das, was er sagte.

»Du willst wissen, warum die Sänger sterben müssen. Warum sollten sie nicht? Warum sollten sie an so etwas Nichtigem wie dem Leben festhalten?«

»Ha!«, schnaubte Albard verächtlich. »Eitelkeit! Nichts als Eitelkeit!«

»Du glaubst, der Tod ist das Ende? Das ist er nicht. Verliere dein Leben und du findest alles. Das Lied des Feuers ist das süßeste Lied von allen.«

»Trotzdem ist man am Ende tot«, wandte Albard ein.

»Das ist bei allen Lebewesen so. Aber sehr wenige kennen den brennenden Wind.«

»Den brennenden Wind.« Kestrel merkte, dass sie mehr verstand als zuvor, nur die einzelnen Teile noch nicht richtig zusammengesetzt hatte. »Vernichtet er den Morah?«

»Er ist die einzige Macht, die stärker ist als der Morah. Die Macht aller Sänger zusammen.«

»Und dann erhebt sich der Mor von neuem«, warf Albard ein. »Der Morah kehrt zurück.«

»Ebenso wie das Sänger-Volk.«

»Immer wieder von vorn«, sagte Albard. »Davon wird einem schwindelig. Davon wird einem übel.«

»Da ist immer noch der Junge«, erinnerte ihn Springer.

»Ja, ja. Da ist immer noch der Junge.« Albard wurde etwas versöhnlicher, als er an Bowman dachte. »Ich bin mir nicht sicher, ob er das Zeug dazu hat.«

»Du bist der Lehrer, Albard.«

Bowman hörte ihn, bevor er ihn sah. Er hörte, wie sich eine Tür öffnete und wieder schloss. Dann Schritte. Dann eine Stimme.

»Junge?«

Er wollte sprechen, stellte jedoch zu seiner Überraschung fest, dass er vergessen hatte, wie.

»Mach die Augen zu, Junge. Das Licht wird dich blenden.«

Bowman schloss die Augen. Dann hörte er ein Rasseln über sich. Gleich darauf traf ein schwaches Licht auf seine Lider. Hände langten herunter und banden ihm ein Tuch um den Kopf, so dass er nichts mehr sehen konnte. All das geschah ohne sein Zutun oder seinen Widerstand. Er hatte die Kontrolle über seinen eigenen Körper verloren.

Jetzt spürte er, wie die Hände um ihn herum und unter ihn griffen. Ein plötzlicher Ruck und er wurde von starken Armen hochgehoben. Er wurde über knarrende Holzplanken und ins Licht getragen. Das Licht sah er durch die winzigen dreieckigen Ritzen an der Stelle, wo die Augenbinde durch seinen Nasenrücken angehoben wurde. Er roch scharfe, frische Luft. Er spürte, dass andere Leute um ihn herumstanden, hatte aber weder die Kraft, sich zu fragen, wer sie wohl waren, noch den Wunsch, das zu tun.

In diesem dunklen Loch hatte er mehr als nur seinen Körper verloren. Er hatte jegliches Gespür für sich selbst verloren.

Jetzt wurde er hingelegt, auf ein provisorisches Bett. Dort blieb er dankbar liegen. Überall um sich herum hörte er Geräusche: den Fluss, den Wind in den Bäumen, den Atem der Leute in seiner Nähe. Er merkte, wie seine Hand hochgehoben und ein kleiner Gegenstand hineingelegt wurde, den er festhalten sollte.

Es war ein Ei.

Er spürte das Ei, das schwer in seiner Hand lag, und eine Welle des Glücks durchströmte ihn. Das Ei war so glatt und doch war diese Glätte mit winzigen Körnern übersät. Es war so wunderbar gewölbt, so perfekt gewölbt, und doch keine Kugel. Es bildete seine eigene Form, die keinerlei Regeln folgte. Jetzt fühlte er, dass die kühle Oberfläche der Schale die Wärme seiner Hand annahm. Er schloss die Finger um das Ei, spürte den Raum, den es einnahm, und den Widerstand, den es seinen Fingern bot. Er umklammerte es fester und erfreute sich an der Stärke der Schale. Dann drückte er noch fester, und *kakakasch!* zerbrach das Ei und alles verwandelte sich. Die glatten Krümmungen wurden zu spitzen Bruchstücken, die vollkommene, feste Form verschwand und ein kühler Balsam breitete sich in seiner Hand aus.

Dieser Augenblick des Zerbrechens erstaunte ihn. Er durchlebte dieses Gefühl noch einmal und suchte nach dem genauen Punkt, an dem der Widerstand nachgelassen hatten, nach dem Moment der Verwandlung, *kakakasch!* Von hart zu nachgiebig, von fest zu flüssig, vom Ei zum Nicht-Ei. Da erkannte er es: Wenn er in diesen Augenblick eindringen und ihn festhalten könnte, dann wäre er mitten in … mitten in was? Er verfolgte diesen Gedanken weiter. Mitten im Leben? Mitten in der Wirklichkeit?

»Wir nennen es das Lied.«

Die Stimme schockierte ihn. Dass sie auf seinen Gedanken antwortete. Aber was sie sagte, überraschte ihn nicht. Im Herzen des Eies lag das, was es zu einem Ei machte, das, was typisch Ei war. Warum sollte man es nicht das Lied des Eies nennen?

Albard und Springer blickten auf Bowman hinunter, der mit verbundenen Augen, Eigelb zwischen den Fingern einer Hand und einem Lächeln im Gesicht auf den Decken lag. Springer nickte zufrieden.

»Er wird sich ganz gut machen«, meinte er.

»Ganz gut?«, rief Albard. »Er wird ein Meister sein!«

14
Pinto wird erwachsen

Die Manth überquerten die Brücke früh an diesem Tag und gelangten so auf die Bergstraße. Bowmans und Kestrels Weggang lastete schwer auf jedem Einzelnen von ihnen, doch niemand sprach darüber. Ihre Aufgabe lag klar vor ihnen: Sie mussten die hohen, schneebedeckten Berge erklimmen und dann schließlich die Heimat auf der anderen Seite erreichen. Bowman und Kestrel hatten eine andere Aufgabe zu erfüllen, die sie zwar nicht verstanden, die aber irgendwie notwendig war und zu ihrer eigenen Reise gehörte. So folgten sie in gedrückter Stimmung in einer langen Reihe dem Pfad, der die baumbestandenen Hänge hinaufführte.

Mumpo ging an der Spitze. Ungeachtet seiner Wunden schleppte er ein schweres Bündel und schritt so energisch voran, als hätte er nichts zu tragen und wäre bald zu Hause. Es war ein strahlender Morgen mit einem klaren blauen Himmel hinter den weißen Bergspitzen. Mumpo hielt es für seine Pflicht, den Platz von Bowman einzunehmen – Bowman, dem nichts entging, was um ihn herum geschah, und der immer ahnte, was andere dachten. Mumpo fühlte sich stark genug für die Aufgaben, die auf ihn warteten, er wusste, dass er gebraucht wurde, und war voller Hoffnung. Die letzte Etappe ihrer Reise hatte begonnen.

Hanno Hath marschierte neben der Trage, auf der Ira Hath festgeschnallt lag. Seldom Erth führte das Pferd, das die Trage über den steinigen Boden zog, und bemühte sich einen ebenen Weg zwischen den gefrorenen Wagenspuren zu finden. Doch leider war es nicht zu vermeiden, dass Ira auf ihrer Trage hin und her geschüttelt wurde.

»So hat man Babys früher zum Einschlafen gebracht«, sagte Hanno. »Als die Manth noch ein Nomadenstamm waren.«

Ira lächelte unter ihren Decken und Gurten.

»Ich fühle mich auch wie ein Baby«, antwortete sie.

Pinto ging auf der anderen Seite neben ihr und trug selbst auch ein Bündel. Sie schämte sich dafür, dass es so klein war, aber ihr Vater wollte sie nicht mehr tragen lassen. Er hatte sie auch nicht das zweite Pferd führen lassen, weil sie zu jung dafür sei. Pinto wusste, dass sie zu jung war, wenn man in Jahren rechnete. Doch innerlich fühlte sie sich ganz und gar nicht jung, sie konnte so viel wie jeder andere von ihnen, sogar mehr. Und jetzt, da Bowman und Kestrel fort waren, war sie das älteste Kind in ihrer Familie, das einzige Kind. Das machte einen Unterschied.

Unterwegs begegneten sie Reisenden, die in die Gegenrichtung zogen.

»Geht besser nicht in die Berge!«, rieten sie ihnen. »Nicht im tiefen Winter. Nicht, wenn der Himmel bald in Flammen stehen wird.«

Andere waren noch nachdrücklicher.

»Kehrt um! Es gibt keinen Weg über die Berge. Geht bis zur Küste und benutzt den Seeweg, wenn es unbedingt sein muss.«

Doch Ira Hath spürte die Wärme auf ihrer Wange und wurde mit jedem Schritt, den sie taten, sicherer.

»Wir gehen nach Norden und folgen der Straße in die Berge. Wir finden schon einen Weg.«

Sie kamen an einen Bach, der eine schnelle Strömung hatte und eiskalt war. Hier machten sie Halt, um die Kühe und Pferde zu tränken und ihre Flaschen aufzufüllen. Rollo Shim humpelte noch, konnte aber Schritt halten. Das einzige Problem war Mrs Chirish. Als sie am Bach stehen blieben, setzte sie sich abrupt hin und rührte sich nicht mehr, nicht einmal um Wasser zu holen.

Creoth redete diskret mit Hanno.

»Wir müssen etwas unternehmen. Sie tut, was sie kann, aber sie hat mehr zu tragen als wir anderen.«

Hanno erkannte, dass Creoth Recht hatte. Die Straße stieg steil vor ihnen an. Mrs Chirish würde sie aufhalten.

»Wir bauen eine zweite Trage. Sie kann meiner Frau Gesellschaft leisten.«

Tanner Amos und Miko Mimilith machten sich auf in die Bäume, um die Seitenschienen für die Trage zu schlagen, während Cheer Warmish ihr Bündel nach einer Bahn Segeltuch durchsuchte. Hanno nahm Mrs Chirish zur Seite und erklärte ihr, was er vorhatte.

»Meiner Frau fällt es schwer«, sagte er, »so bequem dazuliegen, während wir anderen marschieren müssen. Sie soll wissen, dass sie nicht die Einzige ist. Wir bauen eine zweite Trage für alle, die eine Pause brauchen, und ich hätte gern, dass Sie sie als Erste benutzen.«

»Oh, ich kann mich doch nicht wie eine Königin tragen lassen. Machen Sie sich wegen mir keine Sorgen. Ich komme schon zurecht. Lassen Sie den armen Rollo die Trage benutzen.«

»Rollo Shim muss sich bewegen, sonst wird sein Bein steif. Und um Sie mache ich mir keine Sorgen.« Hanno senkte die Stimme. »Sondern um Creoth. Wissen Sie noch, wie er Sie auf dem langen Marsch ins Reich des Meisters getragen hat? Er schwört, dass er Sie wieder tragen wird. Aber sehen Sie sich mal die Straße vor uns an. Das würde ihn umbringen.«

»Er darf mich nicht tragen! Das lasse ich nicht zu!«

»Er ist wild entschlossen. Und meine Frau hat so ein schlechtes Gewissen. Wenn Sie einfach die zweite Trage benutzen könnten, würden Sie uns allen einen großen Gefallen tun.«

»Na gut. Wenn Sie das so sehen. Ich muss sagen, Ihre Familie ist immer gut zu mir gewesen. Ich tue mein Möglichstes, um zu helfen.«

Als sich die Kolonne wieder in Bewegung setzte, holperte Mrs Chirish also in einer Trage neben der von Ira Hath vorwärts und die beiden zogen einander Gesichter, wenn sie einen besonders heftigen Ruck aushalten mussten.

Den ganzen Morgen über stapften sie die gewundene Straße hinauf, während die Wintersonne hinter ihnen über den Himmel wanderte. Gegen Mittag führte der Weg zwischen dicht stehenden Bäumen hindurch und schlängelte sich nun in immer schärferen Serpentinen den steilen Berghang hinauf. Auf ihrem beschwerlichen Weg nach oben konnten sie ab und zu durch Lücken zwischen den Bäumen die nächste Kehre über sich erkennen. Ihnen war klar, dass sie noch lange brauchen würden. Doch sie hatten keine Wahl. Die Bergziegen, die stockstill dastanden und sie mit halb geschlossenen Augen verwundert anschauten, konnten die Pfade zwischen den Bäumen entlangspringen, aber die Manth waren keine Ziegen und ihre Pferde und Kühe auch nicht. Sie mussten wohl oder übel die lange, gewundene Straße benutzen.

Mumpo war noch immer an der Spitze, inzwischen zusammen mit Bek Shim. Mit ihren scharfen Augen suchten sie den dichten Wald zu beiden Seiten und den Weg vor sich ab. In dieser wenig bereisten Gegend fürchteten sie sich nicht mehr vor Banditen, sondern vor wilden Tieren. Im Dorf an der Brücke hatte man ihnen von Bergkatzen erzählt, die auf überhängenden Ästen lauerten und sich von dort aus auf ihre Beute stürzten, und sogar von Wölfen. Mumpo erinnerte sich an die Wölfe, denen er vor langer Zeit auf seiner Reise mit Bowman und Kestrel begegnet war. Bowman hatte mit den Wölfen geredet und sie hatten ihn verstanden. Aber Bowman war jetzt nicht mehr da.

Ein Angstschauder befiel Mumpo, doch er hatte sich sofort wieder unter Kontrolle – er musste Bowmans Platz einnehmen. Auch Kestrel war fort – er musste einen Grund dafür finden, ohne sie zu leben. Das Gewicht seiner neuen Verantwortung half Mumpo mehr, als ihm bewusst war. Er war nicht mehr nur der Freund, der nebenhin mitlief, der Letzte im Glied, sondern einer der Anführer.

Sogar Sisi spürte das. Seit Bowmans und Kestrels Weggang suchte sie oft Mumpos Gesellschaft und redete mit ihm, was sie vorher nicht getan hatte. Sie fragte ihn nach Bowman und wollte die Geschichte hören, wie sie die Stimme des Windsängers gesucht hatten. Besonders interessierte sie sich dafür, was in den Hallen des Morah geschehen war. Mumpo bemühte sich all ihre Fragen zu beantworten, so gut er konnte, doch die Einzelheiten waren in seinem Gedächtnis durcheinander geraten.

»Also ist Bowman nah an den Morah herangekommen?«

»Ja. Wir alle.«

»Hat er den Morah berührt?«

Mumpo erinnerte sich beschämt, wie ihn selbst eine entsetzliche Freude durchströmt hatte und er mit den Saren marschiert war. Aber was war mit Bowman passiert?

»Ich weiß es nicht mehr. Kann schon sein.«

Er sah wieder die weißgoldenen Uniformen und die wunderschönen lächelnden Gesichter der jungen Saren vor sich. Er hörte die Musikkapelle und die Stimmen, die das Lied der Saren sangen – ein Lied, das aus nur einem Wort bestand: »Töten, töten, töten, töten! Töten, töten, töten!«

Er sah, wie Kestrel reglos vor ihm stand und ihn anschaute – ja, natürlich. Auch Bowman war unter den Marschierenden gewesen, das gezogene Schwert in der Hand.

»Ja, er ist vom Morah berührt worden. Bowman war unser Anführer.«

»Wessen Anführer?«

»Der Anführer der Schönen. Der Soldaten des Morah. Der Saren.«

Sisi fragte nicht weiter. Sie wurde sehr nachdenklich.

»Und dann sind wir weggerannt«, erzählte Mumpo.

Die Einzelheiten blieben ihm unklar. Das alles war so viele Jahre her.

»Und jetzt«, sagte Sisi mit Bedacht, »hat er sich dem Sänger-Volk angeschlossen, um den Morah zu vernichten.«

»Ja, ich glaube schon. Ob wir ihn jemals wiedersehen werden?«

»Da bin ich ganz sicher«, antwortete Sisi. »Wenn ich das nicht wäre, würde ich mich hier an den Straßenrand legen und sterben.«

»So sehr liebst du ihn?«

»Meine Zukunft gehört Bowman. Solange er nicht da ist, steht die Zeit still.«

Mumpo war verblüfft, dass sie das so einfach ausdrücken und so überzeugt sein konnte. Er wollte von Kestrel sprechen, ließ es aber bleiben. In Kestrels Augen bin ich ein Narr, dachte er, und daran wird sich nie etwas ändern. Aber das müssen andere ja nicht unbedingt wissen.

Aus dem Augenwinkel erspähte er kurz eine Gestalt, die zwischen den Bäumen entlangschlich. Er suchte die dunklen Schatten ab, doch sie war verschwunden. Sobald er jedoch den Blick wieder starr geradeaus auf die ansteigende Straße richtete, erhaschte er die Bewegung zwischen den Bäumen erneut. Das war ein Wolf, da war er sicher. Einer der großen grauen Wölfe, die ihre Beute vollkommen lautlos durch die Berge verfolgten und auf die Nacht warteten.

Mumpo ließ sich unauffällig zurückfallen, bis er auf Hannos Höhe war, und berichtete ihm von seiner Befürchtung. Ebenso unauffällig gab Hanno Tanner Amos, Bek Shim und Miller Marish Bescheid und sie alle verteilten sich auf der ganzen Länge der Kolonne und beobachteten den Wald.

In allgemeinem Einvernehmen wurde zum Mittagessen nicht Halt gemacht. Die Wintertage waren kurz. Die Wanderer würden essen, wenn sie abends ihr Lager aufschlugen. Alle hatten Wasserflaschen bei sich, um ihren Durst zu stillen, und die kleinen Kinder bekamen Kuchen, die sie unterwegs essen konnten. Lolo Mimilith wollte seinen Kuchen nicht, er sagte, er sei kein Kind mehr – wie Ashar Warmish war er zwölf. Sein zwei Jahre jüngerer Bruder Mo schloss sich an, doch seine Mutter gab ihm den Kuchen etwas später, als niemand hinschaute, und er aß ihn dankbar auf. Pinto war viel zu stolz, um Mo Mimilith nachzuahmen, und nahm ihren Kuchen an, gab ihn dann aber Mrs Chirish. Mrs Chirishs Arme waren unter der Decke auf der Trage festgeschnallt, daher konnte sie den Kuchen nicht wegschieben, als Pinto ihn ihr vor den Mund hielt. Sie öffnete den Mund, um »Nein, danke« zu sagen, aß stattdessen aber irgendwie einen Bissen vom Kuchen. Da sie nun schon mal angefangen und so die Achtung verloren hatte, die ihr ein Nein eingebracht hätte, gab es keinen Grund mehr, den Mund vor dem Rest zu verschließen. Also aß sie den süßen Kuchen mit Tränen in den Augen.

Mitten am Nachmittag führte die gewundene, ansteigende Straße aus dem Wald hinaus und war plötzlich zu Ende. Vor ihnen lag ein lang gezogenes, ganz und gar flaches Plateau, das sich endlos nach Osten und Westen erstreckte, aber kaum einen Kilometer nach vorn in ihre Richtung. Der Schnee lag unberührt auf dieser Ebene. Weder Fuß- noch Wagenspuren führten auf die andere Seite hinüber, wo die letzte Kette von Bergspitzen begann.

Die Manth versammelten sich am Ende der Straße, setzten ihr Gepäck ab und überlegten, was sie als Nächstes tun sollten. Diese plötzliche weite Fläche mit jungfräulichem Schnee ergab überhaupt keinen Sinn. Warum wuchsen dort keine Bäume? Warum gab es dort keine Spuren?

Der alte Seldom Erth lieferte ihnen die offensichtliche Antwort.

»Wasser«, stellte er fest. »Das ist ein zugefrorener See.«

Mumpo wagte sich versuchsweise vorwärts und klopfte vorsichtig mit einem Stock auf den Boden. Bald stieß er auf Eis. Er wischte etwas Schnee von der Oberfläche und versuchte das Eis zu brechen, doch es war zu dick. Er stellte sich darauf, dicht am Ufer und bereit schnell hinunterzuspringen, doch es hielt sein Gewicht.

Hanno hatte Iras Trage umgedreht, so dass sie das Gesicht nun nach Norden wandte. Sie hatte die Augen geschlossen. Das Rumpeln in der Trage hatte sie geschwächt.

»Spürst du es noch?«, fragte Hanno.

Ira nickte. Sie hob einen Finger und zeigte nach Norden, direkt über das Eis. Mehr brauchte Hanno nicht zu wissen.

»Wir überqueren den See«, verkündete er.

Die kleineren Kinder jubelten und rannten sofort auf das schneebedeckte Eis hinaus, wo sie ausrutschten und hinfielen.

»Fin! Komm sofort zurück! Jet!«

Das Eis hielt. Die Kinder kehrten mit Schneeflecken auf den Kleidern zurück und lachten. Doch Silman Pillish war beunruhigt.

»Woher wissen wir, ob uns das Eis den ganzen Weg bis zum anderen Ufer trägt? Woher wissen wir, ob es das Gewicht der Kühe und der Pferde aushält? Wenn es da draußen in der Mitte des Sees bricht und wir ins Wasser fallen, erfrieren wir darin.«

»Dieses Risiko müssen wir eingehen«, entgegnete Hanno. »Wir haben keine Wahl.«

»Im Gegenteil«, beharrte der Lehrer. »Wir könnten in Richtung Westen am Ufer entlanggehen, bis wir eine Möglichkeit finden, auf die andere Seite zu kommen.«

Hanno drehte sich zu seiner Frau um. Sie hatte zugehört. Nun schüttelte sie den Kopf.

»Keine Zeit«, murmelte sie.

»Das würde uns mindestens einen Tag kosten«, wandte er ein. »Wir müssen über das Eis.«

Danach zweifelte niemand mehr seine Entscheidung an, doch viele warfen sich besorgte Blicke zu. Hanno überlegte sich einen Plan für die Überquerung, der ihnen hoffentlich die besten Chancen bot, heil das andere Ufer zu erreichen.

»Mumpo, du und Tanner, ihr geht als Erste. Untersucht das Eis beim Gehen. Haltet euch ein Stück weit auseinander. Wenn ihr merkt, dass sich das Eis bewegt oder knackt, sagt uns sofort Bescheid.«

Mumpo nickte. Tanner Amos schnitt sich einen stabilen Stock von einem Baum.

»Wir anderen folgen in Dreier- oder Vierergruppen, jeweils mit gutem Abstand voneinander. Creoth, du wartest am Ufer mit den Kühen. Seldom, du bleibst bei den Pferden. Wenn wir alle drüben sind, kommt ihr mit den Tieren nach. Falls das Eis unter ihrem Gewicht bricht, verlasst ihr sie. Lauft so schnell von ihnen weg, wie ihr könnt.«

Seldom Erth hatte das Eis selbst getestet.

»Es wird halten«, verkündete er. »Solange alle ganz ruhig gehen.«

»Und jetzt denkt daran«, wandte sich Hanno an sie alle, »wenn ihr merkt, dass das Eis unter euch aufbricht, verteilt euer Gewicht. Bewegt euch langsam. Das Eis ist dick. Es wird euch auch dann noch tragen, wenn es Risse bekommt.« Er blickte zur sinkenden Sonne hinauf. »Wir haben noch eine Stunde Tageslicht. Wir dürfen keine Zeit verlieren.«

Hanno hatte vor Iras Trage selbst zu ziehen, indem er sich das Pferdegeschirr um die eigenen Schultern schnallte. Als Mumpo das sah, ging er zu ihm hinüber.

»Ich kann das machen. Ich bin stärker als Sie.«

»Nein, Mumpo. Ich brauche dich vorne.«

»Bek Shim kann für mich gehen.«

Hanno schaute Mumpo an und begriff, dass er ihm zeigen wollte, wie viel Kraft er hatte. Also ließ er ihn das Geschirr nehmen und stellte sich hinter der Trage auf, wo er seine Frau im Auge behalten konnte. Mrs Chirish war von ihrer Trage losgebunden worden und würde den See auf ihren eigenen Beinen überqueren.

»Ganz ruhig gehen«, murmelte sie leise. »Das ist genau nach meinem Geschmack. Ruhig gehen gefällt mir.«

Gerade als sich alle aufgestellt hatten und zum Losgehen bereit waren, brach Cheer Warmish in heftiges Schluchzen aus.

»Wir werden alle sterben!«, jammerte sie. »Das Eis wird brechen und wir werden alle sterben!«

Ihr Weinen löste eine Welle von Panik bei denen aus, die ihre Angst nur mit Mühe unter Kontrolle gehalten hatten.

»Was ist, wenn sie Recht hat?«, fragte Gale Such.

»Sollten wir nicht doch den sicheren Umweg nehmen, auch wenn es länger dauert?«, schlug Miko Mimilith vor.

»Lasst mich nicht ertrinken!«, rief Lunki und fing ebenfalls an zu schluchzen.

»Sei still, Lunki!«, ermahnte Sisi sie schroff. Dann wandte sie sich an die anderen und tadelte sie.

»Warum sollten wir in Sicherheit sein? Haben wir das Reich des Meisters vielleicht verlassen, um in Sicherheit zu sein? Wir haben es getan, weil wir daran glaubten, dass uns Ira Hath in die Heimat führen würde. Wenn ihr nicht mehr daran glaubt, kehrt um und folgt irgendeinem anderen Propheten. Aber wenn ihr daran glaubt, dann glaubt auch bis zum Schluss daran. Glaubt daran, dass euch das Eis tragen wird. Glaubt daran, dass uns jetzt nichts mehr aufhalten kann. Nicht die letzten Tage, nicht die Zerstörung von Städten und nicht der Himmel, der in Flammen steht. Also tragt eure Köpfe hoch erhoben, seid stolz und fürchtet euch vor nichts und niemandem!«

Ihre Worte elektrisierten sie alle. Creoth sagte laut: »Bei den Bärten meiner Ahnen! Was für ein Mädchen!«

»Gehen wir!«, rief Hanno Hath. »Die Sonne geht unter.«

Als er an Sisi vorbeikam, drückte er in stiller Dankbarkeit ihren Arm.

Tanner Amos und Bek Shim traten auf den zugefrorenen See hinaus und klopften dabei mit ihren Stöcken vor sich auf das Eis. Hanno wartete, bis sie sich ein Stück vom Ufer entfernt hatten, dann winkte er die nächste Gruppe heran und die übernächste. Die kleinen Gestalten bewegten sich vorsichtig über die Eisschicht, schoben die Füße Schritt für Schritt vorwärts, fanden heraus, wie man sich am besten gerade hielt, und spürten die Stärke des Eises unter sich. Jetzt folgte Mumpo, der Ira Hath auf der Trage hinter sich herzog, dann Hanno selbst und Pinto –

nicht zu dicht dahinter, um das Gewicht der Gruppe zu verteilen.

Miller Marish hielt seine beiden Mädchen an den Händen, eines auf jeder Seite, und hielt sie davon ab, Anlauf zu nehmen und zu schlittern.

»Langsam, Mädchen. Langsam und gleichmäßig.«

Mrs Chirish stapfte schwer atmend voran, mit Scooch auf der einen und Sisi und Lunki auf der anderen Seite. Die Mädchen, die sich seit ihrer Verschleppung durch den Barra-Klan so nahe standen, blieben auf dem Eis zusammen und hielten sich alle an den Händen: Red Mimilith und Sarel Amos, Seer Such und die kleine Ashar Warmish. Creoth wartete bei seinen Kühen und Seldom Erth bei seinen Pferden am verschneiten Ufer.

Immer weiter gingen sie, fühlten das sanfte Knirschen des Schnees unter ihren Füßen und das leichte Rutschen auf dem Eis, wenn sie den nächsten Schritt machten. Ganz allmählich entfernte sich das Ufer hinter ihnen. Die Mädchen, die sich an den Händen hielten, umklammerten sich noch fester. Miller Marish hob die Arme, als wollte er so das Gewicht seiner Töchter auf dem Eis verringern. Mrs Chirish setzte jeden einzelnen Schritt noch vorsichtiger als den vorhergehenden, schob ihr Gewicht vorwärts und fürchtete sich, dass der zugefrorene See irgendwann doch seine ersten Protestlaute hören lassen würde. Jetzt, da sie außer Reichweite des Ufers waren, kam ihnen die Eisfläche viel größer vor als vorher, und sie alle wussten nur zu gut, dass sie keine Chance hätten, wenn das Eis jetzt brach.

Vor ihnen hatten die Ersten der Gruppe, Tanner Amos und Bek Shim, die Mitte überschritten.

Hanno rief ihnen zu: »Alles in Ordnung?«

»Alles in Ordnung.«

Kaum hatte Tanner Amos diese Worte ausgesprochen, da spürte er ein Zittern unter den Füßen. Er blieb stehen und stellte sich mit beiden Beinen fest aufs Eis. Dann fragte er leise: »Bek? Hast du das gespürt?«

»Ja.« Bek Shim stand etwa hundert Meter rechts von ihm. Das Eis federte.

Tanner machte ein paar Schritte nach vorn. Wieder spürte er das Zittern. Er schaute sich um. Die anderen waren überall auf dem See verteilt, schwarze Gestalten, die sich langsam über die weiße Oberfläche bewegten.

»Sollen wir sie warnen?«, fragte Bek Shim.

»Noch nicht«, antwortete Tanner. »Vielleicht ist es gar nichts.«

Hanno, der sie von hinten beobachtete, bemerkte ihre Nervosität, sagte den anderen aber nichts. Egal, wie – sie mussten den See überqueren, bevor die Nacht hereinbrach.

Creoth schaute ihnen vom Ufer aus zu. Er sah keinen Grund zur Besorgnis.

»Das Eis wird die Tiere tragen.«

»Solange sie ruhig bleiben«, mahnte Seldom Erth.

»Sie werden schon ruhig bleiben. Der Aufstieg war lang und hat sie ermüdet.«

Doch während er das sagte, riss eine seiner Kühe den Kopf herum und tänzelte nervös vom einen Bein aufs andere.

»Schon gut, Träumer, schon gut! Du brauchst dir keine Sorgen zu machen.«

Seldom Erth bemerkte, dass seine Pferde mit den Ohren zuckten.

»Sei dir da mal nicht so sicher.«

Er blickte sich um. Das Licht wurde immer schwächer

und in den dunklen Schatten zwischen den Bäumen konnte man kaum noch etwas erkennen, dennoch glaubte er eine Bewegung zu sehen.

»Was ist denn?«, fragte Creoth, der nun merkte, dass seine Kühe noch unruhiger wurden.

»Keine Ahnung. Aber ich würde vorschlagen, wir gehen besser los.«

Die Letzten der Wanderer vor ihnen hatten nun fast die Mitte erreicht. Die anderen würden auch dann in Sicherheit sein, wenn das Eis hier am Südufer brach.

»Na gut. Du gehst zuerst.«

Also führte Seldom Erth seine beiden Pferde aufs Eis, das eine am kurzen Zügel, das andere am langen Zügel, damit sie nicht zu dicht zusammen gingen. Das Eis ächzte unter ihren Hufen, aber es hielt.

»Ab mit dir«, sagte Creoth. »Ich komme gleich nach.«

Hanno Hath drehte sich um und stellte überrascht fest, dass sich die Pferde bereits auf dem Eis befanden. Stirnrunzelnd fragte er sich, warum sie nicht wie abgemacht gewartet hatten. Er blickte wieder nach vorn und sah, wie langsam und behutsam sich Tanner Amos und Bek Shim vorwärts bewegten. Dann kam ein Geräusch aus den fernen Bäumen: ein lang gezogenes Heulen.

Mumpo drehte sofort den Kopf.

»Wölfe!«

Die Kühe hörten das Wolfsgeheul und liefen auf das Eis, bevor Creoth sie zurückhalten konnte. Er folgte ihnen sofort und tat sein Bestes, um sie mit seiner Stimme zu beruhigen.

»Was denn, Gelbbraune? Was denn, Stampfer? Langsam, langsam.«

Wieder ertönte das lang gezogene Heulen. Mumpo

schaute zum Ufer zurück und erhaschte eine Bewegung zwischen den Bäumen.

»Sie werden die Tiere scheu machen«, sagte Hanno.

Und dann bricht das Eis. Das brauchte er nicht laut zu sagen.

»Sie sind mal unsere Freunde gewesen«, erinnerte sich Mumpo.

Hanno verstand ihn.

»Könnten sie es wieder sein?«

»Vielleicht. Ich kann es versuchen.«

Ohne ein weiteres Wort schnallte Mumpo das Geschirr mit der Trage los und Hanno übernahm sie. Dann wandte Mumpo sich um und machte sich langsam und vorsichtig auf den Weg zurück zu Creoth und den Kühen.

»Was ist?«, riefen die anderen. »Was ist denn los?«

»Geht weiter!«, schrie Hanno. »Geht weiter auf das andere Ufer zu!«

Bek Shim, der stehen geblieben war und sich umgeschaut hatte, drehte sich wieder nach vorn, als er das hörte. Den ersten Schritt machte er etwas zu eifrig. In dem Augenblick, in dem sein Fuß das Eis berührte, wusste er, dass er ihn zu fest aufsetzte. Das Eis bebte unter dem Druck und gab einen einzigen harten Knall von sich, der wie eine Peitsche klang.

»Bek!«

»Mir ist nichts passiert.«

Er fühlte den Riss, spürte, wie das Eis nachgab, und schon schlitterte er fort von dem Spalt und fort von Tanner Amos, dem anderen Anführer.

»Riss im Eis!«, rief Tanner den anderen zu. »Aber es hält. Haltet euch davon fern. Folgt mir.«

Mumpo scherte sich nicht um den Riss. Er kämpfte sich weiter, zurück über den See, bis er Seldom Erth und Creoth erreicht hatte. Die Pferde waren nervös, aber unter Kontrolle. Die Kühe machten einen ängstlichen Eindruck.

»Alles in Ordnung bis jetzt«, sagte Creoth. »Ich glaube, es ist ein Wolf.«

»Ich hab ihn gesehen«, antwortete Mumpo.

Während er das sagte, trat der erste große graue Wolf aus dem Wald, stellte sich ans Ufer und heftete den Blick auf sie. Er hielt den Kopf hoch und sein mächtiger Körper mit dem dicken Fell war angespannt und wachsam.

»Haltet die Tiere in Bewegung.«

»Seht euch nur mal an, wie groß er ist!«, rief Creoth.

»Sie waren früher einmal gut zu uns. Vielleicht tun sie uns nichts.«

»Es sind Wölfe«, entgegnete Seldom Erth. »Und Wölfe müssen fressen.«

Zwei weitere Wölfe traten zwischen den Bäumen hervor, blieben stehen und schauten über den See.

»Haltet die Tiere in Bewegung«, wiederholte Mumpo. »Ich warte hier.«

Creoth und Seldom setzten ihren Weg fort und trieben ihre Tiere über das Eis. Nun bekam der Rest der Manth große Angst. Sie sahen die Wölfe hinter sich und spürten das gesprungene Eis vor sich. In ihrer Furcht hielten sie inne und standen völlig still. Hanno Hath machte ihnen Mut, seine Stimme hallte deutlich durch die dämmrige Luft.

»Geht weiter! Denkt immer nur an den nächsten Schritt! Ein Schritt nach dem anderen. Jeder Schritt bringt euch näher ans Ufer. Bleibt nicht stehen! Nicht zu schnell und nicht zu langsam. Ein Schritt nach dem anderen.«

Diese einfache Anweisung stärkte ihre Nerven und so gingen sie weiter über das federnde Eis. Nur Pinto widersetzte sich ihrem Vater. Sie war klein und leicht und wusste, dass das Eis sie tragen würde. Sie drehte sich um und machte sich auf den Weg zu Mumpo.

Mumpo beobachtete die Wölfe. Sie standen noch immer da, schnupperten die Luft und wagten sich nicht aufs Eis. Jagten Wölfe auf dem Eis? Die Kühe und Pferde kamen auf dem See gut voran und entfernten sich stetig vom Ufer. Das war gut. Hinter ihnen hatte Bek Shim, der Erste des Zugs, schon fast das andere Ufer erreicht, trotz des Risses im Eis. Das war gut.

Dann trat einer der Wölfe auf das Eis.

Das war nicht gut.

Der Wolf blieb einen Augenblick lang vollkommen ruhig auf dem schneebedeckten See stehen. Dann lief er mit großen Sprüngen los, auf Mumpo zu.

Pinto erhöhte ihr Tempo. Noch fast fünfzig Meter rutschiges Eis trennten sie von ihm.

Mumpo hörte die Kühe hinter sich vor Angst brüllen, drehte sich jedoch nicht um. Und er hörte Creoths eindringliche Bemühungen, sie zu beruhigen.

»Na, na, na! Sachte, sachte!«

Er schaute die ganze Zeit auf den Wolf. Was hatte Bowman damals getan? Er hatte dem Wolf in die Augen geblickt. Er hatte sich von ihm berühren lassen. Er hatte keine Angst gezeigt.

Der Wolf kam ihm immer näher. Mumpo zitterte, wandte den Blick aber nicht ab. Ein plötzlicher stechender Schmerz schoss durch die halb verheilte Bauchwunde.

Ich muss sehr große Angst haben, dachte er, als wäre diese Angst ein losgelöster Teil seiner Person.

Hinter ihm rannte Pinto jetzt, was er nicht sehen konnte, sie stürmte und schlitterte und hetzte über das Eis.

Jetzt war der Wolf Mumpo ganz nah gekommen, brauchte ihn nur noch anzuspringen. Jetzt blieb er stehen und duckte sich, die gelben Augen auf ihn geheftet, das Maul leicht geöffnet, so dass die weißen Zähne hervorblitzten.

»Ich bin dein Freund«, sagte Mumpo zu ihm. Die Worte klangen sinnlos in der eisigen Luft. Wie sollte der Wolf ihn verstehen? Wölfe können das nicht.

Zwei weitere Wölfe kamen hinter ihm angesprungen. Mumpo streckte eine Hand aus, um seine Freundschaft zu zeigen. Seine Wunde pulsierte. Die Krallen des Leitwolfes gruben sich in das Eis, seine Muskeln spannten sich und er legte die Ohren an. Dann begann er tief zu knurren.

Pinto sauste, so schnell sie konnte, auf Mumpo zu. Sie hatte keine Ahnung, was sie tun sollte, sondern wurde einzig von der Notwendigkeit getrieben, ihn zu beschützen. Sie hörte das Knurren, sah den Ausdruck in den Augen des Wolfes und wusste, dass er jeden Moment angreifen würde. Sie raste schneller…

»Pinto! Nicht!«

… schneller und schneller, direkt auf den Wolf zu, der gerade sprang, und so machte sie selbst auch einen Satz, sprang wie ein Wolf, stürzte sich vom Eis in die Luft. In diesem kurzen Augenblick des Springens, als sie sich mitten in der Luft befand, flammte ein grelles Licht in ihr auf und sie schrie – das glaubte sie zumindest, doch es kam kein Ton aus ihr heraus –, schrie dem Wolf zu: *Freund meines Freundes! Feind meines Feindes!,* prallte mit dem Wolf in der Luft zusammen und wurde atemlos und mit ausgestreckten Gliedern aufs Eis geworfen.

Der Wolf landete etwas betäubt und verstört auf seinen großen Pfoten.

»Pinto!«

Mumpo kam zu ihr.

»Mir geht's gut.«

Der Wolf schwang seinen riesigen zottigen Kopf herum, funkelte Mumpo an und näherte sich dann mit lechzendem, offenen Maul Pinto.

»Nein . . .!«

Doch es gab nichts zu fürchten. Pinto streckte eine Hand aus. Der Wolf senkte den Kopf, leckte ihr mit seiner kratzigen Zunge die Hand, rieb seine Schnauze an ihrem Hals und leckte ihr das Gesicht.

Du hast mich gehört, Wolf! Du hast mich gespürt!

Mumpo blieb stehen und schaute sprachlos zu. Die übrigen Wölfe scharten sich jetzt um Pinto, drei, dann vier und fünf. Er hatte das schon einmal gesehen, vor langer Zeit, nur war es diesmal die kleine Pinto, die mit Wölfen sprach.

»Du auch!«, rief er.

Sie drehte sich zu ihm um und blickte ihn an: ein siebenjähriges Kind, dessen Augen plötzlich um so viel älter wirkten. So hatte Kestrel ihn angesehen, bevor sie fortgegangen war.

»Sie tun dir nichts«, erklärte sie. »Sie sind unsere Freunde.«

Sie streichelte den Wölfen die zottigen Hälse und erhob sich. Dann winkte sie den anderen zu, die in der Dämmerung ängstlich zu ihr hinüberschauten.

»Alles in Ordnung! Geht weiter!«

Menschen, Kühe und Pferde wandten sich wieder um und setzten ihren langsamen Weg über das knarrende Eis fort. Pinto verließ die Wölfe und ging zu Mumpo.

»Komm, Mumpo.«

Die Wölfe blieben in einer schützenden Reihe stehen und schauten ihr nach.

Lebt wohl, meine Freunde.

Bring dich in Sicherheit, Kleine, kam die Antwort. *Der Sturm bricht bald los.*

Pinto nahm Mumpos Hand und sie folgten den anderen. Mumpo war sich nicht sicher, ob er Pinto stützte oder sie ihn.

»Das wusste ich nicht«, sagte er.

»Ich auch nicht. Bis jetzt.«

»Was hat das zu bedeuten?«

»Ich werde erwachsen«, antwortete sie. »Macht dir das etwas aus?«

»Nein. Natürlich nicht.«

Sie marschierten schnell über den See – aus unterschiedlichen Gründen hatten sie beide keine Angst mehr vor dem federnden Eis. Pinto war ganz von dem Gefühl erfüllt, das sie kennen gelernt hatte, als sie die Fliege der Leidenschaft berauscht hatte: als könnte sie alles tun und nichts könnte sich ihrem Willen widersetzen. Sollte das Eis ruhig knarren und knacken! Was kümmerte sie das? Sie würde dem Eis befehlen sie zu tragen und es würde gehorchen. Nur war sie diesmal nicht berauscht. Ihre Gedanken waren scharf und klar und sie verstand vieles. Sie sah ihren Vater vor sich, der die Trage mit ihrer Mutter zog, und spürte, wie sehr ihre Eltern sie brauchten und wie stark sie jetzt sein würde für die beiden.

Ich pass auf euch auf!, rief sie ihnen lautlos zu. *Ich pass auf euch alle auf.*

Pinto hatte kein Rauschmittel in sich, dennoch war das Gefühl berauschend. Sie sah, wie ihr Volk das andere Ufer erreichte und sich dort versammelte, dunkle Gestalten in der zunehmenden Dunkelheit; sie sah, wie die Pferde und Kühe auf die gefrorene Erde stolperten, und hatte den Eindruck, dass sie, Pinto, fast die Jüngste von allen, sie sicher auf die andere Seite gebracht hatte.

Ich kann alles tun!

Mumpo hielt ihre energische Hand in seiner, folgte den anderen und staunte über die Verwandlung in ihr. Mumpo war von Natur aus so, dass er immer nur einen Gedanken haben konnte, und da er nun schon an Pinto dachte, konnte er sich nicht gleichzeitig vor dem Ächzen und Beben des Eises fürchten. Wie hatte sie sich bloß so verändert? Sie sah genauso aus wie vorher. Warum fühlte er sich dann neuerdings schüchtern in ihrer Gegenwart und kam sich unwürdig vor? Ohne dass es ihm bewusst war, umklammerte er ihre Hand fester, schämte sich aber gleich dafür und ließ sie los.

»Ist schon gut, Mumpo«, sagte Pinto. »Ich verlasse dich nicht.«

Er errötete im Dunkeln und war froh, dass sie es nicht sehen konnte.

»Eigentlich sollte ich auf dich aufpassen«, erwiderte er.

»Dann passen wir gegenseitig auf uns auf.«

Sie erreichten das Seeufer. Hanno Hath blickte seine Tochter durchdringend an und wandte sich dann den Bergspitzen vor ihnen zu.

»Am besten machen wir hier ein Feuer für heute Nacht. Der Weg, der vor uns liegt, ist zu steil, als dass wir ihn im Mondschein gehen könnten.«

Ira Hath streckte die Hand aus. Pinto nahm sie und hielt sie fest. Ihre Mutter schwieg, aber Pinto fühlte trotzdem deutlich, was sie meinte.

Es ist nicht fair, wollte ihre Mutter ihr sagen. *Es ist zu früh.*

»Wie alt warst du, als es passiert ist, Ma?«

»Ich?« Ira lächelte sie an und flüsterte ihr nun doch sanfte Worte zu. »Ich kann mich an keine Zeit erinnern, zu der ich es nicht wusste. Bevor ich sprechen oder laufen konnte. Ich lag einfach in meinem Kinderbett und wusste es.«

Pinto lachte.

»Na, siehst du. Dann wurde es ja Zeit, dass ich es auch weiß.«

15
Bowman fliegt

Nebel der Kater lag versteckt unter einer Segelfalte auf dem Bootsdeck und lauschte den Stimmen, die aus der Kajüte heraufdrangen. Normalerweise schenkte Nebel menschlichen Stimmen wenig Beachtung. Schnatter, schnatter, schnatter – so viel Gerede mit so wenig Sinn. Der Kater war schon vor langer Zeit zu dem Schluss gekommen, dass Männer und Frauen redeten, um irgendein drängendes inneres Bedürfnis zu befriedigen, so wie man aus einem zu stark aufgepumpten Ballon Luft herauslässt. Die Worte selbst waren kaum von Bedeutung. Bei diesen Stimmen sah das jedoch anders aus. Die laut dröhnende, verächtliche Stimme beeindruckte den Kater, weil sie ihm voller Weisheit zu sein schien – denn in Nebels weltverdrossener Sicht klang jeder deutliche Ausdruck von Verachtung weise. Die andere Stimme gehörte Bowman. Er sagte nur wenig und das so leise, dass Nebel ihn manchmal kaum verstehen konnte, aber er mochte den Jungen. Er war schwach und hatte sich in mancher Hinsicht als Enttäuschung herausgestellt, aber er mochte ihn trotzdem.

»Lieber Himmel!«, brüllte die laute Stimme aus der Kajüte. »Kannst du nicht hinhören? Ist dieser Junge nicht nur dumm, sondern auch taub?«

»Was soll ich denn hören?«

»Hören? Hab ich vielleicht hören gesagt? Du sollst nicht hören, du sollst hinhören! Weißt du, was das bedeutet? Es bedeutet, du weißt nicht, was für ein Geräusch da draußen ist. Es bedeutet, du musst darauf warten, dass das Geräusch zu dir kommt. Hast du das *gehört*? Ja? Nicke mit dem Kopf, wenn du auch nur ein einziges Wort von dem verstehst, was ich sage. Schön. Vielleicht kommen wir doch noch ein bisschen weiter.«

Nebel kroch ein Stückchen vor und spähte neugierig durch das Kajütenfenster, weil er wissen wollte, was es dort zum Hinhören gab. Um den Kajütentisch herum saßen Albard und Bowman, Springer und Kestrel; und mitten auf dem Tisch lag das Objekt ihrer aller Aufmerksamkeit, welches jedoch keinerlei Geräusch von sich gab, das der Kater hätte wahrnehmen können: ein Löffel.

»Der Löffel hat sein eigenes Lied«, erklärte Albard, der jetzt nicht mehr ganz so wütend war, da er Bowmans konzentrierten Gesichtsausdruck bemerkte. »Höre seinem Lied zu.«

Bowman nickte und hatte die Augen auf den Löffel gerichtet.

»Jetzt stimme dein Lied auf das des Löffels ein.«

Bowman nickte wieder. Kestrel, die in direkter Verbindung mit den Gedanken ihres Bruders stand, spürte, wie ihn eine Reihe von leichten Schwingungen durchlief.

»Jetzt heb den Löffel hoch.«

Bowman nahm den Löffel vorsichtig vom Tisch, indem er ihn nur mit den Gedanken festhielt. So etwas hatte er schon öfter gemacht. Das war nichts Neues.

Der Löffel schwebte in der Luft.

»Und jetzt«, befahl Albard, »grabe mit dem Löffel ein Loch in den Tisch.«

Bowman legte verwirrt die Stirn in Falten. Der Löffel fiel klirrend auf den Tisch zurück.

»Hast du ein Problem damit?«

»Der Löffel ist zu stumpf, um in den Tisch zu schneiden.«

»Aber nicht zu stumpf, um in Pudding zu schneiden.«

»Nicht zu stumpf für Pudding, aber zu stumpf für Holz.«

»Dann schneide nicht in Holz, sondern in Pudding.«

Darüber dachte Bowman eine Weile schweigend nach. Ohne weitere Fragen zu stellen wandte er sich dann wieder dem Löffel auf dem Tisch zu. Albard beobachtete es und tauschte einen viel sagenden Blick mit Springer. Bowman hörte jetzt dem Tisch zu, so wie er vorher dem Löffel zugehört hatte. Er klang tiefer, schwerfälliger – hölzerner.

Kestrel sah zu und verfolgte jeden einzelnen Gedanken ihres Bruders. Sie spürte, welch konzentrierte Aufmerksamkeit er dieser schlichten Holzoberfläche schenkte. Sie hörte das dumpfe Pochen des Holzes in seinem Kopf und erforschte es so neugierig wie er. Daneben spürte sie in ihm eine unterschwellige Frustration darüber, dass von ihm etwas verlangt wurde, was er noch nicht verstand. Kestrel selbst empfand nichts dergleichen – sie war schließlich nur Zuschauerin. Vielleicht war das der Grund dafür, dass sie und nicht Bowman plötzlich bemerkte, wie sie in die geriffelte Maserung der Tischoberfläche hineinpurzelte, als wäre sie ein Waldsee.

Es war ein äußerst merkwürdiges Gefühl. In einem Moment schaute sie noch auf den Tisch, im nächsten war er plötzlich überall um sie herum, flüssig und warm. Er hatte sogar seinen eigenen charakteristischen Geruch, nach Harz und feuchtem Stoff. Sie wusste sofort, dass sie diese Substanz in jede Form bringen konnte, die sie sich wünschte, sie konnte sie kneten wie Lehm oder gießen wie Wasser. Der Tisch, der noch immer still vor ihr stand, hatte sich ihr geöffnet und erlaubte ihr die wahre Materie zu finden, aus der er gefertigt war; Materie, die nur vorübergehend in die Form eines Tisches gebracht worden war.

Na schön, dachte sie sich, es könnte ebenso gut Pudding sein.

Sie schaute auf, lachend und mit strahlenden Augen, und ihr Blick fiel auf einen alten Kalender, der an der Kajütenwand hing. Mit einem leisen Zischen begannen die veralteten Zahlen sich auseinander zu rollen und als kurze Linien über das verblichene Papier zu schlängeln. Dann machten sie *plopp!* und zerplatzten zu glitzerndem Staub, der in die Luft sprühte und das Papier an der Wand leer zurückließ.

Kestrel zwinkerte, um die Augen wieder scharf zu stellen. Doch sie sah bereits klar – klarer und durchdringender als jemals zuvor. Denn jetzt löste sich die Kajütenwand auf. Mit einem seltsamen glucksenden Geräusch, das die anderen sicher auch hören konnten, obwohl man es ihnen nicht ansah, wurden die Planken plötzlich schwammig, zerfielen zu Klumpen einer Substanz, die wie Moos aussah, und sanken als teigige Haufen zu Boden. Nur war der Boden gar nicht mehr da. Unter ihren Füßen war Wasser: Wasser, das schimmerte und sich kräuselte und trotzdem fest war, und dazu vollkommen durchsichtig, denn als sie nach unten blickte, als sie durch den verschwundenen Boden des

Bootes in den leuchtenden Fluss darunter schaute, sah sie den Himmel – oder zumindest eine helle Leere. Und dann begriff sie, dass das gar nicht Wasser war unter ihr, sondern Luft – oder nicht einmal Luft, sondern Licht …

Schwindelig und erschrocken blickte sie auf und stellte fest, dass die Kajüte, ihr Bruder, Albard, Springer, alles und alle verschwunden waren. Sie war allein in einer Welt aus Licht. Sie hielt die Hand vor sich und sah – nichts. Sie schaute an ihrem eigenen Körper hinunter und sah – nichts. Auch sie selbst war verschwunden. Da war nur noch dieser unendliche Raum aus summendem Licht – und sie selbst, die das wusste.

Also kann ich nicht weg sein. Ich muss immer noch da sein.

Aber wo?

Überall, kam die Antwort. *Ich bin überall. Ich bin mit allem vereint.*

Da hatte sie plötzlich keine Angst mehr und eine große Freude erfüllte sie. Jetzt verstand sie es. Irgendwie war sie zwischen den Wänden, die die Dinge voneinander trennen, hindurchgeschlüpft und in einen Raum gelangt, wo alles vereint war. Sie erinnerte sich an den Wintermorgen, als sie im grellen Sonnenlicht, das zwischen den Bäumen hindurchgeströmt war, gestanden und sich gefragt hatte: *Warum sollte es jemals zu Ende sein?* Hier und jetzt, versunken in einem größeren Licht, wusste sie, dass es kein Ende gab, keine Grenzen, kein Dies und Das, kein Damals und Jetzt. Alles Existierende hatte sich aufgelöst, auch das Ding, das sie als ihren eigenen Körper gekannt hatte …

Und mein Geist? Mein Ich? Hat sich das auch verflüchtigt?

Das war unheimlich. Sie schreckte vor diesem Gedanken zurück und fand sich mit einem Mal in der Kajüte wieder, wo Bowman die Stirn runzelte und versuchte den Tisch in Pudding zu verwandeln.

Es ist ganz leicht, Bo. Pass auf.

Sie ließ ihn in ihre Gedanken. Er spürte die Unbeschwertheit in ihr und drosselte seine angespannte Aufmerksamkeit ein wenig. Sie schaute gemeinsam mit ihm auf die Tischoberfläche, lenkte seine Augen mit ihren, erfasste das Lied des Tisches, lenkte seine Ohren mit ihren und sagte ihm in Gedanken, was er tun musste.

Er ist so hart, weil er so schnell zittert. Lass ihn langsamer werden, dann wird er weicher.

Nachdem sie das gesagt hatte, wunderte sie sich, woher sie es wusste. Es hatte etwas damit zu tun, wie alles verschwunden und trotzdem dageblieben war. In diesem kurzen Moment, da war sie sicher, hatte sich alles nur ganz langsam bewegt, fast gar nicht.

Bowman versuchte genau das zu tun, was sie ihm gesagt hatte. Er spürte das Zittern des Tisches ziemlich deutlich, wusste aber nicht, wie er es verlangsamen sollte. Während er ihm zuhörte, fiel ihm auf, dass sich dieser Klang stark von seinem eigenen Klang unterschied, der süßer und sanfter war. Wenn er nun den Klang des Tisches mit seinem eigenen Klang umgab, würde er vielleicht langsamer werden. Also konzentrierte er sich auf das Klanggewebe, das er durch Albards Anweisungen als sein eigenes Lied erkannt hatte, und fing an es wie eine Decke um den Tisch herumzuwickeln. Dann dachte er an Pudding.

Albard beobachtete das und war zufrieden. Kestrels heimliche Hilfestellung hatte er nicht bemerkt. Er sah nur, dass der Junge eigenständig die feste Materie vor sich unter seine Kontrolle brachte und sie dazu zwang, seinem Willen zu gehorchen.

Eine Weile geschah gar nichts. Bowman kam es dumm vor, den Tisch anzustarren und an Pudding zu denken. Doch dann spürte er, dass Kestrel ihn anstupste, er kippte nach vorn und mit einem hastigen Gedankenschluck hatte er das Summen des Tisches bezwungen, hatte es mit seinen eigenen Schwingungen in sich hineingesaugt. Der Tisch stand immer noch vor ihm. Doch all seine wesentlichen Eigenschaften hatte Bowman nun in sich und unter seiner Kontrolle.

Pudding. Er dachte an etwas Sämiges. Etwas Cremiges. Darin könnte man einen Löffel ohne Schwierigkeiten eintauchen.

Er hob den Löffel an, wieder nur mit seiner Gedankenkraft, und schöpfte einen gestrichenen Löffel voll Tisch aus der Oberfläche. Er löste sich so leicht wie Pudding. Die Tischoberfläche floss an dieser Stelle wieder zusammen, genau wie ein sämiger, cremig-weicher Pudding es tun würde, nur dass er keinen Pudding, sondern Tisch auf seinem Löffel hatte – das heißt Holz.

»Braver Junge!«, donnerte Albard. »Jetzt hat er's kapiert!«

Der Löffel fiel auf den Tisch zurück. Das Stück Holz kullerte heraus und schaukelte auf seiner gewölbten Unterseite hin und her.

»Hast du das gesehen, Blobb?«, rief Albard. »Mein Junge hier macht sich ganz gut.«

Bowman betrachtete erstaunt das Stück Holz. Ein plötzliches Gefühl der Macht durchströmte ihn. Er lenkte seine Aufmerksamkeit wieder auf den Löffel und dachte: Wasser. Der Löffel zerschmolz zu einer silbernen Pfütze.

»Wer ist ein schlauer Junge?«, säuselte Albard. »Wer ist also doch kein schwerhöriger Schwachkopf? Oh, Blobb! Wenn ich jünger wäre und dieser schwimmende Sarg nicht so furchtbar eng, würde ich jetzt eine Gigue tanzen!«

Springer schaute Bowman lächelnd an. Dann richtete er den Blick schweigend auf Kestrel und wurde nachdenklich.

»Lieber Himmel!«, brüllte Albard. »Sturm flussabwärts!«

Er polterte auf Deck, postierte sich dort mit breiten Beinen und urinierte hemmungslos über die Reling in den Fluss.

»Aah!«, rief er, während sich seine Blase leerte. »Sturm zieht vorüber. Günstiger Wind. Klarer Himmel.«

Die anderen folgten ihm auf Deck. Das Boot trieb keine zehn Meter vom Ufer entfernt in der schnellen Strömung.

»He du, Blobb! Mach dich mal nützlich und binde uns am Ufer fest.«

Springer nahm gehorsam ein Tauende und trat über die Seite des Bootes ans Ufer. Er tat das so selbstverständlich, dass nur Nebel, der von seinem Versteck aus zusah, bemerkte, dass er dabei über das Wasser ging.

»Also, Junge!«, donnerte Albard. »Zeit, dass du das Fliegen lernst!«

Als Nebel das hörte, geriet er in heftige Aufregung. Nun endlich würde sein lang gehegter Traum wahr werden. Seit er gesehen hatte, wie der Einsiedler Hundegesicht, sein früherer Gefährte, von seinem Baum heruntergeflogen war, hatte er davon geträumt, ein fliegender Kater zu sein. Und seither hatte er gelernt über kurze Strecken zu fliegen, mit einem guten Anlauf vor dem Abheben. Aber richtiges Fliegen, das wusste er, erforderte keinen Anlauf. Hundegesicht war niemals gerannt. Er war einfach hoch in die Luft geschwebt.

Springer zog das Boot ans Ufer und vertäute es an einem Baum. Schnee lag ein paar Zentimeter hoch auf dem Boden und auf den Ästen der hohen Kiefern, die fast bis ans Ufer heran wuchsen. Die Stelle, die Springer zum Festmachen des Bootes ausgesucht hatte, wurde offensichtlich häufig zur Überquerung des Flusses genutzt, denn der üppig wachsende Wald reichte hier nicht ganz so weit und bildete eine halbrunde Lichtung; und auf der anderen Seite dieser Lichtung schlängelte sich ein Waldweg in südlicher Richtung zwischen den Bäumen hindurch.

Albard wuchtete seinen riesigen Körper vom Boot und stampfte über den Schnee, um die Lichtung zu erkunden. Bowman und Kestrel folgten ihm. Nebel blieb in seinem Versteck auf dem Boot. Er hatte eigentlich keinen Grund, sich zu verstecken – abgesehen von einer allgemeinen Vorliebe für Heimlichkeiten. Hier würden sicher bald einige Heimlichkeiten gelüftet werden, und da Nebel Informationen noch mehr schätzte, wenn sie nicht für ihn bestimmt waren, zog er es vor, fürs Erste unentdeckt an Bord zu bleiben und das Ganze aus der Ferne zu verfolgen.

Albard stellte fest, dass die Schneise von Menschenhand geschaffen war und dass die Holzfäller an einigen Stellen Baumstümpfe auf dem schneebedeckten Boden hatten stehen lassen. Er suchte sich einen solchen Baumstumpf aus, der etwas über einen halben Meter hoch war und eine sauber abgesägte Oberfläche hatte, wie ein Hocker.

»Stell dich da drauf, Junge.«

Bowman stieg auf den Baumstumpf und blieb dort stehen.

»Soll ich von hier aus fliegen?«, fragte er.

»Fliegen? Wie kannst du denn fliegen? Hast du vielleicht Flügel?«

»Aber ich dachte, Sie hätten gesagt…«

»Wer keine Flügel hat, kann auch nicht fliegen. Das ist doch nicht schwer zu begreifen.«

»Nein.«

»Gut. Also reden wir nicht mehr vom Fliegen. Ich möchte nur, dass du einen einzigen Schritt vom Baumstumpf hinunter in meine Richtung machst. Nur einen Schritt, nicht mehr. Verstanden?«

»Ja.«

»Na dann los.«

Bowman machte einen Schritt vom Baumstumpf hinunter und landete auf der schneebedeckten Erde.

»Nein, nein, nein!«, brüllte Albard. »Hab ich gesagt, du sollst runterfallen? Nein, hab ich nicht! Ich hab gesagt, mach einen Schritt!«

»Wie schaffe ich es denn, nicht runterzufallen?«

»Genauso, wie du es schaffst, dich nicht hinzusetzen. Du entscheidest dich dafür. Du fällst nur, weil du damit rechnest. Jetzt steig wieder auf den Baumstumpf, mach einen Schritt und bleib so.«

»Wie denn?«

»Wie? WIE?« Albard lief rot an und stampfte mit den Füßen auf. »FRAG NIEMALS NACH DEM WIE! Auf das Wie kommt es nicht an! Das Wie gibt es nicht! Das Wie ist für Narren und Sklaven! Das Wie macht alles klein!

Du bist größer als das Wie, das Wie ist dir egal, wenn du es willst, muss dir das Wie folgen! Du sollst ein Meister, ein Herr sein! Ein Meister interessiert sich nicht für das Wie!«

Nach dieser unvermittelten Tirade breitete sich Stille in der verschneiten Lichtung aus. Albard schüttelte sich und schaute mürrisch zu Springer hinüber, der ihn anlächelte.

»Na? Was ist denn so witzig?«

»Nichts«, antwortete Springer. »Du hast natürlich Recht.«

»Nein, hat er nicht«, mischte sich Kestrel ein. »Er redet Unsinn. Das hat nichts mit Herren und Sklaven zu tun.«

Albard schaute sie wütend und überrascht an.

»Wer bist du denn?«, fragte er, als hätte er sie noch nie zuvor gesehen. »Wer interessiert sich schon dafür, was du denkst?«

»Mein Bruder. Und er auch.« Sie nickte in Springers Richtung.

»Nein, tun sie nicht. Hau ab. Lös dich in Luft auf.«

»Das werde ich nicht.«

»Verbrennt die Göre!«

»Sie können niemanden mehr verbrennen.«

»Aber ich kann dir deinen dürren kleinen Hals brechen.«

Er machte eine Bewegung, als wollte er sie packen. Sie zeigte keinerlei Angst.

»Na los.«

»Ich warne dich…«

Kestrel ergriff seine ausgestreckte Hand und knickte sie mit Leichtigkeit nach hinten um. Er war sehr schwach.

»Au! Das tut weh!«

Vor Schmerz und Kränkung traten ihm Tränen in die Augen.

»Sie hat mir wehgetan! Das ist nicht fair!«, schrie er. »Das ist alles deine Schuld!« Er blickte Springer durch die Tränen finster an. »Warum hast du mich nicht sterben lassen?«

»Deine Zeit wird noch kommen«, antwortete Springer sanft. »Aber zuerst musst du deine Fähigkeiten an den Jungen weitergeben. Mach ihn an deiner Stelle stark.«

»Ja«, pflichtete Albard ihm bei und wurde schon wieder fröhlicher, »ja, er ist jung, er kann für mich stark sein.« Er wandte sich an Bowman. »Wenn ich dich stark gemacht habe, zerquetschst du diesen kleinen Wurm für mich, ja? Aus Respekt vor deinem Lehrer.«

»Sie ist meine Schwester«, entgegnete Bowman.

»Tatsächlich?« Albard schien überrascht. »Na schön. Sei ein braver Junge, pass auf, was ich dir sage, und eines Tages wirst du die Welt regieren. Dann kann ich in Frieden gehen.«

»Ich will nicht die Welt regieren. Ich will bloß ein Sänger sein.«

»Nun ja. Was geschehen wird, wird geschehen. Ich wollte vor applaudierenden Menschenmengen Geige spielen und jetzt stehe ich hier, nur noch Haut und Knochen, und habe kaum noch genug Kraft zum Atmen. Sonne und Mond! Welch wundervolle Musik ich gemacht habe! Aber du hast mir meine Fiedel abgenommen, Junge – nein, nicht du, was wusstest du schon? Sirena hat sie mir abgenommen. Sirena vergisst nie und vergibt nie.«

Er tupfte sich die Augen, holte tief Luft und wandte sich wieder der anstehenden Aufgabe zu.

»Zurück auf den Baumstumpf. Mach einen Schritt. Entscheide dich dafür, nicht zu fallen.«

Bowman stieg wieder auf den Baumstumpf.

»Keine Zweifel. Keine Unsicherheit. Kein Wie. Der Boden hat die Kraft, dich nach unten zu ziehen. Aber du hast auch Kraft. Nutze sie.«

Bowman trat vom Baumstumpf hinunter. Dann fiel er. Doch bevor er fiel, erhaschte er während des Bruchteils einer Sekunde das Gefühl, wie es wäre, nicht zu fallen. Da sah er seinen Fehler ein. Er hatte vermutet, er müsse sich anstrengen, um nicht zu fallen, und deshalb unsichtbare Muskeln angespannt. Aber er brauchte keine Anstrengung, sondern Ruhe. Es war eher so, als müsste man das perfekte Gleichgewicht finden, während man auf einem Bein stand. Bis man so weit ist, wackelt man und wedelt mit den Armen, aber wenn man es erst einmal gefunden hat, wird man von vollendeter Ruhe in der Balance gehalten.

Er kehrte zum Baumstumpf zurück.

»Sagen Sie nichts. Ich will es noch einmal versuchen.«

Er setzte einen Schritt in die Luft – und blieb dort stehen.

Bravo, Bowman!

Er grinste, als er Kestrels stillen Jubel hörte, und fiel zu Boden.

Albard blickte ihn misstrauisch an.

»Hättest du so bleiben können?«

»Ich glaube schon.«

Ein Klatschen war aus dem Fluss zu hören. Nebel hatte versucht es Bowman nachzumachen und vom Boot zu schweben, aber mit weniger Erfolg. Triefnass kletterte er ans Flussufer.

»Nebel? Wo kommst du denn her?«

»Es funktioniert nicht«, bemerkte Nebel verdrossen und schüttelte sein Fell.

»Husch!«, rief Albard. »Weg mit dir, du schmutziges Getier!«

»Lassen Sie ihn«, bat Bowman. »Er ist mein Freund.« Und zu Nebel sagte er lautlos: »Überstürze es nicht. Du musst es sachte angehen.«

Um es ihm zu zeigen, jedoch ohne zu wissen, wie er es machte, hob er seitlich die Arme hoch und schwebte langsam in die Luft.

Albard beäugte ihn kritisch.

»Wozu hast du die Arme ausgestreckt?«

»Ich weiß nicht genau. Es kommt mir richtig vor.«

»Das sollen wohl Flügel sein, was? Vergiss die Flügel. Du bist doch kein Vogel.«

Bowman nahm die Arme herunter.

»Wie machst du das, Junge?«, wimmerte Nebel sehnsüchtig.

»Keine Ahnung. Ich mach es einfach.«

Springer konnte die Sehnsucht des Katers gut verstehen. Er sandte seine Gedanken aus und berührte Nebel damit. Nebel zuckte zusammen und sein Fell sträubte sich auf dem Rücken. Dann entspannte er sich wieder und merkte, dass ihn eine ungewöhnliche Leichtigkeit durchströmte. Er drehte sich um, um herauszufinden, woher sie kam. Springer beobachtete ihn lächelnd. Für Nebel sah er wie eine tröstend schnurrende Katzenmutter aus.

Springer nickte ihm ermutigend zu. Nebel streckte seinen langen, geschmeidigen Körper und sprang.

»Yippee! Ich komme!«

Der Kater machte einen Satz in die Luft und drehte sich dabei immer wieder um sich selbst. Bowman schwebte noch immer und stieg höher und höher, bis er gegen einen schneebedeckten Ast stieß und der Schnee auf den Kater hinunterrieselte.

»Aah! Lass das!«

Nebel zappelte in der Luft, um den Schnee abzuschütteln, den er abbekommen hatte. Der kalte Schnee machte ihn munter und so wagte er noch einen Satz, diesmal über Bowman hinweg, und landete auf einem höheren Ast. Sein Gewicht ließ den Schnee auf Bowman hinunterfallen.

»Jetzt siehst du mal, wie das ist, Junge!«

Er hüpfte davon, von Ast zu Ast, Bowman hinterher, und beide vergaßen, dass sie in Wirklichkeit von Leere zu Leere sprangen und mühelos auf Zweigspitzen landeten, die normalerweise kaum einen Vogel tragen würden. Albard, Springer und Kestrel schauten vom Boden aus lächelnd zu, wie Junge und Kater durch die hohen Äste tanzten und der Schnee in kaskadenartigen Schauern herabfiel.

Als Bowman schließlich zu Boden schwebte, stolz und mit rot glühendem Gesicht, schritt Albard zu ihm und schlang seine riesigen Arme um ihn.

»Wundervoller Junge! Du erinnerst mich an mein erstes Mal!«

Er küsste ihn auf die Wangen und auf die Stirn. Dann machte er einen Schritt zurück und fragte: »Hast du es gehört?«

Bowman wusste, dass Albard das Geräusch in ihm selbst meinte.

»Ja. Ich hab es gehört.«

»Kannst du es singen?«

Bowman versuchte das Geräusch mit seiner Stimme nachzuahmen. Heraus kam ein Summen und Blubbern.

»Versuch's noch mal.«

Er bemühte sich immer wieder das Lied mit dem Mund auszudrücken, bis er das Geräusch, das er in seinem Innern hörte, so getreu wie möglich wiedergeben konnte.

»Streng dich nicht zu sehr an. Lass das Lied sich in dir selbst singen. Wie die alten Windsänger.«

Wie die alten Windsänger? Bowman erinnerte sich noch gut an den Windsänger in Aramanth. Das hohe, knarrende Bauwerk aus Holzbalken und Metallrohren hatte keine eigene Seele besessen. Der Wind drehte es herum, drang durch die Pfeifen und benutzte sie für sein Lied. Konnte er genauso leer und unbeseelt wie ein Windsänger sein?

Er versuchte es wieder. Diesmal öffnete er den Mund und ließ das Lied von selbst aus sich herausdringen. Sofort merkte er, dass es stimmte: Das Lied, das er sang, war genau das Lied, das er gehört hatte. Er spürte, wie sich sein Körper langsam erhob.

»Ja!«, brüllte Albard und schlug sich begeistert auf den herabhängenden Bauch. »Lerne das Lied. Benutze es nach Belieben.«

Lass es mich auch hören, Bo.

Bowman ließ Kestrel bereitwillig in seine Gedanken. Er fühlte, wie sie eindrang, nach dieser neuen Empfindung in ihm suchte und schließlich die Kraft fand, die Albard ein Lied nannte. Er merkte, dass sie es lernte und in sich aufnahm. Und so wollte er es auch. Seine Gedanken und all seine Kräfte gehörten ihr, so wie ihre ihm gehörten.

»Junge!«, rief Nebel. »Lass uns noch mal fliegen!«

Nebel schwang sich in die Luft, diesmal betont selbstsicher, indem er beim Fliegen einen Buckel machte, sich streckte und die Krallen zeigte. Bowman folgte ihm und sprang mit großen Schritten in die Luft, als steige er eine riesige unsichtbare Treppe hinauf. Nach kurzem Zögern erhob sich Kestrel, die ihnen fröhlich lächelnd zugeschaut hatte, ebenfalls in die Luft und gesellte sich zu ihnen.

Kess! Du kannst ja auch fliegen!

Bowman tanzte durch die Luft auf sie zu und nahm ihre Hand. Hand in Hand schwebten sie über die Baumwipfel hinaus.

»Sollen wir noch höher fliegen?«

»Ja! Immer höher!«

So flogen sie hinauf in den klaren Winterhimmel, höher und höher, Hand in Hand, bis sie Angst bekamen, dass ihr Aufstieg niemals zu Ende sein würde. Es schien ihnen, als könnte es immer so weitergehen. Also hielten sie paddelnd an, als würden ihre Bewegungen von ihren Gliedern kontrolliert, obwohl sie genau wussten, dass sie sich mit dem Kopf entschieden, ob sie fliegen wollten oder nicht. Und hier oben, wo dünne Wolken vorüberzogen, während sie in die Luft traten, blickten sie hinaus auf den Wald und das Land dahinter.

Viele Kilometer weit war alles weiß. Schnee lag auf den Bäumen des Waldes und auf dem hügeligen Land dahinter. Die Risse in der Erde waren als dunkle Vertiefungen zu erkennen. Dahinter, wo die Hügel wieder aufragten, entdeckten sie Gruppen von Häusern und vereinzelte grell flackernde Lichter.

Als sie sich daran gewöhnt hatten, so hoch oben zu sein und so weit sehen zu können, erspähten sie noch mehr von diesen flammenden Punkten. Warum gab es so viele Feuer im Freien? Waren das Lagerfeuer von umherziehenden Menschen, die von den bewegten Zeiten aus ihren Häusern getrieben worden waren? Doch als sie genauer hinsehen konnten, merkten sie, dass die Feuer, die ihnen so klein vorkamen, viel größer sein mussten als solche, auf denen man Kessel erhitzte. Das waren riesige Feuer, das waren ganze brennende Häuser und Dörfer. Überall in dieser weiten weißen Landschaft standen Häuser in Flammen.

Was ist da los, Kess? Wer ist dafür verantwortlich?

Die Zeit der Grausamkeit, erwiderte sie, obwohl sie wusste, dass das keine richtige Antwort war.

Eine plötzliche Windbö wehte den fernen Geruch von brennendem Holz zu ihnen herüber, mit einer Spur von versengtem Fleisch. Das konnte vom Kochen kommen, oder aber etwas viel Schauerlicheres sein.

In stillem Einvernehmen schwebten die Zwillinge wieder auf die schneebedeckte Erde zurück.

»Alles brennt«, berichtete Bowman. »Es ist, als wäre die Welt in Brand gesteckt worden.«

»Ja, das kommt davon«, antwortete Albard mit einem spöttischen Unterton. »Wenn niemand mehr der Herrscher ist, bricht Chaos aus. Ich habe sie gewarnt. Aber das ist ihnen egal. Sie sehen nur untätig zu.«

»Unsere Zeit wird kommen«, sagte Springer.

»Unsere Zeit, unsere Zeit. Und was haben wir in der Zwischenzeit? Leid und Frevel.«

Darauf antwortete Springer nur: »Wir sollten uns wieder auf den Weg machen.«

Sie kehrten zum Boot zurück, diesmal mit dem Kater als anerkanntem Mitglied der Gruppe. Nebel hatte nicht übel

Lust, ein paar Vögeln nachzufliegen, doch er war auch müde und beschloss sich zuerst auszuruhen. Auch Bowman fühlte sich erschöpft, äußerst erschöpft, als hätte er hart gearbeitet. Also kuschelten sich die beiden auf die Bank in der Kajüte und schliefen ein.

Springer machte das Tau los und blieb auf Deck, wo er sich wie ein kleiner dicker Gnom rittlings auf den Bug setzte und die Beine rechts und links hinunterbaumeln ließ. So fand Kestrel ihn.

»Wer bist du eigentlich?«, wollte sie wissen.

»Was wäre dir denn am liebsten?«

»Jemand, der mir ein paar Dinge erklärt.«

»Dann bin ich der Erklärer.«

Er lächelte sie freundlich an. Während er sie anschaute, änderte sich seine Erscheinung. Nicht körperlich, aber er schien älter zu werden. Er verwandelte sich in einen Großvater. Während sie diese Verwandlung verfolgte, wurde ihr klar, dass sie von ihr selbst ausgehen musste. Sie hatte sich einen weisen alten Großvater gewünscht und er richtete sich nach ihr.

»Was tun die Sänger?«

»Sie leben in Stille und erfahren die Flamme.«

»Bitte rede nicht wie ein Buch. Sag mir, was sie wirklich tun und warum.«

»Aber das weißt du doch schon, mein Kind. Du hast es selbst gespürt.«

»Wann hab ich es gespürt?«

Er lächelte sie mit seinen eulenhaften Augen an, sagte jedoch nichts.

»Du meinst vorhin, in der Kajüte?«

Er neigte den Kopf.

»Als ich das Gefühl hatte, ich wäre nicht mehr da?«

Wieder neigte er den Kopf.

»Aber das war so, als würde ich sterben.«

»Als würde man sterben, aber man stirbt nicht.«

»Ja.« Sie grübelte über diesen kurzen, sonderbaren Augenblick nach, als sich die Kajüte in ein strahlendes Nichts verwandelt hatte. »Tun das die Sänger?«

»Sie tun vieles. Aber das ist ihr Sinn und Zweck.«

»Das Sterben?«

»Wenn du es so nennen möchtest.«

»Im brennenden Wind.«

»Siehst du«, sagte er, »du weißt es ja doch.«

»Aber ich weiß nicht, was das ist oder warum es ihn gibt.«

»Wirklich nicht?«

Kestrel schwieg. Mehr noch als seine Worte schien ihr sein Tonfall zu sagen, dass sie keine weiteren Fragen stellen sollte. Sie schaute ihn unverwandt an. Er war so ein seltsames kleines Wesen, mit einem so runden Bauch und so kurzen Beinen, so lächerlich und doch so mächtig. Nun begann er leise vor sich hin zu summen. Unwillkürlich musterte sie sein Haar, das wie alles an ihm eine undefinierbare Farbe hatte und büschelig war. Es stand von seiner fleckigen Kopfhaut ab und flatterte in der frischen Brise auf dem Fluss, leuchtete in der Sonne und strahlte silbern zurück. Man hätte meinen können, dass sein Haar glühte, so wie die Luft um ihn herum schimmerte, während er summte. Jetzt, da sie ihn genauer betrachtete, stellte sie fest, dass es tatsächlich glühte – mehr noch, auch seine Haut glühte, sein Mantel und seine Hände. Er war von einer Schicht aus strahlender, zitternder Luft umgeben.

Kestrel schaute Springer erstaunt an. Er war ganz still geworden. Sein Summen hörte sie noch, aber ganz leise. Seine Augen waren offen und auf sie gerichtet, doch sie wusste, dass er sie nicht sah. Diese Hülle aus Licht, die ihn umgab, kam ihr bekannt vor, aber sie konnte sich nicht entsinnen, warum. Dann blickte sie über seinen Kopf und sah, dass das grelle Licht wie eine hohe Säule aufstieg, durch die die Bäume am Ufer verzerrt wurden und zu wogen und zu tanzen schienen.

Natürlich, dachte sie. Das ist aufsteigende Hitze. Wie die Wärme, die eine Kerzenflamme umgibt.

Springer strahlte Wärme aus. Sie streckte ihm einen Handteller entgegen und spürte es deutlich. Er selbst brannte nicht, da war keine Flamme in der Haube aus heißer Luft, und dennoch begriff sie, dass dieser rundliche, schlichte Körper die Wärmequelle war. Auf irgendeine seltsame Weise stand Springer in Flammen.

Allmählich flaute die Hitze ab und die Schwingungen in der Luft verebbten. Springer erwachte, falls er überhaupt geschlafen hatte. Er lächelte Kestrel wieder an und hatte zu summen aufgehört.

»Was wäre passiert, wenn du noch weitergemacht hättest?«

»Ich wäre nicht zurückgekehrt.«

»Und das ist es, was die Sänger am Ende tun?«

Er neigte den Kopf.

»Es ist das Einzige, was nur wir tun. Alles andere kann auf die eine oder andere Weise auch von anderen getan werden. Aber nur wir Sänger erfahren die Flamme.«

»Nur die Sänger entscheiden sich dafür, so weit zu gehen und nicht zurückzukommen.«

Sein großväterlicher Blick drückte Achtung ihr gegenüber aus.

»Wenn du das weißt, weißt du alles.«

»Und was kommt nach dem brennenden Wind? Was kommt dann?«

»Die Zeit der Freundlichkeit.«

»Nein, ich meine für die Sänger.«

»Ach, Kind. Das weiß ich nicht. Das weiß niemand. Wir unternehmen diese Reise ohne Karten.«

Kestrel blickte auf den rauschenden Fluss hinaus und ließ ihre Gedanken mit seiner Strömung ziehen. Der Fluss war jetzt breiter und voller, da immer mehr Bergbäche in ihn einmündeten und ihn auf seinem stürmischen Weg ins Meer begleiteten. Das Boot schwamm mit hohem Tempo an baumbewachsenen Ufern vorbei und folgte den Windungen des Flusses, als würde es von einem erfahrenen Steuermann gelenkt, obwohl niemand das Ruder führte.

»Als du meinen Bruder abgeholt hast«, fragte Kestrel nach einer Weile, »hast du da gewusst, dass ich auch mitkommen würde?«

»Was du alles wissen willst!«, rief Springer. »Nein, ich wusste es nicht. Ich weiß nur sehr wenig. Ich habe keinen Plan.« Er schwenkte seine dicke Hand in Richtung des Flusses. »Das ist wie mit diesem Fluss. Weiß ich, wo felsige Untiefen oder gefährliche Gegenströmungen lauern? Nein, weiß ich nicht. Aber ich bleibe auf der Hut, und wenn ich auf Gefahren stoße, tue ich, was ich tun muss. Als du also zu uns gekommen bist, dachte ich mir, ich muss auf der Hut bleiben und sehen, was passiert.«

Kestrel stellte keine weiteren Fragen.

Bald darauf hörte sie, wie sich in der Kajüte etwas rührte, und dann öffnete sich die Luke und Bowman kam heraus. Er trat vorsichtig über das schräge Dach des Laderaums und gesellte sich zu Kestrel und Springer auf den Bug.

»Albard sagt, wir sind gleich an der Flussmündung.«

Springer nickte. »Es ist nicht mehr weit.« Dann blickte er zu den Wolken hinauf, die sich am Himmel zusammenballten. »Es wird bald schneien.«

Kaum hatte er die Worte ausgesprochen, als der Wind die ersten Schneeflocken herüberwehte. Innerhalb kürzester Zeit schneite es stetig und bald waren ihre Köpfe und Schultern bedeckt.

»Wir gehen wohl besser unter Deck«, schlug Kestrel vor.

»Wartet noch einen Moment«, bat Springer.

Albard trat zu ihnen aufs Deck, stampfte viel zu fest auf das Dach auf und schimpfte über den Schnee.

»Dieser verfluchte Winter!«, beschwerte er sich. »Diese verfluchte Kälte! Und überhaupt alles!«

»Da«, sagte Springer.

Das Ufer weitete sich auf beiden Seiten und vor ihnen krachte das schnell strömende Flusswasser als brausender, weiß schäumender Kamm ins Meer. Nachdem sie den ganzen Tag auf allen Seiten von dichtem Winterwald eingeschlossen gewesen waren, wirkte der Ausblick auf so viel offenen Horizont wie ein Schock. Der fallende Schnee verwischte die Linie zwischen grauem Himmel und grauem Meer und umgab das Boot mit einer grenzenlosen, gleichförmigen Weite. Selbst die Küste lag zu beiden Seiten verschleiert und unwirklich im fallenden Schnee.

Das Boot schwamm weiter, hinaus in die offene See. Als es die Sandbank an der Mündung passierte, schlingerte es heftig, so dass sich seine menschliche Ladung an den Lukengriffen und Stropps festhalten musste. Hinter dem Zusammenfluss der beiden Gewässer ließ das Schaukeln nach und wurde von einer neuen Bewegung, einem lang gezogenen, regelmäßigen Auf und Ab abgelöst.

»Seht ihr diesen schmutzigen Fleck da hinten?«, fragte Albard und zeigte mit einem Finger dorthin. »Nordwestlich von uns, am Horizont?«

Bowman und Kestrel spähten durch den Schneeschleier in die Richtung, in die er wies, und erkannten gerade eben eine flache Silhouette, deren Grau dunkler war als das der Wolken darüber.

»Das ist Sirena«, erklärte Albard. »Verflucht idiotischer Ort, voll von verfluchten Idioten.«

Kestrel schaute zu Springer hinüber und stellte fest, dass er ebenfalls zur Insel hinüberblickte. Jetzt sah er wieder jung aus.

Bowman schaute und schaute.

»Sirena«, murmelte er. »Endlich.«

16
Ira sieht in die Zukunft

Der Schnee fiel auf die Kolonne der Manth, als sie mühsam den Berghang erklommen. Der Pfad, dem sie folgten, war schmal und stieg steil an. Ziegenhufe hatten die spärliche Erde von den Steinen unter der Schneedecke heruntergekratzt und durch ihr unablässiges Klettern hatten sich schmale Stufen unterschiedlicher Größe im Boden gebildet. Das Vorankommen auf dieser ungleichmäßigen Treppe zwischen den schneebedeckten Bäumen war anstrengend.

Als der Hang noch steiler wurde, begegneten die Reisenden einer zweiten Gefahr. Rollo Shim streifte mit seinem humpelnden Fuß einen losen Stein und ließ auf diese Weise einen ganzen Steinhagel auf diejenigen unter ihm regnen. Ein größerer Stein, der während des Fallens immer schneller wurde, löste eine kleine Lawine aus. Die herunterstürzende Schneemasse war schwer genug, um Fin Marish umzustoßen und sie den Weg hinunterpurzeln zu lassen. Miller Marish und Lolo Mimilith kletterten sofort hinunter, um ihr zu helfen, doch die gesamte Gruppe musste warten, bis sie das Kind wieder hochgetragen hatten.

Rollo Shim schimpfte auf sein verwundetes Bein, war jedoch froh über diese Zwangspause. Der Aufstieg war mühsam, besonders für die Pferde, die Ira Hath und Mrs Chirish auf ihren Tragen zogen. Sie tasteten sich mit nervösen Tritten voran, schleppten sich den Weg hinauf und die Schneeflocken schmolzen auf ihrem schweißnassen Fell. Auch die Kühe gaben Anlass zur Sorge. Sie folgten der Kolonne recht bereitwillig, blieben jedoch von Zeit zu Zeit erschöpft stehen und bliesen Atemwolken in den fallenden Schnee. In solchen Momenten wartete Creoth bei ihnen und rief zu Hanno hinüber: »Kurze Pause!«

Bald darauf schüttelten die Kühe ihr Fell und setzten sich wieder in Bewegung, als wüssten sie, dass hier kein Ort zum Verweilen war. Dann rief Creoth: »Weiter geht's!«

Daraufhin machte sich die gesamte Kolonne wieder auf den Weg über die steinige Treppe des Berghanges.

Hanno ging neben seiner Frau, die auf ihrer Trage hin und her geworfen wurde. Sie hatten Ira in Decken eingewickelt, um sie vor dem Schnee zu schützen. Außer ihren vertrauten Augen, die unter einer vorstehenden Stoffspitze hervorschauten, war nichts von ihr zu sehen. Hanno beobachtete Ira und stellte fest, dass ihre Augen jetzt die meiste Zeit geschlossen waren. Wann immer sie Rast machten, kniete er sich neben sie und hielt sein Gesicht dicht an ihres. Dann sprachen sie miteinander, doch ihre Stimme war schwach. Er fragte sie nie, wie es ihr ging, das hätte sie nur gestört. Stattdessen erzählte er ihr, was gerade passierte und wie weit es noch bis zum Berggrat war.

»Sind wir oben, bevor es dunkel wird?«, wollte sie wissen.

»Vielleicht«, antwortete er. Und dann: »Ich glaube nicht.«

»Dann wird es heute Abend noch nicht so weit sein«, murmelte sie. »Aber morgen Abend.«

Er wusste, dass sie an den Sonnenuntergang und den roten Himmel aus ihrem Traum dachte.

»Wahrscheinlich morgen Abend«, erwiderte er.

»Hilf Pinto«, bat sie ihn. »Das Kind braucht dich.«

Hanno war sofort klar, dass sie Recht hatte. Vor lauter Sorge um den Aufstieg, Fin Marishs Sturz, den schwindenden Tag und den allzu offensichtlichen Verfall seiner Frau hatte er Pinto ganz vergessen. Sie hatte sich wie die anderen vorwärts gekämpft, still und klaglos – im Grunde viel zu still. Erst jetzt fiel Hanno auf, dass sie kaum ein Wort gesprochen hatte, seit sie den zugefrorenen See verlassen hatten.

Als die Kolonne den mühseligen Aufstieg fortsetzte, verließ er Ira und stapfte den Pfad hinauf, um neben Pinto zu gehen. Ein paar Minuten lang kletterte er einfach schweigend neben ihr den Berg hinauf, damit sie sich an seine Anwesenheit gewöhnen konnte. Das war eine von Hannos Gewohnheiten. Er hielt es für einen Fehler, ein Gespräch unvorbereitet zu beginnen, ja sogar für eine Art Angriff. Es brauchte Zeit, fand er, bis sich zwei Menschen über die Gefühle klar wurden, die sie gegenüber dem anderen empfanden, und sie zur Sprache zu bringen vermochten. Erst dann konnte man Worte aneinander richten.

Der fallende Schnee passte zu seiner Stimmung. Eine stetige Bewegung zwischen ihm und seiner Tochter, die sie beide tröstete, aber keine Ablenkung. Nach kurzer Zeit merkte er, wie sie sich ihm öffnete. Er spürte ihre Angst und Unsicherheit, sagte jedoch nichts, sondern ließ sie seine Liebe und Geduld spüren.

So war es Pinto, die zuerst sprach, und da befanden sie sich schon mitten in einer Unterhaltung.

»Warum wir?«, wollte sie wissen.

»Du«, entgegnete Hanno. »Ich nicht.«

»Stört dich das?«

»Nein. Ich bin stolz.«

Hanno wusste sehr wohl, dass die Gaben und Bürden des Propheten aus der Familie seiner Frau stammten. Er hatte in die Linie des Ira Manth eingeheiratet und besaß selbst keinerlei Gaben.

»Warum sind manche Menschen anders?«, fragte Pinto.

»Was meinst du mit ›anders‹, mein Liebling?«

»Ich kann bestimmte Dinge tun.«

»Dann vermute ich, du bist anders, damit du diese Dinge tun kannst.«

»Meinst du?«

»Macht dir das Angst?«

»Ja. Ich hab Angst davor … diejenige zu sein, die diese Dinge tut.«

»Du brauchst keine Angst zu haben. In gewisser Weise bist du es nicht selbst, die diese Dinge tun wird.«

An dieser Stelle führte der Pfad, den sie hinaufkletterten, an einem Bergbach entlang, einem schmalen, schnell fließenden Band eiskalten Wassers, das auf einem schimmernden Bett den Berghang hinunterströmte. Ab und zu fiel der Boden unter dem Bach jäh ab, so dass dieser als kleiner Wasserfall über die Stelle hinwegstürzte, schäumend in einem Tümpel darunter landete und dann weitersprudelte. Hanno wies auf einen solchen fallenden Wasserstrahl und versuchte seiner jüngeren Tochter zu erklären, warum ihre neu entdeckten Kräfte zugleich ihre eigenen und nicht ihre eigenen waren.

»Siehst du, wie sich der Strahl in der Luft krümmt? Diesen Bogen aus schimmerndem Wasser, siehst du den?«

»Ja, Pa.«

»Du bist wie dieser Wasserfall. All die Kraft, all das, was ihn dazu bringt, sein Bett zu verlassen und so in der Luft zu schweben, kommt von dem Wasser, das den Berg hinunterfließt. Das Wasser des Wasserfalls verändert sich unentwegt. Aber der Wasserfall bleibt immer derselbe. Verstehst du?«

»Ja, Pa.«

»Deshalb brauchst du keine Angst zu haben, mein Liebling. Die Kraft kommt nicht aus dir selbst und sie gehört auch nicht zu dir. Sie fließt durch dich hindurch und macht dich zu dem, was du bist.«

Sie lauschte ernst seinen Worten, die durch den fallenden Schnee zu ihr hinüberdrangen. Und obwohl sie so jung war, verstand sie ihn.

»Ist das bei Bo und Kess auch so?«

»Das nehme ich an, ja.«

»Und bei Ma?«

»Ja.«

»Also tun wir eigentlich gar nichts. Es wird etwas mit uns getan.«

»Nein, Liebling. Du kannst vieles tun. Du kannst dich der Kraft, die du in dir spürst, verweigern. Du kannst sie für dich selbst nutzen. Du kannst sie bekämpfen. Du kannst sie ungenutzt lassen. Aber wofür du dich auch immer entscheidest – du musst wissen, dass diese Kraft nicht bei dir beginnt oder bei dir aufhört.«

»Ich will nichts von dem tun, was du gesagt hast. Ich will … ich will … alles richtig machen.«

»Dann wirst du das auch.«

»Ist das so leicht?«

»Nein. Es ist überhaupt nicht leicht. Denk nur mal daran, wie viele lieber alles falsch machen wollen. All die Angst auf der Welt und die Gewalt, die aus der Angst entsteht, und der Hass, der aus der Gewalt entsteht, und die Einsamkeit, die aus dem Hass entsteht. All das Leid, all die Grausamkeit ballt sich zusammen wie Wolken am Himmel, wird dunkel und kalt und schwer und bedeckt das Land wie grauer Schnee in dicken Schichten. Dann ist die Welt ganz taub und starr und niemand kann den anderen mehr hören oder spüren. Denk nur, wie traurig und einsam das sein muss.«

»Ja«, erwiderte Pinto und empfand es genau so, wie ihr Vater es beschrieben hatte. »Ja.«

Sie stapften eine Weile schweigend weiter. Dann fuhr Pinto fort: »Du weißt so viel, Pa. Bestimmt hast du die Kraft auch.«

»Nein, mein Liebling. Ich besitze überhaupt keine Kräfte. Ich kann nicht prophezeien wie Ira. Ich kann keine Gedanken lesen wie Kestrel oder meine Gedanken einsetzen wie Bowman. Ich kann nicht mit Wölfen reden. Ich kann nur zuhören und dabei lernen. Lesen und lernen. Über das nachdenken, was ich gehört und gelesen habe, und lernen.«

»Und deshalb weißt du so viel. Wir wissen nicht so viel wie du. Nicht einmal Ma.«

»Ich wünschte, es würde ausreichen, Dinge zu wissen«, entgegnete Hanno seufzend. »Ich bin mir nicht mal sicher, wie nützlich es ist. Aber ich bin eben so. Es macht mir Spaß, Dinge herauszufinden. Aber all mein Wissen kann mir auch nicht helfen, jetzt, wo …«

Er verstummte.

»Jetzt, wo Bo und Kess fort sind. Jetzt, wo Ma stirbt.«

»Du hast dich verändert«, stellte er leise fest.

»Wir wissen es alle. Wir sprechen nur nicht darüber.«

Hanno drehte sich um und schaute durch die Schneeflocken den Pfad hinunter, zu dem Pferd, das seine Frau auf der Trage zog.

»Ich weiß nicht, was ich ohne sie tun soll«, gestand er. Er sagte das einfach so, ohne Selbstmitleid, und Pinto wusste, dass er die reine Wahrheit sprach. Er konnte sich eine Zukunft ohne seine Frau nicht vorstellen. Dann fügte er hinzu: »Aber wenn es so weit ist, werde ich es natürlich herausfinden.«

Das Tageslicht wurde durch die dicken Wolken und den fallenden Schnee getrübt und es war schwer zu sagen, wie lange sie schon kletterten, wenn man von ihren schmerzenden Beinen einmal absah. Doch mit der Zeit wurde klar, dass die Nacht hereinbrach. Den ganzen Tag über hatte es geschneit, doch nun schneite es noch heftiger als je zuvor. Da sie von Minute zu Minute weniger sahen und nicht herausfinden konnten, wie weit sie noch vom Gipfel entfernt waren, beschlossen die Manth ein Nachtlager aufzuschlagen.

Zuerst wollten sie unter einer Gruppe Kiefern Schutz suchen, die am Wegesrand wuchsen. Doch Creoth, der seine Kühe auf der Suche nach Futter tiefer in den Wald hineinführte, fand einen besseren Rastplatz.

»Hanno!«, rief er. »Komm und sieh dir das an!«

Er hatte eine riesige, einzelne, immergrüne alte Eiche entdeckt, deren rostbraune Blätter noch immer an ihren

Ästen hingen. Der Schnee hatte sich als dichte Decke über die oberen Äste gelegt. Doch darunter, wo die Äste aus dem mächtigen Stamm herauswuchsen, befand sich ein hoher, gewölbeartiger Raum, der einen trockenen Boden hatte und so groß wie ein Haus war.

Hier versammelten sich die Manth mit ihren Kühen und Pferden, dankbar aus dem Schneefall herauszukommen. Sie stampften mit den Füßen auf, schüttelten sich den Schnee von den Mänteln und Hüten und lehnten die beiden Tragen an den dicken Baumstamm. Nun packten sie ihr Brennholz aus und entzündeten ein Feuer an der geschütztesten Stelle, während die jungen Männer draußen den Schnee aufschichteten, um eine Wand um ihr Haus zu bauen, die den Nachtwind abhalten sollte. Als das Feuer brannte und die gelben Flammen ein tanzendes, flackerndes Licht auf die gerippten Äste warfen, die das Dach bildeten, wurde es um sie herum ganz dunkel und plötzlich war es Nacht. Das Feuer wärmte sie, als sie sich rundherum versammelten, und das Essen, das sie mitgebracht hatten, stärkte und sättigte sie. In überraschend kurzer Zeit waren die durchgefrorenen, erschöpften Wanderer wieder munter und voller Hoffnung. Die vom Feuer aufsteigende Hitze schmolz den Schnee auf den Ästen über ihnen, so dass er zischend auf das brennende Holz herunterfiel und das ganze Feuer auszulöschen drohte. Also fertigte Miko Mimilith ein kleines Dach aus Stöcken und Stoffbahnen, die vom Schnee durchnässt waren. Dieses Dach stellten sie hoch über dem Feuer auf. Nun fing es die Tropfen von oben ab, drückte aber den aufsteigenden Rauch herunter, der ihnen in den Augen brannte. Daher bauten sie eine zweite Vorrichtung, einen Rahmen aus trockenen Stöcken, über den sie einen Stoffstreifen spannten. Dieser konnte nun hin- und hergeschwenkt werden und den Rauch auf die andere Seite des Gewölbes unter dem Baum fächeln.

Auf diese Weise verwandelten die Manth ihren natürlichen Unterschlupf in ein gemütliches Heim für die Nacht. Und es war mehr als gemütlich – es war schön. Der Feuerschein auf den Schneewänden und auf den verschlungenen Ästen, die sich über ihnen erstreckten, ließ ihr Haus uralt wirken, als hätten sie es schon vor langer Zeit erbaut und seit Generationen darin gelebt. Hinter dem aufgehäuften Schnee und den natürlichen Dachbalken gab es nichts. Alles Leben fand hier drinnen statt, in diesem rotgoldenen Licht. Im Feuerschein sehen alle Gesichter schön aus. Die Reisenden schauten sich an und waren verwundert darüber, dass sie so weit gekommen und noch immer zusammen waren. Und was morgen betraf…

»Ist es morgen so weit? Sind wir bald da? Sehen wir morgen die Heimat?«

Nur Ira Hath wusste das. Hanno hatte es ihr bequem gemacht, sie hatte etwas Brot gegessen, saß in Decken eingepackt da und lächelte sie alle an.

»Vielleicht morgen«, antwortete sie. »Es ist bald so weit.«

Hanno freute sich, sie lächeln zu sehen und ihre Stimme zu hören. Sie klang sicherer und klarer als den ganzen Tag zuvor.

»Fühlst du dich besser?«

»Ja. Ich habe jetzt etwas Kraft. Ich muss sie nutzen.«

»Nein, nein. Schone dich lieber. Wir sind noch nicht da.«

»Ach, Hannoka.« Sie lächelte ihn vorwurfsvoll an. »Du weißt doch, dass mir diese Kraft gegeben ist, um dorthin zu gelangen.«

Hanno runzelte die Stirn und senkte den Blick.

»Was willst du denn tun?«

»Ich muss das tun, wofür sie mir gegeben worden ist. Ich muss weissagen.«

»Nein.«

Wann immer ich die Zukunft berühre, werde ich schwächer. Meine Gabe ist meine Krankheit. Ich werde an der Prophezeiung sterben.

Hanno hatte die Worte des Propheten Ira Manth jetzt jeden Tag im Ohr, während er zusah, wie seine Frau immer dünner und stiller wurde.

»Nein«, wiederholte er.

»Doch«, beharrte sie. »Bevor es zu spät ist.«

Also neigte Hanno den Kopf und fand sich damit ab, dass es sein musste.

»Ich höre zu.«

»Und die anderen. Sie alle.«

Hanno sammelte die anderen um sich – siebenundzwanzig, jetzt, da Bowman und Kestrel nicht mehr bei ihnen waren. Zusammen mit ihm und Ira waren sie neunundzwanzig. Jet Marish, die Jüngste von allen, war erst sechs Jahre alt und schlief in den Armen ihres Vaters. Seldom Erth, der Älteste, hatte die Augen geschlossen, schlief jedoch nicht. Alle waren da, um Ira Haths Prophezeiung zu hören. Selbst die Kühe und Pferde waren neugierig geworden, tauchten aus dem Dunkeln auf, stellten sich hinter den Kreis der Menschen und sahen zu.

Eine Weile schwieg Ira Hath. Außer dem Knistern des

Feuers und dem Tröpfeln des geschmolzenen Schnees auf dem kleinen Dach war nichts zu hören.

»Ich denke, wir werden morgen die Heimat sehen«, begann sie schließlich. »Ich denke, wenn die Sonne morgen untergeht, werden wir auf die Heimat hinunterschauen. Ich spüre ihre Wärme im Gesicht, stärker als die Wärme des Feuers.«

Ihre Zuhörer lächelten und nickten sich gegenseitig zu, als sie das sagte. Endlich würden sie die Reise hinter sich gebracht haben.

»Jetzt, da wir so kurz vor dem Ziel sind«, fuhr Ira fort, »merke ich, dass ich etwas weiter sehen kann. Wenn ihr möchtet, kann ich jedem von euch das Wenige sagen, das ich sehe.«

Alle machten große Augen.

»Sie meinen«, fragte Branco Such, »eine persönliche Prophezeiung? Für jeden von uns?«

»Ja«, bestätigte Ira. »Wenn ihr das möchtet.«

Branco Such war sich keineswegs sicher, ob er das wollte. Er machte sich noch immer Gedanken über die Rolle, die er gespielt hatte, als sich ihre Gruppe in Canobius' Tal geteilt hatte. Seine Entscheidung schien ihm richtig gewesen zu sein, nach allem, was er damals gewusst hatte, und doch hatte sie sich als falsch herausgestellt.

Ira Hath verstand, warum er sich so davor scheute.

»Ich glaube«, sagte sie sanft, »Ihnen und Ihrer Frau wird es in der Heimat sehr gut gehen. Sie werden einen Laden aufmachen.«

»Einen Laden?«

Branco Such war äußerst überrascht. Er drehte sich zu seiner Frau um.

»Du willst doch nicht etwa einen Laden haben, oder?«

Gale Such machte ein schuldbewusstes Gesicht.

»Na ja«, antwortete sie, »ich habe manchmal daran gedacht, wie gesellig es doch wäre, einen kleinen Laden zu betreiben. Nur einen ganz bescheidenen, wo die Leute vorbeikommen, ein paar Kleinigkeiten einkaufen und ein Schwätzchen halten.«

Sie errötete beim Sprechen. Branco war früher Richter gewesen und ihr war klar, dass er es für unter seiner Würde hielt, einen Laden zu betreiben.

»Du überraschst mich! Einen Laden? Was kommt denn als Nächstes?«

Doch er verwarf den Gedanken nicht von vornherein. Gale Such warf Ira Hath einen dankbaren Blick zu. Sie hatte sich nicht getraut es selbst vorzuschlagen.

Der kleine Scooch hörte der Unterhaltung aufgeregt zu.

»Ich auch!«, rief er. »Ich werde auch einen Laden haben!«

»Natürlich. Sie werden eine Bäckerei betreiben. Sie und Lunki.«

Nun war es Scooch, der rot anlief. Lunki saß hinten neben Sisi und ihr Gesicht lag im Dunkeln, doch Sisi hörte, wie sie einen erstaunten Laut von sich gab.

Doch die anderen brannten viel zu sehr darauf, ihre eigene Zukunft prophezeit zu bekommen, als dass sie lange über Scooch und Lunki nachgedacht hätten.

»Ich kenne meine Zukunft«, sagte Creoth. »Und es ist mir gleich, wer sie noch kennt. Diese Dame hier« – er zeigte auf Mrs Chirish – »diese Dame und ich haben uns verständigt. Wir wollen einen Bauernhof bewirtschaften.«

»Sie können von mir aus den Bauernhof bewirtschaften«, entgegnete Mrs Chirish. »Ich habe vor ein ruhiges Leben zu führen.«

»Ich, ich, ich!«, schrie Fin Marish. »Was ist mit mir?«

»Komm mal her, meine Kleine.«

Das kleine Mädchen lief nach vorn und Ira Hath nahm ihre kleinen Hände in ihre eigenen.

»Du wirst heiraten«, sagte sie, »und fünf Kinder bekommen.«

»Ich will Spek heiraten. Darf ich Spek heiraten?«

»Du wirst Spek Such heiraten.«

Spek Suchs Miene verfinsterte sich, als er das hörte.

»Muss ich?«, fragte er.

»Natürlich nicht«, erwiderte Ira. »Aber ich denke schon, dass du es tun wirst.«

Tanner Amos trat mit einer einfachen Frage vor.

»Werde ich wieder heiraten?«

»Das wirst du«, bestätigte Ira.

»Und wen?«

»Warum fragst du mich das, Tanner? Man braucht nicht zu prophezeien, um dir zu sagen, was du sowieso schon weißt.«

Tanner Amos drehte sich um und richtete seinen Blick direkt auf Ashar Warmish. So wollte er ihr sagen, dass er auf sie wartete und in drei Jahren um ihre Hand anhalten würde, wenn sie dann wollte. Ashar schwieg, errötete aber nicht. Manche Dinge ergaben sich von allein.

Auf diese Weise weissagte Ira ihnen allen, hielt manchmal ihre Hände oder blickte ihnen nur ins Gesicht und verriet ihnen meistens nur etwas, das sie ohnehin wussten, sich selbst aber nicht eingestanden hatten. Bek Shim erfuhr mit Erleichterung, dass er Sarel Amos heiraten würde, denn jetzt würde er sie nicht mehr fragen müssen. Er konnte sich nun verhalten, als wäre es bereits eine unzweifelhafte Tatsache, was er sehr viel einfacher fand. Der Lehrer Silman Pillish hörte mit Genugtuung, dass er wieder als Lehrer arbeiten würde, und reagierte mit offener Ungläubigkeit auf die Prophezeiung, dass er die Witwe Cheer Warmish heiraten werde. Auch Cheer Warmish beteuerte lautstark, dass sie keinen solchen Wunsch verspüre. Dennoch begannen beide sich auf eine andere und neugierige Weise zu betrachten.

Red Mimilith erfuhr, dass sie heiraten und selbst zwei Kinder bekommen, insgesamt aber vier Kinder haben werde. Das ergab keinen Sinn und sie wollte gerade nachfragen, als sie merkte, dass Miller Marish sie durchdringend anschaute. Sie lief dunkelrot an und fragte nichts mehr. Miller Marish war ein anständiger Mann, aber auch zehn Jahre älter als sie. Er war ein guter Vater, liebevoll und zuverlässig. Red Mimilith fing an über diese Möglichkeit nachzudenken.

Rollo Shim sollte Fischer werden, worüber er den Kopf schüttelte, und außerdem Seer Such heiraten, worüber er lachen musste.

»Also ich will dich auch nicht heiraten«, stellte Seer Such klar, die sich über sein Lachen ärgerte.

Sisi wollte keine Prophezeiung hören.

»Ich werde meine Zukunft selbst gestalten«, erklärte sie.

Mumpo wollte gern etwas erfahren, traute sich aber nicht zu fragen. Und inzwischen war es ohnehin zu spät. Ira Hath wurde allmählich müde. Hanno flehte sie an nichts weiter zu sagen, denn er machte sich große Sorgen, dass sie ihre letzte Kraft dafür opferte.

»Ich bin gleich fertig, Hannoka«, murmelte sie. Dann winkte sie Pinto zu sich und nahm sie in die Arme.

»Mein Baby«, flüsterte sie.

»Ich will es nicht wissen«, sagte Pinto. »Sag mir nur, ob ich glücklich sein werde.«

»Du wirst ein langes Leben haben«, antwortete Ira. »Wie kann das immer nur glücklich sein?«

»Kannst du wirklich in die Zukunft sehen, Ma?«

»Ja. Ein bisschen. Den Teil, der jetzt schon in dir steckt.« Sie zog Pinto dicht zu sich heran, damit sie ihr etwas zuflüstern konnte, ohne dass es die anderen hörten. »Du liebst Mumpo. Das sehe ich jetzt in dir. Und das ist ein Teil deiner Zukunft.«

Pinto küsste sie und erwiderte nichts. Die Worte ihrer Mutter hatten sie sehr glücklich gemacht.

»Und du, mein Liebster.« Ira wandte sich Hanno zu und nahm seine Hände.

»Ich habe keine Zukunft«, sagte Hanno. »Ich brauche keine Prophezeiung. Du redest zu viel, gute Frau.«

Ira lächelte und küsste ihm die Hände. Er hatte Recht. Sie hatte zu viel geredet. Sie war sehr müde.

Pinto wurde vom ersten Licht der Morgendämmerung geweckt. Es war ein ganz seltsames Licht, das durch den Schnee auf den Blättern über ihnen hereinsickerte und eine zarte rosarote Färbung hatte. Sie stand auf, merkte, dass ihre Beine steif waren und schmerzten, und fragte sich, ob es wohl aufgehört hatte zu schneien. Also schlich sie zwischen den Schneewänden hindurch nach draußen, an eine freie Stelle inmitten der umstehenden Bäume. Hier stellte sie fest, dass es immer noch schneite, doch die Flocken waren lockerer und fielen nicht mehr so dicht. Die Schneewolken zogen endlich weiter. Und dort, wo der Himmel bereits klar war, schimmerte er in einem hellen, blassen Rosa.

Gleich würde die Sonne aufgehen.

Pinto hatte gut geschlafen und fühlte sich trotz ihrer schmerzenden Glieder erfrischt. Der verdeckte Blick durch die Bäume auf den morgendlichen Himmel begeisterte sie. Um den Sonnenaufgang besser sehen zu können, lief sie durch den Wald, den Hang hinauf, und suchte nach einer Lichtung. Bald stieß sie auf den Pfad, den sie vom Tal aus hinaufgestiegen waren, nur war das hier ein höherer Abschnitt, den sie noch nicht gesehen hatte. Der Weg führte in direkter Linie nach oben und war wie weiter unten zu Stufen getreten worden. Rechts und links des Weges ragten die Berghänge noch höher auf als zuvor. Zwischen diesen Hängen entdeckte sie ein Stück Himmel, wie einen Einschnitt, in dem die Schneewolken der klaren rosafarbenen Dämmerung Platz machten. Die Hänge auf der linken und rechten Seite schränkten das Blickfeld unangenehm ein, aber Pinto vermutete, wenn sie nur ein kleines Stückchen höher kletterte, würde sie vielleicht an eine Stelle gelangen, wo das Gelände auslief.

Also ging sie weiter, während die letzten Schneeflocken um sie herum zur Erde schwebten und sich das Rosa des Himmels allmählich in ein dunkleres Rot verwandelte. Sie war schon weiter gelaufen, als sie geplant hatte, konnte aber jetzt nicht umkehren. Sie war so nah dran.

Pinto zitterte in der morgendlichen Kälte. Dummerweise hatte sie vergessen ihren Mantel anzuziehen. Der Schnee knirschte unter ihren Füßen. Die Morgenluft war frisch. Sie fühlte sich stark, mutig und aufgeregt.

Schneller jetzt – die letzten Stufen hinauf...

Noch immer ragten zu beiden Seiten schneebedeckte Hänge auf. Noch immer wirbelten Schneeflocken um sie herum. Aber jetzt war der Himmel rot, von einem tiefen, satten Rot, dem Rot eines perfekten Tagesanbruchs. Und auf einmal hatte sie das Ende erreicht, den obersten Punkt des Weges, war stehen geblieben und schaute erstaunt nach vorn – und sie wusste sofort, was sie dort sah.

Zwischen einem V von Hügeln ein roter Himmel. Schneeflocken. Ein Land weit unter ihr, in dem zwei Flüsse auf ein fernes Meer zuströmten.

Es war die Heimat.

Verwundert und benommen ging Pinto ein Stück weiter und blieb dann wieder stehen. Nur ein paar Meter vor ihr war...

Nichts.

Keine Berge, die zu Hügeln ausliefen, keine Hügel, die in die Küstenebene übergingen. Nichts. Das Land hörte einfach auf.

Sie legte sich mit dem Bauch auf den Schnee und schob sich vorsichtig nach vorn. So erreichte sie den Rand des Abgrunds und traute sich hinabzublicken.

Es war eine senkrechte Felswand, die Hunderte von Metern nach unten abfiel, zu dem wunderschönen, unerreichbaren Land hinunter. Schon wurde ihr schwindelig, doch sie zwang sich nach rechts und links zu blicken und sah, dass sich die mächtige Felswand unendlich weit in beide Richtungen erstreckte. In irgendeiner längst vergangenen Zeit waren die Berge auf dieser westlichen Flanke rissig geworden und abgebrochen und hatten einen riesigen, unüberwindbaren Abgrund hinterlassen.

Zitternd entfernte sich Pinto von dieser Schwindel erregenden Höhe, kroch auf sicheren Boden zurück und stand wieder auf. Sie schaute in den roten Himmel hinauf, der gar nicht vom Sonnenuntergang herrührte, sondern vom Sonnenaufgang. Da lag nun die Heimat vor ihr, genau wie ihre Mutter geträumt hatte. Doch es gab keine Möglichkeit, sie zu erreichen.

17
Der Sammelpunkt

Als das Boot mit Bowman und Kestrel aufs offene Meer hinausfuhr, begann von Norden ein Wind zu blasen, so dass sie langsamer vorwärts kamen. Hinter den Schneewolken verdüsterte sich der Horizont und wurde bleigrau.

»Ha!«, schrie Albard. »Das Spiel beginnt!«

Eine riesige Welle, die lautlos vom aufkommenden Wind über die See getrieben wurde, erfasste das Boot, wälzte sich weiter auf das Ufer zu und ließ es mit einem fürchterlichen Krachen wieder fallen. Bowman, Kestrel und Springer taumelten benommen aus der Kajüte und fanden Albard auf Deck vor – er stand mit gespreizten Beinen da, hatte die Arme zum Himmel erhoben und brüllte den Sturm an.

»Komm schon! Mach, was du willst! Mal sehen, ob du mich kriegen kannst! Was kümmert's mich?«

Als er die anderen entdeckte, rief er ihnen mit leuchtenden Augen zu: »Er will euch davon abhalten, zur Insel zu kommen!«

Für Erklärungen war keine Zeit. Eine zweite, größere Woge raste auf sie zu. Ein langes Grollen zog über den Himmel, das in einem mächtigen Donnerschlag gipfelte. Wieder wurde das Boot nach oben geschleudert, hoch auf den Kamm der Welle – und während das geschah, erhoben sich Springer, Bowman und Kestrel ohne sich vorher abzusprechen etwa einen halben Meter in die Luft, so dass sie ein kleines Stück über dem Boot schwebten, als es wieder herunterkrachte. Nur Albard hatte seine Stiefel fest auf dem Deck stehen und ließ sich mit dem Boot hin und her werfen.

»Feiglinge!«, schrie er ihnen zu. »Deserteure! Zaungäste!«

Sie ließen sich neben ihn auf das wogende Deck fallen. Albard packte Bowman am Arm.

»He, Junge!«, grölte er durch den rollenden Donner. »Das ist Macht! Das ist Energie! Willst du sie nicht?«

»Ich will doch nicht in Stücke geschlagen werden!«

»Hast wohl Angst, was?«

»Ja.«

Wieder erhob sich das Boot, diesmal so schräg, dass sich Bowman am Lukendeckel festhalten musste, um nicht ins Meer zu stürzen.

»Nutze deine Angst!«, schrie Albard. »In der Angst liegt Kraft! Suche sie, nimm sie, nutze sie!«

Bowman merkte, dass Springer ihn mit seinem sonderbaren kleinen Lächeln anschaute. Kestrel stand neben ihm, die Füße fest auf dem Deck, und beobachtete ihn ebenfalls. Er hatte das Gefühl, als warteten sie alle darauf, dass er etwas tat, doch er war sich nicht sicher, was. Und die ganze Zeit über kam der Sturm näher und die Wellen schlugen immer höher und gewaltiger.

Nutze deine Angst. Aber wie?

Krach! Das Meer schoss von unten herauf wie ein Wal, riss das Boot hoch, bis es fast senkrecht stand, und schleuderte Bowman in die schneeige, dunkler werdende Luft...

»Aaaah!«, kreischte er. Und dann, lauter, so dass seine panische Angst durch seinen ganzen Körper hallte: »AYAYAYAYANNAYANNAAAA!«

Er fing sich selbst auf, als er fiel, und trat mit den Beinen wie ein Taucher, der im Wasser aufsteigt. Zitternd und erhitzt von seinem Schrei schnellte er nach oben, schoss in den Sturm hinauf und wälzte sich in der elektrisch geladenen Wolke. Während er sich immer wieder um die eigene Achse drehte, gab er lang gezogene, unartikulierte Töne von sich, nahm die Gefahr des Sturmes in sich auf und bebte vor seiner eigenen Angst und Wut. Ein Blitzstrahl zuckte über den Himmel, gefolgt von einem dröhnenden Donnerschlag, der mit grellem Licht und lautem Krachen an ihm riss und ihn herumwirbelte. Bowman streckte Arme und Beine aus und ließ sich vom Sturm hin und her schütteln wie ein Stofffetzen, eine Decke, ein Segel, breitete sich aus, machte sich so breit wie der Sturm und umarmte ihn, wickelte sich um ihn und schnürte ihn zusammen. Er sang für den Sturm, als er ihn in Arme, Bauch, Knie und Füße nahm, hakte ihn fest, erstickte den Donner, umklammerte den Wind und saugte seine Kraft für immer in sich auf...

»Das ist mein Jungeee!«

Albard brüllte vom Deck herauf, sah zu, wie er durch den Sturm geschleudert wurde, und seine Stimme überschlug sich vor Stolz. Auch Springer und Kestrel schauten schwankend und lächelnd zu. Dann ließ das Wüten des Himmels allmählich nach und Bowman merkte, wie er nach unten schwebte, bis seine Füße wieder auf dem

Deck landeten. Das Boot trieb auf einer ruhigen See auf Sirena zu.

»Hat sich der Sturm gelegt?«

»Gelegt? Nein! Du hast ihn verschluckt! Du hast den ganzen Bauch voll Donner! Du könntest einen Orkan fahren lassen!«

Albard bog sich vor Lachen.

»Ist das wahr?«, fragte Bowman Springer.

Als Antwort streckte Springer die Hand aus und Bowman langte hinüber und berührte sie. Als sich seine Finger Springers Hand näherten, sprang ein leuchtend blauer Funke über die Lücke und ließ ihn zusammenzucken. Schnell zog er die Hand weg.

»Du hast die Energie des Sturms in dir«, erklärte Springer.

»Lass es mich spüren, Bo.«

Kestrel stellte sich dicht vor Bowman und ihre Augen hatten diesen seltsamen Ausdruck, den er schon einmal gesehen hatte. Aber jetzt war alles seltsam. Sie streckte die Hand aus und berührte ihn. Funken sprühten an der Stelle, wo ihre Hand auf seinem Arm gelegen hatte.

»Halt mich fest.«

Er nahm sie in die Arme und spürte das Sprühen überall, wo sie sich berührten. Sie hielt ihn ganz fest und nahm mit ihrem Körper die heiß-kalte, sanft-schmerzende, kribbelnde Energie auf, die er aus allen Poren ausstrahlte. Die heftige Erschütterung verschlug ihr den Atem, doch sie ließ ihn nicht los, bis sie so viel aufgenommen hatte, wie er zu geben hatte. Dann trennten sie sich wieder ohne den Blick voneinander abzuwenden.

Ich kann alles tun, Kess.

Kestrel schwieg. Für sie fing der Schmerz erst an. Sie spürte die silberne Stimme, die an einem Band um ihren Hals hing und auf ihrer Haut lag. Die Stimme fühlte sich heiß an, weil sie sich damit an ihren Bruder gedrückt hatte. Nun kühlte ihr Körper allmählich wieder ab, doch die silberne Stimme wurde wärmer.

Der vorüberziehende Sturm hatte die Schneewolken weggefegt, so dass man jetzt das Mondlicht am dämmrigen Himmel sehen konnte. Als es um sie herum immer dunkler wurde, erkannten sie Sirena vor sich: den mit Felsen bedeckten Hügel, die hohen Mauern des großen Saals ohne Dach. Das Boot, auf dem es weder Segel noch Ruder gab, glitt nun friedlich über die wogende See und bahnte sich so seinen Weg in die kleine Bucht, die den Hafen der Insel bildete.

Albard ging als Erster an Land.

»Sirena!«, brüllte er. »Das hier ist für dich!«

Damit urinierte er geräuschvoll auf den steinigen Boden.

Bowman und Kestrel folgten ihm und spähten angestrengt in die Dämmerung, um alles auf dieser geheimnisvollen Insel, von der sie so lange geträumt hatten, genau wahrzunehmen. Doch sie sahen nichts als ansteigendes Gelände und hier und dort die gekrümmten Silhouetten von Ölbäumen.

Nebel der Kater schloss sich ihnen an und war alles andere als beeindruckt.

»Wozu soll man fliegen lernen«, beschwerte er sich, »wenn man dann nur zu einem langweiligen Haufen Felsen fährt?«

»Sie warten auf uns«, mahnte Springer.

Springer führte die anderen den Pfad hinauf, auf seine

typische Weise, die einen so nervös machen konnte: hopp und stopp, hopp und stopp.

»Himmel noch mal!«, rief Albard. »Musst du so herumhüpfen?«

»Wäre es dir lieber, wenn ich krieche?«

»Ja, krieche von mir aus.«

Doch Springers Kriechen war so langsam und sah so sonderbar aus, dass es Albard noch mehr ärgerte.

»Na schön. Mach, was du willst.«

»Hüpf weiter, Springer!«, rief Springer fröhlich.

Bald darauf erreichte die kleine Gruppe die niedrige Hügelkuppe in der Mitte der Insel. Hier standen die hohen Steinmauern, die den dachlosen Saal der Sänger bildeten. Die Umrisse der Fensterbögen zeichneten sich deutlich vor den mondhellen Wolken ab. Der Raum zwischen den Mauern war tiefschwarz.

»Ich nehme an, sie sind alle hier«, mutmaßte Albard und klang plötzlich verhalten.

»Alle außer dir und mir«, antwortete Springer.

»Wer leitet den Gesang?«

»Er wartet auf uns.«

»Ach, Mondgesicht. Nicht auf mich. Ich habe Sirena vor langer Zeit verlassen.« Albards Stimme klang jetzt noch gedrückter. »Der Junge ist bereit für die letzte Prüfung. Meine Arbeit ist getan.«

»Nicht ganz.«

»Ich habe keine Kraft mehr.«

»Der Wind wird dich tragen.«

»Na schön.« Er straffte seine breiten Schultern und warf seinen zottigen grauhaarigen Kopf zurück, als wollte er sein Schicksal herausfordern.

»Junge«, sagte er zu Bowman, »lass mich dich in den Armen halten.«

Bowman ging zu ihm und Albard schlang seine riesigen Arme um den dünnen, knochigen Rücken des Jungen.

»Ich hab dich vom ersten Augenblick an geliebt, als ich dich sah. Wusstest du das?«

»Nein«, antwortete Bowman.

»Nein, die wichtigen Dinge weiß nie jemand. Aber so war es. Ich wollte sterben, damit du leben kannst. Wusstest du das?«

»Nein.«

»Aber so war es.« Er seufzte und küsste Bowman auf Stirn und Wangen. »Lebe für mich, Junge.«

»Aber ich …«

»Nichts da! Tu, was man dir sagt. Wenn schon nicht aus Angst, weil jetzt niemand mehr Angst vor mir hat, dann aus Mitleid. Ich war einmal ein Meister. Ich habe eine Welt erschaffen.«

»Sie warten auf uns«, mahnte Springer.

Er hüpfte voraus, durch den hohen türlosen Eingang in die schwarze Finsternis. Albard folgte ihm. Dann Bowman, Kestrel und der Kater.

Niemand hatte sie gewarnt. In einem Moment schritten sie über grasbedeckten Boden, im nächsten über nichts mehr. Weder Springer noch Albard gaben einen Laut von sich. Als Bowman merkte, dass er fiel, breitete er instinktiv die Arme aus, was jedoch nichts nützte – und erst dann erinnerte er sich an das, was er gelernt hatte. So bekam er seinen Sturz unter Kontrolle und konnte Nebel auffangen, der alles vergessen hatte und wie ein Stein hinunterfiel.

Kestrel landete nach ihm, so sanft, als wäre sie über eine Türschwelle geschritten. Bowman war beeindruckt. Der Kater wand sich in seinen Armen, sprang hinunter und blieb dann abrupt mit einem Buckel und gesträubtem Fell stehen.

Sie befanden sich in einer Höhle, durch die ein unterirdischer Fluss lief. Allmählich gewöhnten sich ihre Augen an den schwachen Mondschein, der von oben hereinfiel. Wie Gespenster standen die Sänger in der Finsternis, Hunderte von ihnen, mit verschränkten Armen und offenen Augen, aber mit einem Gesichtsausdruck, der verriet, dass sie weder etwas sahen noch hörten. Sie trugen grobe Gewänder, ihre Füße waren nackt und auf ihren Köpfen und Schultern hatte sich Staub abgesetzt. Männer und Frauen in jeglichem Alter und von unterschiedlichster körperlicher Gestalt warteten auf den Augenblick, der sie wecken und auf ihre letzte Reise schicken würde.

Albard fing an zu zittern. Er sank auf die Knie und ließ den Kopf hängen.

Bowman schaute die Sänger verwundert an. Als sich seine Augen an die Dunkelheit gewöhnt hatten, erkannte er immer mehr von ihnen, weit in das düstere Gewölbe der Höhle hinein. Es mussten Tausende sein.

»Worauf warten sie?«

»Auf das Kind des Propheten.«

Auf mich!, dachte Bowman. Er verstand nur sehr wenig von dem, was geschah, verspürte jedoch keine Angst. Ganz im Gegenteil: Er war aufgeregt. Er hatte das Gefühl: Auf das hier habe ich mich mein ganzes Leben lang vorbereitet.

Kestrel spürte Bowmans Freude und war froh darüber,

doch sie selbst empfand keine Freude. Sie war traurig, auf schmerzliche Weise traurig. Die Traurigkeit hatte mit der silbernen Stimme zu tun, die sie unentwegt heiß auf ihrer Brust spürte.

»Geht zum Grabmal«, forderte Springer sie leise auf.

Dort vor ihnen, umgeben von der stillen, reglosen Schar der Sänger, erhoben sich die Steinpfeiler und das gemeißelte Steindach des Grabmals. Bowman und Kestrel schlängelten sich zwischen den Gestalten in den langen Gewändern hindurch und stellten sich neben das Grabmal. Zuerst sahen sie dort nichts als den Steinsockel. Doch bald erkannten sie im schwachen silbernen Licht die eingefallene Leiche vor sich, das Netz aus vertrockneter Haut, das sich über die Knochen spannte, die Hände, die gefaltet auf den unverdeckten Rippen ruhten, das Gesicht, das ein Totenschädel war.

»Euer Vorfahr«, murmelte Springer. »Der Prophet Ira Manth.«

Bowman und Kestrel standen rechts und links neben dem Grabmal, betrachteten die Knochen des Propheten und empfanden nichts dabei, weder Ehrfurcht noch Angst. Nur Kestrel spürte die glühende Hitze der silbernen Stimme, so heiß, dass sie sicher bald ein Loch in ihr Hemd brennen würde.

Bowman erinnerte sich an die erste Zeile des Verlorenen Testaments.

Ein Kind meiner Kinder wird in der Zeit der Vollendung immer bei euch sein. Auf diese Weise lebe ich wieder und sterbe wieder.

Er wusste, was er zu tun hatte, ohne dass man es ihm sagen musste. Er streckte eine Hand aus. Dabei merkte er, dass Kestrel ebenfalls eine Hand ausstreckte. Er war überrascht, aber froh darüber.

Wir bleiben zusammen, sagte sie zu ihm ohne die Stille zu stören.

Springer war sehr still und ernst geworden. Er sah zu, wie die Hände durch die Luft glitten und sich die Finger der Berührung entgegenstreckten.

Nichts, dachte Bowman, als er die Hand auf die vertrocknete Haut auf dem Arm des Propheten legte. Ich spüre nichts. Nur die Knochen eines längst verstorbenen Menschen.

Auch Kestrel legte ihre Hand auf die Knochen und fühlte nichts.

Und dann fing es an. Zuerst war es nur eine wachsende Müdigkeit. Dann fühlte Bowman sich schwach. Ein Schwindelgefühl durchlief ihn. Er taumelte und fiel beinahe hin.

Was ist das, Kess?

Er nimmt unsere Kraft.

Sie konnte es deutlich spüren: Ihre Kraft wurde aus ihr herausgesaugt, allmählich, schonungslos, unaufhaltsam. Wenn sie nicht bald die Hand wegzog und die Verbindung unterbrach, würde der Tote alle Kraft aus ihr herausgezogen haben, die sie besaß.

Er will unser Leben, sagte sie zu Bowman.

Ich gebe es ihm, antwortete ihr Bruder.

Zu schwach, um noch stehen zu können, sank er langsam auf die Knie, ließ jedoch die Hand auf dem knochigen Arm liegen. Sein Kopf neigte sich nach vorn, auf den Toten. Nach einer Weile brach auch Kestrel zusammen und fiel zu Boden.

Springer schaute ohne eine Bewegung zu. Der Junge und das Mädchen knieten reglos da, die Köpfe über das Skelett gebeugt, das auf dem steinernen Bett ruhte. Sie atmeten, aber nur ganz langsam. Sie hatten das Bewusstsein verloren.

Einer nach dem anderen wachten die Sänger, die dem Grabmal am nächsten standen, auf. Augen blinzelten und Gesichter wandten sich um. Einer griff sich mit der Hand an die Wange, um sich zu kratzen. Ein Zweiter verlagerte das Gewicht von einem Bein aufs andere. Der rauschende Klang von Atemzügen erfüllte die stille Luft in der Höhle. Immer mehr von ihnen erwachten. Dann begannen die Ersten, die aufgewacht waren, leise zu singen. Sie sangen ein tief klingendes, wortloses Lied, das eher dem Geräusch von leichtem Regen auf einer Seeoberfläche als menschlichen Stimmen ähnelte, ein gemurmeltes, geflüstertes Lied. Albard stand leise wieder auf und stimmte mit ein. Ebenso Springer.

Nach kurzer Zeit waren alle Sänger erwacht, die vielen Tausend; sie regten und streckten sich, holten tief Luft und sangen.

Der Schall ihres Liedes ballte sich wie der Atem des Lebens um Bowman und Kestrel zusammen. Er drückte ihnen gegen die Augenlider und das Trommelfell, weckte sie aus ihrem Schlaf und ließ eine Kraft in sie hineinströmen, die größer war als die Stärke, die ihnen zuvor genommen worden war: die Kraft des Sänger-Volkes.

Blinzelnd und unsicher, was geschehen war, standen sie auf, jeder auf seiner Seite des Grabmals, und blickten sich um. Tausende von Gesichtern schauten zurück, ohne Neugierde, ohne Forderungen.

»Die Zeit ist gekommen«, sagte Springer.

Wieder hatte sich seine Stimme verändert, doch diesmal wussten alle, die ihn hörten, dass dies seine wahre Stimme war. Seine Augen leuchteten beim Sprechen, nicht aus Jugend, sondern aus Überzeugung. Albard, der zuschaute, sang und von einer Ruhe erfüllt war, die er seit Jahren nicht mehr erlebt hatte, lächelte, als er es sah.

Ach, Mondgesicht!, dachte er bei sich. Also bist du der Erste von uns allen!

Undeutlich, so als würde er es sich aus einer längst vergangenen Zeit ins Gedächtnis zurückrufen, wurde Albard seine eigene Torheit bewusst. Doch er schämte sich nicht. Er machte sich nichts aus den Fehlern, die er in seinem Leben begangen hatte, denn er ahnte jetzt, dass die Sänger über ihn gewacht hatten und er auf seine Weise seine Pflicht getan hatte. Er war jetzt bereit für die Erlösung, auf die alle Sänger warten und sich vorbereiten: das Lied des Feuers und der Sturm des Glücks.

Nebel der Kater, dem sich wegen all der Veränderungen um ihn herum das Fell auf dem Rücken sträubte, stolzierte zwischen den Gestalten in den langen Gewändern entlang und suchte nach jemandem, den er kannte. Schließlich fand er ihn, der mit gekreuzten Armen und erhobenem Kopf dastand und das wortlose Lied sang, das durch die große Höhle strömte und wirbelte: Hundegesicht der Einsiedler.

»Worum geht es denn hier?«, fragte Nebel seinen ehemaligen Freund und Gefährten.

Hundegesicht gab keine Antwort und blickte auch nicht nach unten. Typisch, dachte Nebel, er hat mich nicht gehört. Doch als er zu dem vertrauten hässlichen Gesicht aufschaute, war der Kater von plötzlicher Liebe durchdrungen. Warum habe ich das vorher nicht erkannt?, fragte er sich. Mein Einsiedler ist schön.

»Hundegesicht«, rief er. »Du bist schön.«

Da senkte der Einsiedler den Blick, hörte das rufende Miauen des Katers und lächelte ohne mit dem Singen aufzuhören. Nebel flog vor sein Gesicht und umkreiste ihn zweimal, um sein neues Können vorzuführen. Hundegesicht folgte ihm mit den Augen, lächelte und sang. Doch während er flog, begriff Nebel, dass sein Fliegen nur ein kleines Kabinettstückchen war und dass um ihn herum etwas sehr viel Größeres stattfand und Hundegesicht ein Teil davon war. Also landete er sanft und benahm sich wie eine normale Katze: Er rieb seinen Körper an den Beinen des Einsiedlers, schlang seinen Schwanz um ihn und schnurrte. Er fand es etwas entwürdigend, zu einer solch gewöhnlichen Geste der Zuneigung gezwungen zu sein, aber sie hatte den Vorteil, dass der Einsiedler sie verstand. Indem sich der Kater mit seinem weichen grauen Fell und seinem langen, geschmeidigen Körper an ihn schmiegte, wollte er ihm sagen: Ich war glücklich mit dir, all die Jahre auf unserem Baum. Und Hundegesicht, der sich bückte und ihn streichelte, antwortete: Ich war auch glücklich mit dir, mein Nebel.

Das Lied der Sänger änderte sich jetzt, wurde lauter und der Rhythmus schneller. Als Kestrel und Bowman nun still und starr nebeneinander vor Springer standen, begannen sich die Sänger zu erheben. Zuerst einer, dann zwei weitere, dann ein Dutzend, alle schwebten aus der Höhle und in die mondhelle Nacht hinaus. Springer hatte sich erneut verwandelt und sah jetzt sehr alt aus, unendlich alt, weise und voller Liebe.

»Die Zeit ist gekommen, das Lied zu Ende zu singen.«

Seine Stimme klang weich und sanft, als wäre sie ein Teil des größeren Liedes, das um sie herumsummte. Bowman hatte das starke Gefühl, dass er all das schon einmal gehört hatte, dass er wusste, was man zu ihm sagen würde und was er antworten musste.

»Ein Kind des Propheten muss euch begleiten.«

»Ich sehe zwei Kinder des Propheten«, entgegnete Springer.

»Ich bin es«, sagte Bowman. »Ich bin der Auserwählte. Ich bin vorbereitet worden. Kestrel weiß das.«

Da meldete sich Kestrel schließlich schweren Herzens zu Wort. Die silberne Stimme brannte auf ihrer Haut.

»Nein«, widersprach sie.

Bowman verstand sie falsch und dachte, sie wolle ihn nicht gehen lassen.

»Das hier muss getan werden, Kess.«

»Es muss getan werden«, erklärte sie, »aber nicht von dir.«

»Nicht von mir?«

Bowman erschrak und war alarmiert. Er wandte sich an Springer. Der kleine alte Mann schien nicht überrascht zu sein.

»Sag es ihr«, bat Bowman. »Sag ihr, dass ich es bin, der euch begleiten muss, in den brennenden Wind.«

»Einer von euch muss uns begleiten«, erklärte Springer. »Das Kind, in dem der Prophet wieder lebt und wieder stirbt.«

»Das bin ich! Das kann nur ich sein!«

»Nein«, entgegnete Kestrel. »Tut mir Leid, Bo.«

»›Tut mir Leid?‹ Was soll das heißen, ›tut mir Leid‹?«

Er klang wütend, weil er sich verwirrt und verletzt fühlte. Warum sagte Kestrel so etwas? Sie wusste doch, dass er sich sein ganzes Leben lang darauf vorbereitet hatte. Warum war er sonst ausgebildet worden? Warum hatte man ihm sonst diese Macht gegeben?

»Halte mich nicht auf, Kess.«

Natürlich! Warum war er nicht eher darauf gekommen? Sie wollte ihn nicht aus Liebe zurückhalten, sondern aus Neid. Sie wusste, dass der bevorstehende brennende Wind, der Sturm des Glücks genannt wurde, die einzig wahre Belohnung war, und sie wollte sie selbst haben. Aber er hatte die Macht. Wenn es nötig war, würde er diese Macht um der großen Tat willen, für die sich alle Sänger hier versammelt hatten, benutzen.

»Halt mich nicht auf, Kess.«

Oh mein Bruder. Verstehst du denn nicht?

Er bemerkte den traurigen, mitleidigen Unterton in der Stimme ihrer Gedanken und ärgerte sich darüber. Sein ganzes Leben lang war er der Furchtsame und Kestrel die Anführerin gewesen. Er hatte gefühlt und sie hatte gehandelt. Jetzt, am Ende, konnte sie nicht hinnehmen, dass er der Anführer war und die Macht besaß.

Überall um ihn herum schwebten die Sänger auf und davon, Aberhunderte von ihnen, so dass sich die riesige Höhle allmählich leerte. Das Lied, das sie sangen, verschwand mit ihnen und schallte von oben herunter, höher, tiefer, höher, tiefer. Er hatte keine Zeit zu verlieren.

»Ich muss jetzt gehen«, sagte er. »Sie warten auf mich.«

Ich hab dich lieb, Bo.

Ihre Liebe ärgerte ihn. Er ging mit seiner Gedankenkraft auf sie los, um sie zurückzudrängen – nicht um sie zu schlagen oder zu verletzen, sondern um ihr zu zeigen, dass sie getrennt werden mussten.

Er konnte sie nicht bewegen.

Er drückte fester. Sie kam ihm schwer vor, unglaublich schwer. Ihre Blicke trafen sich. Und in ihren Augen las er es: dass sie ihre eigene Kraft, so wie sie war, benutzte, um ihm zu widerstehen.

Bring mich nicht dazu, Kess.

Lass los, antwortete sie ihm. *Sei ganz still.*

Ich werde dir nicht wehtun, Kess. Aber ich lass mich auch nicht von dir aufhalten.

Er nahm noch mehr Kraft zusammen, fiel damit über sie her, um ihren Widerstand zu brechen. Er rechnete damit, dass sie ein solcher Angriff auf die Knie zwingen würde, doch sie zitterte nicht einmal. Dann schlug sie zu seinem Entsetzen zurück. Er taumelte unter ihrem Gedankenschlag.

Kess! Kämpfe nicht gegen mich! Ich will dir nicht wehtun.

Du kannst mir nicht wehtun, Bo.

Warum tust du das?

Damit du verstehst.

Sie schlug ihn wieder. Wieder wich er schwankend zurück. Tränen traten ihm in die Augen, nicht vor Schmerz, sondern vor Kummer. Er drehte sich zu Springer um und stellte fest, dass er ihnen mit einem Gesichtsausdruck zusah, der verriet, dass er mit dem hier gerechnet hatte.

Das muss sie sein, dachte Bowman. Das muss die letzte Prüfung sein, mit der meine Vorbereitung abschließt. Ich muss alles verlieren und alles geben. Selbst meine Schwester muss ich verlieren, die meine andere Hälfte ist. Ich muss frei sein, damit ich das tun kann, was mir bestimmt ist.

Gerüstet mit dieser neuen Überzeugung nahm er nun alle Kraft zusammen, die er besaß, und versetzte Kestrel einen Schlag, der sie taumelnd und kreiselnd durch die ganze Höhle fliegen und gegen die Felswände auf der anderen Seite prallen ließ. Direkt darauf stellte er sich ganz still hin und sang leise sein eigenes Lied, um die Kraft, die sich entladen hatte, wiederherzustellen.

Kestrel erhob sich und ging leise zu ihm zurück.

KRACH! Eine heftige Wucht traf Bowman und schleuderte ihn hoch in die Luft, fünf, zehn Meter weit. Er zappelte, um seinen Sturz zu verlangsamen, und bekam sich gerade noch unter Kontrolle, bevor seine Füße den Boden berührten.

Sofort richtete er einen Gedankenschlag auf Kestrel und spürte, wie sie sich ihm mit einer Wand aus Kraft entgegenstellte und zurückschlug. Er wischte ihren Schlag beiseite und griff immer von neuem an, bombardierte ihre Verteidigungsmauer. Sie war stark, viel stärker, als er erwartet hatte. Er änderte seine Taktik und bündelte all seine Kraft zu einem dünnen Strahl, den er in ihre Gedanken bohrte, um sie zu besitzen und zu unterwerfen. Doch anstatt sich diesem Angriff mit den Gedanken zu widersetzen gab Kestrel sofort nach. So purzelte Bowman ungewollt in ihre Gedanken, durch Schleier aus Sehnsucht, Angst, Wildheit und Liebe, durch den Teil von ihr, der ihn liebte, bis an einen fernen Ort, den er noch nicht kannte und an dem eine ungeheure Ruhe herrschte.

Hier endete sein Angriff. Hier gab es nichts, was er hätte schlagen, keinen Feind, den er hätte bezwingen, keine Gefangenen, die er hätte machen können. Stattdessen wurden seine eigenen wilden, kraftgetriebenen Gedanken bezwungen und gefangen genommen. Er wusste, dagegen kam er nicht an, ebenso wenig, wie er das Meer hinwegfegen oder den Himmel verletzen konnte.

Es muss so sein, mein Bruder. Verstehst du es jetzt?

Sachte erlöste ihn Kestrel aus der Festung ihrer Ruhe.

Ich bin diejenige, die gehen wird. Ich bin diejenige, die sterben wird.

Bowman blickte sich um. Außer Springer waren alle Sänger verschwunden. Aber er konnte ihren Gesang noch hören. Sie waren nicht weit weg. Er schmeckte Salz auf den Lippen und merkte, dass ihm Tränen über die Wangen liefen. Dann hörte er seine eigene Stimme, die verloren und ängstlich sagte: »Ich hätte alles gegeben, was ich habe.«

Das wirst du auch.

»Was soll ich tun?«

Kehre zu unserem Volk zurück. Es braucht dich.

Bowman wollte fragen: Wofür? Doch es kamen keine Worte. Da sprach Springer mit seiner langsamen, freundlichen Stimme.

»Du bist der Sammelpunkt.«

Der Sammelpunkt? Was für eine seltsame Formulierung, und doch so vertraut. Er hatte sie noch nie gehört und dennoch verstand er sie. Das Verständnis kam ganz plötzlich, wie die Überraschung, wenn sich eine Tür plötzlich vor einem auftut und den Blick auf einen unerwarteten Weg freigibt, einen anderen Weg, eine neue Aussicht auf die Zukunft.

Natürlich! Es musste einen Sammelpunkt geben. War er nicht ein Kind des Propheten, ausgebildet vom Sänger-Volk? Und war er nicht vom Morah erfüllt gewesen? Er war der Sammelpunkt von menschlichen Leidenschaften,

Hoffnungen und Ängsten, Freundlichkeit und Grausamkeit. Sein Schicksal bestand nicht darin, der Retter zu sein, sondern gerettet zu werden.

In dieser blitzartigen Offenbarung erkannte er plötzlich die reine Wahrheit seiner Kindheitsreise in die Hallen des Morah. Dieser Augenblick ekstatischer Stärke und schändlicher Schwäche, dieses Wissen, das ihn seither nie mehr verlassen hatte, diese gewollte, vorsätzliche Vereinigung mit der Million Augen des Morah, das war der einzige und notwendige Zweck seiner Reise gewesen. Nicht die Rettung Aramanths, das nicht gerettet werden konnte. Nicht das Zurückbringen der Stimme zum Windsänger, der später abgebrannt war. Alles, was von dieser gefährlichen Reise übrig geblieben war, war die silberne Stimme, die Kestrel um den Hals trug, und seine eigene Vergiftung durch den Morah.

Fast lachte er laut auf, als ihm das alles klar wurde.

Sirena wacht über dich. Das stand auf der alten Karte geschrieben. Oh, sie waren schlau, diese Sänger. Es ging ihnen um mehr als um einen alten Holzturm, der vor langer Zeit erbaut worden war. Sie bereiteten die nächste Generation vor, die die Welt nach dem brennenden Wind wieder aufbauen würde.

Zuerst vernichtest du. Dann herrschst du.

»Ich bin der Sammelpunkt!«

Springer beobachtete ihn und merkte, dass der Junge nun bereit war.

»Wir haben dir alles gegeben, was wir zu geben haben. Nutze es sinnvoll.«

Kestrel war der wirren Erkenntnis ihres Bruders gefolgt und verstand jetzt auch. Sie griff mit der Hand unter ihr

Hemd und zog die silberne Stimme hervor. Das heiße Metall verbrannte sie, als sie es berührte, doch es tat ihr nicht weh. Dafür haben wir die Stimme gefunden, dachte sie. Nicht für den Windsänger. Für diesen Moment. Für diese Aufgabe. Um mich in den brennenden Wind zu führen.

Kestrel schaute zu ihrem Bruder auf und sah die glänzenden Tränen auf seinen Wangen. Sie hörte den Gesang der Sänger, der die Luft über ihnen erfüllte.

»Sie warten auf mich.«

Springer neigte seinen gütigen alten Kopf. Dann schwebte er lautlos in die Luft und ließ Bruder und Schwester allein neben dem Grabmal des Propheten, damit sie sich Lebewohl sagen konnten.

Jetzt, da der Moment gekommen war, fühlte Bowman sich hilflos.

»Ich kann ohne dich nicht leben, Kess.« Das war keine Bitte. Bowman begriff, was geschehen würde. Es war seine aufrichtige Überzeugung. »Wenn du stirbst, sterbe ich auch.«

»Aber wenn du lebst, lebe ich auch.«

Sie stellte sich dicht vor ihn, er neigte den Kopf und sie berührten sich mit der Stirn. So blieben sie ganz still stehen, wie sie es seit frühester Kindheit unzählige Male getan hatten, um ihre Ängste und Träume zu vereinen und zu teilen.

»Ich werde dich niemals verlassen«, sagte sie zu ihm. »Fühle mich jetzt.«

Er fühlte sie, indem er sich tief in ihre Gedanken hineintastete, tiefer als jemals zuvor, tiefer, als er es für möglich gehalten hätte, und immer noch tiefer. Sie öffnete sich ihm, schwand dahin und leerte sich selbst, noch während er nach ihr suchte, bis er sich in ihren Gedanken verirrte und sie noch immer nicht gefunden hatte. Er wusste nicht mehr, wo er suchen sollte. Sie war weg. Die Gestalt seiner Schwester stand noch vor ihm, er konnte sie mit den Händen festhalten, doch sie selbst, alles, was er an ihr kannte, war fort.

»Kess! Wo bist du?«

»Hier, Bo. Hier.«

Er drehte sich um wie ein Narr und rechnete damit, sie hinter sich zu sehen, doch da war niemand.

»Wo?«

»Ich bin bei dir!«

Da fand er sie – sie war so nah, dass er sie weder sehen oder berühren noch sonst irgendwie spüren konnte, außer als Teil dessen, was er an sich selbst sehen, berühren oder spüren konnte.

»Fühlst du mich jetzt?«

Das war seine eigene Stimme, die da sprach, und doch war es Kestrels. Er schaute sie an, die ihn anlächelte, und sah ihr geliebtes Gesicht vor sich – nur sah er sein eigenes Gesicht und blickte mit ihren Augen.

»Ja. Jetzt fühle ich dich.«

»Wir bleiben zusammen«, sagte ihre Stimme, die auch seine war. Und seine Stimme antwortete mit ihrer: »Immer zusammen.«

Hand in Hand schwebten sie in den Mondschein hinauf, an den senkrechten Felswänden der Höhle entlang, bis zu den abfallenden Hängen Sirenas. Hier warteten die vielen tausend Sänger und bedeckten die Hänge vollkommen, so dass die Insel nur aus Männern und Frauen in langen Gewändern zu bestehen schien, die sich zusammenscharten. Sie blickten nach Westen, zu den Bergen des Festlands hinüber und ihr Gesang wurde immer nachdrücklicher.

Während Bowman und Kestrel unten in der Höhle gestanden hatten, war die Nacht dahingeschwunden. Nun schimmerte das erste Licht des Wintermorgens hinter ihnen am östlichen Horizont. Während sie warteten, zusahen und ihr wortloses Lied sangen, wehte ein böiger Wind übers Meer zu ihnen hinüber. Er ließ ihre Gewänder flattern und raschelte in den Blättern der Ölbäume.

»Es ist so weit«, sagte Springer.

Wie ein riesiger Vogelschwarm erhoben sich die Sänger alle zusammen in die Lüfte, ließen sich vom Wind erfassen und flogen über das Wasser nach Westen. Kestrel und Bowman flogen mit ihnen, und auch Nebel der Kater. Sie schlossen sich dem langen Strom von Männern und Frauen in langen Gewändern an, als die über die aufgewühlte See hinwegglitten. Beim Fliegen sangen sie. Der zunehmende Wind blies ihren Gesang fort, doch niemand kümmerte sich darum. Sie sangen nicht, um gehört zu werden, sondern um sich zu verändern.

Bowman wusste nun, dass er keinen Anteil daran hatte. Sein Leben fand woanders statt. Es gab nichts mehr zu sagen. Bei jeder Trennung kommt der Moment, wenn es nichts anderes mehr zu tun gibt als sich zu trennen.

»Kommst du, Nebel?«

Bowman drehte sich zu einem letzten Blick auf Kestrel, einem letzten Gruß in der Luft herum, schwenkte dann nach Norden ab und flog pfeilgerade auf den Gebirgspass zu. Nebel, der nicht damit gerechnet hatte, blieb eine Zeit lang hinter ihm zurück und miaute mürrisch, während er durch die Luft paddelte.

»Warte auf mich!«

Die Sänger schenkten ihnen keine Beachtung. Der Wind war aufgekommen, sie hatten ihre letzte Reise begonnen, die Augen auf die Berge geheftet und nur ihren Gesang im Kopf. Nur Albard, der einmal der Meister gewesen war, drehte sich um und schaute Bowman nach, bis er nicht mehr zu sehen war.

18
Ins wunderbare Land

Bowman flog ein kleines Stück oberhalb der Baumwipfel über die schneebedeckte Ebene und bewegte sich, so schnell er konnte, auf die Berge zu. Er hielt nicht an, um darüber nachzudenken, wie seltsam und wunderbar es doch war, dass er fliegen konnte und dass die Wälder und Felder, Höfe und Dörfer so schnell wieder verschwanden, wie sie in sein Blickfeld kamen; er dachte auch nicht an Kestrel, die er nie wieder sehen würde. Stattdessen hatte er all seine Aufmerksamkeit auf sein Volk gerichtet, das an dem Gebirgspass wartete und ihn brauchte; und auf die Not des Landes, über das er hinwegflog, auf die unbekannte Welt, die sich unter ihm erstreckte.

Dies war die Zeit der Grausamkeit, Grausamkeit außerhalb jeder Kontrolle, Grausamkeit, die sich von Grausamkeit nährte und neue Grausamkeit hervorrief. Ein Dorf nach dem anderen wurde abgebrannt und geplündert. Heuhaufen glommen noch auf den verschneiten Feldern, totes Vieh lag verlassen auf der Erde und wurde von Aasgeiern gefressen. Hier und dort entdeckte Bowman Menschen, die durch die Trümmer zogen, doch das waren Marodeure und keine Überlebenden und selbst im Vorbeifliegen roch er ihre Gewalt und ihre Angst. Er kam an einem Bauernhof vorbei, der noch nicht zerstört worden war, und stellte fest, dass ihn die verängstigen Bewohner in eine Festung verwandelt hatten und sich innerhalb der Mauern zusammendrängten, weil sie nicht wussten, wann die Räuberbanden wieder zuschlagen würden. Nicht weit davon entfernt stand ein kleines Wäldchen in Flammen, ein heller Feuerstreifen über dem Schnee. Hinter den brennenden Bäumen stapften ein paar Kinder die Hauptstraße entlang, kleine Kinder von sechs oder sieben Jahren. Bowman spürte die Wellen von Panik, die sie umgaben, doch er konnte nichts für sie tun. Er flog weiter, weil er wusste, dass das Leid dort unten zu groß war für seine eingeschränkten Kräfte, doch er war angewidert und wütend über den Verfall der Welt und wünschte sich den brennenden Wind herbei.

Jetzt sah er im Flug eine Kolonne berittener Soldaten und hinter ihnen ein lang gezogenes Gefolge von weiteren Reitern. Er beobachtete, wie sie in ein Dorf einfielen und die Häuser mit Fackeln anzündeten. Er sah, wie die Dorfbewohner aus ihren Verstecken flüchteten und von den Soldaten niedergeritten wurden, er hörte ihre entsetzten Schreie, als sie stürzten. Dies war eine der versprengten Truppen, die aus den Überlebenden besiegter Armeen bestanden, nun durchs Land zogen und alles zerstörten, was ihnen in den Weg kam. Darin lag der Schrecken dieser Zeiten: dass Menschen nicht aus Habgier oder Machthunger mordeten und brandschatzten, ja nicht einmal, weil es ihnen Lust bereitete, sondern weil sie sich schlicht nach Verwüstung sehnten. Sie hatten alles verloren. Nun war es ihr fester Wille, dass alles andere auch verloren sein sollte. Wenn ihr Leben schon zerstört war, warum nicht gleich die ganze Welt? Sie, die keine Gnade erfahren hatten, zeigten jetzt auch keine Gnade. So wie ihre Opfer schrien auch die Mörder, bis man nicht mehr erkennen konnte, wer mehr litt.

So flog Bowman über das trostlose Land hinweg und umarmte alle Menschen dort unten mit seinen einfühlsamen Gedanken. Er wollte nicht nur ihre Angst, sondern auch ihren Hass spüren, nicht nur die Trauer derer, deren Angehörige ermordet worden waren, sondern auch die wilde Wut ihrer Mörder. Er weinte um die, die litten, und ebenso um die, die ihnen das Leid zufügten und fast ebenso hilflos waren. Ich verstehe euch alle, rief er zu ihnen hinunter. Ich bin der Schuldige, der für euch und mit euch gerettet werden wird, damit es für die Welt einen neuen Anfang geben kann.

Ira Hath saß umrahmt vom V der Hügel auf ihrer Trage und blickte auf die Heimat hinaus. Der rote Himmel der Dämmerung war verschwunden. Die Schneewolke mit ihren langsam herumwirbelnden Flocken war weitergezogen. Doch sie hatte alles gesehen, genau so wie in ihrem Traum, und nun konnte sie gehen. Während der letzten Tage war es ihr schwer gefallen durchzuhalten. Sie war am Ende so schwach geworden, dass sie nicht mehr hatte essen können, und sie trank nur, weil Hanno ihr Wasser über den Mund goss. Das meiste davon rann ihr übers Kinn, aber ein bisschen auch zwischen die Lippen. Und als hätten ihre Augen nur darauf gewartet, die Heimat zu erblicken, merkte sie, dass sie nun die Sehkraft verlor. Die Gesichter der Menschen um sie herum waren verschwommen, und obwohl sie wusste, dass die Sonne aufging, schien der Himmel dunkler zu werden.

Sie hörte es, wenn Hanno oder Pinto mit ihr sprachen, konnte aber nicht mehr antworten. Ihr fehlte die Kraft. Wie verwunderlich, dass für das bloße Sprechen solch harte Arbeit von so vielen Muskeln nötig war. Um Hanno also zu zeigen, dass sie ihn hörte und verstand, drückte sie stattdessen leicht mit einer Fingerspitze. Hanno saß neben ihr, hielt ihre Hand in seiner, spürte ihre Bewegung und verstand sie. Ohne jemals darüber gesprochen zu haben, hatten sie einen Code aufgestellt: Eine Bewegung ihres Fingers bedeutete ›ja‹. Keine Bewegung bedeutete ›nein‹.

Ira spürte ihr eigenes Sterben jetzt ganz deutlich. Sie hatte keine Angst. Sie hatte ihre kleine Rolle im Leben gespielt und war bereit zu gehen. Ihr Körper fühlte sich leicht an, als stünde er nicht mehr unter ihrer Kontrolle. Sie konnte ohne Hilfe nicht aufrecht stehen, und selbst wenn sie es gekonnt hätte, hätte der aufkommende Wind sie weggeweht wie ein vertrocknetes Blatt.

Also war es nun so weit. Auch sie musste ihr Lied bis zu Ende singen. Es fiel ihr schwer, ihren lieben Hannoka und ihre Kinder zu verlassen, aber noch schwerer zu bleiben. Und warum sollte sie warten? Ihre Kleinen waren groß geworden, sie musste Platz machen, damit sie gedeihen konnten. Deshalb haben wir Kinder, dachte sie lächelnd. Damit wir in Würde sterben können.

Hanno bemerkte ihr flüchtiges Lächeln und drückte ihre Hand.

»Noch nicht«, sagte er.

Pinto setzte sich neben ihn und spürte eine seltsame Mischung aus Trauer und Aufregung. Immer wenn sie ihre Mutter anschaute, wollte sie am liebsten weinen. Aber immer wenn sie nach vorn blickte, auf die Heimat, wurde sie von einer heftigen freudigen Erregung gepackt. Sie hatte sie noch nie zuvor gesehen, doch sie erkannte sie. Hier wird mein Leben beginnen, dachte sie. Hier werde ich wachsen und stark sein und große Taten vollbringen. Hier werde ich kein Kind mehr sein.

Es gab keine Möglichkeit, die Heimat zu erreichen. Die Felswand war zu hoch und zu steil. Die übrigen Manth saßen verwirrt in Grüppchen zusammen und fühlten sich von dieser einen unweigerlichen Tatsache ganz und gar niedergeschlagen. In dieser Situation, als sie dem Ende ihrer Reise so nah gewesen waren und all ihre Hoffnungen schon beinahe in Erfüllung gegangen waren, kam sie als ein vernichtender Schlag. Aber nicht für Pinto. Sie wusste auch keine Lösung für ihr Problem. Sie wusste nur, dass sie die Heimat gefunden hatten, dass die Prophezeiungen stimmten und dass ihr Leben vor ihr lag.

Das Sterben ihrer Mutter war in ihren Gedanken eng mit dem letzten unüberwindbaren Hindernis, der Felswand, verknüpft. Es war zwar nicht logisch, aber Pinto ahnte, dass nach dem Eintreten des ersten undenkbaren Ereignisses, dem Tod ihrer Mutter, das zweite gleich darauf folgen würde und sie die Heimat betreten konnten.

Sie erzählte Mumpo davon.

»Ma hat uns hierher gebracht. Sie wird uns auch über den letzten Kilometer führen. Du wirst sehen.«

Mumpo glaubte ihr. Allmählich lernte er Pintos Aussagen zu respektieren. Sie war ein besonderer Mensch und er hatte die Aufgabe, für sie alle auf sie aufzupassen. Außerdem liebte sie ihn und das schien Mumpo ein sehr kostbares Geschenk zu sein.

Diejenigen Manth, die gerne Meinungsbildner waren, kamen zu einem düstereren Urteil. Branco Such, Silman Pillish und Cheer Warmish fanden es nur allzu offensichtlich, dass ihre Reise vorbei und gescheitert war. Ihre Prophetin stand kurz davor, ihr Leben auszuhauchen, und ihr Anführer wusste keinen Ausweg aus ihrem Dilemma. Gleichzeitig waren am westlichen Himmel Rauchsäulen und der Schein unnatürlicher Feuer zu sehen. Die Welt ging anscheinend unter, also konnten sie ebenso gut auf dem kalten, harten Boden sitzen bleiben, den letzten Proviant essen und verzweifeln.

»Wir hätten niemals fortgehen sollen«, grummelte Branco. »Fortgehen führt nie zu etwas Gutem.«

»Niemals von wo fortgehen?«, fragte Silman Pillish.

»Egal, von wo«, antwortete Branco, der nun gereizt merkte, dass es nicht darauf ankam, wo sie sich befanden, wenn die Welt sowieso unterging, und dass der Ort, den er am liebsten nie verlassen hätte, die Vergangenheit war.

»Es wird schon alles gut werden. Wartet nur ab.«

Das war der kleine Scooch.

»Das wird es nicht«, entgegnete Cheer Warmish. »Ich werde nicht abwarten. Das habe ich oft genug getan. Warum soll immer ich leiden? Jetzt ist jemand anders dran.«

»Scht!«, ermahnte sie Lea Mimilith und nickte in Ira Haths Richtung. »Immerhin bist du gesund.«

»Und was nützt mir das?«, wollte Cheer Warmish wissen. »Was nützt es mir, gesund zu sein, wenn die Welt gleich untergeht? Womit habe ich das verdient, das würde ich gerne wissen!«

»Ich vermute«, murmelte Scooch, »dass die Welt für alle anderen auch untergeht.«

»Oh ja, bitte sehr, machen Sie es nur noch schlimmer. Ich weiß schon, dass ich niemand Besonderes bin.«

Die jungen Männer – Tanner Amos, Miller Marish und Bek Shim – hatten sich auf den Weg gemacht, um den Grat zu erkunden und herauszufinden, ob man die Felswand an anderer Stelle hinunterklettern konnte. Nun kehrten sie mit schlechten Nachrichten zurück. Die senkrecht abfallende Steilwand erstreckte sich anscheinend über die gesamte Länge des Gebirgszuges. Sicher konnten sie die Heimat erreichen, wenn sie zurück über die Berge wanderten, dem Fluss folgten und außen herum an der Küste entlangzogen. Aber hatten sie dafür genug Zeit?

Wind kam auf. Jetzt spürten sie es alle.

Sisi hielt sich abseits von den anderen, sogar von Lunki. Sie beschäftigte sich nicht mit der Felswand, der Heimat oder Iras Sterben, sondern sie lauschte. Sie hatte Bowman gesagt, dass sie auf seine Rückkehr warten werde, und nun wartete sie. Sisi würde niemals behaupten in die Zukunft blicken zu können, aber sie besaß einen starken Willen und vertraute darauf. Bowman würde zu ihr zurückkommen, weil sie es sich so sehr wünschte. Also lauschte und wartete sie.

Sie konnte nicht wissen, dass die Haths ebenfalls auf Bowman warteten: Sowohl Ira in ihrer Schwäche als auch Hanno in seiner Geduld gingen davon aus, dass er zurückkehrte. Es passte, es war die einzige Möglichkeit, daher würde es geschehen. Beide hatten es angesichts der Ungeheuerlichkeit des Todes aufgegeben, nach der Logik der Dinge zu suchen, und gaben sich mit dem kleineren Wissen dessen zufrieden, was wahrscheinlich geschehen würde. Für Ira stellte sich dieses Wissen auf die einfachste

Weise dar: Sie würde nicht sterben ohne von ihrem Sohn Abschied zu nehmen.

Die kleineren Kinder, die nicht wussten, in welch ernster Lage sie sich alle befanden, wurden immer aufgedrehter. Der Anblick der Felswand ängstigte und faszinierte sie zugleich. Abwechselnd krochen sie an den Rand des Abgrunds, blickten hinunter und liefen dann kreischend wieder zurück. Mit der Zeit wurden sie mutiger und dachten sich ein Spiel aus. Sie rannten auf den Abgrund zu, als wollten sie hinunterspringen, und blieben dann mit einem gellenden Schrei wenige Meter davor abrupt stehen.

Als Miller Marish merkte, was sie da machten, war er entsetzt.

»Fin! Jet! Hört sofort damit auf!«

»Warum denn? Es macht Spaß!«

»Weil ihr sonst in den Abgrund fallt.«

»Wen kümmert das schon? Es fliegt doch sowieso alles in die Luft!«

»Mich kümmert es! Ich will euch nicht verlieren!«

»Aber jeder wird alles verlieren. Sieh nur!«

Das kleine Mädchen zeigte in den Himmel. Rauchsäulen stiegen im Westen auf und grell aufschießende Flammen säumten den Horizont. In der Ferne ertönte ein grollender Donner und die Luft war drückend. Die Kinder waren berauscht von all den seltsamen Sinneseindrücken und vom Warten auf das Ende.

Creoth saß bei seinen drei Kühen. Da er sich keine Geschichten über das Leben erzählen konnte, das er in der Heimat führen wollte, tröstete er sich, indem er sich an die Vergangenheit erinnerte.

»Das glaubst du nie, Träumer«, erzählte er der Kuh. »Ich

habe früher in einem Palast gelebt und Schokoladenbonbons gegessen. Ach, wie ich diese Schokoladenbonbons geliebt habe! Aber das Komische daran war, ich war so verrückt darauf, bevor ich sie in den Mund steckte – so verrückt, dass ich immer mehrere auf einmal verschlang –, doch wenn ich sie erst mal im Mund hatte, noch beim Kauen, merkte ich, dass ich sie eigentlich gar nicht essen wollte. Was hältst du davon?«

Die Kuh wandte langsam den Kopf ab und schaute in den Wald.

»Ja, du hast ganz Recht. Dumm, einfach nur dumm.«

Mrs Chirish wackelte zu ihm hinüber.

»Na so was«, sagte sie. »Was für ein Wirbel.«

»Und man kann doch nichts tun, stimmt's?«

»Ach, das weiß ich nicht. Die Dinge ändern sich andauernd, Sir. Es kommt nur auf das an, was geschieht. Und es geschieht doch immer wieder etwas. Ich würde sagen, wir warten darauf, dass etwas passiert.«

Irgendwie warteten sie alle darauf, dass etwas passierte, jeder auf seine Weise. Nur für Ira wurde die Zeit knapp.

»Ist es bald so weit?«, flüsterte Hanno ihr zu.

Er spürte den sanften Druck ihrer Fingerspitze. Er beugte sich vor und küsste zärtlich ihr eingefallenes Gesicht.

»Ich werde dich nicht zurückhalten, mein Herz«, sagte er. »Nur deine Liebe. Ich werde deine Liebe behalten. Und du nimmst meine.«

Sie drückte ihm die Hand.

»Ich habe dich mein halbes Leben lang geliebt«, fuhr er fort. »Die beste Hälfte meines Lebens.«

Ihr Finger rührte sich nicht. Sie wollte ihm nicht zustimmen.

»Keine Widerrede, Frau.«

Ein schwaches Lächeln erschien auf ihrem Gesicht. Das Lächeln blieb, doch ihre Augen schlossen sich. Ihre Hand lag still in seiner.

»Ira?«

Keine Antwort. Er neigte sich vor ihre Nasenlöcher, um zu prüfen, ob sie noch atmete. Ganz schwach spürte er einen Luftzug auf seinen feuchten Lippen.

»Pinto«, sagte er und blickte auf. »Ruf die anderen zusammen.«

»Nein, Pa«, entgegnete Pinto, die ohne nachzudenken das sagte, was ihr in den Sinn kam. »Sie kann nicht gehen, bevor...«

Ein plötzlicher Schauder durchlief sie alle. Creoths Kühe rissen die Köpfe hoch. Die Kinder erstarrten bei ihrem Spiel. Die Nörgler verstummten mit offenem Mund. Sisi schaute auf, fühlte sich groß und stark und voller Überzeugung. Und Pinto sagte nichts mehr, als sie den Blick verwundert nach oben richtete...

Bowman umkreiste sie, hoch in der Luft, und suchte sich die richtige Stelle für seine Landung. Er war so schnell aufgetaucht, dass er für manche aus dem Nichts gekommen zu sein schien. Nun paddelte er mit den bloßen Füßen in der Luft und schwebte langsam zu Boden, neben seine sterbende Mutter.

Als er sie berührte, öffneten sich ihre Augen wieder. Sie erkannte ihn und lächelte.

»Meine tapferen Vögel«, murmelte sie.

Bowman hob sie von der Trage herunter, hielt ihren dünnen Körper in den Armen und küsste ihr Gesicht.

»Du hast auf uns gewartet«, flüsterte er ihr zu. »Du wusstest, dass wir zurückkommen würden.«

Sie schaute ihn ein letztes Mal an und schenkte ihm ihre Liebe, die nun leicht und schwach war wie der Flügelschlag eines Schmetterlings. Dann schlossen sich ihre Augen für immer.

Von seiner Wut in Erregung versetzt erhob sich Bowman noch einmal schwungvoll in die Luft, den warmen Körper seiner Mutter in den Armen, und stieg höher und höher. Als er nicht mehr höher steigen konnte, küsste er sie wieder, nahm Abschied von ihr und weinte hemmungslos, hoch oben in der Abgeschiedenheit des Himmels.

Ganz sachte kam er wieder herunter und gab sie an seinen Vater zurück, ihren Liebhaber, ihren Ehemann. Hanno nahm sie und hielt sie inmitten ihres Volkes in den Armen. Alle standen still und schwiegen, vor Staunen über die beiden Wunder, die sie gerade erlebt hatten, den fliegenden Bowman und Iras Tod.

Pinto küsste weinend ihre Mutter. Hanno weinte nicht. Er hatte sich auf diesen Augenblick vorbereitet.

»Wir, die wir zurückbleiben, behüten dich auf deinem weiteren Weg.«

Er sagte die alten Worte ohne den Blick vom Gesicht seiner toten Frau abzuwenden, als spräche er direkt zu ihr, in der Gewissheit, dass sie ihn hörte. Die anderen stimmten leise mit ein.

»Das Gefängnis langer Jahre öffnet seine Eisentür. Sei frei und geh, ins wunderbare Land.«

Er stockte beim Sprechen und verstummte schließlich. Die anderen schwiegen aus Respekt ebenfalls. Eine Weile blieb Hanno still und schaute unverwandt in das Gesicht seiner toten Frau. Dann hob er den Kopf und tauschte einen Blick mit Bowman. Er brauchte die Frage nicht laut zu stellen.

»Bald«, antwortete Bowman. »Sehr bald.«

Hanno sprach die Worte zu Ende und heftete die Augen wieder starr auf das Gesicht seiner Frau.

»Vergib uns, die wir in dieser düsteren Welt leiden. Führe uns und warte auf uns, so wie wir auf dich warten. Wir werden uns wiedersehen.« Er küsste sie. »Wir werden uns wiedersehen.«

Bowman drehte sich zum Abgrund um, zur Heimat, die weit unten lag. Als er sich wieder zurückwandte, begegnete er Sisis Blick, die ganz hinten in der Menge der Manth stand und ihn beobachtete. Ganz leicht neigte er den Kopf in ihre Richtung, und ebenso leicht neigte sie den ihren als Antwort. Das reichte aus.

»Wir warten auf den Wind«, erklärte Bowman.

19
Der brennende Wind

Kestrel stand singend unter dem Sänger-Volk, verlor sich ganz in ihrem Lied und wurde eins mit den Tausenden, die aus allen Ecken ihrer Welt hergekommen waren und sich hier versammelt hatten. Hinter ihnen ging die Sonne auf, ergoss ihr grelles, winterliches Licht über die kahle Erde und malte ihre Gestalten vor ihnen als lange, dünne Schatten auf den Boden. Das Feuer, das am Himmel wütete, konnte sie nicht erschrecken. Das war nichts als das Toben eines eingesperrten wilden Tiers, das seine Wut und seine Ohnmachtsgefühle an einer Macht ausließ, die größer war als seine eigene. Kestrel spürte sie in jedem einzelnen Nerv, die erstaunliche Macht des Sänger-Volkes. Je länger sie sangen, desto größer wurde diese Macht. Und sie war ein Teil davon, sie teilte diese Macht und trug dazu bei. Sie sang fröhlich, denn durch den Gesang sandte sie ihre Lebenskraft zu derjenigen der anderen hinaus, damit ihre gemeinsame Kraft dieses gewaltige Werkzeug des Wandels bilden konnte.

Sie spürte den Wind im Rücken, schauderte und war gespannt, was nun geschehen würde. Der Wind hob sie sachte an, so leicht war sie jetzt, und ließ sie wieder heruntersinken. Überall auf der Ebene sah sie, dass es den anderen ebenso ging, sie hoben und senkten sich wie

Boote auf der aufgewühlten See. Schon bald würden sie alle emporsteigen, aber jetzt noch nicht.

Plötzlich ertönte ein Krach, der Donner und Erdbeben zugleich war. Der Boden gab unter ihren Füßen nach und in einer einzigen schwungvollen Bewegung erhob sie sich mit allen Sängern gemeinsam in die Luft. Von der Ebene vor ihnen war ein tiefes Ächzen zu hören, dann ein Bersten und Reißen, als die Erde vor ihren Augen aufbrach und in zackige Risse zersprang. Der Gesang der Sänger wurde lauter und schallte über das zerberstende Land. Nun nahm Kestrel mitten in diesem Klangnetz einen neuen Ton wahr: schwach, weit weg und verzweifelt.

Sie blickte zu den Bergen hinüber und entdeckte eine einzelne Gestalt, die aus dem Wald herauskam. Obwohl sie so weit weg war, glaubte Kestrel mit einiger Sicherheit, dass sie ihr schon einmal begegnet war. Kestrel erkannte eine gebrechliche ältere Dame mit hellen Augen, die sich nur sehr langsam bewegte. Sie machte einen schwachen und hilflosen Eindruck inmitten des wogenden Erdbebens, doch sie interessierte sich nicht für die Zerstörung des Landes. Ungerührt schritt sie weiter auf die Sänger zu, über große und kleine Risse hinweg, durch den Rauch, der zischend aus den heißen Spalten aufstieg, die hellen Augen immer geradeaus gerichtet.

Der Morah war zurückgekehrt.

Ohne Macht diesmal, so schien es Kestrel. Weshalb musste dieses bemitleidenswerte Geschöpf vernichtet werden? Und doch hatten sie sich genau zu diesem Zweck hier versammelt. Die gewaltige Kraft des Sänger-Volkes würde die Gestalt des Morah umschließen, ihr das Leben nehmen und dabei das eigene Leben opfern.

»Erfahrt die Flamme!«

Springers sanfte Stimme drang an ihr Ohr. Sie drehte sich um und erblickte ihn, weit weg, doch seine Gedanken waren ganz nah. Sie begriff. Das war auch nicht schwer, jetzt, da sie bemerkte, was mit den anderen rings um sie herum geschah. Sie hatten angefangen zu glühen, wie Springer zuvor auf dem Boot.

Als würde man sterben, aber man stirbt nicht.

Kestrel brauchte nicht nach dem Wie oder Warum zu fragen. Sie brauchte nur das Lied zu singen.

Während sie freudig und begeistert sang, spürte sie, dass sich die kühle Flamme um sie herum bildete, wie eine Hülle dicht über der Haut. Das Gefühl war überhaupt nicht schmerzhaft. Es war eher beruhigend und ließ ihren Körper leichter und ihre Sinne schärfer werden. Begleitet wurden dieser klare Blick und dieses geschärfte Gehör von dem Gefühl, dass so etwas vor langer Zeit und an einem weit entfernten Ort schon einmal geschehen war.

Kestrel beobachtete die alte Dame. Sie war jetzt näher gekommen und veränderte sich. Zuerst schienen ihre Konturen an Schärfe zu verlieren und zu verschwimmen. Dann zerliefen die verschwommenen Konturen zu zwei Gestalten – die eine löste sich aus der anderen heraus. Nun teilten sich diese beiden wieder, so dass es vier ergab. Der Morah vervielfältigte sich. Menschliche Körper entsprangen aus menschlichen Körpern, immer mehr, nicht alle alt und nicht alle Frauen: Männer entstanden, Jungen und Mädchen, einer aus dem anderen, und breiteten sich über das qualmende, vom Erdbeben zerrissene Land aus. Der Morah entfaltete sich zu der Legion, die sein wahres Wesen ausmachte: kein Einzelwesen, das viele zur Welt brachte, sondern eine gemeinschaftliche Kraft, die immer vielen gehört hatte und nun wieder in ihre ursprünglichen Teile aufgespalten wurde.

Kestrel spürte beim Singen, wie die Flamme um sie herum immer stärker brannte, während sie durch die flirrende Luft zusah, wie sich eine große Menschenmenge vor ihr bildete. Sie staunte über die Vielzahl, denn mit jedem Schub verdoppelte sich die Menge und gleich darauf wiederholte sie dies in rasender Geschwindigkeit, bis es so aussah, als würde die ganze sichtbare Welt übersät von – ja, wie sollte sie ihn jetzt nennen, den Feind, den sie hier vernichten würde? –, nicht von Ungeheuern oder Dämonen, sondern von nichts anderem als der Menschheit selbst.

Zugleich blies der Wind von hinten immer stärker und die Flammen wurden greller, so dass Tausende und Abertausende von Sängern, die über der Küste schwebten, begannen wie winterlicher Sonnenschein auf dem Wasser zu strahlen. Kestrel wusste, dass die Flamme, die sie mit ihrem Gesang entzündet hatte, ihrer eigenen Lebenskraft entstammte, doch sie empfand einfach nur eine tiefe, süße Freude. Bald würde ihre Flamme die ihres Nachbarn berühren und alle Flammen würden eins werden.

Ein Schmerzensschrei ertönte vor ihnen, ein Kreischen und Stöhnen, viele Male wiederholt. Aus den Rissen in der Erde waren Schwärme von winzigen surrenden Insekten aufgestiegen, zu klein, als dass man sie sehen konnte, doch wo sie flogen, stachen sie, und wer gestochen wurde, schrie auf. Nun heulte die gesamte dahintrottende Menge, die den Morah bildete, vor Wut und Schmerz auf, als sich die Fliegen der Leidenschaft in ihre Herzen bohrten. Aus dem immer lauter werdenden Geheul, das zu einem klagenden Chor anschwoll, hörte Kestrel all die Wut und Furcht, den Neid und den Hohn, den Hass auf Glück und den Hunger nach Schmerz heraus. Sie hörte Schreie, die von gequältem Gelächter unterbrochen wurden, sah die verzerrten, schluchzenden Gesichter der Menschen und wusste: *Das bin ich, das sind wir, das ist die Menschheit*. Dies war die Welt des Schmerzes und des Untergangs, die ausgelöscht werden musste, damit die Zeit der Freundlichkeit zurückkehren konnte.

Die Fliegenschwärme breiteten sich wie eine Seuche über das Land aus. Als sie die wartenden Reihen des Sänger-Volkes erreichten, stießen sie auf die Aura der Flammen, fingen Feuer und verpufften als winzige grelle Funken – so viele auf einmal, dass es wie ein kleines Feuerwerk aussah.

Während die Menge, die den Morah bildete, schreiend und schluchzend über die Ebene vorrückte, änderten die Sänger noch einmal ihr Lied, und die Flammen, die jeden Einzelnen von ihnen umhüllten, glühten noch intensiver. Kestrel gab sich selbst jetzt bereitwillig frei, weil sie wusste, dass die Flamme nun stärker war als sie, und je lebhafter sie brannte, umso mehr schwand sie selbst. Sie spürte, dass der Wind hinter ihr immer stürmischer blies, und beobachtete, wie sich die Sänger wie Segel im Wind erhoben, und ließ sich mit ihnen erheben. So nah waren sie sich jetzt, dass sich die einzelnen Flammen streiften, aneinander leckten, im Wind flackerten …

Bald war es so weit.

Spürst du mich, Bo? Bald ist es so weit!

Bowman stand oben auf der Felswand, den leblosen Körper seiner Mutter in den Armen, der leicht war wie der eines schlafenden Kindes. Auch er spürte den kräftigen Wind im Rücken und wusste, was er zu tun hatte. Sein Vater stand auf der einen Seite neben ihm, seine Schwester Pinto auf der anderen. Neben und hinter ihnen ihr ganzes Volk, und die Kühe, die Pferde und der Kater. Alle schauten auf Bowman, der zu ihnen zurückgekehrt war und Kräfte besaß, die sie nicht annähernd verstanden.

Bowman hörte den Wind und er klang wie seine Schwester Kestrel, obwohl er keine einzelnen Worte verstehen konnte.

»Bald ist es so weit. Vertraut auf den Wind.«

Tausende und Abertausende von Sängern ließen sich nun vom Wind treiben, zuerst langsam, wie der Schatten einer vorüberziehenden Wolke. Kestrel flog mit ihnen, sang noch immer das Lied des Feuers und spürte, wie der Wind die Flamme, die sie selbst war, weiter anfachte. Und sie widersetzte sich nicht. Sie öffnete sich, ihren Körper, ihren Geist, ihre Seele. Sie ließ ihr Innerstes in die Flamme strömen, und je mehr sie hinausließ, umso leichter wurde sie und umso mehr wurde sie von Freude weggeweht und weggeschwemmt. Sie wusste, das Ende war nah, und rief durch ihren Gesang: *Ich hab dich lieb, Bo! Ich habe euch alle lieb! Alle meine Lieben!*

Jetzt trieb der Wind sie schneller, sie rasten, die brennenden Sänger, fegten über das Land mit ihrem unaufhaltsamen, mächtigen, weit reichenden Gesang. Je stärker der Wind blies, umso feuriger leuchteten sie beim Fliegen auf und umso greller loderten ihre Flammen. Nun peitschte und wirbelte der Wind und schleuderte die klagenden Schreie der Menge, die den Morah bildete, in die aufgerissene Erde zurück. Der Wind wütete wie ein Orkan und die Sänger brannten so strahlend hell, dass der Wind und die Flammen zu einem einzigen, über den ganzen Himmel reichenden Teppich aus glühender Hitze verschmolzen, der die Luft aus der Welt heraussaugte.

Als Letztes spürte Kestrel ein wildes Singen, eine weiß glühende, zerschmelzende Ekstase. Sie fiel ins Licht, zum letzten Mal, um niemals mehr zurückzukehren. Die Flamme verzehrte sie jetzt und sie war verloren in Glückseligkeit, verloren in den Tausenden von Flammen, die nun zusammen als eine Flamme brannten, getragen vom stürmischen Wind…

Oben auf der Felswand traf der heftige Wind die Manth wie ein Schlag. Bowman trat mit Ira Hath in den Armen über den Rand des Abgrunds und der Wind erfasste ihn. Ohne zu zögern folgte Pinto ihm nach, machte einen Schritt ins Nichts, in die Tiefe von mehreren hundert Metern, nur dass sie nicht hinunterfiel. Auch Sisi trat voller Vertrauen in die Luft, die Augen auf Bowman gerichtet. Wie Laub an einem Herbsttag schwebten sie langsam hinunter, trudelten dabei und wurden vom böigen Wind oben gehalten.

Als die anderen sahen, dass ihnen nichts passierte, folgten sie ihnen. Einige schrien beim Springen, vor Angst oder vor Vergnügen, doch alle sprangen. Creoth zerbrach sich den Kopf darüber, wie er seine Kühe überzeugen sollte, etwas so Unnatürliches zu tun, doch zu seinem Erstaunen trotteten sie aus freien Stücken über den Rand des

Abgrunds. Mumpo machte einen beherzten Satz mit ausgestreckten Armen. Miller Marish hielt seine beiden kleinen Töchter an den Händen und sie alle sprangen gemeinsam, mit geschlossenen Augen. Cheer Warmish kreischte laut, sprang aber nicht, also nahm sie der Lehrer Silman Pillish an die Hand und zog sie einfach über den Rand.

Als sie erst einmal gesprungen waren, war alles ganz leicht. Ohne ihr Zutun schwebten sie ziemlich langsam abwärts und konnten sich dabei sogar unterhalten. Der Weg nach unten war lang.

»Bei den Bärten meiner Ahnen!«, rief Creoth. »Das ist eine Art zu reisen!«

Draußen auf der Ebene brauste der brennende Wind auf die Horden hinunter, die über das Land zogen, in die qualmenden Spalten und Höhlen hinein und weiter in die Wälder und Gebirge, und überall, wo er hinkam, wurde der Geist des Morah in Asche verwandelt und hinweggeweht, bis nichts mehr von ihm zurückblieb. Die wehklagenden Massen hatten nicht einmal Zeit, um vor Schreck über diese neue Qual aufzuschreien, als sie die glühende Hitze auch schon für alle Zeiten auslöschte. Und weiter jagte der brennende Wind, brannte alle Furcht und allen Hass aus und ließ nach seinem reinigenden Tosen eine kühle, süße Ruhe über einem stillen Land zurück.

Bowman landete sanft am Fuß der riesigen schützenden Felswand und hielt seine tote Mutter noch immer sicher in den Armen. Hier unten war die Luft ganz still. Auf dem Boden lag eine dünne Schneedecke. In der Nähe schlängelte sich ein breiter Fluss bis zum Meer. Im Osten war der Himmel klar.

Einer nach dem anderen landeten seine Angehörigen und Freunde unversehrt und stumm vor Staunen auf der Erde. Nebel der Kater drehte sich beim Fallen und schaffte es, auf Bowmans Schulter zu landen, denn er wollte sicher sein, dass man ihn nicht vergaß.

Die Manth schüttelten sich, als glaubten sie sich in einem Traum, und ließen den Blick über das Land schweifen, das sie auf so merkwürdige Weise betreten hatten. Sie sahen flache bewaldete Hügel, die zu einer breiten Küstenebene abfielen. Sie sahen zwei Flüsse, die sich träge durch noch schneebedeckte Rieselwiesen wanden. Sie sahen das Meer dahinter, das ruhig und strahlend in der Sonne lag. Sie waren in einem jungfräulichen, unbekannten Land angekommen. Und doch hatten alle von ihnen gleichzeitig den gleichen Gedanken: Ich bin schon einmal hier gewesen. Ich kenne diesen Ort.

Hanno Hath ging zu Bowman und streckte die Arme aus, um von ihm die Leiche seiner Frau zu übernehmen.

»Ich trage sie jetzt«, sagte er. »Jetzt, wo wir zu Hause sind.«

Epilog

Eine Verlobung

Pinto war wütend. Das Datum der Zeremonie war schon vor langer Zeit festgelegt worden. Sie sollte sieben Tage nach ihrem fünfzehnten Geburtstag stattfinden, und das war heute. Warum waren sie also nicht gekommen? Sie konnte nicht anders, sie musste noch einmal die lange, kiesbedeckte Landzunge hinunterlaufen, die vom Hafen ins Meer ragte. Hier stellte sie sich ans äußerste Ende und blickte nach Osten auf die See hinaus, in die strahlende Sommersonne. Das Meer war ruhig, es wehte eine leichte Brise. Warum war das Schiff nicht gekommen?

Lunki hatte nach ihr gesucht und kam jetzt zu ihr. Sie wackelte auf die Landzunge hinaus und wedelte bestürzt mit ihren dicken Händen.

»Scooch hat die Kuchen anbrennen lassen! Was sollen wir jetzt tun?«

»Das macht nichts«, antwortete Pinto. Was kümmerten sie schon die Kuchen?

»Der Ärmste ist in Tränen aufgelöst. Er sagt, du hättest unbedingt Honigkuchen haben wollen. Aber es war nicht seine Schuld. Er war eingeschlafen. Und jetzt ist er außer sich.«

»Sag ihm, es macht mir nichts aus«, erwiderte Pinto, jetzt noch ärgerlicher. Sie ärgerte sich nicht wegen der Kuchen, sondern weil Scooch weinte. Nun würde sie zu ihm gehen und lieb zu ihm sein müssen. Dabei gab es noch so viel anderes zu tun und Bowman war noch immer nicht da.

»Ist das Schiff noch nicht gekommen?«, erkundigte sich Lunki.

Das war zu viel.

»Ich weiß es nicht, Lunki. Siehst du irgendwo ein Schiff?«

»Nein«, entgegnete Lunki und schaute sich um.

Pinto ging, so schnell sie konnte, über die Landzunge zurück und ließ Lunki weiter in die Ferne blicken. Sie nahm den Weg, der um die Rückseite des Dorfplatzes herumführte, und hoffte niemandem zu begegnen. Dabei schäumte sie vor missmutigen Gedanken. Warum mussten Bowman und Sisi auch so weit weg wohnen? Obagang schien furchtbar zu sein, voller dummer Menschen, die nur Probleme machten. Alle sagten, Bowman sei ein großartiger Herrscher, aber wollte er das überhaupt sein? Und Sisi, wollte sie denn diese Rolle? Die beiden hatten nur eingewilligt, weil Sisi eine Prinzessin war, weil das Volk von Gang sie flehentlich darum gebeten hatte und weil Bowman sich geschmeichelt gefühlt hatte. Und nun wohnten sie Hunderte von Kilometern entfernt und würden zu spät zu ihrer Verlobung kommen.

Missmutig vor sich hin murmelnd, lief sie direkt in den Lehrer Silman Pillish hinein, der seine kleine Klasse im Freien unterrichtete. Er übte gerade ein Lied mit ihnen.

»Wo seid ihr hin, kleine Küken, kleine Küken?«, sang er. »Oh! Oh! Und oh!«

Bei jedem »Oh!« sollte ein Kind hinter Pillishs Rockschößen hervorschauen. Pik Shim und Gem Marish hüpften auch hervor, nur der fünfjährige Harman Amos hatte das Ganze nicht verstanden.

»Harman! Du bist das dritte ›Oh‹!«

»Fatzke!«, maulte der kleine Junge hinter dem Rücken des Lehrers.

»Harman! Guck mal, da steht Pinto, bei deren Verlobung wir das Lied singen, und du sagst so ein böses Wort!«

»Fatzke, Fatzke, Fatzke«, wiederholte Harman trotzig. »Blöde fatzige Küken!«

»Du brauchst nicht zu singen, wenn du nicht willst«, sagte Pinto zu ihm. »Außerdem ist mein Bruder noch nicht da, deshalb müssen wir die Feier wahrscheinlich verschieben und alles ist verpatzt.«

»Oh, das will ich nicht hoffen! Wir haben so hart gearbeitet. Pia! Lea! Wir ziehen uns nicht gegenseitig an den Haaren.«

»Wir haben uns aber vorher gefragt«, entgegnete die kleine Pia gekränkt.

»Wir ziehen uns auch nicht an den Haaren, wenn wir uns vorher gefragt haben.«

Pinto ging weiter. Sie machte einen großen Bogen um Scoochs Bäckerei, obwohl sehr verlockende Düfte durch die offene Tür herausströmten. Hinter der Bäckerei, in der Mitte des Platzes, sah sie aus den Augenwinkeln zwei Männer, die sich an einen Holzsockel klammerten und den Windsänger zusammensetzten. Natürlich keinen echten Windsänger, seit hundert Jahren hatte niemand mehr einen gebaut. Dies hier war eine Nachbildung, an der Tanner Amos und Miko Mimilith schon seit Monaten arbeiteten. Sie hatten es nicht geschafft, ihn pünktlich zur Verlobung von Fin Marish und Spek Such fertig zu stellen, und wollten jetzt unbedingt, dass er für Pinto und Mumpo aufgestellt war und auch funktionierte. Doch sie erkannte selbst aus dieser Entfernung, dass sie noch nicht so weit waren. Die beiden Männer machten verzweifelte, gequälte Gesichter und stießen auf dem schmalen Sockel immer wieder zusammen. Die Kellen waren angebracht und durch ein paar Pfeifen wehte der Wind, doch das Klappern, das am Ende herauskam, konnte man nicht Singen nennen.

Pinto war das egal. Es lief ohnehin alles schief. Sie stapfte weiter, über ein Maisfeld, wo die höchsten Kolben weit über ihre Schultern ragten; an der Reihe von schützenden Bäumen vorbei, die Creoth acht Jahre zuvor gepflanzt hatte – es waren federige Trauerbirken, die inzwischen sechs Meter hoch waren; und weiter an der offenen Vorderseite von Creoths Kuhstall vorbei, wo er Cherubs verblichene Hörner angenagelt hatte. Eigentlich wollte sie daran vorbeigehen ohne stehen zu bleiben, doch dann hörte sie ein Weinen und Schreien, das aus dem Heuhaufen kam. Sie ging hin, um nachzusehen, und fand den kleinen Milo, Red Mimiliths kleinen Sohn, der vergeblich versuchte aus dem Heu herauszukommen. Milo konnte schon krabbeln und tat das in einem so beachtlichen Tempo, dass er ständig irgendwo verschwand und gerettet werden musste. Pinto zog ihn aus dem Heu und wedelte drohend mit dem Finger.

»Du bist ein widerlicher kleiner Störenfried«, sagte sie zu ihm.

Milo schaute sie an und lachte in sich hinein, als wollte er sagen, dass das erstens stimmte und er das zweitens nicht weiter schlimm fand. Pinto setzte den Kleinen wieder auf die Erde und drehte ihn in Richtung des Dorfplatzes. Schon flitzte er mit erhobenem Hinterteil davon und wackelte dabei wie ein tollpatschiger junger Hund.

Creoth stand draußen auf dem Hof vor einem Butterfass und stieß den Rahm darin.

»Na, sind sie noch nicht da?«

»Nein, noch nicht.«

Er stieß eifrig weiter, während er mit ihr redete. Sommerbutter war eine heikle Angelegenheit. Wenn man nicht die ganze Zeit weitermachte, konnte sie sich gegen einen wenden und dann bekam man für all seine Mühen nichts als Fettklumpen, die in Molke schwammen.

»Eigentlich sollte meine Frau das machen, aber sie will nicht«, klagte er.

»Man muss dafür einen kräftigen Arm haben«, entgegnete Pinto.

»Man muss dafür aus dem Bett aufstehen, sonst nichts.«

Allmählich beruhigte sich Pinto wieder. Die Begegnung mit dem kleinen Milo und dem Kuhhirten hatten ihre Stimmung gehoben. Es gefiel ihr, dass sie mit ihren eigenen Problemen beschäftigt waren, die nichts mit ihr zu tun hatten.

»Ich gehe mal und spreche mit Ma«, sagte sie.

»Mach das. Und bestell ihr viele Grüße von mir.«

Pinto folgte dem Pfad zum Fluss hinunter. Hier hatten die Manth auf einer kleinen, von Steinen umsäumten Wiese einen Friedhof angelegt. In einer Ecke war Seldom Erth zur Ruhe gebettet worden, als er vor drei Jahren gestorben war. Für andere, die früher verschieden waren, gab es Gedenkzeichen, die Freunde oder Angehörige aufgestellt hatten: kräftige Holzpfähle, auf denen von oben nach unten die eingeritzten Namen zu lesen waren, ein Buchstabe über dem anderen. Die Warmishs hatten einen Pfahl für Harman aufgestellt, obwohl, wie Ashar Warmish meinte, in Wirklichkeit eher ihr kleiner Sohn, den sie nach ihm Harman genannt hatte, das Andenken an ihn bewahrte. Tanner Amos, Ashars Mann, hatte einen Gedenkpfahl für seine erste Frau Pia Greeth errichtet. Es gab einen Pfahl für Rufy Blesh, den Bowman vor seiner Abreise aufgestellt hatte, und Mumpo hatte einen für seinen Vater Maslo Inch postiert, der vor langer Zeit einmal Oberster Prüfer von Aramanth gewesen war.

Das Gras auf dem Friedhof musste geschnitten werden. Es war lang und üppig und voller gelber Butterblumen. Pinto ging weiter bis zur Mitte der Wiese, wo vier runde Steine die Ecken des Grabes ihrer Mutter kennzeichneten. Sie hatten Ira Hath hier begraben, als sie die Heimat erreicht hatten, hatten die glatten Steine vom Strand herübergetragen und hier auf die kahle Erde gelegt. Jetzt war Gras um sie herum gewachsen wie ein Nest, Moos hing an den grauen Steinen und das Grab selbst war ein Dickicht aus Klee, Gänseblümchen und Löwenzahn. Hanno ließ alles wild wachsen, weil er meinte, Ira sei selbst ziemlich wild gewesen.

Pinto setzte sich auf den Stein in der südwestlichen Ecke, der ihr Stein war, und blickte vom Grab zur Wiese, von der Wiese zum Fluss und vom Fluss zum Meer.

»Warum werde ich immer so wütend, Ma?«, fragte sie laut. »Pa sagt, du bist immer wütend geworden und hast die Leute angeschrien. Aber ich habe dich nur als still in Erinnerung.«

Sie wartete, bis sie selbst innerlich ganz still und ruhig wurde. Zu diesem Zweck kam sie hierher: Indem sie mit ihrer Mutter sprach, konnte sie ihre Sorgen, die sie in diesem Moment beschäftigten, aus einem anderen Blickwinkel sehen, sowohl zeitlich als auch räumlich, und dadurch schienen sie kleiner und weniger bedrückend.

»Ich liebe ihn so sehr«, fuhr sie fort. »Und das ist das Einzige, was zählt, oder? Die Kuchen sind angebrannt. Der Windsänger ist nicht fertig. Die Kinder wollen ihr Lied nicht singen. Bowman ist nicht gekommen. Aber wir werden trotzdem heute verlobt. Was sollte sonst noch zählen?«

Die sanfte Brise ließ das Gras zittern, kräuselte das Wasser des Flusses und die ganze Heimat schien Pinto mit der Stimme ihrer Mutter zu antworten.

Nichts anderes zählt.

Sie saß da und dachte darüber nach, wie es war, fünfzehn zu sein – oder, um genau zu sein, fünfzehn Jahre und sieben Tage. Auch ihre Mutter war eine Woche nach ihrem fünfzehnten Geburtstag verlobt worden.

»Kam dir das komisch vor? Hattest du das Gefühl, nicht alt genug zu sein? Ich nicht. Ich hab das Gefühl, schon seit Jahren alt genug zu sein.«

Sie überlegte, wie es wohl sein würde, Kinder zu bekommen. Eigentlich hatte sie sich nie für Kinder interessiert, aber da diese Möglichkeit nun näher rückte, erschien es ihr als etwas ganz Außerordentliches. Das Kind würde einfach so aus dem Nichts in ihr heranwachsen, wie ein Teil ihres Körpers. Sie schauderte bei dem Gedanken.

»Es kommt mir so vor, als würde das Baby dann ich

sein, nur dass ich es lieb haben könnte«, erklärte sie. »Ist das dann so, als müsste man sich selbst knuddeln?«

Mumpo wollte ihren ersten Sohn Mumpo nennen, was ihrer Meinung nach verwirrend sein würde, aber natürlich hatte sie eingewilligt. Wenn es ein Mädchen würde, hatte sie es eigentlich Ira nennen wollen, aber zu ihrem Verdruss hatte Bowman diesen Namen schon für sein drittes Kind gewählt. Klein-Ira war dazu ein Junge, was noch verwirrender war. Und nun würden sie zu spät zu ihrer Verlobung kommen.

Sie hörte Schritte und da war Mumpo, der geradewegs über die Wiese auf sie zuschritt. Sie sah zu, wie er näher kam, und alles, was noch von ihrer schlechten Stimmung übrig war, schwand dahin. Er war so groß und stark und sein Gesicht so gütig und lieb. Sie hatte den Eindruck, als hätte er noch nie einen bösen Gedanken gehabt oder irgendetwas Böses getan. Er war rein und klar und zuverlässig, bis tief hinab auf den Grund, wie ein Bergsee.

»Ich hab mir gedacht, dass du hier bist«, sagte er zu ihr.

Sie erhob sich von ihrem Stein und küsste Mumpo.

»Die Sonne scheint für uns«, stellte sie fest.

»Natürlich. Na, worüber ärgerst du dich denn?«

»Wer sagt denn, dass ich mich ärgere?«

»Du kommst immer nur her, wenn du dich ärgerst. Ich könnte mir denken, deine Mutter hat langsam genug von dir.«

Auf so einen Gedanken konnte nur Mumpo kommen, dachte Pinto und lächelte ihn an. Dann drehte sie sich zum Grab um.

»Hast du vielleicht genug von mir, Ma? Siehst du. Hat sie nicht.«

Sie hakte sich bei Mumpo ein, um ins Dorf zurückzukehren.

»Bowman kommt zu spät.«

»Er wird schon kommen.«

»Scooch hat die Kuchen anbrennen lassen.«

»Er hat die angebrannten Stellen abgeschnitten. Der Kuchen schmeckt köstlich.«

»Der Windsänger ist nicht fertig.«

»Das wird er sein.«

»Also kann deiner Meinung nach nichts schief gehen?«

»Nein, nichts«, antwortete er. »Dies ist unser Tag. Was immer auch geschieht, es ist richtig.«

Als sie den Ring aus Steinen verließen, wandte sich Pinto noch einmal zu ihrer Mutter um.

»Viele Grüße von Creoth«, rief sie.

Das Schiff ging draußen in der Bucht vor Anker. Der Hafen war zwar tief genug für die kleinen Fischkutter und die flachen Handelsboote, aber nicht für den durchgehend gekielten, dreimastigen Schoner aus Gang. Die Dorfbewohner strömten aus allen Häusern herbei, säumten die Landzunge am Hafen und winkten den Matrosen auf dem Schiff zu, die die Segel einholten. Pinto stand zwischen ihrem Vater und Mumpo, war zugleich ärgerlich und glücklich und winkte nicht. Das Beiboot wurde zu Wasser gelassen und dann beobachtete die Menschenmenge am Ufer, wie Bowman selbst aufs Deck hinaustrat und winkte. Nun folgte Sisi und winkte ebenfalls – zwei winzige Gestalten, die von einer Traube aus Dienstboten und Matrosen umringt waren.

Gem Marish war enttäuscht.

»Die haben ja ganz normale Sachen an. Sie sehen überhaupt nicht wie ein Königspaar aus!«

»Kaiser und Könige sind auch nichts Besonderes«, meinte Creoth.

»Wo ist denn das Baby?«, fragte die kleine Pia Amos.

»Seht nur! Den Mann da hinter ihnen! Er ist blau!«

»Da ist die kleine Siri! Da ist sie!«

»Ich will das Baby sehen!«

»Ach, wie schön es doch ist«, sagte Miller Marish, der den kleinen Milo in den Armen wiegte, und meinte damit das Schiff.

Nun stand einer der Matrosen im schaukelnden Boot und streckte eine Hand aus, um Bowman hineinzuhelfen. Als Nächstes langte Bowman nach oben und nahm ein kleines Bündel in Empfang, das er festhielt. Lunki, die angestrengt hinüberschaute, um Genaueres zu erkennen, entdeckte ein kleines rosafarbenes Gesicht in dem Bündel und kreischte vor Freude.

»Mein Baby!«, rief sie. »Mein Baby mit ihrem Baby!«

Die älteren Kinder folgten Bowman ins Boot: die vierjährige Falcon, die darauf bestand, die Leiter allein hinunterzuklettern, dann die Johdila Sirharani, genannt Siri, die sechseinhalb war. Nun kamen Sisi selbst, der blaue Mann und ein weiterer, sehr kleiner Mann mit einem Korb.

»Den kleinen Kerl kenne ich!«, rief Lunki, die sich zu erinnern versuchte.

Die Gruppe, die an Land ging, wurde durch die Bucht ans Ufer gerudert. Pinto warf sich Bowman in die Arme, vergaß all ihren Zorn und drückte ihn an sich. Lunki nahm Sisi in die Arme und brach vor Rührung in Tränen aus.

»Mein Schatz«, schluchzte sie. »Meine Kleine.«

Sisi war inzwischen zu einer attraktiven Frau von vierundzwanzig Jahren herangewachsen, groß, schlank und elegant. Nachdem sie Lunki umarmt hatte, blickte sie in die Runde all ihrer Freunde, die sie seit zwei Jahren nicht mehr gesehen hatte. Schließlich ließ sie ihre großen bernsteinfarbenen Augen auf Hanno Hath ruhen. Sie neigte den Kopf und er erwiderte ihren Gruß. Die kleine Pia Amos lief zu ihr und zupfte an ihrem Kleid.

»Du hast ein komisches Gesicht«, sagte sie.

»Ja«, antwortete Sisi lächelnd. »Bist du Ashars Tochter?«

»Natürlich«, erklärte Pia.

Sisi sah sich nach ihrer eigenen kleinen Tochter um und fand sie hinter sich, das Gesicht schüchtern in ihrem Kleid vergraben.

»Fal, das hier ist Pia.«

Falcon wollte sich nicht zeigen.

»Lasst mich das Baby von meinem Baby sehen«, bettelte Lunki.

Bowman reichte ihr das Bündel.

»Mach dir nichts draus, wenn er schreit«, sagte er. »Er hat Hunger.«

Lunki nahm das Baby und alle kleinen Kinder drängten sich neugierig um sie herum, außer Siri und Falcon.

»Ist doch bloß ein Baby«, meinte Siri achselzuckend.

Nun trat Hanno vor, um Bowman zu umarmen.

»Schön, dich zu sehen, Bo. Mein Lieber.«

»Pa. Du siehst gut aus.«

»Mir geht es auch gut.« Er bückte sich, um sich mit seiner Lieblingsenkelin Falcon zu unterhalten. »Guten Morgen, Fal. Wie war eure Reise?«

»Zu lang«, antwortete sie.

Hanno umarmte Sisi.

»Sisi. Wir vermissen dich sehr. Ich hoffe, deinen Eltern geht es gut?«

»Sie werden langsam alt«, erwiderte Sisi. »Meine Mutter macht sich wegen allem Sorgen und mein Vater tut überhaupt nichts.«

»Aber er ist sehr glücklich«, fügte Bowman lächelnd hinzu. »Er isst und er schläft und etwas anderes wollte er sowieso niemals tun.«

Bowman begrüßte all seine alten Freunde, während die Menge langsam und ungeordnet zum Dorf zurückkehrte. Hier hatten Scooch und Creoth auf Klapptischen vor dem Schulhaus das Mittagessen hergerichtet. Tanner Amos schraubte immer noch hektisch Teile des Gebildes auf dem Sockel zusammen.

»Ein Windsänger!«, rief Bowman, als er ihn entdeckte. »Funktioniert er?«

»Noch nicht«, antwortete Tanner und schüttelte Bowman die Hand. »Außerdem ist es nur eine Nachbildung.«

»Es ist schön, wieder zu Hause zu sein, Tanner.«

»Ich dachte, zu Hause wäre für dich ein prachtvoller Palast mit Dienstboten und goldenen Tellern.«

»Nein«, entgegnete Bowman leise. »Das hier wird immer mein Zuhause sein.«

Inzwischen hatte Lunki herausgefunden, dass der blaue Mann Ozoh und der kleine Lazarim war, die sie beide noch aus der alten Zeit am königlichen Hof von Gang kannte. Ozoh, so stellte sich jetzt heraus, hatte das Wahrsagen aufgegeben und war Weinbauer geworden. Gerade in diesem Augenblick wurde ein Fass seines besten Weines vom Schiff herübergebracht, zusammen mit einigen Kisten Handelsware, die Branco Such für seinen Gemischtwarenladen bestellt hatte.

Ozoh war nicht bescheiden, was seinen Wein betraf.

»Warten Sie, bis Sie ihn probiert haben, Madam. Näher als mit einem Glas meines Goldenen Yano kann ein Mensch dem Paradies nicht kommen, das ist allgemein bekannt. Und man braucht dafür nicht mal zu sterben.«

»Das werd ich meinem Scooch erzählen. Er will ihn bestimmt probieren.«

Lazarim, der ehemalige Tanzlehrer, unterrichtete jetzt die königlichen Kinder – denn, so unglaublich es den Manth auch schien, Bowman und Sisi regierten das riesige Königreich von Gang. Ihr Reich erstreckte sich von einem Meer zum anderen und umfasste die zerstörte Stadt Aramanth, das Staatsgebiet von Gang selbst, das frühere Reich des Meisters, die Berge, die Wälder und sogar die Heimat selbst. In Obagang, wo ihr Palast stand, hatte Bowman den Titel Bomana von Gang, Herr einer Million Seelen, angenommen.

»Herr meiner Seele bist du nicht«, sagte Rollo Shim jedes Mal, wenn er das hörte. »Also kannst du eine Seele von deiner Million abziehen.«

Sisi war jetzt die Sirhardi, Mutter des Volkes.

Als sie nun mit ihren Freundinnen Ashar und Red, Seer und Sarel zusammensaß, alles jungen Müttern wie sie selbst, tat sie ihren Titel mit einem Lachen ab.

»Das ist alles Unsinn«, sagte sie. »Aber wie Bowman sagt, irgendjemand muss ja regieren, und jetzt sind wir das eben.« Mit leiserer Stimme fügte sie hinzu: »Bo ist wirklich erstaunlich! Man könnte meinen, es wäre seine

Bestimmung! Er ist so würdevoll und klug, ihr würdet ihn nicht wiedererkennen. Aber hier gefällt es ihm am besten.«

Lazarim hatte sich still hingehockt und behielt die Mädchen immer in seinen scharfen Augen. Er hatte seinen Korb auf die Erde gestellt. Falcon kam herüber und griff hinein.

»Wir sind wieder auf dem Festland, Nebel«, sagte sie und streichelte das graue Fell des Katers, der zusammengerollt im Korb lag. »Du bist genau wie ich, stimmt's? Du magst auch keine Schiffe.«

Nebel schaute sie mit trüben Augen an. Der Kater war schon sehr alt und stieß sich nur noch an wenigen Dingen. Trotzdem, das Mädchen hat Recht, dachte er bei sich. Das Leben ist so schon anstrengend genug. Mit Schiffen herumzufahren macht es nur noch schlimmer.

Der kleine Milo Marish unternahm einen Fluchtversuch und krabbelte mit hohem Tempo auf die Bäckerei zu. Red Mimilith rannte ihm nach und trug ihn zu der Gruppe junger Mütter zurück.

»Das hier ist mein Jüngster. Ich würd mich nicht wundern, wenn er ertrinkt, bevor er laufen kann.«

»Hallo, kleiner Milo«, sagte Sisi zu ihm. »Wie ich höre, ist deine Stiefschwester Fin schon verlobt. Wo sind bloß all die Jahre geblieben?«

Mumpo fand eine ruhige Minute, um allein mit Bowman zu sprechen.

»Tja«, sagte er, »nun haben Pinto und ich es anscheinend geschafft.«

»Ich freue mich sehr für euch.«

»Glaubst du, dass Kess damit einverstanden wäre?«

»Ich weiß, dass sie es wäre.«

»Wie lange bleibt ihr?«

»Einen Monat. Nicht länger. Dann müssen wir zurück. Aber ihr beide werdet uns doch in Obagang besuchen, oder?«

»Natürlich.«

Die beiden Männer blickten zu der fröhlichen Menge hinüber, die sich nun um die gedeckten Tische scharte.

»Wir können froh sein, dass wir in dieser Zeit leben«, meinte Bowman.

»Ich weiß«, antwortete Mumpo.

Ozohs Fass wurde angestochen und Weingläser wurden herumgereicht. Siri und Falcon legten ihre Scheu ab und rannten mit Harman Amos, Gem Marish und den Shim-Zwillingen um den Windsänger. Der Lehrer Pillish sah Falcon beim Spielen zu und sagte zu Sisi: »Das Mädchen ist ganz Ihr Ebenbild, Hoheit.«

»Bis auf die Narben«, erwiderte Sisi. Sie fing Bowmans Blick auf und lächelte ihn an. Immer wieder ertappte sie ihn dabei, wie er sie so anschaute, spürte seine stille Liebe und Dankbarkeit, und mehr verlangte sie nicht.

Lunki gab ihr ihren kleinen Sohn zurück. Im Moment war das Baby still, gebannt von all den neuen Gesichtern ringsherum. Sisi legte ihn zu Nebel in den Korb.

»Oh. Du schon wieder«, sagte Nebel.

Der kleine Ira streckte eine Hand aus und pikte Nebel ins Fell. Streicheln konnte man das nicht nennen, doch dem Kater machte es nichts aus. Obwohl das Baby nie sprach, hegte der Kater den starken Verdacht, dass es ihn verstand. Daher betrachtete er den kleinen Ira als ein eigenes Baby, gab ihm Ratschläge und erzählte ihm Geschichten.

»Als ich noch jünger war, bin ich geflogen«, erzählte er. »Ich war ein fliegender Kater. Wenn du größer bist, bring ich es dir bei. Es wird dir gefallen. Obwohl es wie bei allen anderen Dingen auch ist – wenn man es erst mal eine Weile gemacht hat, verliert man das Interesse.«

Das Baby gluckste ihn an und pikste ihn wieder.

»Das ist das Dumme am Leben«, sagte Nebel. »Am Ende verliert man das Interesse.«

Pinto trat nun aus dem Schulhaus. Sie sah bezaubernd aus in ihrem Verlobungskleid. Die Gespräche verstummten mit einem Mal, dann klatschten alle und Pinto lief rot an. Miko Mimilith, der das Kleid geschneidert hatte, stand hinter ihr und betrachtete sie mit einem Blick, der zugleich missbilligende Unzufriedenheit und unbändigen Stolz ausdrückte. Sisi merkte, wie ihr Tränen in die Augen traten. Pinto sah Kestrel so ähnlich. Das Kleid glich dem eng anliegenden weißen Kleid, dass sie zu ihrer Hochzeit im Reich des Meisters hatte tragen sollen, dem Kleid, in dem Kestrel den Tantaraza getanzt hatte. Pinto hatte nicht Kestrels Gesichtszüge, doch in ihrer Art, in diesen flinken Bewegungen und leuchtenden Augen fand sich viel von ihrer Schwester wieder.

Dann hörte sie ihr Baby weinen.

»Was hast du denn jetzt schon wieder gemacht, Nebel?«

»Ich? Nichts. Wann hab ich jemals was gemacht?«

Sisi nahm das Baby aus dem Korb und legte es sich an die Brust. Das sanfte Zupfen des kleinen Mundes an ihrer Brustwarze beruhigte sie. Ihr ältestes Kind, Siri, stellte sich neben sie und berührte wie so oft ihre Narben.

»Ich wünschte, ich hätte Narben wie du. Du kannst so froh sein. Sie machen dich so besonders.«

»Du bist auch etwas Besonderes, Liebling.«

»Nein, bin ich nicht. Ich habe nur besondere Sachen an.«

Sisi seufzte, schmiegte ihr Baby eng an die Brust und widmete sich seinem einfachen Bedürfnis, das ihr Körper so leicht befriedigen konnte. Es wurde so schnell so viel schwieriger, wenn sie älter wurden.

Bowman vergewisserte sich, dass er alle begrüßt hatte und dass Lazarim auf die kleinen Mädchen aufpasste. Vor der Zeremonie blieb noch etwas Zeit. Er entfernte sich unauffällig von der Menge und nahm den Weg, den Pinto früher am Tag gegangen war, zum Friedhof. Niemand folgte ihm. Alle wussten, dass er lieber allein sein wollte.

Unterwegs ließ er den Blick über die Felder und Flüsse schweifen, rief sich die vertraute Landschaft ins Gedächtnis zurück und war froh wieder da zu sein. *Dies ist die Zeit des Friedens,* sagte er zu sich selbst, *und die Zeit des Vergessens. Lass mich nicht zu viel und für eine zu lange Zeit vergessen.*

Am Grab seiner Mutter setzte er sich wie Pinto auf einen der Ecksteine und sprach zu seiner Mutter.

»Hast du unser Glück vorausgesehen, Ma? Konntest du uns deshalb verlassen?«

Ein seltsames Geräusch kam aus dem Dorf. Er drehte sich um und hielt sich die Hand über die Augen, um besser sehen zu können. Tanner Amos war es endlich gelungen, den Windsänger in Gang zu bringen, und nun schwang er herum, fing den Wind auf und gab ein drolliges Ächzen von sich. Die Leute auf dem Platz lachten alle. Bowman lächelte. Er dachte an den alten Windsänger in Aramanth, dann an seine silberne Stimme und schließlich an Kestrel.

Das scheint alles so lange her zu sein. Hättest du je gedacht, dass es uns hierher führen würde?

Natürlich, antwortete Kestrel. *Was für einen Sinn hätte es sonst haben sollen?*

Lügnerin, sagte Bowman. *Du hattest keine Ahnung.*

Nachdem Bowman zur Versammlung zurückgekehrt war, sangen die Kinder ihr Lied mit Lehrer Pillish und alle lachten und klatschten, als die kleinen Küken hervorschauten. Dann nahm Hanno Pinto an die Hand und führte sie vor Mumpo. So standen sie im Sonnenschein vor dem Windsänger, fassten sich an den Händen, blickten sich in die Augen und sprachen die Worte des Schwurs.

»Heute beginnt mein Weg mit dir.«

Die Kinder spürten, was für ein feierlicher Moment das war, und wurden still.

»Wohin du gehst, gehe ich auch. Wo du bleibst, bleibe ich auch.«

Mumpo schaute beim Sprechen in diese funkelnden Augen und staunte, dass jemand ihn so sehr lieben konnte – ihn, der Klassenletzter gewesen war, der nie etwas begriffen hatte, der immer einsam gewesen war.

»Wenn du schläfst, schlafe ich auch. Wenn du aufstehst, stehe ich auch auf.«

Oh, es hat so lange gedauert, dachte Pinto. Doch jetzt ist es endlich so weit.

»Bei Tag wird mich deine Stimme erreichen und bei Nacht deine ausgestreckte Hand und nichts soll uns jemals trennen.«

Mehr verlange ich nicht, dachte Mumpo. Nur, nicht allein zu sein.

Mehr verlange ich nicht, dachte Pinto. Nur, dich zu lieben bis zu dem Tag, an dem ich sterbe.

Der kleine Ira gab ein lautes, vergnügtes Glucksen von sich. Gelächter lief durch die Menge.

»Das schwöre ich.«

Mumpo nahm Pinto in die Arme und sie küssten sich.

Bowman sah zu und durch seine Augen hindurch schaute auch Kestrel zu. Sie erinnerten sich an das Sonnenlicht am Morgen, das durch die winterlichen Bäume hereingefallen war, und an ein Versprechen, das niemals gebrochen worden war.

Warum sollte es jemals zu Ende sein? Warum sollten wir uns nicht ewig lieben?

Und sie erinnerten sich an ein größeres Licht, das einen Moment lang alles berührt hatte. Die Erinnerung strömte aus ihnen heraus, hier während der Verlobung, als würde dieses längst vergangene Licht die Menge lachender Freunde, die beladenen Tische, den knarrenden Windsänger, die Heimat und das Meer dahinter überfluten und verwandeln, bis alles zu Licht wurde, auch sie selbst, und dieser strahlende Augenblick dauerte fort – schwerelos, wundersam, schön und wie verzaubert von dem Lied, das nie zu Ende geht.

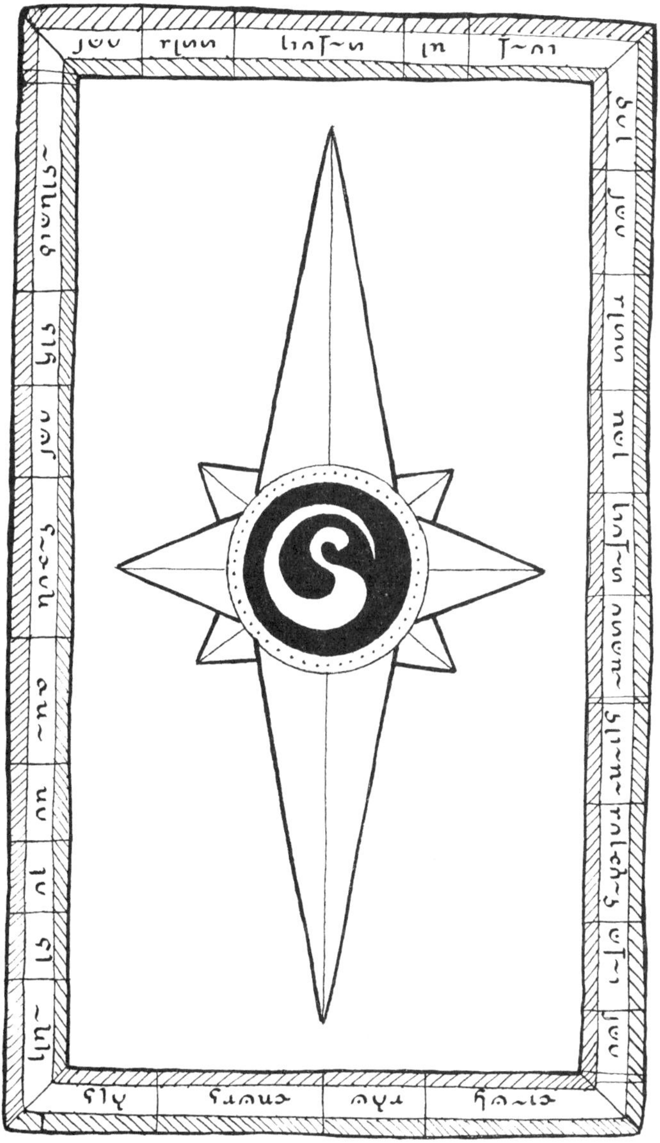